# 수이사이드 클럽

레이철 헹 Rachel Heng 장편소설

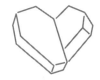

축복받은 유전자들의 반란

# 수이사이드 클럽

레이철 헹Rachel Heng 장편소설

김은영 옮김

SUICIDE CLUB

북로드

# MEDIA REVIEW

"풍자적으로 세상을 그리고 있지만 결코 웃을 수만은 없다. 헹이 보여주는 매혹적이고 감탄을 자아내는 세상은 궁극적으로 삶의 의미보다 더 중요한 것은 없다는 것을 보여준다." _『메트로』

"독창적으로 체제를 뒤엎는 작품." _『인디펜던트』

"젊음, 아름다움, 슈퍼푸드 등 건강에 대한 현대인의 집착에 멋지게 한 방 날리는 흥미진진한 작품." _『메일 온 선데이』

"감동적이고 걱정스러울 정도로 설득력이 있으며 궁극적으로는 희망을 안겨주는 소설이다." _『아이리시 타임스』

"기발하고 대담하다. 삶의 가치에 대해 다시금 생각해보게 하는 작품." _『굿 하우스키핑』

"도발적이다. 독창적인 설정, 무엇보다 정교하게 만들어낸 레아의 삶과 과거는 매혹적이다. 자살, 죽을 권리 등 어려운 주제를 다루고 있음에도 작가 헹의 자신감 넘치는 문체로 인해 쉽게 읽힌다." _『로스앤젤레스 타임스』

"『수이사이드 클럽』은 다소 낯설지만 인지할 수 있는 우리의 험난한 현실을 생생하게 보여주는 작품이다. 허영과 노화에 관해 이야기한다는 점에서 이 작품은 오스카 와일드의 『도리언 그레이의 초상』과 맥을 같이하는 작품이라 볼 수 있다. 말 그대로 인간의 몸 위에 지어진 냉혹한 자본주의적 상태에 대한 저항이라 볼 수 있다는 점에서 척 팔라닉의 『파이트 클럽』이나 영화 〈매트릭스〉와도 비견된다. 영생과 죽음이라는 삶에 집착하는 달콤쌉쌀한 이야기라는 점에서는 나탈리 배브트의 『트리갭의 샘물』과도 유사한 느낌이다." _『오스틴 크로니클』

"헹이 만들어낸 미래 세상은 의심의 여지 없이 뛰어나고 대담하며 설득력 있다. 그녀가 만들어낸 미래 세상만으로도 헹은 앞으로 지켜봐야 할 작가임에 틀림없다." _『비즈니스 타임스』

"헹은 독이 든 성배로 채소 주스를 마시는 장면을 보는 것처럼 산다는 데 올바른 방법이 있는가, 라는 흥미로운 관점을 시사한다."_『에스콰이어』

"만약 영원한 삶이 상품화되고, 정부기관이 영원히 살 자와 그렇지 못할 자를 판단하게 된다면? 레이철 헹은 『수이사이드 클럽』에서 인류의 불평등이 지금의 현실과 유사하게 정착된 미래의 냉혹한 실체를 보여준다."_『비치 미디어』

"진정 『수이사이드 클럽』이 대단한 것은 중대한 화두임에도 결코 무겁지 않게 폭로하고 있다는 점이다. 그로 인해 평소보다 더 깊게 죽음에 대해 성찰할 수 있는 기회가 되어준다."_『워싱턴 리뷰』

"심장이 뛴다는 것만으로 모두 살아야 할 필요가 있을까? 거대하고 매혹적인 세계를 만들어낸 신뢰할 만한 목소리 이면에서 『수이사이드 클럽』은 아빠와 딸, 엄마와 아이, 여성 친구들과의 유대 등 삶을 삶답게 만드는 관계에 대해 역설하며 사색할 기회를 안겨준다. 의미 있고 강력하고 현실적인 『수이사이드 클럽』은 공감할 수 있는 인물, 그리고 과연 살아 있다는 것은 무엇인가에 대한 의미심장한 화두와 함께하는 신선한 작품임에 틀림없다."_『F(r)iction』

"흔들리지 않는 확고함으로 소설의 플롯을 이끌어간다는 것은 신예 작가에게는 보기 드문 일이다. 무겁거나 진부함이라고는 찾아볼 수 없는 이 작품을 나는 앉은 자리에서 단번에 읽었다."_『차 저널』

"앞으로가 더욱 기대되는 작가의 데뷔작 『수이사이드 클럽』은 현대인의 건강에 대한 관심이 정점을 찍었을 때의 미래를 놀랍도록 예측하여 보여주고 있다."_『커커스 리뷰』

"'산다는 것의 의미는 진정 무엇인가'에 대해 진정 다시금 돌아보게 하는 작품."_『라이브러리 저널』

"『수이사이드 클럽』은 건강에 대한 강박관념, 소비, 그리고 삶의 가치에 관해 탐구하는 독창적이고 파괴적인 작품이다."_『인디펜던트』

# DRAMATIS PERSONAE

**레아 기리노**: 완벽한 유전자를 타고난 100세의 라이퍼(수명 연장자). 금융사에서 일하며 파격적인 승진을 앞둔 잘나가는 커리어우먼으로, 고급 아파트에서 완벽한 연인과 남부럽지 않은 삶을 살고 있다. 어느 날 출근길에 88년 전 사라진 아버지를 발견하고 그 뒤를 쫓다가 가벼운 교통사고를 당하게 된다. 이날 이후 정부의 감시자 명단에 오르면서 평온했던 일상에 변화가 생기기 시작한다.

**안야 닐슨**: 유명 오페라 가수의 딸. 어머니와 함께 바이올린 연주자의 꿈을 안고 스웨덴에서 미국으로 건너왔지만 줄리아드 음악학교의 합격 통지를 받던 날, 평소 수명연장 치료에 빠져 지내던 어머니가 쓰러지며 병상에 몸져눕는다. 병세는 갈수록 악화되고, 결국 바이올린 연주자의 꿈을 접고 식당에서 일하며 거동 못하는 어머니 곁을 지켜왔다.

**가이토 기리노**: 레아의 아버지. 현재 나이 170세. 일본 산골마을 출신으로 다른 사람들보다 유리한 유전자를 타고났기에 수명 숫자도 높다. 신체적으로 건강하고 삶을 있는 그대로 사랑하는 사람이었으나, 제2의 물결이 시작되면서 냉소적이고 반항적으로 변해갔다. 88년 전, 아들 새뮤얼의 죽음 이후 가족을 떠났다.

**유주 기리노**: 레아의 어머니. 현실적인 사람으로 정부 당국 산하기관에서 일하다가 고위 공무원으로 승진하면서 여러 혜택을 누렸다. 임원들 대상의 수명유지 프로그램 혜택도 그중 하나였고, 142세에 세상을 떠날 때까지 탄력 있는 피부에 꼿꼿한 등을 유지하며 살았다.

**새뮤얼 기리노**: 레아의 오빠. 레아보다 40년 먼저 태어났으나 비라이퍼(수명 비연장자)로 분류되었고, 결국 노화와 질병을 겪다가 일찍 삶을 마감했다. 소아과 의사가 되고 싶어 했으나, 수명이 짧아 40년이 걸리는 기본 의과 대학 수련과정을 마칠 수 없었다. 그의 죽음은 레아를 비롯하여 그녀의 가족에게 막대한 영향을 미쳤다.

**윌마 닐슨**: 스웨덴 출신의 유명 오페라 가수. 미국으로 건너오면서 유전자 검사를 통해 라이퍼로 분류되었으나, 여느 미국인들처럼 수명연장 치료에 빠져들면서 모든 재산을 탕진하고 만다. 교체한 장기가 부작용을 일으킨 이후 병상에 누운 채 의식 없는 삶을 이어간다.

**토드:** 레아의 연인. 헬스핀이라는 집안 배경과 보유한 신탁자금 덕분에 유복한 삶을 살아가는 완벽한 유전자의 소유자. 사람을 잘 믿고, 특히 정부 당국은 공정하고 합리적일 거라 확고하게 믿는다. 레아와 8년간 사귀었지만, 사고 직후 정부 당국에서 파견된 감시관의 요청에 따라 레아의 행적을 비밀리에 감시 및 보고하면서 두 사람의 관계도 소원해진다.

**브란코:** 비라이퍼 출신으로, 안아가 일하는 식당 동료. 5년 전 형이 세상을 뜨면서 그의 딸을 부양하며 살아가고 있다. 평소 안아에게 관심을 보이고 장난으로 추파를 던져왔다.

**카산드라 잭맨:** 170세의 라이퍼로, 잭맨 부인이라 불린다. 수이사이드 클럽의 실세로, 가문 대대로 정부 요직을 차지하고 있는 헬스테크 가문 출신이기에 정부의 협박 따위를 두려워하지 않는다.

**도미니크 잭맨:** 잭맨 부인의 딸. 헌신적인 수의사로, 수이사이드 클럽의 지도자 역할을 해왔다. 정부로부터 '제3의 물결' 실험에 참여하라는 협박을 받으면서 숨어 지내기 시작했다.

**아지트:** 정부 당국에서 파견된 감시요원. AJ로 불린다.

**그렉:** 정부 당국에서 파견된 감시요원. GK로 불린다.

**지앙:** 레아의 직장 상사.

**나탈리:** 레아의 직장 동료.

**조지:** 위커버리 모임의 리더.

**소피아:** 위커버리 모임의 멤버.

**앰브로즈:** 위커버리 모임의 멤버.

**수전:** 위커버리 모임의 멤버.

## CONTENTS

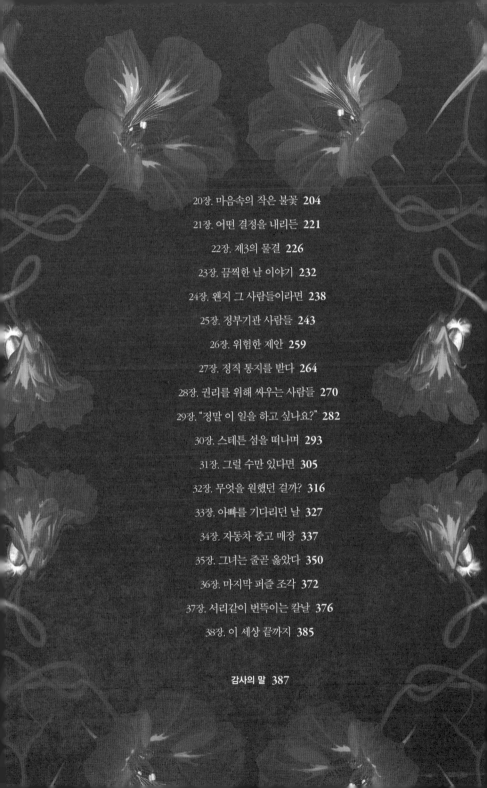

내 아버지 제프리 헹(1957~2017)을 그리며

친절의 진정한 의미는
가진 것을 잃어봐야 안다.
심심한 국에 소금이 녹아 사라지듯
한순간 미래가 사라져봐야 안다.
손에 쥐고 있는 것,
소중히 아끼고 간직해온 것,
그 모든 것들을 잃어봐야 안다.
친절이 사라져봐야
그 풍경이 얼마나 황량한지 안다.

—나오미 시합 나이의 「친절」 중에서

# 프렐류드

한 남자가 창문도 없는 방에 서 있었다. 넓은 어깨의 각이 딱 떨어지게 재단된 검은색 턱시도를 입고서. 발치에 놓인 유리병과 성냥통뿐 방은 텅 비어 있었다.

그날 밤 영상을 보던 몇몇 사람들은 이 장면에서 화면을 닫아버렸을지 몰랐다. 광고 아니면 스팸메일쯤으로 여겼을 것이다. 어떤 사람들은 말끔히 차려입은 남자의 옷차림에 혹은 남자의 섬뜩한 눈빛에 끌려 영상을 계속 지켜봤을 것이다. 그리고 남자가 하는 말을 들었을 것이다. 남자는 이름과 나이를 말했다. 자신이 왜 이러는 것인지, 이 결정을 내리기까지 얼마나 오랜 시간 생각하고 또 생각했는지, 왜 200년을 더 살고 싶지 않은지 설명했다. 가족들은 이 일과 무관하며, 이날을 위해 특별히 좋은 옷을 골라 입었다고도 했다.

말을 끝낸 남자가 바닥에 있던 병을 집어 들어 검붉은 내용물을 목구멍에 들이부었다. 꿀꺽거릴 때마다 남자의 목울대가 꿈틀거렸다. 병을 비운 남자는 보이지 않는 관객들을 말없이 바라봤다.

"그들은 우리에게 선택권을 주지 않았습니다." 마침내 남자가 입을 열었다. "다이아몬드스킨™. 터프머스크™. 장기 교체. 부엌칼로 여러분의 손목을 긋고 생명이 혈관 밖으로 쏟아져 나오는 것을 지켜보기만 하면 됩니다. 아주 간단하죠."

남자의 입가에 투명한 액체가 조금씩 흘러내렸다. 더 많은 사람들이 이를 지켜봤다.

"하지만 바꿔야 합니다. 죽음을 강탈당하면 생명까지 강탈당하게 됩니다."

남자가 성냥에 불을 붙였다. 작은 불꽃이 차가운 형광등 아래서 몸서리치는 것 같았다.

"우리는 선택권을 빼앗겼습니다."

남자는 혓바닥을 길게 빼더니 그 위에 성냥 끝을 갖다 댔다. 순간 불꽃이 어디로 가야 할지 망설이다가 멈춰버린 것 같았다. 남자가 숨을 들이마셨다. 불꽃이 점점 커지며 알코올을 잔뜩 칠한 입속으로 번졌다. 목구멍을 타고 아래로, 콧구멍을 타고 위로 빠르게 타들어갔다. 남자는 더 이상 아무 말도 하지 않았다.

# 1장
# 100세 생일 파티

사람들로 북적거리는 홀 한가운데 유리로 된 받침대가 있었다. 버터크림을 입히고 빨간색 작은 꽃으로 장식한 대형 케이크가 거기 놓여 있었다.

아무도 케이크를 언급하지 않았다. 눈길조차 주지 않았다. 음료가 놓인 테이블 주변을 서성거리던 몇몇 사람들만이 거품이 보글보글 올라온 다양한 녹색 음료들을 평가하는 척하며 슬쩍 케이크를 쳐다봤다.

토드는 연한 코디얼(단맛이 나는 알코올음료-옮긴이)이 담긴 가늘고 긴 잔을 들고 레아 옆에 서 있었다.

"멋진 파티야." 누가 묻기라도 한 듯 토드가 고개를 끄덕였다. 그러고는 레아에게 잔을 들어 보였다. "술이 훌륭해. 특히 이 스피룰리나 스프리츠(와인을 베이스로 한 칵테일-옮긴이)가 아주 좋은데."

레아가 영혼 없는 미소를 지었다. 그녀는 홀에 모인 사람들을 훑어봤다. 짙은 남색 드레스, 섬세한 은장신구, 다양한 색조의 고상한 회색 양복이 눈에 들어왔다. 케이크의 빨간 꽃들은 온통 무채색뿐인 홀 안에 흩뿌려진 핏방울 같았다. 윤기 있는 머리카락과 촉촉한 피부, 균형 잡힌 골격을 가진 구릿빛 얼굴들이 그녀에게는 잿빛으로 보였다.

어쨌거나 잘 됐다. 이만하면 파티는 성공적이었다.

레아는 잊지 않고 계속 미소를 지을 참이었다. 건강한 정신에 건강한 신체가 깃든다니까.

"여기 있었구나! 내가 가장 좋아하는 커플."

"나탈리!" 토드가 고개를 젖히며 환하게 웃었다.

나탈리는 내키지 않는 사진을 찍어주는 유명인사라도 되는 듯 뺨을 맞대고 인사를 했다. 먼저 토드에게 그리고 레아에게. 뺨이 뺨에 닿지 않도록 조심하면서.

"나탈리, 오늘 정말 멋진데." 토드가 여전히 고개를 까딱거렸다. 레아는 움직이지 못하게 토드의 머리통을 꽉 잡고 싶은 충동이 일었다.

나탈리는 정말 근사했다. 몸에 딱 붙는 드레스가 남색 그림자를 드리우며 촛불 아래 반짝거렸다. 윤기 넘치는 남색 드레스에 크림색 액체를 부어놓은 것 같았다.

레아는 마음속으로 자신의 모습을 하나둘 떠올리며 살짝 미소 지었다. 곧게 뻗은 자신의 검은 머리카락에 비해 컬이 들어간 나탈리의 갈색 머리는 생기가 넘치고 매혹적이었다. 하지만 레아의 암갈색 피부에 비해 주근깨 가득한 나탈리의 창백한 피부는 별로였다. 자외선에 약하고 흑색종에 걸리기도 쉬웠다. 이것만큼은 자신이 확실히 우세했다. 커다란 앞니에 길고 각진 나탈리의 얼굴은 말 대가리를 떠올리게 하는 반면 레아의 얼굴은 볼살이 통통했고 각진 데라곤 없었다. 예전에는 어려 보인다는 소리가 싫었는데 요즘은 참 듣기가 좋았다. 같은 나이 '라이퍼'들은 대부분 생김새가 달랐지만 체격은 비슷했다. 심지어 키와 근육의 탄력까지 거의 똑같았다.

"거짓말 마. 여기 주름살 안 보여?" 나탈리가 한숨을 쉬었다. "지난주는 최악이었어. 정말 끔찍했지. 내 수명에서 적어도 석 달 치는 줄어들었을 거야. 그 이야기는 하고 싶지도 않아."

나탈리는 뭔가 더 말하고 싶은 게 분명했다. 하지만 아무도 그에 대해 묻지 않았다.

"레아!" 나탈리가 레아를 불렀다. "네 이야기 좀 듣자. 너는 늘 혼자만 알고 있더라. 못됐어." 그리고는 슬그머니 토드를 바라봤다.

"나는 혼자만 아는 게 좋더라. 정말로. 하지만 너 같은 친구에게는……."

나탈리와 레아가 웃음을 터트렸다. 토드도 같이 웃었다. 그들의 웃음소리가 폭포수처럼 쏟아져 내렸다. 사람들이 그들을 돌아보았다.

점점 많은 친구들이 모여들었다. 이것저것 슬쩍 찔러보는 말들이 오고갔다. 레아의 이름은 파격적인 승진 명단에 올라 있었다. 레아는 사람들이 그 사실을 알고 있는지 확인하고 싶었다. 그래서 요즘 들어 일이 많다고 불평하면서 넌지시 대화를 흘렸다. 사람들이 눈치를 채는 것 같았다. 그들의 반응을 기다렸다. 아니다 다를까 재스민이 불쑥 끼어들어 속삭였다.

"승진 때문에 동료들이 등을 돌릴 수도 있어. 조심해."

결국 레아는 100살이 되기 전 임원 자리에 오른 사내 첫 라이퍼가 되었고 동료들은 등을 돌렸다.

대화가 흐지부지됐다. 사람들이 새로운 이야깃거리를 찾느라 두리번거렸다. 몇몇이 태블릿을 꺼냈다.

"있잖아." 나탈리가 목소리를 낮췄다. "다들 봤어?" 그녀가 머리를 쓸어 넘기자 풍성한 곱슬머리에서 코코넛 향이 풍겼다. 그녀의 목은 주름 하나 없이 매끈했다. 경주마의 옆구리가 떠올랐다.

"뭘 봤냐는 거야?"

나탈리가 눈알을 굴리며 어깨를 쭉 폈다. 왼쪽 어깨가 오른쪽 어깨보다 살짝 내려가 있었다. 그 모습에 레아는 기분이 좋아졌다. 레아는 등을 쭉 펴서 몸을 꼿꼿이 세웠다. 민소매 실크 상의가 쇄골을 따라 완벽한 대칭을 이루는 양쪽 어깨를 고스란히 드러내주고 있을 것이다. 기분이 더욱 좋아졌다.

"동영상 말이야." 나탈리가 말했다.

태블릿을 보느라 아무도 고개를 들지 않았다. 하지만 레아는 오싹했다. 생선 눈알처럼 불투명한 동공과 날카롭게 빛나던 남자의 눈빛을 레아도 봤다. 열기와 불길로 가득한 남자의 입이 갈색, 검은색, 그리고 붉은색으로 녹아내렸다. 살은 연기와 화염 속에 타들어 갔다.

"세상에!" 땀구멍 하나 없이 매끈한 마호가니색 피부를 가진 키 큰 남자가 소리쳤다. 비타민 스프리츠를 홀짝 마시고는 부르르 몸을 떨었다. "나탈리, 그 얘기는 안 하면 안 될까?"

누군지 기억났다. 나탈리의 새 약혼자였다. 레아는 그 남자의 키를, 서 있는 자세와 근육 상태를 유심히 살폈다. 지적인 짙은 눈동자, 기다란 속눈썹, 기품 있어 보이는 넓은 이마.

"왜 그래? 다들 그 생각만 하는 거 알잖아." 나탈리가 말했다.

"안쓰러워. 불쌍하고, 참 안됐어. 우리라고 괜찮을까?" 토드가 고개를 숙였다.

"내 말이!" 나탈리가 바싹 다가섰다.

"그들은 아파." 누군가가 끼어들었다.

"역겨워."

"어른답지 못해."

"아이들이 본다고 생각해봐."

"우리는 어떻고. 그따위 영상을 보느라 몇 달 치 수명이 줄어들었을지도 모르잖아."

"맞아! 코르티솔 수치가 얼마나 올라갔을지."

"그저 구경거리일 뿐이야."

"그걸 그렇게 한다고? 생각만 해도 토할 것 같아."

레아는 갑자기 살이 타는 매캐한 냄새가 느껴졌다. 역겨운 연기 때문에 눈물이 날 것 같았다. 영상 속 남자의 눈에는 알 수 없는 확신과 깊은 슬픔이 가득했다. 그녀 안에서 무언가 요동쳤다. 혐오스러워, 레아가 중얼거렸다. 끔찍해.

"레아, 괜찮아?" 토드가 말을 건넸다. "안색이 안 좋아."

모두 레아를 쳐다봤다.

"레아, 왜 그래?" 나탈리의 눈이 걱정으로 휘둥그레졌다.

"비타민D 수치는 정상이야? 괜찮은 병원 하나 소개해줄까?"

"지극히 정상이야." 레아는 모욕감을 느꼈지만 안 그런 척 미소를 지어 보였다. "고맙지만 내 오랜 주치의 제시를 버릴 순 없지. 제시가 우리 가족을 전담한 게 엄마가 수석 부사장이 되셨을 때부터거든."

"당연히 그래야지." 나탈리가 입술을 꽉 물며 다른 이들에게로 몸을 돌렸다.

착하게 군다고 죽지는 않아. 적어도 노력은 해봐.

나는, 나는 노력 중이야, 레아는 생각했다. 짜증이 일었다. 슬픔이 서린 눈가의 잔주름들. 엄마의 얼굴이 떠올랐다. 머릿속에서 엄마의 목소리가 들렸다. 주름살은 피부 탄력이 없어져서 그런 거란다. 리페어 먼츠™로 늦출 수는 있어도 없앨 수는 없는 게 세월의 흔적이란다.

엄마는 언제나 현실적이었다. 돌아가신 지 수십 년이 지난 뒤까지도. 엄마는 죽는 날까지 등을 꼿꼿하게 유지했다. 한 달에 한 번 미용실에 들러 솜털같이 부드러운 검은 머리를 귀밑까지 단정하게 잘랐다. 피부는 수십 년에 시들어버리고 만 비슷한 연배 사람들보다 훨씬 더 탄력적이었다. 근육은 단단했으며 연보라색 입술은 도톰했다. 이 모두가 탤런트 글로벌사의 CEO로 있으며 티어4를 복용해온 덕이었다.

엄마 유주는 142살을 살았다. 지금의 레아보다 42살이 많다. 제 2의 물결이 시작될 때 60대였던 사람치고는 무척 장수한 편이다. 하지만 레아에게 142살은 실패나 다름없었다. 지금은 300살을 넘겨야 했다.

관리를 소홀히 하면 안 돼. 너에게 다 주었어. 네 오빠가 가질 수 없는 것까지 전부 다.

엄마의 목소리가 들려왔다. 통증이 느껴졌다. 정신이 번쩍 들었다. 엄마는 수십 년간 아물지 않은 상처를 헤집어놓겠다고 으름장을 놓았다.

실내를 둘러봤다. 윤기 가득한 머릿결, 매끈한 이마와 꼿꼿한 등, 아름답고 부유하며 삶을 즐길 줄 아는 사람들이 다소곳이 대화를 나누고 있었다. 우아하게 미소 지으며 이따금씩 잔을 부딪쳤다. 최고 급 비타민 스프리츠, 미끈한 크리스털 샴페인 잔, 높이 솟은 천장과 저 아래 드넓게 펼쳐진 도시의 광경. 파티를 위해 대여한 이곳은 헬스핀 신탁기금 직원 가운데 특별히 선별된 이들만 이용할 수 있는 곳이었다.

아니야. 나는 그 어떤 것도 소홀히 하지 않았어. 레아는 생각했다.

엄마는 분명 레아를 자랑스러워했을 것이다.

"생일 축하합니다. 생일 축하합니다. 사랑하는 레아의 생일 축하합니다."

엄청난 박수 소리가 홀 전체에 울려 퍼졌다. 여기저기서 카메라 플래시가 터졌다. 레아는 88년 전 엄마 유주가 가르친 것처럼 웃었다. 눈, 눈을 신경 써. 안 그러면 이상하게 보여.

나이프를 들어 케이크를 잘랐다. 플라스틱 칼날이 들어가자 스티로폼에서 끼익 소리가 났다. 레아는 움찔 놀랐지만 태연한 척 미소를 잃지 않았다.

# 2장
## 아빠의 뒷모습

거리에 갈색과 회색의 소용돌이가 일었다. 재킷 차림의 남녀 무리가 보이지 않는 법칙에 따라 계속 이동하고 있었다. 팔꿈치를 양 옆구리에 딱 붙이고 고개를 숙인 채 앞사람의 발뒤꿈치만 쳐다보며 하나같이 똑같은 모습으로.

레아가 문득 고개를 쳐들었다. 여름의 끝자락에 불어오는 선선한 가을바람 한 점이 그녀의 뺨을 스치고 지나가서였을까? 짙은 망사 스타킹을 신고 앞서 걷던 여인의 가녀린 발목 때문이었을까? 아니면 전날 밤 생일 파티의 웅성거리는 소리가 다시 귓전에 들려와서였을까? 좀 더 넓은 길로 나가고 싶어서였을까? 그것도 아니면 옅은 파란색을 드리운 아침 하늘 때문이었을까?

그를 보자 숨이 턱 막혔다. 저만치 앞에 아빠가 길을 건너고 있었다. 아빠는 자신이 길을 막는 것도 모르고 너무나 천천히 움직였다.

늘 다니던 길을 비켜가야 하는 사람들 얼굴에 짜증이 묻어났다. 들리진 않아도 비난하듯 혀 차는 소리와 한숨 소리가 레아의 귓가에 들릴 듯했다. 아빠는 눈치 없이 그저 느릿느릿 무거운 발걸음을 옮기고 있었다.

반쯤 넋이 나간 저 노인이 아빠일 리 없었다. 하지만 레아는 그 노인에게서 눈을 떼지 못했다. 한때는 까맣던 머리카락이 하얗게 세어 있었다. 주름진 목에는 빗질을 하지 않은 머리카락이 엉켜 붙어 있었다. 예전에는 지금보다 살이 도톰하게 붙어 있던 턱 주변을 레아가 멍히 바라봤다. 아빠가 턱을 가슴팍에 붙이고 손을 코로 가져갔다. 그러고는 잠수라도 하려는 듯 두툼한 코끝을 잡아 쥐었다. 레아는 그 제스처가 무슨 의미인지 알고 있었다.

갑자기 가슴이 아팠다. 가슴 한가운데가 답답했다. 한 마디 작별인사도 없이 사라진 지 88년이 지났다. 그런 아빠가 다시 나타났다. 도로 반대편에 버젓이.

그냥 둬. 22살 레아에게 엄마는 말했다. 가게 둬. 그게 맞아. 네 아빠는 이미 결정했어. 이제 네 인생에 아빠는 없는 거야.

아빠가 인파에 떠밀려 점점 멀어져갔다. 어느새 도로 끝에서 사라지더니 이제 길 건너편에 있었다. 곧 시야에서 사라질 터였다.

그때는 엄마가 옳았다. 지금도 엄마는 옳았다. 수십 년 동안 레아가 열심히 쌓아온 모든 것이 이제야 빛을 발하려는 중이었다. 엄마의 지지와 채찍질이 있었기에 가능했다. 아빠가 모든 일을 그르쳤지만, 그래도 레아는 이뤄냈다.

레아가 뺨 안쪽의 연한 살을 세게 깨물었다. 그러고는 팔꿈치로 사람들 사이를 밀치고 나아갔다.

"조심해요!" 누군가의 어깨가 레아의 가슴에 부딪혔다. 쇄골을 따라 묵직한 통증이 느껴졌다. 아빠가 점점 멀어졌다. 하지만 워낙 천천히 걷고 있기에 아직까지는 그 뒷모습을 놓치지 않을 수 있었다. 아빠는 마치 개울가에 던진 조약돌처럼 주변에 잔물결을 일으켰다. 이제 소용돌이치는 인파 한가운데 보이는 거라곤 천천히 버둥거리는 아빠의 희끗희끗한 정수리뿐이었다.

횡단보도가 너무 멀었다. 레아는 목을 쭉 빼고 군중을 헤치며 계속 걸어갔다. 아빠가 길 건너 모퉁이를 돌고 있었다. 곧 시야에서 사라질 것이다. 레아는 재빨리 오른쪽으로 돌았다.

죄송합니다. 실례합니다. 죄송해요. 죄송합니다. 잠시만요. 미안합니다.

드디어 길 끝에 다다랐다. 차량들이 빠르게 지나갔다. 빛가림 처리된 차창 너머에는 붐비는 출근시간에 카셰어링 서비스를 이용할 만큼 권력 있는 사람들이 숨어 있었다. 길 건너 아빠는 모퉁이를 돌아 다시 사라지려 했다. 88년 만에 또다시 아빠를 놓쳐버릴 것 같았다.

달리는 자동차 사이로 틈이 생겼다. 레아는 다짜고짜 도로로 뛰어들었다.


그녀가 잠에서 깨었다. 맨살에 붙여놓은 소형 전류단자들의 익숙한 냉기가 느껴졌다.

"레아 기리노, 100세."

침대 옆에 서 있던 적갈색 텐더 유니폼을 입은 여자가 말했다. 그녀의 어둡고 축축한 황록색 눈동자가 레아의 눈에 들어왔다.

"늦었지만 생일 축하합니다. 무슨 일이 있었는지 말해줄래요?" 텐더가 말했다.

"출근 중이었어요. 늦어서……." 레아가 말을 멈췄다. 업무. 머스크 프레젠테이션. 온몸이 뻣뻣했다. 일어나고 싶었지만 뇌가 부어오른 건지 머리가 무거웠다.

텐더가 레아의 어깨에 손을 올렸다. 손길은 부드러웠지만 놀라울 정도로 묵직했다. 레아가 다시 머리를 베개에 눕혔다.

"무슨 일이 있었나요?" 그녀가 다시 물었다. "왜 그렇게 도로로 뛰어든 거죠?"

축 늘어진 뺨. 여윈 목덜미. 레아는 아빠의 얼굴을 다시 떠올렸다. 몇 달 간격으로 문 밑에 놓이던 흰색 봉투가 생각났다. 실종신고를 하라는 통지서였다. 오랜 시간이 지났지만 채권자들은 여전히 아빠를 찾고 있었다. 대체 아빠는 이 도시에서 무엇을 하고 있었던 걸까?

"회사에 늦었어요." 머릿속이 복잡했다. "그래서 지름길로 가려고 했는데 차들이…… 차들이 멈추지 않았어요."

텐더가 짙은 눈썹을 찌푸리며 레아를 쳐다보았다. 미간 사이에 주름이 두 줄 깊게 잡혔다. 레아는 그녀에게 인상 쓰지 말라고 충고하고 싶었다. 무표정이 피부 탄력에 얼마나 중요한지 알려주고 싶었다. 하지만 텐더의 피부는 촉촉했다. pH 밸런스가 잘 맞는 피부였다.

"상태가 안 좋은가요? 어디 교체시술이라도 받아야 하나요?" 레아가 물었다. 지금껏 레아는 몸을 잘 관리해왔다. 이제 갓 100살이 되었을 뿐이지만.

텐더는 대답하지 않았다. 텐더의 짙은 갈색 유니폼 소매에 있는 흰색 줄무늬가 눈에 띄었다.

"어디 소속이죠?" 레아가 물었다.

텐더는 말없이 태블릿만 두드렸다. 빨간색 녹음 버튼이 깜빡거렸다.

"회사에 늦었다고 했죠?"

"네. 그게 문제가 되나요?" 하지만 질문을 하는 중에도 심장이 철렁 내려앉았다.

**지침 109A: 지정되지 않은 구역에서 보행자의 무모한 행동**

"저기요. 제가 무단횡단을 했다는 것은 인정해요." 레아가 말했다. "기록을 찾아보면 알겠지만 제 기록은 아주 깨끗해요. 단 한 번 작은 실수였어요. 이게 문제가 되진 않겠죠?"

텐더가 고개를 갸우뚱했다. "어디서 길을 건넜는지 다시 한 번 말해줄래요?" 그녀의 차가운 눈빛은 흔들림이 없었다.

"브로드웨이 쪽이었어요. 32번가 사거리였던 것 같은데……. 34번가였던가."

태블릿 화면 위로 텐더의 손톱 부딪치는 소리가 탁탁, 탁탁 이어졌다.

"회사는 어디에 있죠?"

"웨스트 1구역에요. 뭐가 문제죠? 제 상태가 얼마나 심각한지 아직 대답하지 않았어요." 레아는 침대 시트 밑으로 손을 넣어 여기저기 피부막을 만져봤다. 발가락도 꼼지락거려보고 무릎도 구부려봤다. 몸 여기저기 붙여놓은 전선들이 서로 부딪히며 바스락바스락 풀밭 소리를 냈다. 몸은 멀쩡한 것 같았다. 하기야 요즘엔 다치지 않은 사람들도 여기저기 신체부위를 교체한다고 들었다.

벽면에 포스터들이 붙어 있었다. 낯이 익은 포스터들이었고, 그것이 조금은 위로가 되어주었다. 늘어난 양말 같은 지방성 동맥 아래로 '육류는 치명적이다'라는 슬로건이 보였다. 방금 찢긴 관절 밑에는 '인체 충격이 적은 제품으로 오늘 당장 교체하세요'라고, 번뜩이는 붉은 안구 밑에는 '과일-당뇨 합병증은 실명의 제1요인'이라고 쓰여 있었다. 실내등이 따스하지만 강렬한 빛을 발산하며 병실 구석구석을 비췄다. 보이지 않는 스피커에서는 노랫소리가 끊임없이 흘러나왔다. 최근 10년간 마음을 가장 편하게 해주는 앨범 가운데 하나라는 〈바다와 만돌린〉이었다. 하지만 레아의 코르티솔 수치는 올라갔다. 도대체 이 텐더는 무엇을 하고 있는 걸까? 레아가 병실 주변을 둘러봤다. 침대만 있을 뿐 어떤 가구도 물건도 보이지 않았다.

"웨스트 1구역이라." 텐더가 반복해서 말했다. "어째서 브로드웨이 32번가 쪽에서 무단횡단을 시도한 거죠?"

"그게 무슨 말이죠?" 레아가 물었다. 왜냐하면 아빠를 봤거든요. 또다시 놓칠 순 없었어요. 하지만 레아는 그렇게 말할 수 없었다.

"거기서 길을 건너면 동쪽으로 더 들어가는 건데요."

"말도 안 되는 소리예요. 이제 나는 회사에 가봐야겠어요." 레아가 일어나 앉았다. 텐더가 레아를 빤히 쳐다봤다. 하지만 더 이상 묻지 않았다. 잠시 후 태블릿에 다시 뭔가를 입력했다. 그리고 종이 한 장을 출력했다.

"치료 일정이에요." 텐더가 말했다. "크게 다친 데는 없어요. 그러나 정신을 잃으면서 넘어지는 바람에 여기저기 멍이 들었습니다. 센서가 제때 작동했기에 망정이지 하마터면 차에 치일 뻔했고요."

반투명한 종이는 아주 얇아서 잘못 건드리면 손가락 사이에서 바스러질 것 같았다. 빨간색 필기체 글씨가 종이를 가로질러 구르며 '후두부 굴곡 지수', '복내측 전전두엽 피질' 등의 단어들을 우아하게 휘감았다.

"후속치료로 모임에 참석해야 합니다."

레아는 종이에 쓰인 내용을 다시 한 번 훑어봤다. 이해가 되지 않았다. 본 적도 없는 치료 일정이었다. 매주 참석해야 하는 모임으로 평소와는 달리 낯선 병원에서 진행됐다. 약 처방도 없고 재활치료도 없었다.

"이게 뭔가요?" 레아가 고개를 들었다.

그러나 텐더는 이미 가버리고 없었다.

페이지를 넘겼다. 두려움에 가슴이 철렁 내려앉았다. 그녀는 감시 대상자가 됐다. 하지만 이건 말이 되지 않았다. 그녀 정도면 감시대상자 명단에는 이름이 오르지 않는다. 그것은 다른 사람들, 그녀가 아는 사람들 중에는 없지만, 상습적으로 이혼하는 사람들이나 실직자들 또는 인지능력이 손상된 사람들에게나 해당되는 일이었다. 생명을 사랑하지 않는 사람들, 영생을 믿지 않는 사람들에게나 해당되는 일이었다. 레아는 훌륭한 라이퍼였다. 그녀는 헬스핀에서 일했다. 그리고 누구보다 생명을 소중히 여겨왔다. 정부 당국도 이 사실을 알고 있지 않은가?

순간 그녀는 깨달았다. 그들은 레아가 일부러 차에 뛰어들었다고 생각했던 것이다.

레아는 코웃음을 쳤다. 화가 치밀어 올랐다. 고개를 저으며 몸에 붙어 있는 전기단자들을 뽑기 시작했다. 동그란 흰색 단자들은 그녀의 매끄럽고 까무잡잡한 피부에서 쉽게 떨어져나갔다. 할 일을 다 마쳤다는 듯이. 레아는 단자들을 침대 위에 가지런히 올려놓았다. 모아놓고 보니 꼭 시들어버린 백장미 부케 같았다.

그녀의 옷은 침대 옆에 개어져 있었다. 재빨리 속옷을 입었다. 그러다 말고 매끈한 벽면에 비친 자신의 모습을 봤다. 똑바로 서서 본능적으로 배에 힘을 주고 엉덩이 부분을 움켜쥐었다. 이상적인 라이퍼의 모습이었다. 감시대상자라니, 레아는 이 문제를 곧 해결할 것이다.

등을 젖히자 폐가 팽창했다. 이제 호흡은 정상으로 돌아왔다. 제시와 이야기를 나눠볼 것이다. 정기점검이 토요일에 잡혀 있으니 따로 약속을 잡을 필요도 없었다. 그때 죄다 이야기하면 된다. 제시가 레아의 모범적인 의료기록과 열정적인 이력을 설명할 것이다. 이번 일은 착오가 있었던 거라고 정부 당국에 말해줄 것이다. 그러면 바로 감시대상자 명단에서 빠질 수 있을 것이다. 어쩌면 공식적인 반성문 정도는 써야 할지도 모르지만.


레아의 사무실은 1구역 한복판에 우뚝 솟은 유리로 된 빌딩에 있었다. 80층 건물의 맨 꼭대기 층에 롱텀 캐피털 파트너스가 있었다. 숨 막히게 요동치는 거리에 조각된 듯 드높이 솟은 이 건물에는 특별한 무언가가 있었다. 넓은 로비에 발을 들여놓을 때면 언제나 전율이 느껴지곤 했다. 위를 올려다보면 반짝반짝 윤이 나는 구두와 커버를 씌운 테이블 다리, 광택제를 바른 장식용 화분 받침대가 보였다. 살아 있는 것들이 속속들이 보였다. 모든 물체와 사람이 너무도 자연스럽게 그녀 위에 떠 있었다. 밑바닥 또한 모두 노출되어 공격받기도 쉬웠다. 레아는 종종 로비에 머물다 가고 싶어 일찍 출근하곤 했다. 하지만 오늘은 그럴 시간이 없었다.

미끄러지듯 올라가는 엘리베이터 안, 레아는 매우 흥분한 지앙의 음성 메시지를 들었다. 엘리베이터가 직원들, 컴퓨터 화면, 사무실 칸막이를 빠르게 지나쳤다. 높이 치솟은 도시를, 하늘까지 닿을 듯 빼곡히 들어선 금속 빌딩과 유리 빌딩의 숲을 지났다. 지면이 레아의 발밑 저만치로 멀어져갔다. 오늘 아침 자신을 바라보던 텐더가 떠올랐다. 순수 혈통으로 보이는 그녀의 눈빛에는 무언가가 있었다. 그래서 레아는 불안했다. 엘리베이터 타는 시간을 평소 그렇게 좋아했지만 오늘은 아니었다. 막연한 불안감을 떨쳐낼 수 없었다.

사무실에는 이미 지앙이 와 있었다. 잔뜩 찌푸린 미간으로 보아 상황이 생각보다 좋지 않음을 알 수 있었다.

"정말 죄송해요." 지앙이 말을 꺼내기 전에 레아가 먼저 사과했다. "한 시간 내로 프레젠테이션 자료를 준비하겠습니다. 믿으셔도 돼요. 거의 다 마무리한 상태입니다. 시간당 수치만 업데이트하면 돼요." 오늘 일에 대해서는 말하지 않을 것이다. 올해 있을 승진에 영향을 줄 수도 있기 때문이다. 그렇다. 말하지 않는 게 낫다.

지앙은 여전히 인상을 쓰고 있었다. 다른 사람들도 마찬가지겠지만 지앙은 화를 내는 스타일이 아니었다. 화를 내는 게 산화기능 저하에 얼마나 나쁜지 알고 있기 때문이다. 레아는 호흡법이라도 알려줘야 하나 생각했다.

지앙은 사무실 밖을 가리켰다. "저 사람들이 여기서 무엇을 하고 있는 거지?"

모든 것이 평소와 다를 게 없었다. 초록색 숫자가 째깍째깍 지나갈 때마다 단말기를 지켜보는 직원들, 눈을 감고 콰이어트코브 의자에 앉아 있는 직원들, 회의실 문을 유리로 설치하는 데 반대 의사를 적극적으로 표명하는 직원들. 모두 다 잘 차려입었다. 태양 빛을 받아 환한 공간에 능률의 기운이 퍼졌다.

"누구를 말씀하시는 거죠?" 레아가 물었다.

바로 그때 그들이 보였다. 양복을 입은 두 남자. 한 남자는 하얀 피부에 호리호리한 체격으로 머리에 기름을 발라 뒤로 넘겼다. 다른 남자는 갈색 피부에 코가 각지고 체격이 좋았다. 둘 다 짙은 회색 양복을 입었는데 세련되긴 했지만 레아의 고객들이 입는 값비싼 재질은 아니었다. 둘 다 오른손에 태블릿을 마치 성경책이라도 되는 양 움켜잡고 있었다. 두 남자가 레아를 쳐다봤다.

"저 사람들이 뭐라더라, 정부 당국? 뭐 그런 허가증을 가지고 와서 아침 내내 이것저것 묻고 다닌다고. 들어본 적도 없는 무슨 부서라던데. 고객들이 불편해해. 사무실에 낯선 사람들이 있다는 것은 상당히 불편한 일이야. 더군다나 저 사람들이 정부 당국이라는 데서 왔다는 걸 고객들이 알기라도 한다면……."

저 남자들이 여기서 무엇을 하고 있지? 어떻게 이리도 빨리 여기에 와 있지?

"그래, 무슨 일이 있었나? 당신이야말로 회사에 충성하고 있잖아. 혹시……." 지앙이 목소리를 낮췄다. "설마…… 기간 연장을 속이기라도 한 거야? 그런 거라면 내가 아는 사람이 있어. 물론 내가 그랬다는 건 아냐. 하지만 당신도 알잖아. 내가 인맥이 좀 넓은 편이거든."

"그런 거 아니에요." 레아가 대답했다. "기간 연장을 속이다니요? 말도 안 돼요. 아침에 작은 사고가 있었을 뿐이에요."

"사고라니? 몸 어디를 교체하기라도 했어?"

지앙의 목소리에 묻어난 무언가 때문에 레아는 속이 뒤틀렸다. 말

끝에 묘한 떨림이 있었다. 신이 나기라도 한 걸까?

"아니에요. 보세요. 아주 멀쩡합니다. 정말 말이 안 되는 상황이에요." 레아가 말했다. 공손하지만 단호한 미소를 지으면서. 수명 순자 산지수 기준에 합당하지 않은 고객을 대할 때 그녀가 으레 짓는 미소였다. 레아는 사무실 밖으로 나가 성큼성큼 중앙으로 걸어갔다.

"안녕하세요. 무엇을 도와드릴까요?" 레아가 물었다.

머리를 뒤로 빗어 넘긴 남자가 뻐딱한 자세로 서서 무슨 말을 하려고 했지만 동료의 기침 소리에 입을 다물었다.

"치료 일정에 대해 안내받았죠?" 기침을 하던 남자가 물었다. 모공 하나 없이 촉촉한 피부, 노화방지 관리를 충분히 받는 사람에게나 가능한, 비현실적인 윤기가 흐르는 피부를 가지고 있었다. 정부 고위직 관리임이 틀림없었다.

레아는 그 남자의 피부에서 눈을 뗄 수가 없었다. 말 그대로 빛이 났다. 흠 하나 없는 팽팽한 피부는 마치 광택제를 바른 호두 같았다. 손톱으로 상처를 내고 싶은 충동이 일었다.

"무슨 일로 오셨나요?"

두 남자는 서로를 쳐다봤다. 동료들의 시선이 조금씩 두 남자에게 쏠리고 있었다. 다들 업무에 집중하는 척했지만 속내는 그렇지 않았다. 조용한 와중에 대화 내용이 다 들리다 보니 관심을 가지지 않으려고 해야 그럴 수가 없었다.

"저는 AI라고 합니다." 완벽한 피부를 가진 남자가 말했다. "이쪽은 함께 일하는 GK입니다."

부지런히 태블릿을 두드리던 GK가 고개를 들었다.

"감시 업무차 왔습니다." AI가 말을 이었다. GK는 꾸부정한 자세로 다시 태블릿을 들여다봤다. 레아는 자세를 바로잡아주고 싶은 충동을 꾹 참았다. 저런 척추라면 정부기관에서 훨씬 낮은 자리에 있어야 했다.

"이곳은 사업장입니다. 우리 고객들이 누군지 아세요? 두 분은 여기 계시면 안 됩니다."

그러자 두 남자가 동시에 종잇조각을 꺼냈다. 아침에 받은 치료 일정에 있던 빨간색 필기체와 같은 글씨였다. 하지만 종이 크기가 더 작았다. 감시 업무 허가증. 단어 세 개가 큼지막하게 쓰여 있었다. 한가운데에는 하트 모양의 황금색 스탬프가 찍혀 있었다. 지앙이 말한 문서였다.

"어느 부서에 계세요?" 레아가 물었다. "제가 보고를 해야 해서요."

AI가 눈을 깜빡거리며 레아를 뚫어지게 쳐다봤다. 그러더니 작고 네모난 치아가 보이게 씩 웃었다. "왜요?"

"무단출입이니까요." 바로 그때 문서 조항이 생각났다. "코르티솔 발생 의도적 유발." 레아가 덧붙였다. 그들은 이 조항 때문에 직장을 잃을 수도 있었다.

동료들이 이제 대놓고 모여들었다. 저 멀리서 지앙이 직원들 어깨를 두드리고 팔꿈치를 잡아끌며 자리로 돌아가라고 성화 중이었다.

GK는 빠르게 타이핑을 했다. 그러는 사이사이 레아를 올려다봤다. 마치 그녀의 초상화를 그리는 화가처럼 이리저리 레아의 얼굴을 살폈다.

"지금 나가지 않으시면 보안요원을 부르겠어요." 레아는 물러나지 않았다.

GK가 태블릿으로부터 고개를 들더니 밋밋하고 창백한 얼굴을 구기며 씩 웃었다. "그럴 필요 없습니다. 이미 우리가 보안요원과 연락해놨으니까." 그러고는 작고 네모난 오렌지색 플라스틱 패스를 꺼냈다. 레아의 열쇠에 달린 것과 똑같은 패스였다. "출입 허가를 받았습니다."

레아는 밀려드는 공포감에 숨을 몰아쉬었다. "좋습니다. 하고 싶은 대로 하세요."

레아는 돌아서 자신의 사무실로 들어갔다. 지앙이 뒤따라 들어와 유리문을 닫았다.

"저 사람들, 여기 있으면 안 돼. 고객들을 쫓아내고 있다고." 지앙이 손님 대기실 쪽을 가리켰다. 한 무리의 고객들이 서류를 작성하거나 헬스핀의 최근 실적 보고서를 읽고 있었다. 개중에는 화려한 패턴이 들어간 실크 스카프로 얼굴의 반을 가린 사람도 있었다. 선글라스를 쓴 커플도 있었다. 신중에 신중을 기하느라 이쪽을 대놓고 쳐다보지는 않았지만, 레아는 그들의 시선을 느낄 수 있었다.

"제가 할 수 있는 게 없어요. 들으셨잖아요. 저는 지금 감시대상자라고요."

레아는 책상 밑으로 손을 만지작거리며 손톱 가장자리 거스러미를 잡아 뜯었다. 죄책감이 녹아내리며 마음이 편안해졌다. 뜯긴 부위에서 피가 났다. 하지만 상처는 곧 나을 것이다.

"아." 보이지 않는 무게감에 짓눌린 듯 지앙의 목소리가 바뀌었다. "감시. 그렇군. 알겠네. 그 이야기는 못 들었어."

지앙이 레아로부터 눈길을 돌렸다. 방 안을 두리번거리다 저만치 벽 한가운데 어느 지점에 시선을 고정시켰다. 그러고는 두 손을 쥐었다가 풀었다가 했다. 그러더니 AI와 GK가 서 있는 사무실 밖을 내다봤다.

AI는 손을 주머니에 넣은 채 어정쩡한 자세로 책상에 기대서 있었다. 안내 담당 직원에게 뭔가 말을 건네는 중이었다. 안내 직원의 껍데기뿐인 낮은 웃음소리가 가늘게 들려왔다. 그녀가 뭔가 일을 꾸미듯 몸을 앞으로 기댔다. 붉은 입술은 거의 움직이지 않았다. 탁, 탁, 탁. GK의 손가락이 부지런히 움직였다.

"지앙." 레아가 지앙을 불렀다. "설마 당신도 그렇게 생각하는 건 아니죠?"

"그럼. 당연히 아니지." 지앙은 레아를 향해 핑크빛 손바닥을 내저었다. "하지만……. 그래도."

"그래도 뭔데요?"

"그냥, 조심해서 나쁠 것 없잖아. 윗사람으로서 우리야 물론 당신이 우선이지. 건강한 마음에 건강한 신체라는 말도 있잖아." 지앙은 자신의 왼손 손등을 마치 처음 보는 물건처럼 이리저리 살피며 말했다. "어쩌면 자네가 일을 너무 열심히 해서……."

"네?" 레아의 목소리가 올라갔다.

"머스크 거래 건은 나탈리에게 좀 도와주라고 할까? 아무래도 큰일을 할 때는 혼자보다 둘이 낫잖아."

너무 당연하다는 듯 으스댈 나탈리의 얼굴을 생각하니 의도치 않게 목소리가 커졌다. "말도 안 돼요. 머스크 거래 건을 여기까지 성사시킨 건 저라고요. 절대로 다른 사람에게 넘길 수 없어요."

햇빛이 사방에서 들어왔다. 둥글둥글한 모양에 움푹 팬 모공까지, 지앙의 얼굴은 마치 달과 같았다. 더군다나 모공 몇 개는 지나치게 넓어진 데다 블랙헤드까지 껴 있었다. 에어컨을 세게 틀어놔서 추울

지경이었지만 지앙의 이마에는 작은 땀방울이 송골송골 맺혀 있었다.

"다음 주쯤에는 저 사람들도 가고 없을 거예요. 제가 장담해요." 레아는 감정을 억누르며 말했다. "토요일에 담당 텐더를 만나 정기 점검을 받을 예정이에요. 그러면 오해가 풀리고 모든 게 해결될 거예요."

"좋아. 하지만 다른 사안이 발생하면 나에게 알리겠다고 약속해. 코르티솔 분비가 늘어난다거나 뭐든 안 좋은 일은 전부 다 말이야."

지앙이 사무실을 나가자 레아는 자신의 인체공학 의자에 몸을 기댔다. 앉아 있는 시간을 설정해놓은 타이머를 제외하고 책상 위 모든 화면은 꺼져 있었다. 타이머가 작동했다. 기계음이 곧 울릴 것이다. 매시간 하는 스트레칭이 끝났다고 말이다. 숫자가 사라지고 초록 불이 검은색으로 바뀌며 깜박거렸다. 숫자를 뚫어지게 바라볼수록 점점 흐릿하게 보였다. 레아는 화면 너머로 GK와 AJ를 바라봤다. 그들은 여전히 대기실 주변을 어슬렁거리고 있었다. 이 모든 일을 한 번에 해결할 수도 있었다. 그녀가 누구를 보았는지, 왜 그렇게 서둘러 도로로 뛰어들었는지 말할 수도 있었다. 아빠를 또다시 놓치고 싶지 않아서 그랬다고. 어느 정도는 사실이니 말이다.

하지만 그다음엔? 그들이 아빠를 찾기라도 하는 날엔? 88년이 지났다. 하지만 정부 당국은 그토록 오랜 시간이 흘렀건만 아직 아빠를 용서하지 않고 있었다.

# 3장
# 바이올린을 연주하는 여자

안야는 가녀린 어깨를 울로 된 숄로 단단히 감쌌다. 숄에 턱을 파묻고 희미하게 남아 있는 엄마 냄새를 들이마셨다. 프렌치 라벤더와 바다 냄새가 뒤섞여 풍겨왔다.

시간은 엄마의 인공 심장 박동 소리로 알 수 있었다. 쿵쿵쿵. 공간은 일정한 간격을 두고 가져갔지만 결국 손도 안 댄 채 말라버린 식사를 다시 가져오기 위해 방을 가로질러 걸어간 걸음 수로 젤 수 있었다.

파열되지 않는 엄마의 심장이 뼈로 둘러싸인 새장에 갇힌 채, 한때 피부였던 얇고 투명한 막을 통해 훤히 들여다보였다. 안야는 심방과 심실이 오르락내리락하는 찰나의 순간을 정확하게 예측할 수 있었다. 모든 박자는 매번 정확하게 똑같았다. 안야는 심장이 가득 부풀어 올랐다가 줄어들고 판막이 열렸다 닫혔다 반복하는 과정을 지켜봤다. 끈적끈적 새까만 스마트블러드™가 일정한 속도로 흘러 나오고 있었다.

쿵쿵쿵. 크고 텅 빈 복도를 왔다 갔다 하는 누군가의 발소리 같았다. 엄마의 심장은 절대 멈추지 않을 것이다. 엄마의 심장은 최첨단 기술로 제작된 최신 제품이었다. 지금껏 출시된 것 중에 수명이 가장 길었다. 엄마의 피부 역시 최초로 만들어진 제품이었다. 안야는 뼈 속에 갇힌 심장이 얼룩덜룩 쪼그라드는 걸 지켜봤다. 그것은 마치 갈색 티백의 얼룩이 커다랗게 번져나가는 것 같았다.

다이아몬드스킨, 그들은 그렇게 불렀다. 자체 복구가 가능하고 특별히 더 튼튼하다고 했다. 하지만 엄마의 연장된 수명이 막바지에 다다를 무렵, 티끌 하나 없이 깨끗하던 진료실 유리문은 영원히 닫혀버렸다. 안야는 퀴퀴한 암모니아 냄새가 가득한 이 어두운 방에서 엄마와 단둘이 기다렸다. 갈 곳이 없었다.

처음 병으로 앓아누웠을 때만 해도 엄마의 상태는 그리 나쁘지 않았다. 적어도 대화를 나눌 수는 있었다. 그때만 해도 안야는 괜찮은 척할 수 있었다. 자수가 놓인 이불 아래에서 엄마의 근육과 폐가 서서히 쇠약해지고 있었지만 그래도 괜찮았다. 음악 이야기, 스웨덴 이야기, 아빠 이야기. 이런저런 이야기를 나누며 안야와 엄마는 한가로이 시간을 보냈다.

안야는 가끔씩 엄마를 위해 바이올린을 연주했다. 하지만 바이올린 현들은 굳어버린 안야의 손가락에 잔인할 정도로 차갑게 반응했다. 연습을 하지 않아 연주는 엉망이었다. 그래도 엄마는 나무라지 않았다. 음이 틀리고 박자가 어긋나도 엄마는 듣지 못하는 것 같았다. 그저 두 눈은 천장을 향한 채, 두 손은 먹은 게 없어 푹 꺼진 배에 올려놓은 채 말없이 웃기만 했다.

엄마가 퍼붓던 가혹한 말들이 그리웠다. 어디가 틀렸는지 지적하던 엄마. 게으르다며 꾸짖던 엄마. 치아 사이로 공기를 들이마시는 신경질적인 소리를 내던 엄마. 안야의 손가락 마디를 세게 톡톡 두드리던 엄마. 안야는 일부러 연주를 엉망으로 하기 시작했다. 음을 놓치고 또 놓치고 리듬을 무너뜨렸다. 엄마의 얼굴에 약간의 변화가 있지 않을까, 절망 속에 숨죽여 지켜봤다. 하지만 그런 일은 일어나지 않았다. 엄마는 넋을 잃은 얼굴이었다. 표정이라곤 없었다. 안야는 짙은 벨벳 케이스에 서둘러 바이올린을 넣었다. 반짝거리는 금속 버클을 딸깍 채웠다.

팔다리가 길고 군데군데 여드름이 난 평범한 소녀일 때부터, 엄마는 안야를 데리고 발트해로 수영을 가곤 했다. 구름이 아직 잠들어 있는 시간, 안개가 자욱해 공기가 축축한 새벽녘에 두 사람은 일어나곤 했다. 두꺼운 가운을 걸치고 나서서 어슴푸레한 빛 속에 관목이 줄지어 늘어선 길을 따라 걸었다. 그러다 길이 막히면 돌아가곤 했다. 시끄러운 세상에서 멀어져 맞이하던, 그런 꿈만 같던 아침이 영원할 줄로만 알았다. 바람 때문에 샌들 신은 발끝에 감각이 사라질 때쯤, 갑자기 눈앞에 길이 열렸다. 찰싹찰싹 파도가 치고 은빛으로 반짝거리는 드넓은 바다가 펼쳐졌다. 엄마와 안야는 서둘러 옷을 벗었다. 목욕 가운을 한 곳에 쌓아놓고 파도의 끝자락에 닿으려 나아갔다. 거친 모래와 뾰족뾰족한 작은 식물을 밟으며 폴짝폴짝 뛰어갔다. 빨리 뛰어갈수록 더 재미있었다. 늘 하던 대로 바닷물에 풍덩 뛰어들었다. 사방에서 밀려드는 숨 막히도록 차가운 기운을 헤치고 나아갔다. 드디어 모래 바닥이 파도에 떠밀려 갔다. 남은 거라곤 헤엄치는 일뿐이었다. 엄마의 팔다리가 핑크빛 아침 햇살을 받아 상아처럼 뽀얗게 빛났다. 두 사람은 추위에 아랑곳하지 않고 힘차게 헤엄쳤다. 그렇게 엄마와 안야는 아침마다 수영을 즐겼다. 이후 두 사람은 뉴욕에 왔다. 이제 수영할 곳은 어디에도 없었다.

엄마가 마지막으로 말을 했던 날, 두 사람은 그때 그 해변에 대해 이야기했다. 맨발에 닿는 모래가 어땠는지, 차가운 물이 하늘과 맞닿아 어떻게 어우러졌는지, 차디찬 바닷물이 몸에 닿을 때마다 깜짝깜짝 놀랐던 기억에 대해 이야기했다. 엄마는 이웃집 안데르손 씨가 작고 하얀 바닷가의 그 집으로 두 사람이 다시 돌아올 날을 기다리고 있을지, 약속대로 식물에 물을 잘 주고 있을지 궁금해했다. 그래서 안야는 엄마에게 일러주었다. 안데르손 씨는 오래전에, 적어도 50년 전 스웨덴에 수명연장 시스템이 도입되기 전에 돌아가셨다고. 스웨덴도 늦게나마 수명연장 시스템을 받아들였지만 미국에 비하면 아직 갈 길이 멀었다.

그랬던 엄마의 후두가 멈춰버렸다. 주변 근육이 형체도 없는 소리를 만들어내려고 후두를 쥐어짰다. 결국은 영영 포기하고 말았다. 처음에 안야는 엄마가 할 말을 상상하면서 혼자만의 대화를 이어갔다. 그때만 해도 엄마의 눈빛이 살아 있었다. 삶에 대한 의지를 불태우는 엄마의 두 눈과 마주할 수 있다는 것은 큰 위안이었다. 하지만 그 눈빛은 조금씩 빛을 잃었다. 엄마의 피부 역시 그 뽀얗던 빛깔을 잃고 시들어갔다. 혼자 하는 대화마저 점점 힘들어졌다.

지금 안야는 엄마의 침대 옆에 놓인 딱딱한 나무 의자에 앉아 있었다. 엄마의 인공심장이 펌프질하는 소리를 숨죽여 듣고 있었다.

엄마는 이미 오래전에 죽었다고, 엄마의 영혼은 공기라곤 없는 방 안에 갇혀버린 불꽃처럼 꺼져버렸다고 안야는 중얼거렸다. 엄마는 더 이상 이곳에 없다고, 남은 건 엄마라는 이름을 가진 껍데기뿐인 몸뚱이라고.

하지만 가끔씩, 엄마의 투명한 눈꺼풀이 파르르 떨리는 것을 볼 때면 마음이 흐트러졌다. 엄마의 낯선 심장은 언제나 변함없이 쿵쿵 쿵 뛰었다. 쿵쿵쿵. 잠을 잘 때도, 꿈속에서도 안야를 쫓아다니며 괴 롭히는 소리였다. 아무리 애를 써도 '엄마가 아직 이곳에 있다'는 생 각을 떨쳐버릴 수 없었다. 엄마는 말을 하지도 앞을 보지도 못한 채 어둠 속에 갇혀 있었다.

여기 얼마나 오래 있었지? 알 수 없었다. 어제가 오늘 같고 오늘 이 내일 같았다.


뿌옇게 흐려지기 전 엄마의 두 눈은 바다 빛깔이었다. 맑고 투명 하고 차가운 잿빛, 갓 얼어붙은 호수 위 얼음 빛깔이었다. 안야는 거 울을 들여다봤다. 보이는 거라곤 안야를 빤히 바라보는 엄마의 눈뿐 이었다. 엄마의 눈, 엄마의 오뚝한 코, 엄마의 창백하고 연한 핑크색 입술.

"자, 봐. 나쁠 것 없잖아." 두 사람이 처음 뉴욕에 도착하던 날, 병 원을 지나며 엄마가 한 말이었다. 그들은 검사를 받았다. 검사 결과 둘 다 유전자가 좋았다. 그것도 아주 뛰어난 유전자였다. 그래서 정 부 보조금으로 온갖 종류의 치료를 받을 수 있었다. 그러나 두 사람 이 뉴욕에 온 목적은 그것이 아니었다. 두 사람이 뉴욕에 온 것은 음악 때문이었다. 엄마는 노래를 부르고 안야는 바이올린을 연주하러 온 것이었다.

하지만 검사를 받는 순간 영원히 살고 싶다는 생각이 천천히 타오르며 병이 되고 말았다. 엄마는 미국인들처럼 생활하기 시작했다. 더 이상 육류도, 나아가 생선도 입에 대지 않았다. 크고 육중한 몸은 점점 줄어들어 헬스클럽에서 다듬어진 날씬한 몸매가 되어갔다. 무릎에 무리가 가서 달리기는 그만두었다. 노래를 부르면 심장에 무리가 가고 완벽한 유전자 구성에도 안 좋은 영향을 미칠 거라고 했다. 결국 엄마는 노래를 부르지 않았다. 게다가 음악가를 따라다니는 과도한 코르티솔 분비도 문제였다. 그들은 그것을 직업적 위험 요인이라 불렀다.

엄마는 시술과 교체에 집착했다. 처음에는 피부였다. 15개월마다 피부를 이식했고 혈액에 집착했다. 초소형 스마트 입자인 나노봇을 투입하여 피를 맑게 재생시켰다. 그들이 엄마의 심장을 고성능 인공 펌프로 갈아치우던 날, 안야는 손가락 끝이 벗겨져 자주색이 될 때까지 바이올린을 연습했다. 병원에 간 안야는 어디까지 가야 이 일이 끝나고 말지, 그 단서를 찾기 위해 엄마의 얼굴을 살폈다.

이제 알았다. 이게 바로 끝이었다. 텅 빈 눅눅한 방에 그들의 이름이 붙은 악기 몇 점뿐, 두 사람에게 남은 건 없었다. 치료비는 어느 정도까지만 지원되었을 뿐 연장된 수명을 유지하려면 점점 더 많은 비용이 들었다. 결국 그들에게는 아무것도 남지 않았다. 그저 기다리는 일밖에.


태블릿이 울렸다. 안야가 그 소리를 무시한 채 창가로 갔다. 나무 창문을 올렸다. 꼼짝도 하지 않았다. 다시 한 번 힘껏 밀어 올렸다. 어깨에 두른 숄이 바닥에 떨어졌다. 먼지가 잔뜩 낀 창틈이 벌어지더니 끼익 소리를 내며 열렸다.

도시의 냄새는 상쾌하고 시큼했다. 바다의 냄새 같았다. 그렁그렁 눈물이 맺혔다. 거리는 텅 비었고 창문 대부분은 불이 꺼져 있었다. 저곳에는 얼마나 많은 사람들이 죽어가고 또 죽지도 못하고 있을까? 그래도 엄마 곁에는 안야가 있었다.

태블릿의 날카로운 벨소리가 텅 빈 거리로 번져나갔다.

안야는 창문에서 한 발짝 물러나며 주머니에 손을 넣었다. 손가락 끝에 뭔가 닿았다. 엄마가 병상에 눕기 시작하면서 지금까지 꽤 오랫동안 가지고 다닌 카드였다. 카드에 도드라진 숫자를, 이제는 아예 외워버린 숫자를 엄지손가락으로 따라 그렸다. 선명한 붉은색 글씨로 쓰인 두 단어, '수이사이드 클럽' 아래 새겨진 전화번호였다.

# 4장
## 축복받은 유전자

대부분 그렇듯, 그것은 언제나 집중의 문제였다. 레아는 쓸데없는 생각을 떨쳐버리고 집중했다. 긴장을 풀고 숨을 크게 쉬었다. 토드의 머리가 움직일 때마다 올라갔다 내려갔다 흐려졌다 선명해졌다 하는 그의 어깨선에 집중했다. 그녀의 종아리를 누르는 옆구리의 단단하고 축축한 온기에 집중했다. 허벅지 안쪽에 와닿는 그의 뺨에 집중했다. 까칠하게 자란 수염의 감촉에 집중했다. 토드의 머리를 부드럽게 어루만지던 그녀의 손가락이 그의 머리카락을 한 줌 움켜잡았다. 토드가 속도를 올렸다. 하지만 레아는 허벅지를 오므리고 일어나 앉았다.

"왜?" 토드의 핑크색 입술이 한 줄기 빛 속에 반짝거렸다.

레아는 침대에서 빠져나왔다.

먼저 거실부터 확인했다. 모든 것이 그대로였다. 작은 쿠션은 중

세풍 소파에 가지런히 놓여 있었고 캐시미어 담요는 헤링본 무늬의 회색 소파커버 위에 걸쳐져 있었다. 벽에 붙은 흰색 장식장 세트가 아침 햇살을 받아 오렌지색으로 빛났다. 방 여기저기에 놓인 종이 등이 은은하고 옅은 핑크색으로 물들었다. 행복한 에너지를 주는 색 조였다. 얼룩 하나 없이 깨끗한 리넨 커튼이 드리워져 있고 가구들은 무채색의 향연 속에 소리 없이 자리를 지켰다. 발밑에 닿는 대리석 바닥이 차가웠다.

부엌과 욕실 그리고 손님방까지, 아파트 전체를 두 번이나 돌며 확인했다.

레아가 침대로 돌아왔다.

"무슨 소리가 난 것 같았어."

토드는 이마에 주름이 지지 않도록 팔꿈치로 몸을 받치고 상체를 일으켰다. "그만해. 편집증이야. 건강에 좋지 않다고."

"너는 몰라. 그 사람들이 거기 있었단 말이야. 바로 내 사무실에. 안내 담당 직원에게 질문도 하고 말도 걸었다고. 그리고……." 레아가 하던 말을 멈추었다.

그를 봤어. 내 아빠를 봤어. 그 말은 목구멍에 걸려 밖으로 나오지 않았다. 토드는 레아의 가족사를 알고 있었다. 토드에겐 그저 영화의 배경 이야기에 지나지 않았다. 레아가 오래전에 경험한, 그리고 그가 아는 한 레아가 이미 극복한, 삶의 힘들었던 한 장면에 불과했다.

토드의 따뜻한 발가락이 레아의 꼬리뼈에 닿았다. 손가락으로 척추 뼈 사이사이 단단한 근육을 만지작거리며 몸을 타고 올라갔다. 손가락이 레아의 길고 매끈한 목을 감싸 쥐었다. 엄지손가락을 열심히 움직였다. 레아의 몸이 뻣뻣해졌다.

"왜 그래?" 토드가 물었다.

레아는 토드의 손가락을 목에서 떼어냈다. 그러고는 몸을 구부려 토드에게서 떨어졌다.

"내가 어떻게 하면 될까? 어떻게 해야 그들을 설득할 수 있을까?"

"내가 말했잖아. 너는 그 사람들을 설득할 필요가 없어. 전부 다 말이 안 돼, 레아. 곧 오해라는 게 밝혀질 거야. 정부 당국에서 이 문제를 해결할 거야. 이런 일로 며칠씩 허비하고 그럴 필요 없다니까."

레아는 침대에서 일어나 옷장에 달린 거울을 봤다. 옷을 입지 않은 그녀의 몸은 여전히 50살도 안 되어 보였다. 물론 그녀만 그런 것은 아니었다. 100살 가까운 대부분의 라이퍼들은 50살의 일반인들과 다를 바 없었다. 하지만 정말 중요한 것은 200살에 가까워질 때의 모습이었다. 곧게 뻗은 척추와 가랑이 사이의 알맞은 간격, 탄력 있는 엉덩이를 이리저리 살펴봤다. 다른 사람도 아니고 그녀가 감시 대상자라니 믿기 어려웠다.

"걱정할수록 상황은 더 안 좋아질 뿐이야." 토드가 말을 이었다. "건강한 마음에 건강한 신체라고. 감시요원들을 그냥 무시할 수는 없어?"

"그 사람들 때문에 머스크사가 거래를 끊었단 말이야. 몇 년 전으로 다시 돌아갈 수도 있다고."

"거래를 끊은 게 아니잖아. 보류한다고 말한 거잖아. 왜 그렇게 최악의 경우를 생각하는데? 만약에 네가……."

"만약에 뭐?"

토드는 이불에 생긴 주름을 폈다. 레아는 토드 옆에 무릎을 꿇고 앉아 그의 허벅지 윗부분을 손바닥으로 쓸었다. 외계 행성의 표면처럼 금빛 체모들로 뒤덮인 부드러운 살갗 아래 단단한 그의 물건은 언제나 그녀를 황홀하게 했다. 언젠가 남는 거라곤 이것뿐일 테지, 레아는 그런 생각이 들었다. 갑자기 슬퍼졌다. 스마트블러드™, 다이아몬드스킨™, 터프머스크™, 영원불멸의 삶. 색소 침착으로 칙칙해지고 주름이 깊게 팬 얼굴, 레아는 자꾸만 떠오르는 아빠의 얼굴을 떨쳐버리려 애썼다.

토드가 그녀의 어깨에 손을 얹었다. "잘될 거야. 너는 최고야. 너는 내가 알고 있는 가장 특별한 라이퍼라고."

"하지만 아니면 어떡하지? 아니라면…….

"내가 정부 당국을 찾아가서 말해볼게. 강력한 조치를 받지도 않은 네가 라이퍼 중에서 최초로 달리기를 포기할 수밖에 없었던 이유도 설명할게. 일일 최적 영양분이 골고루 흡수되도록 하루 종일 뉴트리팩을 30회 분량으로 나누어 먹는 이야기도 할게. 매일 밤 두 시간씩 명상을 한다는 것도, 하루도 빠짐없이 매일 아침 스트레칭을 한다는 것도 말할게. 그리고…….

"됐어. 그만해. 알았으니까."

레아는 웃어보았지만 여전히 답답했다. 표정을 보니 토드는 레아를 이해하지 못했다. 8년을 사귀었지만 아직 결혼 날짜를 잡지 않은 이유도 아마 그래서일 것이다. 흠잡을 데 없는 유전자와 사람을 잘 믿는 선량함, 그게 토드였다. 정부 당국이 공정하고 합리적일 거라고 확고하게 믿는 사람이 그였다. 헬스핀이라는 집안 배경과 보유한 신탁자금 덕분에 대충 자기관리나 하면서 살 수 있는 사람. 비라이퍼의 삶이 어떤지 결코 알지 못하는 사람. 축복받은 유전자를 지닌 독보적인 사람.

그래서 토드를 옆에 두는 것 아니었던가. 엉망진창이 되어버린 자신의 과거를 감싸줄 갑옷쯤으로 토드를 여겨온 것 아니었던가. 그녀가 원한, 그리고 엄마 유주가 그녀에게 원한 인생의 마지막 퍼즐 조각이 바로 토드 아니었던가. 두 사람이 결혼해 아이를 낳으면 분명 라이퍼일 터였다. 그 아이는 주변 사람들 가운데 최초로 300살 문턱을 넘게 될지도 모른다. 영원불멸의 삶. 토드와 레아의 유전자라면 충분히 승산이 있었다.

레아가 일어섰다. "같이 가보자."

레아는 토드의 손을 잡고 제일 작은 방으로 갔다. 원래는 드레스 룸이었다. 하지만 지금은 천장부터 바닥까지 그림으로 가득 차 있었다. 한쪽 벽면에 기대놓은 커다란 거울에는 물감이 튀고 흐른 얼룩이 가득했다.

토드는 한 번도 혼자 이 방에 들어온 적이 없었다. 다만 레아의 개인적이고 독특한 취미를 늘 좋은 마음으로 존중해주었다. 토드는 당황스러웠지만 예의를 지켜 캔버스를 바라봤다. 그리고 마치 수학 문제를 풀려고 애쓰는 사람처럼 이맛살을 찌푸렸다.

# 5장
## 라이퍼와 비라이퍼

　모든 사람은 태어나자마자 수명을 알리는 숫자를 받았다. 정부 당국은 아기가 태어나면 바로 테스트를 실시했다. 울부짖는 아이의 목구멍에 손쉽게 면봉을 집어넣었다. 부모들은 손을 꼭 잡고 초조하게 기다렸다. 아이의 평생을 결정지을 중요한 순간이었다. 때로는 아이를 처음 품에 안는 순간, 아직 인간의 눈이라고 할 수 없는 액체 상태의 아기 눈을 들여다보며 결과를 알기도 했다.

　사람들의 말에 따르면 레아가 그랬다고 했다. 레아는 그 이야기를 수도 없이 들었다. 엄마가 그들에게 다시 한 번 말해달라고 얼마나 여러 번 부탁했는지, 테스트를 다시 해달라고 얼마나 고집을 부렸는지 들었다. 담당의사는 자신들은 실수 따위를 하지 않는다고 퉁명스럽게 말했고 기분이 상한 나머지 검은 콧수염을 계속 실룩거렸다고 했다. 레아의 엄마는 믿을 수가 없었다. 하지만 어느새 눈물을 흘리고 있었다. 눈물이 그녀의 뺨을 타고 흘러내려 레아의 동그랗고 완벽한 뺨에 떨어졌다. 핑크색 작은 입술을 벌리고 있던 아기 레아는 처음으로 짠맛을 맛봤다.

물론 새뮤얼의 경우는 달랐다. 레아가 태어나기 40년 전, 그때 엄마는 예상하고 있었다는 듯 소식을 듣고도 무표정으로 일관했다.

새뮤얼이 태어나고 뒤이어 레아가 태어났다. 유주와 가이토는 아이들에게 그들이 생각하기에 예쁜 미국식 이름을 지어주었다. 가족의 새로운 시작을 상징하는 이름이었다.

의사들은 확률이 백만 분의 1이라고 했다. 그런 일이 일어났던 것이다. 지극히 이례적인 일이었다. 형제자매가 가지고 태어나는 숫자는 그 차이가 대체로 100년 미만이었다. 그런데 100년을 넘어 10년이나 차이가 더 나는 것은 무척 드문 일이었다. 더군다나 한 명이 라이퍼인데 다른 한 명이 아닌 것은 상상도 할 수 없는 일이었다.

가끔 레아는 유전자 풀이 한정적이긴 한 것인지, 형제자매 간에 유전자 분열이 여러 번 일어날 수도 있는 것인지 궁금했다. 만약 자신이 오빠에게서 무언가를 빼앗은 거라면. 하지만 그녀는 그리 오래 고민하지 않았다.

"어서 오세요." 그녀가 문을 열고 들어가자 접수 담당 간호사가 활기차게 인사했다. "제시에게 오셨다고 할게요. 잠깐만 기다리세요."

다른 손님들, 주로 펜슬 스커트를 입은 여자 손님들은 화려하게 꾸며놓은 대기실에 앉아 탭을 두드리고 있었다. 어떤 손님은 카키색 음료가 담긴 유리잔을 들고 있었다. 병원 채소음료 코너에서 갓 만들어낸 음료였다. 단단한 소나무 재질의 카운터, 하얀색의 젠(일본식 불교-옮긴이) 그림들, 종이로 만든 등까지. 모두 마음을 편안하게 달래주기 위한 것들이었다.

레아는 카운터의 매력적인 바리스타에게 생강차 한 잔을 부탁했다. 바리스타가 신선한 생강을 아주 얇게 저미는 동안 레아는 그의 팔뚝에 튀어나온 혈관들을 쳐다봤다. 어쩌면 이 남자는 외과 수련의 과정을 밟고 있을지 몰랐다. 그는 50세가 넘었을 리 없었다. 아마 의대 40년 중 30년의 과정을 마쳤을지 몰랐다. 요즘 듣기로는 경험을 쌓고 싶어 안달이 난 학생들이 병원으로 엄청나게 몰려든다고 했다. 스무디 만들기나 화장실 청소를 자청해가면서.

문득 생각났다. 새뮤얼은 소아과 의사가 되고 싶어 했다. 오빠는 늘 아이들과 잘 지냈다. 레아를 데리고 연습을 하기도 했다. 오빠의 모습이 떠올랐다. 기다란 팔다리에 울퉁불퉁한 관절마디, 물구나무서기를 하느라 머리는 바닥을 쓸었고 안경은 이마에서 미끄러졌다. 레아에게도 부엌 조리대에 기대어 물구나무서기 하는 법을 가르쳐 주었다. 레아는 엄마가 그만두라고 할 때까지 깔깔거리며 공중에 발차기를 했었다.

물론 새뮤얼은 전혀 가능성이 없었다. 바이퍼는 40년이 걸리는 기본적인 의과대학 수련과정을 마칠 정도로 수명이 길지 않으니까.

"레아."

제시의 목소리에 레아의 마음이 편안해졌다. 수명유지 및 관리를 담당하는 대부분의 텐더들이 그렇듯 제시는 각별한 영향력이 있었다. 제시의 목소리는 시럽을 부은 듯 달콤했다. 제시는 가족이나 다름없었다. 제시는 레아보다 먼저 새뮤얼을 돌봤다. 살아 있을 때의 엄마만큼이나, 사라지기 전의 아빠만큼이나 그들을 돌봐왔다.

제시와 레아는 진료실로 들어갔다. 모든 것이 깨끗하고 깔끔하게 정돈되어 실제보다 더 넓어 보였다. 조절장치, 측정기구, 센서와 같은 모든 장비들이 하얀 패널 뒤쪽에 가지런히 놓여 있었다. 누에고

치처럼 생긴 기계는 한쪽 구석에 얌전히 놓여 있었다. 멀리 벽 한쪽은 식물들 차지였다. 광택 나는 도자기 화분들이 줄지어 놓여 있었는데 대부분은 다육식물이었다. 온통 가시로 뒤덮인, 이름을 알 수 없는 나뭇가지 식물들도 있었다.

"제시." 레아가 말했다. "제 수치를 보면 깜짝 놀랄 거예요. 어제 하루 동안에 한 달 치를 잃어버린 것 같아요."

제시는 피부에 비해 유난히 하얀 고무장갑을 간신히 손에 끼워 넣었다.

"그래? 어디 얼마나 나빠졌는지 한번 볼까?" 한 손가락으로 화면을 움직였다. 진료실 구석에 놓여 있던 누에고치가 윙윙 소리를 내며 천천히 작동했다. 초록 불이 희미하게 들어오더니 이내 잠잠해졌다.

레아는 빠르게 옷을 벗어 제시의 책상 위에 가지런히 올려두었다. 추워서 피부에 소름이 돋았다.

"세상에." 장갑을 낀 제시의 손가락이 레아의 엉덩이 위 짙은 보라색 형체에 닿았다. "요가 때문인가?"

레아는 제시와 자신이 침대에 누워 서로의 몸을 비교하는 자매 같다는 생각을 해보았다. 언니가 있다는 건 어떤 느낌일까. 오빠가 있는 것과 어떻게 다를까.

다시 새뮤얼이 생각났다. 그는 책벌레였다. 방구석에 앉아 낡아빠진 책에 코를 박고 있는 그를 만나는 것은 어려운 일이 아니었다. 끈이론과 조류학은 그가 제일 좋아하는 분야였다. 책을 읽을 때면 버릇처럼 종종 집게손가락을 물어뜯고 코를 찡긋거렸다. 레아는 그런 오빠를 뚫어지게 바라봤다. 오빠가 자신을 쳐다봐주기를 바랐다. 하지만 오빠는 웬만해서는 고개를 들지 않았다.

너는 또 새뮤얼을 연구하는구나, 엄마가 말했다. 다른 때였으면 하는 일 없이 빈둥댄다고 혼냈을 테지만 이때만큼은 레아가 하는 대로 내버려두었다. 엄마에게 새뮤얼은 늘 예외였다.

기계가 준비되었다. 누에고치가 소리 없이 문을 열고 내부의 좁은 침대를 드러내 보였다. 레아가 제시의 손을 잡고 기계 안으로 들어갔다. 맨발이 살균 처리된 거친 시트에 닿았다. 레아가 길게 숨을 내쉬었다. 기계 양옆이 투명해서 밖을 내다볼 수 있었다. 하지만 편하지 않았다. 심장이 쿵쾅거렸다.

제시가 다시 화면을 터치했다. 좁은 기계 안으로 고요한 바다 소리가 흘러들어왔다. 생생한 바다 냄새도 났다.

덮개가 닫혔다. 딸깍 소리가 나며 출입문이 닫혔음을 알렸다. 기계의 양옆이 불투명해졌다. 레아는 깜깜한 어둠 속에 던져졌다. 거친 질감의 매트리스 위로 손가락을 펼쳤다가 접었고 다시 펼쳤다. 자신이 아직 기계 안에 있다는 사실에 위안을 얻기 위해서였다. 레아는 눈을 꼭 감았다.

다시 새뮤얼이 나타났다. 기침이 멈추지 않던 날이었다. 손을 입에서 멀리 가져가 한참 동안 들여다보던 날이었다. 엄마와 아빠가 새뮤얼에게 달려갔을 때 레아는 거실 구석에 최대한 몸을 쭈그리고 앉아 있었다. 지금 생각해보니 정말 이상한 일이었다. 쭈글쭈글해진 눈, 축 늘어진 뱃살, 희끗희끗 숱이 없는 머리카락. 오빠는 76세 아빠보다 더 나이가 들어 보였다.

미세한 진동이 기계 안을 채웠다. 가스, 초록 불, 그리고 진동, 레아는 순서를 알고 있었다. 레아가 천천히 숨을 들이쉬고 내쉬었다. 곧 끝날 것이다.

두 번째 진동이 울렸다. 느닷없이 아빠의 얼굴이 나타났다. 길에서 본 그 남자가 아니었다. 아빠는 예전 모습 그대로였다. 피부는 탄력이 넘쳤다. 검게 빛나는 눈동자는 레아의 눈 모양과 색깔을 닮아 있었다.

아빠가 오빠의 허리를 너무 거칠게 잡아채서 오빠가 움찔 놀라는 게 안경 너머로 보였다. 아빠는 충격으로 아무 말도 못 하고 오빠의 손바닥을 뚫어지게 쳐다봤다. 마치 오빠의 손금에서 끔찍한 운명을 읽기라도 한 것 같았다. 아빠가 본 게 손금이 아니라는 것을 레아는 나중에서야 알았다. 그것은 피였다. 가래가 섞인, 거품이 많은 끈적끈적한 피였다.

레아가 생생하게 기억하는 것은 피가 아니었다. 이어지는 기침과 발작, 암, 병원, 그리고 장례식도 아니었다. 레아는 오빠가 죽을 거라는 사실을 늘 알고 있었다. 레아가 기억하는 것은 그날, 기침이 멈추지 않던 그날 아빠의 표정이었다. 아빠의 얼굴은 오빠의 손을 들여다볼 때처럼 일그러져 있었다. 입술은 일자로 굳게 다물어져 있었다. 눈은 넋이 나간 채 아무것도 담겨 있지 않았다. 레아는 그토록 차가운 아빠의 눈을 본 적이 없었다. 그녀가 기억하는 것은 끔찍한 슬픔에 빠진 아빠의 얼굴이었다.

마침내 기계 문이 열렸다. 레아는 여전히 눈을 꼭 감고 있었다.

"다 끝났어." 제시가 활기차게 말했다. "레아, 괜찮아?"

레아는 공기가 폐에 가득 찰 때까지 숨을 깊게 들이마셨다.

"레아?"

레아가 눈을 뜨고 일어나 앉았다. 찬 공기가 재차 피부에 닿으며 으스스 소름이 돋았다.

"괜찮아요." 레아가 말했다. "나는……." 레아가 멈칫했다. 어떻게 이야기를 시작해야 할까? "나는 이런 일에 전혀 익숙지 않아요."

레아가 옷을 입었다. 제시는 단말기에 어렴풋이 나타난 세 개의 커다란 화면 쪽으로 몸을 돌렸다. 화면 위에서 선들이 곡선을 그렸고, 막대그래프가 불쑥 튀어나왔고, 여러 개의 원과 삼각형이 서로 연결되기 시작했다. 익숙한 그림이 그려졌다. 하지만 레아에게는 아무런 의미가 없었다. 오직 텐더만이 그 도표를 읽을 수 있기 때문이었다.

화면을 쭉 훑어본 제시가 다음 화면으로 넘어갔다가 다시 첫 번째 화면으로 돌아왔다. 레아는 도표 대신 표정이라도 읽어보고자 제시의 얼굴을 힐끔거렸다. 그러나 그 표정은 아무런 변화도 보이지 않았다.

"걱정할 필요 없어." 드디어 제시가 말했다. "어제 작은 소동이 있었나 본데 수치는 괜찮아. 두 달 정도 클렌징 치료와 명상 치료를 집중적으로 받으면 금방 회복될 거야."

하지만 그때, 새로운 숫자들이 화면에 떠올랐다. 화면은 금세 초록색 도형들로 가득 찼다. 제시가 멈칫하더니 물었다. "어제 무슨 일이 있었던 거야?"

별일 아니라는 듯 명랑한 음성을 유지하고자 노력하며, 레아가 대답했다. 멋진 양복을 입고 직장에 나타난 두 명의 남자에 대해서. 제시가 대표로 있는 '마음의 안정을 위한 환경 조성(CASE)' 센터에 들어가 반드시 재교육을 받으라고 강조하던 텐더, 그리고 이해할 수 없는 치료 일정에 대해 이야기했다. 하지만 자신이 왜 갑자기 도로로 뛰어들었는지는 말하지 않았다.

"오늘 그 사람들을 만나서 말해줄 거죠?" 이야기를 마치고 레아가 물었다.

제시가 화면에서 눈을 떼더니 책상 밑에서 작은 물뿌리개를 꺼냈다. 그리고 식물에 물을 다 줄 때까지 아무 말도 하지 않았다. 그 작업을 다 마친 제시가 레아를 바라봤다. 물뿌리개는 제시가 입고 있는 암갈색 가운과 같은 색이었다.

"레아." 제시가 부드럽게 말했다. "여기는 정기적으로 라이퍼들의 건강상태를 모니터링하고 유지 관리하는 곳이야. 감시를 담당하는 곳과는 분리되어 있어. 완전히 별개의 부서라고."

"무슨 말이에요?"

"도와주고 싶지 않아서가 아니라……." 제시가 레아의 눈을 피하며 말했다. 온화한 목소리 속에 철저한 프로 근성이 묻어났다.

"아." 레아는 무릎에 놓인 자신의 손을 물끄러미 내려다봤다. "음, 그러면…… 오늘은 그만 할까요? 제가…… 10분 뒤에 약속이 있어서요." 거짓말이었다.

"그래, 그럼." 제시는 다시 화면을 쳐다봤다. 자판을 두드리기 시작했다. 타닥타닥 키보드 소리가 마치 떨어지는 빗방울 소리 같았다. 남은 시간 동안, 레아는 엉덩이에 든 멍에 대해서도 감시자들에 대해서도 이야기하지 않았다. 결국 레아는 아무것도 말하지 않은 셈이었다. 그저 노폐물을 긁어내고 이리저리 관절을 맞추고 새 척수액을 주입했을 뿐이었다.

그리고 모든 게 끝났다. 책상 옆에 있던 유도관이 탱탱 소리를 내며 작은 유리병을 뱉어냈다. 제시가 주사기를 꺼냈다. 능숙한 솜씨로 유리병에 주삿바늘을 꽂고 액체를 주사기에 빨아들여 담았다. 레아는 기계적으로 팔을 내밀었다.

"오늘은 엑스트라 리페어먼츠를 주사할 거야. 평소 맞던 항산화제에 더해 스트레스 해소에 도움이 되는 약간의 촉진제가 들어 있어. 아, 그리고 수영도 열심히 다니길 바라." 제시가 말했다. "근육 힘줄에 좋아."

주삿바늘의 따끔함은 그저 간지러운 정도였다. 곧이어 화학약품의 익숙한 기운이 몸속에 밀려들어왔다. 레아는 척추를 곧게 폈다. 작은 뼈 마디마디가, 힘줄 하나하나가 뚜두둑 소리를 내며 제자리를 찾았다. 풍부한 헤모글로빈과 새로 주입된 리페어먼츠가 피부 밑 모세혈관을 타고 온몸으로 뻗어나갔다. 피부가 따끔거렸다. 각질이 떨어져나가며 피부 표면에 마치 뱀 껍질처럼 미세한 균열이 생기는 것 같았다. 근육에 말랑말랑 탄력이 생기며 단단해졌다. 몸에 새로운 기운이 느껴졌다. 더없이 행복한 일이었지만 마음을 뒤흔드는 일이기도 했다. 레아는 의자에서 벌떡 일어났다.

"데려다줄게." 제시가 말했다.

두 사람이 말없이 짧은 복도를 지나 로비까지 걸어갔다. 제시가 불편해하는 기색이 느껴졌다. 하지만 레아는 내색하지 않았다. 이건 제시 잘못이야, 레아는 생각했다. 도와줄 생각조차 하지 않았잖아. 그녀는 뭐라도 할 수 있었다. 그녀는 텐더였으니까.

클리닉의 벽면에는 액자들이 줄지어 늘어서 있었다. 환한 조명 아래 실험실 가운을 입은 여자와 남자의 사진이, 그 밑에 멋진 세리프체로 날짜와 제목이 달려 있었다. 필라이, 블랙웰 챈, 크루소프, 몰, 레아는 그 익숙한 이름들을 읊었다. 그러고는 무수한 고객들을 내려다보고 있는, 고화질로 확대된 사진 속의 눈들을 뚫어지게 바라봤다.

제1의 물결 선구자들이 이 시점의 뉴욕을 본다면, 제2의 물결이 끝나고 제3의 물결이 시작되는 뉴욕의 모습을 본다면 어떻게 생각할까. 영원불멸의 제1세대 사람들이 이미 그들 사이에 살고 있었다. 너무 자주 반복해서 의미 없는 주문이 되어버린 그 말이 갑자기 떠올랐다. 새뮤얼이 생각났다.

레아는 가던 길을 멈추고 제시를 바라봤다. 그리고 팔을 움켜잡았다.

"알아볼 수 있잖아요, 제시, 안 그래요? 나를 위해 해줄 수 있잖아요?" 레아가 말했다. 목소리에 애원의 기색이 묻어나는 게 싫었다. "제3의 물결. 예상보다 일찍 시작되고 있다는 소문을 들었어요. 이번 일을 기록에 남길 수는 없어요. 지금은 안 돼요. 그동안 내가 얼마나 열심히 살아왔는데, 그럴 수는 없어요."

제시가 레아의 시선을 피하며 로비 주변을 둘러봤다. 그녀가 눈을 깜빡거렸다. 기다란 속눈썹이 뺨 위에 거미줄 같은 그림자를 드리웠다.

"다음 주에 보자." 제시는 자신의 팔을 잡고 있는 레아의 손가락을 떼어내면서 밝은 인사를 건넸다.

"그래요. 네. 하지만 정말 안……" 레아가 하던 말을 멈췄다. 제시는 더 이상 레아의 말을 듣고 있지 않았다. 제시는 레아 뒤편에서 일어나는 소동을 쳐다보고 있었다. 바리톤의 낮은 목소리가 계속 이어지고, 안내 직원의 목소리가 더 커졌다.

레아가 뒤돌아봤다. 그녀 앞에 펼쳐진 풍경은 아까와 비슷했다. 아까 제시의 진료실로 들어갈 때와 거의 똑같았다. 젠 그림, 종이 등, 음료 카운터에서 일하는 바리스타. 고급스러운 소파는 다른 손님들로 가득 차 있었다. 하지만 좀 전과 달리 어느 누구도 탭이나 휴대전화, 무릎 위에 펼쳐놓은 잡지를 들여다보고 있지 않았다.

그 대신 그들은 로비 한가운데 서 있는 한 남자를 쳐다보고 있었다. 진료실 조명은 그에게 친절을 베풀지 않았다. 흰 머리가 듬성듬성 남아 있는 두피가 훤히 드러났다. 눈 밑과 입술 밑으로 어두운 그림자가 드리웠다. 목 주변 주름이 더 도드라져 보였다.

"이곳은 회원 전용 공간입니다. 손님께서는 밖에서 기다리셔야 합니다." 접수 직원의 목소리가 점점 커졌다.

"그녀가 이곳에 등록되어 있는지 아닌지 그것만 알려주세요." 나이 든 얼굴과는 다르게 차분하고 단호하고 당당한 목소리였다.

"말씀드렸지만 고객의 개인정보를 알려드릴 수 없습니다." 접수직원이 말했다. 목소리만으로도 그녀가 얼마나 곤란해하는지 알 수 있었다. 필시 의대생일 그녀는 클리닉의 우아한 고객들 말고는 상대해 본 경험이 없는 게 분명했다.

"말씀드렸다시피 저는 외부인이 아닙니다." 남자가 말했다.

"선생님." 제시가 다가갔다.

레아의 아빠가 고개를 돌렸다. 88년 만에 처음으로 서로의 눈이 마주쳤다.

제시가 옆으로 다가가 그의 팔꿈치를 감싸 쥐었다. "선생님, 여기서 나가주세요." 제시가 바리스타에게 고개를 끄덕여보였다. 그러자 바리스타가 쏜살같이 달려와 남자의 다른 쪽 팔꿈치를 잡았다. 아빠는 팔을 비틀어 그들의 손아귀에서 겨우 벗어났다. 아빠가 레아를 향해 한 발짝 움직이려는 순간 바리스타가 다시 아빠를 잡았다. 이번에는 가슴팍을 꽉 움켜쥐었다. 아빠가 휘청거리며 소리를 질렀다.

"저기요!" 레아가 앞으로 나서며 큰 소리로 외쳤다. "그만하시죠."

바리스타가 깜짝 놀라 쳐다봤다. "손님, 이 사람은 비라이퍼입니다."

"아니요. 비라이퍼가 아닙니다." 레아가 그들 쪽으로 걸어갔다.

"레아, 무슨 소리야?" 제시가 의아해하며 물었다. 아빠가 바리스타의 손을 밀쳤다. 그리고 반쯤 벗겨진 낡은 재킷을 똑바로 입었다. 익숙한 동작에 레아는 가슴이 조여왔다.

"남자분이 물어보던 사람이 바로 이분이에요." 접수 직원이 말했다. 안내 데스크에서 뒤로 물러나 책임을 면하게 된 그녀는 다시 싸우고 싶은 눈치였다. 다른 손님들 역시 사연이 궁금해 죽겠다는 얼굴이었다.

"이 사람을 알아? 누구신데?" 제시가 고개를 돌려 아빠 얼굴을 슬쩍 곁눈질하더니 물었다. 그때 제시의 눈에 무언가가 휙 스쳐지나갔다. 그녀는 무슨 유령이라도 되는 양 아빠를 뚫어지게 쳐다봤다. 설마…… 아니지?

# 6장
## 88년 만의 재회

아빠가 말을 꺼내기 전, 레아는 아빠의 팔을 잡고 비상구 쪽으로 끌고 갔다.

"제시, 다음 주에 봐요." 레아가 문을 닫고 나가며 밝게 소리쳤다.

이번만은 토요일 아침 도로 상황이 고맙게 느껴졌다. 금세 사람들 무리에 가려 클리닉은 보이지 않았다. 사람들이 주말 브런치를 찾아 한꺼번에 거리로 쏟아져 나온 모양이었다. 향료가 첨가된 단백질 음료를 홀짝거리고 열심히 산소를 들이마시고 있었다.

레아는 클리닉에서 몇 블록 안 떨어진, 사람이 가장 많은 가게를 골랐다. 사람들 틈을 비집고 안으로 들어가 우는 아기들을 안고 있는 세 명의 아빠 옆에 앉았다. 출생률이 곤두박질치는 요즘에는 아기들을 보기가 어려웠다. 그래서 지나가는 사람들은 유모차를 보기만 해도 멈춰 서서 '오구구구!' 하며 아기의 볼을 간질였다. 그러면 아기는 아빠가 그 모습을 흐뭇하게 바라보는 동안 더 크게 울어댔다.

술집의 희미한 불빛이 늙어버린 아빠의 얼굴을 가려주었다. 하지만 초점 없는 아빠의 눈 밑에 잔뜩 돋아난 좁쌀 모양의 패립종들을 숨겨주지는 못했다.

"레아, 우리 아가, 이젠 다 컸구나." 아빠가 기다란 잔에 든 연두색 오이 슬러시를 조금 마셨다. 그러더니 인상을 찌푸렸다. "맛이 아주 형편없군. 이런 걸 누가 먹는다고." 아빠는 손짓으로 웨이터를 불렀다. "저기요. 여기 바닐라셰이크 한 잔 주세요."

"네?"

"지방분을 빼지 않은 우유에 인공 바닐라 향이 가미된 아이스크림과 설탕을 넣은 혼합 음료 말일세. 동맥경화를 일으키고 콜레스테롤 수치를 높여주는 혈중지방성분이 가득하지." 아빠가 대답했다.

"농담이에요." 레아가 끼어들었다. "농담을 아주 잘하세요." 레아는 큰 소리로 웃으며 웨이터에게 가보라고 손짓했다.

"시선을 끌 일은 하지 않는 게 좋아요." 레아가 작은 목소리로 말했다.

아빠가 한숨을 내뱉었다. 앞에 놓인 음료를 물끄러미 쳐다보더니 그 연두색 슬러시를 시무룩이 휘저었다. 스푼이 유리잔에 부딪혀 울리는 딸그락 소리만이 둘 사이를 메웠다.

"네 엄마랑 똑같은 소릴 하는구나." 언제나 그랬듯 장난기 많고 생기 넘치는 아빠의 눈은 눈꺼풀에 가려져 덮개를 덮어놓은 별 같았다. "네 엄마 같아."

그리고 다시 못마땅해하는 목소리가 들렸다. 네 아빠는 발각될 수 있어. 너 역시 함께 있는 모습을 들키게 될 거다. 지침 28B: 위반행위 방조죄.

"어쩌다 보니 거의 90년이나 지났구나. 그들이 나를 기억할까 싶은데."

레아는 고개를 저었다. 그럴 리 없다는 것을 알고 있었다. "돌아오셨군요." 한참 만에 레아가 꺼낸 말이었다.

스푼으로 음료를 휘젓던 아빠가 동작을 멈췄다. "어떻게 지냈니?" 사뭇 진지하게 물었다. 미소는 온데간데없었다.

"저는……." 말이 목구멍에 걸렸다. 목이 간질간질 꽉 막히는 것 같았다. 레아는 억지로 기침을 하며 말을 뱉었다. "잘 지내요." 신중하고 차분한 목소리였다. 연평균 성장률과 선도 곡선에 대해 언급하면서 프레젠테이션을 할 때의 목소리와 다를 게 없었다. 하지만 눈 뒤쪽이 묵직했다. 그 느낌은 코 위쪽으로, 목구멍 뒤쪽으로 번졌다. 이 감정이 무엇인지를 알 수 있었다.

레아는 지난 수십 년간 울지 않았다. 지금도 울지 않을 것이다. 시선을 돌려 밖을 내다봤다. 거리에는 엄청난 인파가 이동 중이었다. 떠들며 걸어가는 사람들, 모두 똑같이 윤기 나는 얼굴에 꼿꼿한 걸음걸이였다. 갈색, 회색 그리고 검은색 무리. 모두 똑같은 가을 코트를 입고 있는 것처럼 보였다. 문득 여름이 그리웠다. 일 년 중 유일하게 거리에 색깔과 땀샘이 폭발하는 시기였다.

"어디 다친 데는 없나 걱정했다. 네가 도로로 달려들었을 때 말이다. 물론 처음엔 넌 줄 몰랐단다. 알 수가 없었지. 시간이 조금 지나니 알겠더구나. 사람들이 엄청나게 몰려들었는데도 말이지. 알아보겠더구나. 하긴 어디서든 내가 우리 레아를 못 알아볼 리 없지."

목구멍에 덩어리 같은 것이 울컥 올라왔다. 내가 아빠를 한눈에 알아본 것처럼 말이지요, 레아는 생각했다.

아빠의 두 눈이 보이지 않는 패턴을 그리며 레아의 얼굴을 하나하나 살폈다. "네가 어른이 되다니 믿기지가 않는구나." 아빠가 이를 드러내며 환하게 웃었다. 누르스름해진 치아는 끝이 부서지고 울퉁불퉁했다. 수십 년 동안 그런 치아를 본 적이 없었다. 사람의 이가 원래는 저런 모습이었을까?

"우리 아가 레아. 아직 네가 동그랗고 커다란 눈을 가진 아이일 거라 생각했단다. 너는 세계정복을 꿈꿨지. 학교 다닐 때 다른 아이들을 겁주곤 했던 우리 레아."

레아는 가슴이 답답했다. 창백하게 질린 한 소년의 얼굴이 눈앞을 스쳐지나갔다. 반 친구들은 아무 말도 못 하고 울고 있었다. 부드럽고 폭신폭신한, 구름처럼 새하얀 토끼.

"오래전 일이에요." 레아가 느닷없이 말했다. "기억도 잘 안 나는 일이에요."

아빠는 의자에 등을 기댔다. 한쪽으로 머리를 갸웃하는 그 표정을 레아는 가늠할 수 없었다. "확실해. 88년 전, 그러니까 거의 한 세기 전 일이네."

"아빠는요? 그들이 아직도 아빠를 찾고 있나요?" 레아가 목소리를 낮춰 물었다. 음료를 주문하는 소리, 윙윙거리며 쉬지 않고 돌아가는 믹서기 소리, 주변이 시끄러워서 다행이었다.

"이렇게 만나니 참 좋구나." 아빠는 레아의 질문을 무시했다. "나는 말이지, 상황이 좀 더 좋았더라면 하고 바랐단다. 네가 브로드웨이 한가운데에서 그것도 가장 붐비는 시간에 도로로 뛰어들지 않았더라면 하고 말이지. 그래도 너를 볼 수 있어서 참 좋았다. 네가 잘 지내고 있어서 정말로 좋구나."

"저는……." 잠시 동안이지만 레아는 오랜 여행을 마치고 돌아온 아빠를 만나는 거라고 생각했다. 일 때문에 몇 주 동안, 아니, 몇 달 동안 만나지 못한 아빠와 다시 재회하는 것이라고. 아빠와 평생 가깝게 지내왔다고 생각했다. 매일매일 전화 통화를 했고, 같이 뉴트리팩 식사를 했고, 오랫동안 함께 공원 산책도 했다고 생각했다. "회사 승진 대상자 명단에 있어요." 레아가 말했다. 하지만 아빠는 무슨 소리인지 알지 못했다. 지난 88년간 레아가 어떻게 살아왔는지 전혀 모르는 듯했다.

아빠가 활짝 웃었다. "당연한 일이지. 다른 사람들은 승산이 없을 게다. 틀림없이 네가 모두 날려버릴 테니까."

레아가 눈을 깜빡거렸다. 아빠는 이걸 재미있다고, 농담이라고 생각하는 걸까?

"여기 왜 오셨어요?" 레아의 목소리에 힘이 들어갔다. 이제 더 이상 울거나 소리치고 싶지 않았다.

거리의 번잡한 풍경이 아빠의 작은 눈에 비쳤다. 불현듯 아빠가 진짜 이곳에 있구나 하는 생각이 들었다. 몸은 쪼그라들고 예전의 모습은 없이 껍데기만 남았어도, 그래도 아빠였다. 출장을 다녀올 때마다 플라스틱 공룡 인형을 사다주던 아빠, 차가 막혀 구급차가 오도 가도 못할 때 새뮤얼을 업고 서른 개의 블록을 뛰었던 아빠. 오빠가 마지막 눈을 감을 때 목놓아 울던 아빠. 그때 레아는 태어나서 처음으로 남자의 눈물을 봤었다.

마침내 아빠가 입을 열었다.

"레아, 나는 늙어간단다." 아빠가 아이러니한 미소를 지었다. 아빠가 엄마보다 10살이 더 어리다는 사실을 문득 생각해보았다. 이제 아빠는 170살이었다. 같은 세대 사람들에게는 꽤 인상적인 나이였다. 사람들은 당연히 아빠가 엄마보다 오래 살 거라고 생각했었다. 아빠의 수명 숫자는 언제나 엄마보다 높았으니까. 아주 오래전 미국으로 건너오기 전까지 일본 혼슈 중부의 작은 산골마을에서 자란 아빠에게는 조상으로부터 물려받은 유리한 것들이 있었다.

"보고 싶었다."

레아는 가슴이 쥐어짜듯 아팠다. 저도 보고 싶었어요, 마음속으로 말했다. 하지만 지금은 어떤가? 아빠는 지금 그들의 모습을 어떻게 생각할까? 이제 남은 가족이라곤 없었다. 오래전에 이미 무너지고 없었다. 그녀는 지금 다른 목적을 가지고 다른 삶을 살고 있었다.

"저는…… 저는 이만 가봐야 해요." 레아는 테이블 아래에서 엄지손톱의 거스러미를 잡아 뜯었다. 새살이 돋기 전에 또다시 피가 났다.

아빠가 한숨을 내쉬었다. 그 한숨이 가슴에서 솟아올라 얼굴을 스치며 잔물결을 일으켰다. 그 움직임이 보였다. 눈가에서 시작해 사방으로 번져나간 주름에서, 입 주변으로 원을 그리며 자리 잡은 주름에서 아빠가 그동안 지었던 모든 표정이 보였다. 아빠의 미소와 주름과 한숨. 그 모두가 레아가 살아온 삶의 테두리 밖에서, 아빠 스스로 가족을 떠나 살았던 다른 곳에서 일어난 것이었다. 그렇게 생각하니 아무런 감정 없이 고개를 끄덕이는 일이 쉬워졌다.

계산서를 받았다. 레아가 지갑을 꺼냈다. 아빠는 계산을 하려고 하지 않았다. 그저 웨이터에게 카드를 건네는 레아를 지켜볼 뿐이었다. 레아가 코트와 지갑을 챙기며 바쁘게 움직였다.

"저기." 아빠가 낮은 목소리로 말했다. "너에게 전화를 걸어볼까

메시지를 보내볼까 아니면 찾아가볼까 여러 번 생각했었다. 정말이야. 정말 그러고 싶었단다. 하지만 그랬다간 상황이 더 나빠질 것 같더구나. 네 엄마가 알아서 다 잘했을 거란 거 안다. 몸 건강하게 헬스핀에 취업도 하고 토드도 만나고, 잘 지냈겠지. 아주 잘 지냈다고, 지낸다고 생각했단다. 그렇게 생각했어. 정말이란다. 하긴 네가 뭘 어떻게 할 수 있었겠니? 사회의 낙오자, 체제 위반자, 거기다 곁에 있지도 않은 아빠 때문에 그저 손 놓고 슬퍼할 수만은 없는 일이지."

레아는 의자에서 일어섰다. "가볼게요." 레아가 나지막하게 중얼거렸다.

"너도 알다시피 특히 학교에서 그 일이 있었던 다음에는……." 아빠가 하던 말을 멈추고 손으로 얼굴을 쓸었다.

레아는 옆자리에 앉은 사람들의 목소리가 이상할 정도로 활기차다는 생각이 들었다. 그들은 연출된 웃음 사이사이로 힐끔힐끔 곁눈질을 하고 있었다.

"이제 진짜 가봐야 해요. 안녕히 가세요. 아빠."

하지만 '아빠'라는 말을 꺼내자 마음속 무언가가 깨져버렸다. 아빠가 눈을 깜빡였다. 아빠도 레아 자신과 같은 감정이라는 것을 알 수 있었다.

"잠깐만, 레아야." 아빠가 재킷 안주머니에서 펜을 꺼내 냅킨에 무언가를 갈겨썼다. 그러고는 레아에게 내밀었다. "만약에, 혹시라도 할 말이 있거든, 아무 때라도 연락하렴."

사람들 사이를 헤집고 나가면서 레아는 뒤돌아보지 않았다. 레아가 주변을 살핀 것은 가게에서 나와 횡단보도에 섰을 때뿐이었다. 아빠는 꼼짝도 않고 그 자리에 앉아 있었다. 고개를 숙인 채 반쯤 남은 스무디를 뚫어지게 쳐다보고 있었다.

　아빠 옆에 앉아 있던 젊은 남자가 아기를 데리고 왔다 갔다 했다. 지나갈 때마다 아기는 동그란 공처럼 포동포동한 주먹을 이리저리 흔들어댔다. 그 모습에 어른들이 환하게 웃었다. 모든 사람들의 시선이 아기에게 쏠렸다. 아기가 꼬물거릴 때마다 사람들의 눈과 손이 집중되었다. 아기가 울기 시작했다. 창문 너머라 소리는 들리지 않았다. 보랏빛 포동포동한 아기는 뭐가 불편한지 얼굴을 찡그렸다.

# 7장
# 3이라는 불안한 숫자

88년 전, 사라질 때만 해도 아빠는 체격이 컸다. 하지만 지금 넓은 어깨, 떡 벌어진 가슴, 전봇대 같던 팔, 단단한 나무의 몸통 같던 다리는 온데간데없었다. 남은 것은 쪼그라들고 비쩍 말라버린 몸뿐이었다. 어린 시절 아빠 목에 매달려 놀았던 기억이 있다. 그녀가 팔을 다 둘러야 겨우 아빠 목을 감쌀 수 있었다. 물론 아빠가 그녀 곁을 떠나던 그때의 그녀는 지금보다 훨씬 작았다. 12살. 하지만 그 몇 달이 어제 일처럼 생생하게 떠올랐다.

레아의 기억 속 아빠는 아주 커다란 사람이었다. 30살, 40살, 50살에 찍은 아빠의 사진을 보면 요즘 상위 10퍼센트에 속하는 라이퍼만큼이나 날씬하고 탄력이 넘쳤다. 흰색 테니스 유니폼을 입고 찍은 사진은 무척 세련된 모습이었다. 핑크색 테니스 헤어밴드로 길고 검은 머리를 뒤로 넘긴 모습은 아름답기까지 했다. 다른 사진 속 아빠는 페루의 어느 폭포 옆에 엄마와 나란히 서 있었다. 두 사람 모두 자신보다 큰 배낭을 메고 다소 민망한 모자를 쓴 채 환하게 웃고 있었다. 레아가 가장 좋아하는 사진 속 아빠는 요트 위에 있었다. 파랗고 눈부신 하늘 아래로 햇볕에 그을린 얼굴 윤곽이 드러나 있었다. 아빠는 뱃머리에 기대서 있었으며 그의 품에 작은 아기가 포근히 안겨 있었다.

레저스포츠를 즐기던 아빠, 파스텔 색조의 경쾌한 운동복을 입던 아빠, 아내의 어깨에 팔을 두르며 애정표현을 잘 하던 아빠, 그때의 아빠를 더 잘 알았더라면 좋았을걸. 그때의 아빠에게는 레아가 늘 떠올리던 냉소적인 태도를 찾아볼 수 없었다. 사진 속 남자는 신체적으로 건강했을 뿐 아니라 삶을 있는 그대로 사랑하는 사람이었다.

제2의 물결이 시작되면서 상황이 나빠지기 시작했다. 세대가 엄마에게서 레아로 넘어갔고, 가족 문화도 무너졌다. 새뮤얼이 태어날 때까지만 해도 그들은 근 수십 년간 수명연장 검사와 예방 치료를 받아왔다. 하지만 시스템이 달라졌다. 제2의 물결이 시작되면서 제1세대 스마트블러드™ 기술과 훗날 다이아몬드스킨으로 발전하게 될 초창기 피부이식 기술, 최초의 신체기관 교체 기술 같은 여러 새로운 의료기술들이 대량 분배되기 시작했다. 새로운 기술이 도입되면서, 정부 당국은 최대 투자 대상자인 라이퍼들을 안전하고 건강하게 지키고자 새로운 지시 조항들을 만들었다. 제2의 물결 시대였다. 이제 제3의 물결이 시작되면 인간은 영원불멸의 삶을 살게 될 것이다.

"레아, 네 아이들은 가능하겠다. 어쩌면 너부터 가능할지도 몰라." 엄마는 흥분과 부러움이 묻어나는 목소리로 말하곤 했다.

"끔찍하군." 아빠는 고개를 절레절레 흔들며 대꾸했다. "누가 영원히 살고 싶겠어? 정부는 우리가 스테이크를 그만 먹기를 바랄걸?"

제2의 물결이 시작되고 얼마 지나지 않았다. 채소가게에 나붙은 영양소 비율 도표와 건강유지를 위한 월 요구량 안내문에 정면으로 맞서기라도 하듯, 아빠의 몸은 불기 시작했다. 아빠는 문을 늦게 닫는 햄버거 전문식당과 치킨 가게를 일부러 찾아다니곤 했다. 더 이상 테니스도 치지 않았다. 해마다 가던 하이킹 여행도 어느덧 추억 속으로 사라졌다.

정부 당국 산하기관에 다니던 엄마는 승진해 고위 공무원이 되었고 여러 혜택을 누렸다. 특히 탤런트 글로벌사가 임원들을 대상으로 실시하는 수명유지 프로그램 혜택을 받게 되었다. 엄마는 점점 날씬해지고 튼튼해지고 키도 커졌다. 아빠는 그와 반대였다. 허리는 물렁해지고 턱살은 점점 불어났다. 달라진 몸에 맞춰 새로운 셔츠를 사야 했다. 제약회사 영업 일을 하며 여러 곳을 비행하는 등 전국 각지를 돌아다녔다. 그렇게 몇 주씩 가족과 떨어져 지냈다.

레아가 기억하는 아빠는 그런 사람이었다. 그녀는 사진 속에 등장하는 아빠처럼 활력이 넘치는 모습을 본 적이 없다. '하루에 40분' 캠페인의 주인공과 같은 아빠는 만날 수 없었다. 어린 시절부터 봐온 아빠는 공연히 무례한 농담이나 던지는, 엄마와 뉴트리팩 식사 문제로 싸우고 요즘에는 전통 음식이라 불리는 햄버거와 스테이크를 달라고 소리치는 사람이었다.

아빠는 언제나 엄마가 까다롭다고 주장하던 사람이었다. 하지만 새뮤얼이 죽기 전까지 엄마와 아빠 사이에는 큰 문제가 없었다. 아빠가 당신이 사온 프라이드치킨을 먹으려고 할 때 엄마가 장난삼아 아빠 손을 툭 친다든지, 아빠가 웃다가 엄마를 소파로 잡아당긴다든지, 엄마에게 바삭바삭 기름진 튀김을 강제로 먹인다든지, 레아가 기억하는 모습은 대개 그러했다. '직장에 딸 데려오기' 행사를 맞아, 엄마 따라 사무실에 갔던 일도 떠올랐다. 엄마의 동료들이 아빠에 대해 재미있고 유쾌한 질문을 했던 기억도 났다. '아빠는 지금 무엇을 하시니?', '아빠가 뭐라고 하셨니?', '오, 아빠가 안 그랬구나!' 그들이 자신을 보고 아빠를 닮았다고 이야기했을 때 왠지 자랑스러워했던 기억도 났다. 레아는 회사 사람들에게 '독특하면서도 독립적이고 반항적인 아빠'의 모습에 대해 떠벌렸다. 절대 인정하지는 않았지만 엄마 역시 뿌듯해하는 모습이었다.

레아가 자라면서 상황이 달라졌다. 그 모든 게 언제부터였는지도 생각났다.

새뮤얼이 죽고 난 여름이었다. 엄마는 방 세 개짜리 아파트의 창문을 모조리 밀봉해버렸다. 그러고는 지침 8077A: 고층건물 보호법을 지켜야 한다는 핑계를 댔다. 그들은 5구역의 오래된 건물 저층에 살았기 때문에 엄밀히 말하면 창문을 밀봉할 필요가 없었다. 그로부터 20년이나 지나서야 지침 7077C가 생겨 2층에서 5층까지도 포함되었다. 하지만 엄마는 물의를 일으키고 싶어 했다. 송유관 개발을 기대한다는 등의 말을 했다. 그들 가족은 마치 곧 다가올 규제 변화에 맞춰가는 신생 기업 같았다. 넷이었던 가족이 깨지고 무너져 슬픔에 빠지고 만, 그런 유족이 아니었다.

그해 여름, 시간은 균형을 잃었다. 어느 순간 눈물과 분노가 한바탕 휘몰아치고 지나갔다. 남은 세 사람은 미동조차 없이 고요한 나날을 보냈다. 바깥 거리는 폭염이 기승을 부렸지만 아파트는 언제나 춥고 퀴퀴했다. 일부러 그런 환경을 만들었던 것이다. 언젠가는 새 뮤얼의 영혼이 테이블과 비어 있는 안락의자 구석구석에 깃들지 않을 때가 올 것이다. 하지만 지금은 그때가 아니었다. 그들은 스스로를 가두었다. 스멀스멀 도로에서 올라오는 열기가 다가오지 못하도록 스스로를 꽁꽁 가두었다.

그 일이 일어난 건 에어컨 때문이었다. 토요일이었던 걸로 기억한다. 레아와 아빠는 하루 종일 집에 있었다. 유주는 3주째 주말마다 사무실에 나갔다. 레아는 커피 테이블에 앉아 수학 숙제를 펼쳐놓은 채 다리를 꼬고 있었다. 숙제 진도가 잘 나가지 않았다. 새뮤얼 옆에 있느라 학교를 두 달이나 빠진 탓도 있었지만 아빠가 잠시도 가만히 있지 않았기 때문이다. 아빠는 레아 뒤쪽의 3인용 소파에 널브러져 누워 있었다. 육중한 아빠의 몸이 소파 위에 퍼져 있었다. 한 시간째 한 페이지도 넘어가지 않았다. 아빠는 한숨을 쉬고 자세를 바꾸고 머리를 벅벅 긁다가 다리를 꼬았다 풀었다 했다.

"너도 들리니?" 갑자기 아빠가 물었다. "너도 들리지, 그렇지?"

"뭐가요?" 짜증 섞인 목소리로 레아가 물었다. 저는 아빠가 내는 소리가 들려요, 레아가 속으로 말했다.

"저 윙윙 소리 말이야. 귀청이 터질 것 같은데."

레아는 고개를 가로저었다.

"아무 소리도 안 들리는데요."

"어떻게 이 소리가 안 들려?" 아빠는 화를 내며 소파에서 일어나 앉았다.

아빠의 거친 숨소리가 들렸지만 레아는 신경 쓰지 않았다. $x2$의 도함수는 $2x$. $x$의 도함수는 1.

"아빠, 저 숙제하는 중이에요." 가능한 한 상냥하게 말했다.

"저 소리에 숙제가 되니? 아, 그래. 그럴 수 있지. 신경 쓰지 말거라. 나는 소리가 어디서 나는지 알아봐야겠다." 아빠는 창문 쪽으로 걸어갔다.

레아는 다시 숙제를 시작했다.

아빠가 손뼉을 딱 쳤다. "에어컨 소리였군." 아빠는 팔짱을 끼고 창문 위쪽에 있는 환기구를 쳐다봤다.

"아무 소리도 안 들리는데." 레아가 중얼거렸다.

"레아, 이리 와보렴. 여기서는 너도 들릴 거다."

레아는 고개를 숙여 노트북 화면을 바라봤다. "아빠, 저 지금 바빠요. 이거 끝내야 한단 말이에요."

아빠는 낯선 표정을 지었다. 굳은 입가, 싸늘한 눈빛. 최근 몇 달 들어 한두 번 본 얼굴이었다. 레아는 그 표정이 싫었다. 아빠의 그런 얼굴은 레아를 공허하고 불안하게 했다. 혼자라고 느끼게 했다. 도함수: 곡선의 기울기, 변화율.

결국 레아는 노트북을 덮고 아빠가 있는 곳으로 갔다. 레아는 목을 쭉 빼고 아무 죄 없는 회색 에어컨 실외기를 올려다봤다. 고개를 위로 한껏 젖히고 귀를 기울였다. 하지만 아무 소리도 들리지 않았다. 들리는 거라곤 지나가는 자동차 소리, 씩씩거리는 아빠의 숨소리, 그리고 위층 사람들의 희미한 발소리뿐이었다.

레아가 아빠를 쳐다봤다. 레아의 대답을 바라고 기대하는 얼굴이었다. 레아는 저도 모르게 고개를 끄덕였다.

"그러게요. 에어컨 소리네요."

"내가 그랬잖아." 기세등등해진 아빠가 큰 소리로 말했다. "의자 좀 가져다줄래? 올라가서 한번 꺼봐야겠어."

"네?" 레아가 놀라서 말했다. "끄면 안 돼요, 아빠. 밖이 얼마나 더운데요."

하지만 이미 식탁 의자를 창문가로 끌고 온 아빠는 그 위에 올라가서 실외기를 향해 팔을 뻗는 중이었다.

"복잡하게 만들어놨네." 아빠가 중얼거렸다. "끄고 싶을 때 끌 수도 없군. 스마트 기후, 인공지능 냉방, 최첨단. 그놈의 빌어먹을 최첨단." 아빠가 실외기 여기저기를 더듬었다.

"오케이." 아빠는 보이지도 않는 스위치를 눌렀다. 아니나 다를까, 에어컨이 천천히 돌아가더니 멈춰 섰다. 완전히 멈춰버렸다.

"이제 우린 쪄 죽을 거예요." 레아가 소리쳤다.

"모르는 소리 마라. 우리는 어떤 일이 있어도 죽지 않아."

아빠는 좀 전의 그 낯선 표정을 다시 지었다. 그러더니 의자에서 천천히 내려왔다. 레아는 아빠가 의자를 제자리에 다시 가져다 놓는 모습을 지켜봤다. 아빠는 천천히 신중하게 움직였다. 무표정한 얼굴에 생각은 딴 데 가 있는 게 분명했다.

레아는 한숨을 쉬며 커피 테이블로 돌아와 앉았다. 다시 노트북을 열었다.

창문으로 햇볕이 내리쬐었다. 불과 10분도 안 돼 레아의 이마에 땀이 맺혔다. 겨드랑이가 축축해지고 무릎 뒤쪽에 땀이 고였다. 얇은 면 블라우스 소매는 팔에 딱 달라붙었다. 아빠는 원래 자리로 돌아가 다시 책에 집중했다. 아빠는 더 이상 꼼지락거리지 않았다. 더위를 느끼는 것 같지도 않았다. 레아는 아무 말 하지 않았다. 종아리가 허벅지에 닿지 않도록 테이블 밑으로 다리를 뻗었다. 숨이 턱턱 막혔지만 신경 쓰지 않으려 애썼다. 하지만 문이 열리는 소리에 심장이 덜컥 내려앉았다. 엄마였다. 레아는 겁에 질려 집 안을 둘러봤다. 그리고 엄마가 제때 에어컨을 켤 수 있을까 궁금해했다. 바보처럼.

"나 왔어." 엄마가 문을 열며 인사했다. 엄마의 목소리는 활기차고 또렷했다. 온통 바깥세상과 회사일로 바쁜 엄마였다.

"세상에." 집에 들어서자마자 엄마가 입을 떡 벌렸다. "에어컨 고장 났어? AS 기사는 불렀고? 왜 아직 안 고쳐놓은 거야? 여보, 집에서 뭐 해? 당장 건물 관리인에게 전화부터 해야겠어."

"당신 왔어?" 아빠가 소파에 누운 채 대꾸했다. "맞아, 아무래도 사람을 불러야 할 것 같아. 에어컨 윙윙거리는 소리가 엄청 시끄러워. 아주 미쳐버리는 줄 알았다니까."

"이상하네. 소리가 나더니 멈췄어?"

레아는 숨도 못 쉬고 노트북 화면만 뚫어지게 쳐다봤다. 손은 키보드 위에서 얼어붙었다. 갑자기 죽을 만큼 새뮤얼이 보고 싶었다. 조마조마했다. 새뮤얼이라면 이 상황에서 어떻게 해야 할지 알았을 것이다. 새뮤얼이라면 밝은 농담을 던지고 '엄마, 오늘 하루는 어땠어요?' 하고 말을 붙이면서 엄마의 관심을 딴 데로 돌려놓았을 것이다. 아니, 새뮤얼이라면 처음부터 에어컨을 끄게 두지 않았을 것이다.

"아니." 아빠가 당당하게 말했다. "내가 꺼버렸어."

레아는 고개도 돌리지 못하고 곁눈질로 엄마를 쳐다봤다. 엄마는 현관에 서 있었다. 옅은 회색 정장에 빳빳한 흰색 셔츠. 왼쪽 어깨가 노트북 가방에 눌려 살짝 처져 있었다. 오른손에 쥐고 있는 열쇠들이 햇빛을 받아 반짝였다. 작은 칼 꾸러미 같았다.

"당신이 껐다고?" 엄마가 낮은 목소리로 되물었다. "미안한데, 이해가 안 돼."

아빠는 엄마를 향해 손을 저었다. "이해하고 말고 할 게 뭐 있어. 시끄러워서 껐다는데. 당신이 창문을 다 막아버리지만 않았어도 창문을 열어서 여느 사람들처럼 신선한 공기를 마실 수 있었잖아. 하루 종일 저 빌어먹을 에어컨을 틀지 않아도 됐다고."

"레아야, 네 아빠는 우리가 남들처럼 살길 원하신단다. 그렇대. 내가 창문을 막지 말았어야 했다는구나. 그 얘기지, 지금?"

컴퓨터 화면에 뜬 기호와 방정식을 들여다보던 레아는 문득 생각했다. 3은 불안한 숫자야. 4가 안정적이야. 4가 균형이 맞고 안전해. 하지만 이제 우리 가족은 넷이 아니라 셋이다. 늘 불안할 수밖에 없다. 두 사람이 레아를 놓고 늘 정반대 방향으로 잡아당겼다. 도대체 언제까지? 도대체 어떻게 될 때까지?

아빠가 소파에서 일어섰다. "여보, 이건 옳지 않아. 내가 그런 뜻으로 말한 게 아니라는 걸 당신도 알잖아."

"그럼 무슨 뜻으로 말한 건데?"

아빠는 아무 말도 하지 않았다. 그저 깍지 낀 손가락을 배 위에 올려놓고 있을 뿐이었다.

엄마가 폭발했다. "왜 이렇게까지 해? 왜 다 망쳐놓느냔 말이야? 단순히 창문 때문이 아니잖아. 음식, 음식이 맘에 들지 않잖아."

"맞아, 도대체 일주일에 몇 번이나 저 쓰레기 같은 걸 먹을 거냐고. 쓰레기라고, 쓰레기. 아무 맛도 없고 정성도 없는 쓰레기. 인간이 먹을 수 있는 게 아니……."

"아, 그래서 당신은 딸에게 육류를 먹일 셈이군. 최근에 음식 섭취에 관한 지침이 나왔는데도."

"허구한 날 지침, 지침. 나는 우리 딸이 평범하게 살기를 바랄 뿐이야. 그게 그렇게 어려워? 인간답게 살고 싶다는데 뭐가 잘못이냐고."

"이건 뉴트리팩이야. 인간이 먹기에 적합한 음식이라고. 나는 당신이 왜 사사건건 시비를 거는지 모르겠어."

"당신은 신경 쓴 적이 없었어. 관심도 없었다고."

"아, 그러셔? 그러는 당신은? 당신을 좀 보라고. 하루 종일 누워서 배 속에 쓰레기만 집어넣고. 운동도 안 하고 잠도 안 자고. 도대체 뭐하자는 거야? 누구를 엿 먹일 속셈인데?"

아빠는 멈칫했다. 그러고는 차분한 목소리로 끔찍한 말을 내뱉었다.

"그런다고 새뮤얼이 돌아오는 건 아냐."

엄마는 입을 꽉 다문 채 아무 말도 하지 않았다.

아빠는 목소리를 높였다. "이런다고 달라지지 않아. 창문을 틀어막고, 식사 때마다 뉴트리팩을 먹고, 레아를 하루도 빠짐없이 그 빌어먹을 아쿠아 요가에 내보내고. 다 쓸데없는 짓이야. 당신은 레아를 세상 최고의 빌어먹을 라이퍼로 만들 수 있을지는 몰라도 새뮤얼은 돌아오지 않아. 그게 핵심이라고."

집 안 구석구석이 점점 더 더워졌다. 더 이상 숨쉬기가 어려웠다. 아빠의 헐떡거리는 숨소리가 들렸다. 머리가 멍해졌다. 레아는 덧셈과 뺄셈, 미분과 적분을 했다. 하지만 여전히 4에서 1을 뺀 숫자 3만 생각났다. 이제 3도 확실하게 보장할 수 없었다. 삼각형의 한 꼭짓점

은 다른 두 개에서 분리되어 쉽게 떨어져나갈 수 있었다. 영원히 사
라질 수 있었다.

# 8장
## 수이사이드 클럽

때로는 침묵이 안야를 지나칠 정도로 짓눌렀다. 그래서 다시 바이올린 연주를 시작했다. 예전 음계와 연습곡, 협주곡을 연주했다. 딸깍딸깍 윙윙, 유일하게 침묵을 깨는 기계 소리가 엄마의 몸에서 들려왔다. 침묵의 벽을 부수고자, 안야는 어떤 것이든 연주했다. 누가 시킨 것도 아닌데.

모서리가 깨지고 먼지가 들러붙어 끈적끈적해진 메트로놈을 꺼냈다. 그래도 아직 쓸 만했다. 연주할 때는 박자를 맞추기 위해, 밤에 잠들 때는 시간을 잊기 위해, 안야는 메트로놈을 틀어놓았다.

어느 날 아침, 안야는 얼굴을 스치는 차디찬 바람에 잠깨었다. 눈으로 뒤덮인 거리는 아침 햇살을 받아 청명하게 빛났다. 그날 아침 안야는 처음으로 메트로놈 없이 연주했다. 연습을 게을리한 곡예사가 균형을 잃고 빙글빙글 돌아가듯, 음계들이 이리저리 날뛰었다.

음계들이 살아 있는 것처럼 안야의 손가락을 이쪽으로 확 당겼다 저쪽으로 확 튕기는 것 같았다. 음계들이 미끄러지고 넘어지고 비틀거렸다. 어느새 그녀는 두 번 다시 연주하지 못할 것 같은 곡을 연주하고 있었다.

하루 전에 산 드레스를 입고 오디션을 보러 갔던 날, 드레스에 붙어 있던 가격표가 목 밑을 할퀴었던 일이 떠올랐다. 터틀넥을 입은 진지한 얼굴의 남자가 '준비됐냐'고 묻는데 그 목소리만이 한동안 메아리치던 일이 떠올랐다. 암갈색 벨벳을 입은 사람들이 무심한 얼굴로 줄지어 앉아 있었다. 엄마는 옆에 없었다. 준비됐다고 고개를 끄덕이는데 목이 메어왔다. 윤기 나는 나무 무대 위로 발걸음을 옮길 때마다 구두에서 삐걱삐걱 소리가 났다. 드디어 활을 들었다. 왼쪽 어깨에 익숙한 통증이 밀려왔다. 어깨에 힘을 뺐다.

그 어느 때보다 훌륭한 연주였다. 안야는 눈을 감았다. 엄마가 옆에 앉아 있다고 상상했다. 하지만 곧 그 상상은 사라졌다. 엄마도 완전히 잊었다. 마지막 떨리는 음을 겨우 쥐어짜내고 나서야 자신이 숨을 참고 있었다는 사실을 깨달았다.

안야는 아파트 문을 박차고 들어갔다. 합격 소식을 전하고 싶은 마음에 엄마가 평소와 다르다는 것을 눈치 못 챘다. 자신이 해냈다고, 줄리아드에 합격했다고 말하기 위해 엄마를 찾던 바로 그 순간이 떠올랐다.

안야는 바닥에 쓰러진 엄마를 발견했다. 엄마는 옷을 차려입고 화장을 한 상태였다. 귀걸이 한쪽이 사라진 것만 빼면 완벽했다. 그날 엄마는 자리에 누웠다. 힘 빠진 근육은 더 이상 엄마를 지탱해주지 못했다. 엄마는 다시 일어나지 못했다. 덕분에 안야는 줄리아드 합격 통지서를 밖에 내놓지 못했다.

지나간 일들이 한꺼번에 떠올랐다. 그녀가 연주하는 음계들이 차가운 방으로 번졌다. 안야는 떨고 있었다. 연주를 멈췄다. 끝나지 않은 음계들이 적막한 방 안에 떠돌았다. 때마침 전화벨이 울렸다. 담요를 어깨에 두르고 마음을 차분히 가라앉혔다. 전화를 받았다.

"안녕하세요, 안야 씨."

엄마의 심장이 꽃무늬 시트 아래서 딸깍딸깍 윙윙 소리를 냈다.

"그녀가 10분 안에 도착할 거예요." 전화 속 목소리가 말했다.

속이 훤히 들여다보이는 피부 아래 엄마의 광대뼈가 하얗게 드러나 있었다.

"안야 씨? 여보세요?"

입 안이 바싹 말랐다. "말씀하세요."

"아직 하고 싶으신 거죠? 원치 않으면 안 하셔도 돼요."

강철보다 강한 탄소섬유로 보강된 엄마의 호흡기.

"아니요, 제가 하겠다고 했잖아요. 할 겁니다."

전화를 끊었다. 바이올린을 내려놓고 카메라를 집어 들었다.

안야는 두 번째 비디오를 직접 찍겠다고 그들에게 말했었다. 노크 소리가 들렸다. 문을 여니 진짜 사람이, 자신과 비슷한 옅은 갈색머리의 여자가 현관에 서 있었다. 안야는 왠지 기분이 이상했다. 여자의 둥글고 부드러운 얼굴을, 복숭아처럼 탐스럽고 솜털이 보송보송 난 뺨을 찬찬히 들여다봤다. 동공 주변의 얇은 테두리를 자세히 살폈다. 회색빛 비구름 같았다. 여자의 오른쪽 이마에서 시작해 중간쯤에서 희미하게 끊기는 주름도 관찰했다. 여자는 어쩌다가 한쪽 눈썹만 올리는 습관이 생겼을까. 그리고 여자는 어쩌다가 지금 여기 자신 앞에 서 있는 것일까.

"안녕하세요." 여자가 말했다. "안야 씨죠? 저를 기다리고 있다고 들었어요."

갑자기 엄마의 심장 소리만 들리는 것 같았다. 쿵쿵쿵.

"네." 집 밖으로 나오며 안야가 말했다. 손에는 카메라가 들려 있었다. "가시죠."

옥상 위로 올라갔다. 여자는 경치를 둘러보며 감탄했다. 안야는 카메라를 설치했다. 삼각대가 무겁고 뻣뻣해서 카메라 균형을 잡기가 어려웠다. 안야는 카메라 설치에만 집중했다. 여자가 건네는 의미 없는 말들은 무시했다. 그러자 여자도 입을 다물었다. "화면 한가운데 당신이 나오려면 어디에 설치하는 게 좋을까요." 안야가 여자에게 물었다. 아직 여자의 이름도 모른다는 사실을 그제야 깨달았다.

여자가 적당한 곳에 자리를 잡았다. 그리고 손가락으로 머리를 정리해 귀 뒤로 넘겼다. 여성스러운 그녀의 몸짓이 안야의 심장을 두드렸다. 20층 아래 누워 있는 엄마를 떠올렸다. 인공심장 스마트블러드™는 멈추지 않고 펌프질을 해대고 있었다.

하지만 이번에는 달랐다. 마음속 목소리가 울부짖었다. 이 여자를 보라고! 귓가에 흩날리는 눈부신 머리카락을 보라고! 곧게 뻗은 허리와 건강한 다리, 살아서 반짝이는 눈동자를 보란 말이야! 이 여자는 살아 있잖아. 이 여자는 엄마와 달라. 이 여자는 죽을 필요가 없어.

"준비됐나요?" 여자의 목소리가 좀 전과 달라졌다. 안야를 바라보는 눈빛도 달라졌다.

안야가 고개를 끄덕이고 카메라를 켰다.

여자가 말하기 시작했다. 이 클럽이 늘 인권 보호 운동가들의 모임은 아니었다는 사실을 사람들은 모른다고 했다. 삶에 환멸을 느낀 라이퍼들이 오래전에 만든 모임이 바로 이 클럽이라고 했다. 수명유지 시술을 받을 만큼 받은 사람들이었다. 고밀도 리포단백질을 놓고 벌이는 경쟁과 금욕적인 생활에 지칠 대로 지친 사람들이었다. 그래서 라이브 음악 공연을 들으며 동맥경화에 가장 안 좋다는 전통 음식들을 진탕 먹고 마시는 파티를 비밀리에 열어왔다. 그들은 자신들의 모임을 스스로 조롱하듯 '수이사이드 클럽'이라 불렀다.

하지만 정부의 걱정은 나날이 늘어만 갔다. 온갖 새로운 조치에도 불구하고 인구는 여전히 줄어들었다. 정부 당국은 라이퍼들이 어느 날 갑자기 영생의 삶을 포기하도록 그냥 내버려둘 수 없었다. 방치했다간 미국은 세계 지배의 종말을 맞이할 테고 그것은 그들에게 재앙이었다. 그렇게 조직적인 중상모략이 시작되었다.

"이제 어떻게 할까요?" 여자가 물었다. 그녀의 머리카락이 바람에 마구 나부꼈다. 그녀의 가녀린 몸이 80층 아래 도시를 배경으로 카메라 앵글에 잡혔다. "수명을 알리는 숫자를 잘라버리고 수명연장 치료 장치를 제거하는 거 말고 통상적으로 처벌할 수 없는 사람들은 어떻게 되나요?"

그녀는 바닥에 있던 병을 집어 들고 마시기 시작했다. 그녀가 다시 말을 시작했을 때, 병은 비어 있었다.

"진행 속도가 점점 빨라지고 있습니다. 제3의 물결로 아주 빠르게 넘어가고 있습니다. 영생의 삶을 위해 실험용 쥐들이 희생되고 있습니다. 이전보다 더 강력한 교체용 특수 장기들이 개발되었습니다.

최신 스마트블러드™는 1밀리초도 안 되어 응고되는 거 아세요? 다이아몬드스킨은 자동차가 그 위를 지나가도, 80층 높이에서 떨어져도 끄떡없습니다."

여자 뒤로 태양이 작열했다. 그림자가 얼굴에 드리웠다. 두 눈은 검은 웅덩이 같았다. 그녀가 뒤쪽을 가리켰다.

"제가 지금 뛰어내린다 해도 그들이 저를 되살릴 수 있습니다."

여자는 성냥에 불을 붙였다.

"그들은 우리에게 선택권을 주지 않았습니다." 성냥불을 얼굴로 가져갔다. 그리고 숨을 들이마셨다. 불타오르는 건 태양만이 아니었다.

# 9장
## 위커버리 모임

첫 치료 모임은 일요일 아침 아우터 버러 지역에서 있었다. 레아가 가본 적이 없는 곳이었다. 벽돌로 지어진 자그마한 건물들은 온통 먼지투성이였다. 움푹 들어간 창문들은 하나같이 크고 불투명했다.

오래된 벽돌집들을 지나던 레아는 가구와 사람으로 어수선한 방들을 흘끔 쳐다봤다. 이런 주택에 대해 들어본 적은 있었지만 실제로 보기는 처음이었다. 방을 나누고 또 나눈 곳에서, 빛도 들지 않는 공간을 커튼 하나 쳐놓고 살아가는 사람들. 비라이퍼들이 사는 곳이었다. 새뮤얼도 다른 부모 밑에서 태어났더라면 이런 곳에서 살았을지 몰랐다.

거리는 섬뜩하리만치 조용했다. 보이지 않는 한기가 코트 옆구리를 타고 허리 부분으로 스며들었다. 걸어도 걸어도 끝이 없어 보였다. 똑같이 생긴 벽돌집들을 지나고 지나 드디어 도착했다. 주변의 허름한 건물들과 별반 다를 게 없는 진흙색 건물이 무척 적막해보였다. 하필 이런 곳에 진료센터가 있을 게 뭐람.

레아가 벨을 눌렀다. 벨소리가 어찌나 요란한지 깜짝 놀랐다. 몇 초가 지났을까, 성별을 알 수 없는 목소리가 치직거리는 스피커폰으로 들려왔다.

"계단으로 올라오세요. 오른쪽으로 두 번째 방입니다."

딸깍 문이 열렸다. 레아는 건물로 들어가기 전에 마지막으로 한 번 더 주소를 확인했다. 여기가 맞았다. 맞게 찾아왔다.

안으로 들어가니 여기저기 때가 타고 해진 겨자색 카펫이 보였다. 레아는 아무것도 건드리지 않으려고 조심하면서 삐걱거리는 계단을 살금살금 걸어 올라갔다. 계단 위로 좁은 복도가 펼쳐졌다. 오른쪽으로 두 번째 방 앞에 멈춰 섰다. 건물 따윈 잊어버려. 레아가 중얼거렸다. 코트 매무시를 바로하고 머리도 정리했다. 자신의 기록을 바로잡을 수 있는 기회였다.

감시요원들은 거의 매일 사무실에 나타났다. 참을성이 바닥난 지앙은 재택근무를 제안했다. 물론 레아는 거절했다. 탄력적 근무시간 운영과 재택근무는 승진에서 멀어지는 지름길이었다. 감시요원이 있건 없건 레아는 자신의 사무실을 지킬 작정이었다.

그들이 특별히 어떤 행동을 한 것은 아니었다. 대부분 레아를 지켜보는 게 다였다. 오늘 하루 레아가 어떻게 지냈는지 분명 궁금해할 텐데에게 따지고 싶었다. 그 사람들, 정확히 무엇을 감시하러 사무실에 오는 건가요? 억울해하는 표정보다는, 정말 혼란스럽고 궁금해하는 말투가 좋을 것 같았다. 이번 일이 얼마나 말이 안 되는지, 자신처럼 가치 있는 사회 구성원이 왜 이런 곳까지 와서 불필요한 산화분해를 겪어야 하는지 호소하는 모습이 중요했다.

복도를 둘러봤다. 머리 위로 희미한 전등불이 벽에 비치며 푹 익어버린 호박처럼 역겨운 누런색을 띠고 있었다. 창문이 없으니 자연광이라고는 들어오지 않았다. 레아는 심호흡을 크게 한 번 하고 단호하게 문을 두드렸다.

건물만큼이나 땅딸막하고 지저분한 외모의 남자가 문을 열었다. 얼굴은 둥글넓적하고 양쪽 턱살은 축 처졌으며 팔자주름이 깊게 패여 있었다. 눈 밑 땀구멍은 푹 꺼져 번들거렸고 몸 어디선가 가공식품 냄새가 희미하게 풍겼다.

"레아 기리노 씨?" 남자가 물었다. "늦었군요."

입술이 저절로 일그러졌다. 레아는 겨우 인상을 풀고 억지 미소를 지으며 인사했다.

모임을 주도하는 텐더가 있나 방 안을 둘러봤다. 저만치 벽에 작은 창문이 하나 있었지만 빛이 안 들기는 복도나 방이나 매한가지였다. 천장의 오렌지색 전등이 둥그렇게 모여 앉은 사람들의 얼굴에서 생기를 빼앗고 있었다. 모두 여섯 명이었다. 다들 플라스틱 의자에 앉아 있었다. 아마 대기실인 모양이었다. 생각보다 사람들이 많았다. 서로 전혀 닮지 않았지만 모두 똑같은 표정이었다. 희망과 불안이 묘하게 뒤섞인 얼굴이었다. 빳빳한 면 블라우스를 입고 있는 여자. 아랫입술을 하도 물어뜯어서 갈라지고 피가 맺힌 남자. 싸구려 신발로 바닥을 탁탁탁탁 강박적으로 내리치는 소리. 레아가 있어야 할 곳은 아니었다. 하지만 긍정적으로 생각하기로 했다. 오히려 그녀는 이런 사람들과 경우가 다르다는 것을 텐더에게 분명하게 설명해줄 수 있을지 몰랐다. 어쩌면 레아는 말할 필요조차 없을지도 몰랐다.

비어 있는 두 개의 의자로 걸어가 그 가운데 하나에 앉았다. 레아는 옆자리 여자 쪽으로 시선을 돌렸다. 대놓고 레아를 궁금해하는 다른 사람들의 시선을 무시하려 애썼다.

"안녕하세요." 레아가 손을 내밀며 인사했다. "저는 레아라고 합니다."

여자가 고개를 들었다. "안야예요."

다른 사람들은 발을 동동 구르거나 손발을 어디에 둘지 몰라 안절부절못했지만 안야는 달랐다. 그녀는 팔꿈치를 옆구리에 딱 붙이고 어깨에 힘을 빼고 엉덩이를 의자에 밀착시킨, 흠잡을 데 없는 자세로 앉아 있었다.

"얼마나 기다려야 할까요?" 레아가 등을 곧게 펴며 물었다. "상담실은 어디예요?"

복도에 문이 여러 개 있던데 그 가운데 하나가 열리겠지. 제시의 진료실과 비슷할 거야. 밝고 깨끗하고 팸플릿이 말끔하게 정리되어 있겠지.

안야가 고개를 갸우뚱거렸다. 그녀가 뭐라 말하기 전, 맞은편에 앉아 있던 커다란 몸집의 여자가 콧방귀를 꼈다.

"상담실이래. 하! 다음엔 뭘 찾을까? 팔레오 뷔페?"

"그만해, 소피아."

현관에서 레아를 맞아줬던 남자가 동그랗게 원을 그리고 앉아 있는 이들에게 다가왔다. 색 바랜 줄무늬 바지를 치켜 올린 그가 마지막 남은 빈자리에 앉았다.

"레아, 위커버리 모임에 온 걸 환영합니다. 자, 오늘 레아가 처음 왔으니 나부터 간단하게 자기소개를 하죠. 나는 조지라고 해요. 나도 당신처럼 살았어요." 그는 연습이라도 한 듯 말했다. 약간의 허세가 느껴졌다.

레아는 행여나 정중한 미소를 잃을까 봐 신경 쓰면서 눈을 깜빡였다. 요원들이 지금도 레아를 감시하고 있을지 몰랐다. 침착하고 차분하게 보이는 게 중요했다. 조지의 말을 믿고 싶은 마음은 조금도 없었지만, 조지를 향해 천천히 고개를 끄덕여주었다.

"당신이 무슨 생각을 하는지 알아요." 얼룩진 안경을 콧등 위로 밀어 올리며 조지가 말했다. "엄청난 실수라고 생각하겠죠? 누군가가 잘못 알고 있는 거라고, 오해한 거라고 생각하죠? 내 말이 맞죠?" 그는 매우 진지해보였다. 상황을 그렇게 심각하게 받아들였다간 코르티솔이 엄청나게 분비될 것이다. "당신이 안전하다는 것을 알았으면 좋겠어요. 우리 모임은 세 개 주가 협력하여 진행하는 가장 성공적인 모임 가운데 하나예요. 여기 계신 용감한 분들에게 감사할 일이지요. 7년간 쭉 운영해왔답니다."

그는 두툼한 손을 들어 칠이 벗겨진 벽을 가리켰다. 벽에는 먼지 낀 나무 명판이 한 줄로 늘어서 있었다. 황금빛 명판이 희미하게 빛났다.

안야를 제외한 모두가 고개를 끄덕였다. 어째서 저 사람들은 조지의 비위를 맞추려고 하는 걸까? 레아는 흘끗 시계를 쳐다봤다. 텐더는 어디 있담.

"좋습니다." 조지가 박수를 치며 말했다. 순간 레아는 움찔하며 놀라는 안야의 모습을 보았다.

"자, 시작할까요? 새로 온 멤버를 위해 간단하게 자기소개를 부탁드립니다. 소피아, 준비됐나요?"

지명받은 여자가 엔진 소리를 내며 말했다.

"안녕하세요. 소피아예요." 그녀가 말했다. "저는 이번 주에 동네 수영장에 빠져 죽으려고 했어요. 심각했던 건 아니고요, 아주 약간, 확실히 평소보다는 덜 심각했어요. 3미터 떨어진 곳에서 아쿠아 요가 수업을 하고 있었거든요. 무슨 일이 진짜로 생긴다면 사람들이 나를 발견할 거라는 걸 알고 있었어요."

"좋아요, 소피아, 좋습니다. 자제력을 잃지 않았군요. 게다가 다른 사람들을 이용했군요. 앞으로도 지금처럼 하세요."

조지가 허벅지를 탁 쳤다.

"앰브로즈?"

소피아 옆에 힘없이 고꾸라져 있던 사람이 몸을 일으켰다. 주인에게서 떨어져 나온 그림자처럼.

"나는…… 어…… 나는, 안, 안녕하세요." 남자는 한쪽 뺨을 레아 쪽으로 기울인 채 말했다. "나는 다 시도해봤어요, 조지. 나는…… 어…… 진짜예요. 하지만 효과가 없어요. 아마…… 효과가 없을 거예요. 다 그럴걸요. 아마 효과가 없을 거예요."

"앰브로즈. 이봐. 정신 차려요." 조지가 손가락을 딱 튕겼다.

앰브로즈가 고개를 들었다. 그의 두 눈에 음울한 불꽃이 일었다.

조지는 한숨을 길게 내쉬었다. 허벅지에 손을 얹고 팔꿈치를 벌려 몸을 앞으로 구부렸다. 레아는 이상할 정도로 깔끔하게 매니큐어가 칠해진 조지의 손톱을 쳐다봤다. 반짝이는 네모난 손톱이 레아를 불안하게 했다.

"앰브로즈, 노력해야 해요. 알다시피 노력하지 않으면 이 프로그램은 효과가 없어요. 알죠? 모든 게 다 허사가 되기를 바라는 건 아니죠? 그렇죠?"

그 말에 앰브로즈는 의자 깊숙이 파고들려는 것 같았다.

"오케이. 좋아요. 당신에게 일주일을 더 줄게요. 운동을 하고 브로 콜리와 양배추 같은 채소를 많이 먹도록 해요. 그리고 다시 한 번 말 하지만 탄수화물은 안 돼요. 알겠죠?"

옆 사람으로 순서가 넘어갔다. 레아는 이 상황을 이해하려 애썼 다. 어쩌면 일종의 테스트일지도 몰랐다. 레아는 카메라를 숨겨놓았 을 법한 곳을 찾느라 방을 이리저리 둘러봤다. 어쩌면 이것이 조지 를 위한 치료법인지도 몰랐다. 어쩌면 이것이 이 불쌍한 남자로 하 여금 목적의식을 가지도록 도와줄 수도 있었다.

하지만 바로 그때, 레아는 조지가 거만한 얼굴로 사람들 주변을 돌면서 태블릿에 무언가를 적는 것을 눈치챘다. 공포감이 밀려들기 시작했다.

레아 맞은편에 앉은 여자가 뭔가 호소하려는 듯한 어조로 이야기 를 시작했다. 남편을 위해 저녁식사를 준비하려고 당근을 자르다가 그만 자신의 새끼손가락을 살짝 베였다고 했다.

"아주 약간이요." 그녀가 말했다. "피도 거의 안 났어요. 그런데 그 순간, 내 몸에서 과연 피가 날지 궁금하더라고요. 여러분도 가끔씩 그들이 여러분 몸에 심어 넣은 게 궁금하지 않아요? 궁금하죠? 아닌 가요?"

놀랍게도 조지가 고개를 끄덕였다. 레아는 수전이라는 여자가 이 미 상당히 호전되었다는 것을, 그녀가 이 프로그램의 효과를 증명하 는 존재라는 것을 알게 되었다. 그녀는 위커버리의 인기인이자 자 랑거리였다. "그런 사소한 재발은 개선으로 가는 여정에 잠깐 스치는 깜박이 신호 같은 거죠." 조지가 확신에 차서 이야기했다. 조지는 '끔찍한 날'을 넌지시 내비쳤다. 그리고 그 말은 수전에게 그날 얼마나 많은 피를 흘렸는지를, 그 피가 주방 바닥의 타일 사이사이로 어떻게 스며들었는지를 떠올리게 했다. 그 일로 돈이 엄청나게 들었다. 나이 많은 불쌍한 그녀의 남편 그렉은 바닥을 모두 청소하는 것은 물론 수전이 다시 수혈을 받기 위해 뼈 빠지게 일해야 했다.

레아는 숨을 멈추고 머릿속으로 다섯을 세었다. 불쾌한 현기증이 살짝 일었다. 하지만 여전히 그녀의 심장은 뛰고 있었다.

의자에 앉아 땀을 흘리고 있는 조지가 그녀를 감시대상자 명단에서 언제 제외시킬지 결정해줄 사람 같았다. 그녀의 삶이 정상으로 돌아갈 때를 정해줄 사람 같았다. 그녀가 설득해야 할 사람은 조지였다. 조지에게 길 반대편에 있었던 아빠 이야기는 할 필요가 없을 것 같았다.

"레아, 당신 차례예요. 간단하게 자기소개를 부탁해요. 걱정 말아요, 물진 않을 테니까." 조지가 큰 소리로 웃었다.

모두가 그녀를 쳐다봤다. 조지의 얼굴이 기대감으로 빛났다. 천장의 불빛은 관대하지 않았다. 검버섯 하나하나부터 내성 모발까지 그들의 모습을 적나라하게 드러내주었다.

"저는 자살할 생각이 없어요." 마침내 그녀가 입을 열었다.

그럴 줄 알았다는 표정이 조지의 얼굴에 스쳤다. 차라리 두 손을 마주 비비는 편이 나았을 것이다. 다른 사람들은 고개를 돌렸다.

"자, 레아." 조지가 말했다. "처음은 언제나 부인으로 시작하죠. 하지만 괜찮아요. 치료할 수 있어요."

새까맣게 타버려 단백질이 변질된, 독이 될 수 있는 고깃덩이를 잘근잘근 씹듯 그는 단어 하나하나를 즐기고 있었다.

"물론 당신은 생을 마감하려는 기질이 있어요. 그건 그렇고 위커버리 모임에서는 'ㅈ'으로 시작하는 단어를 사용해서는 안 되니 이 점 유의하세요. 여하튼 당신처럼 생각하는 것은 지극히 정상이에요. 받아들이기 어렵겠지만 이 부분에 있어서는 나를 믿으세요. 수용이야말로 가장 어려운 단계니까요. 레아, 나를 믿죠?"

"나는 그들이 무언가 오해했다고 믿어요." 레아는 가능한 한 공손하게 말했다. "죄송하지만, 제가 자살할 사람처럼 보이나요?"

레아의 말에 앰브로즈가 움찔 놀라 다리가 가슴팍이 닿도록 몸을 웅크렸다.

"제발 그 이야기는 그만 하죠." 조지의 얼굴은 미소가 사라진 채 굳어 있었다. "내면에 아주 깊이 뿌리박힌 게 있군요. 레아, 당신의 경우는 깊이 파고들어가야 합니다. 파고들어갈 준비가 됐나요?"

"사실 이 치료도 의심스럽습니다." 레아는 손가락으로 허공에 인용부호를 그리고 싶은 것을 꾹 참았다. "자격증은 있는 거죠?"

조지의 관자놀이 주변 혈관이 꿈틀거렸다.

"당신은 이런 치료를 받을 필요가 없다고 생각하나 본데." 조지가 명판이 걸린 벽을 가리켰다. "미혼, 헬스핀 캐피탈 매니지먼트 근무. 그 밖에 당신의 모든 생체 기록과 사건 기록이 나한테 있어요. 여기 정확하게 뭐라고 쓰여 있는 줄 알아요?"

레아는 입을 떡 벌렸다. "어떻게 당신이……."

"세상에, 조지. 그러지 말아요." 레아 옆에 앉아 있던 안야가 말했다.

"안야, 나는 할 일을 할 따름이에요." 조지가 말했다. 하지만 목소리 톤은 좀 전과 달랐다.

"당신이 할 일? 오늘 처음 와서 아직 이곳에 대해 잘 모르는 사람을 괴롭히는 게 당신이 할 일이에요?"

"괴롭히는 게 아니라…… 나는."

조지가 레아를 쏘아봤다. 하지만 더 이상 아무 말도 하지 않았다. 조지는 레아 옆자리에 앉아 있는 매우 열정적인 사람에게 순서를 넘겼다. 그 남자는 지난주 내내 어떤 생각을 했고 어떤 감정을 겪었는지를 상세히 늘어놓았다. 남자는 화요일 아침, 딱 하나 남은 수란 때문에 얼마나 절망적이었는지 설명하기 시작했다.

레아는 안야를 쳐다봤다. 눈을 맞추고는 고맙다고 고개를 끄덕이려 했지만 안야는 계속 먼 곳을 응시하고 있었다. 누구일까?

마지막 순서가 끝나고, 조지가 박수를 치며 오늘 위커버리 모임은 여기까지라고 말했다. 레아는 잠에서 막 깨어난 듯 두 눈을 깜빡거렸다. 겨자색 카펫, 환기가 되지 않는 공간이 갑자기 살아났다. 모임에 참석한 모두가, 심지어 중간에 긴 머리를 위로 올려 묶은 앰브로즈조차도 기분이 들떠 웃고 있었다. 방을 나서던 그들이 레아를 향해 고개를 끄덕이며 활짝 웃어주었다. 심지어 조지까지도 레아에게 내키지 않는 미소를 지어보였다.

안야만이 유일하게 남아 있었다. 레아는 목에 스카프를 두르는 그녀를 지켜봤다. 안야는 뭐든 정확하게 해야 한다는 강박이라도 가진 듯 천천히 신중하게 움직였다. 겉옷을 그렇게 입는 게 그녀에겐 매우 중요한 일 같았다.

"여기 왜 온 거죠?" 안야가 물었다.

"후속치료 일정에 있어서요." 레아가 말했다. "나는 원래대로 돌아가고 싶어요."

"원래대로라. 홋!" 안야는 손가락으로 스카프를 잡아당기며 그 말에 대해 곰곰이 생각했다. "숨기는 게 뭐죠?"

"네?" 레아의 얼굴이 빨갛게 달아올랐다.

"말이 안 되잖아요. 당신 같은 사람이 이런 데 올 리가 없죠. 감시요원들에게 말하지 않은 게 뭐예요?"

아빠. 침실용 슬리퍼를 신고 등에는 새뮤얼을 업은 채 서른 블록을 달리던 젊은 시절의 건강했던 아빠. 길 건너편에 있었던 등이 굽고 걸음이 느렸던 아빠. 진료실에서 비라이퍼로 오해받았던 아빠.

"무슨 말을 하는지 모르겠네요." 레아가 대답했다.

아빠가 전화번호를 적어 그녀의 지갑 속에 찔러 넣었던 냅킨이 순간 떠올랐다.

안야는 한참 동안 레아를 쳐다봤다. 그러더니 어깨를 으쓱하며 말했다. "알았어요. 다음 주에 봐요."

# 10장
## 두 사람 사이의 틈새

레아는 딱딱한 벤치에 앉아 기다렸다. 두 손은 허벅지 아래에 끼워 넣었다. 수많은 사람들을 거쳐가며 반질반질해진 나무에 손바닥이 닿았다. 머리카락이 바람에 날려 얼굴을 때렸다. 눈과 코 위로 이리저리 흩날리는 머리카락을 그대로 내버려두었다.

날씨가 추워지기 시작했다. 나무는 단풍이 들어 불타오르고 하늘은 눈부시게 맑고 푸르렀다. 차가워진 공기가 눈에 닿자 눈물이 맺혔다. 아빠가 지금 나타났더라면 레아가 울고 있다고 착각할지 모른다. 그것은 오해일뿐더러 창피해서 참을 수 없는 일이었다.

손의 감각이 조금씩 사라지고 있었다. 아빠는 아직 오지 않았다. 조바심은 나지 않았다. 하릴없이 차가운 공기를 맞으며 허드슨 강을 바라봤다. 잿빛 물거품을 일으키며 흐르는 강물을.

"레아."

아빠가 레아의 뒤편에 서 있었다. 전에 본 베이지색 코트에 실밥이 날리는 짙은 색 목도리가 어깨를 감싸고 있었다. 아빠는 잔뜩 몸을 웅크렸다. 추위를 견뎌내는 법을 잊은 사람처럼. 아빠가 집을 나간 후 어디서 지냈는지 처음으로 궁금해졌다.

"오셨어요?" 레아는 아빠라는 단어를 삼켜버렸다.

아빠가 벤치에 앉으려고 몸을 숙이는 동시에 레아는 자리에서 반쯤 일어났다. 두 사람 모두 웃음을 터트렸다. 레아가 다시 자리에 앉자 아빠도 옆에 앉았다.

"네 전화 받고 정말 기뻤단다." 아빠가 말했다.

위커버리 모임에 다녀와서 레아는 아빠에게 전화를 걸었다. 오래된 벽돌건물 밖에 서서, 레아는 저 멀리 걸어가는 안야를 지켜봤다. 그녀의 회색 코트가 바람에 펄럭거렸다. 안야가 했던 말이 베란다 문 사이에 갇혀 윙윙거리는 파리 소리처럼 머릿속에 맴돌았다. 무엇을 숨기고 있나요?

안야가 점점 작아지다 모퉁이를 돌아 사라질 때까지 그 모습을 지켜봤다. 이제 거리에는 레아뿐이었다. 카셰어링 서비스를 부르기 위해 태블릿을 꺼냈다. 그러다가 자신도 모르게 지갑을 이리저리 뒤져 아빠가 넣어놓은 냅킨을 찾았다.

두 사람 사이에 흐르는 침묵 때문에 마음이 시끄러웠다. 사람들로 북적거렸던 지난번 스무디 가게의 소음보다 더 시끄러웠다. 레아가 자세를 바꿨다.

아빠가 레아를 쳐다보며 물었다. "무슨 일을 하니? 회사에서 말이야."

"음, 재미없어요." 그녀는 기계적으로 대답했다. "담보설정의무라든가 만기율 같은 설명을 듣고 싶어 하는 사람은 없으니까요."

"나는 듣고 싶은걸." 아빠가 말했다.

갑자기 빛으로 가득했던 날들이 떠올랐다. 거의 100년 전 어느 여름, 마침내 새뮤얼이 첫 직장을 구했다. 볼베어링과 컨베이어벨트 같은 물건을 수입하는 회사의 사무원으로 출하지연 오류보고서를 작성하는 자리였다. 몇 년이 지나서야 레아는 그게 무척 따분하고 지루한 일이라는 것을 알았다. 하지만 그때는, 아빠가 새뮤얼의 어깨를 어찌나 세게 때렸던지 안경이 코까지 튕겨 내려갔던 그때는, 그 일이 세상에서 가장 재미있는 일인 줄 알았다. 아빠는 오빠가 퇴근하면 그날 있었던 일들을 아주 세세하게 물어가며 끝없는 관심을 보였다. 그러면 샤로나는 W8-E11B 양식으로 무엇을 했을까? 모르지! 하지만 확실히 그녀는 그것이 W8-E11F라는 걸 알고 있었다. 새뮤얼이 그날 있었던 사소한 일들을 이야기할 때, 아빠 얼굴에는 사랑이 넘쳤었다. 아빠가 일상의 평범한 일들 하나하나를 어찌나 정성들여 닦았는지 오빠가 하는 이야기는 반짝반짝 눈부시게 빛나는 성공담이 되었다.

레아는 아빠에게 자신이 하는 일에 대해 이야기했다. 상품시장과 그 시장에서 파생되는 금융 복합 상품, 그리고 수요와 공급이 움직이는 근본적인 이유에 대해 이야기했다. 거래에 유용한 알고리즘과 자신이 상대하는 고객에 대해 이야기했다. 신장, 심장, 거래자들이 본 적은 없지만 이 세상 어딘가에서 거래되는 폐, 어마어마한 규모의 신체기관 거래소에 대해 이야기했다. 그곳에서 신체기관들은 각기 다른 등급별로 분류된다고 이야기했다. 지앙과 나탈리에 대해,

도시 한가운데 우뚝 솟아 있는 사무실에 대해, 최근 문제가 생겨 골치를 썩고 있지만 그 사무실 책상에 앉아 있는 게 얼마나 좋은지 얼마나 큰 평온을 가져다주는지 이야기했다.

이런저런 이야기를 하면서 저 멀리 허드슨 강 건너 회색 건물들을 바라봤다. 그리고 슬쩍슬쩍 아빠를 쳐다봤다. 아빠가 이런저런 질문을 던졌다. 현명하고 사려 깊은 질문들이었다. 레아의 이야기를 얼마나 훌륭히 경청하는지 알 수 있는 질문들이었다. 레아는 이야깃거리가 바닥날 때까지 끊임없이 말을 이어갔다.

다시 침묵이 흘렀다. 하지만 이번에는 어색하지 않았다. 두 부녀는 드문드문 조깅하는 사람들을, 개를 데리고 산책하는 사람들을 지켜봤다. 그리고 이 정도는 아빠와 딸이 능히 할 수 있는 일이라고 생각했다.

"저기." 아빠가 말을 꺼냈다. "우리도 좀 걸을까?"

센트럴 버러 끝에 위치한 공원은 1구역에서 5구역까지 세로로 길게 이어져 있었다. 두 사람은 포장도로를 따라 걸었다. 강물이 반대편 난간에 부딪혀 천천히 휘돌며 회색 거품을 일으켰다.

여러 기업과 정부기관의 후원을 받는 과학자들이 앞다투어 연구와 논문을 발표하면서 '격렬한 운동'에 대한 공식적인 입장이 몇 년에 한 번씩 바뀌었다. 하지만 최근 발표는 부정적이었다. 그래서 산책로에는 레아와 아빠뿐이었다. 이따금 연구 결과에 아랑곳하지 않는 몇몇 사람들이 조깅을 하며 지나갔다. 차가운 공기에 모세혈관이 확장된 그들 얼굴은 불그스름하게 변했다. 끊임없이 이랬다저랬다 반복하는 과학자들의 발표에 신경 쓰기 싫었던 레아는 다른 사람들이 그렇게 한 것처럼 10년 전에 달리기를 그만두었다.

하지만 달리는 사람들을 보고 있자니 부러운 마음이 들었다. 그들은 저 먼 곳에 시선을 둔 채 헉헉 가쁘게 숨을 몰아쉬었다. 어떤 이는 몸이 단단했고 또 어떤 이는 살이 늘어져 있었다. 하지만 모두 같은 심장박동에 맞춰 움직였다. 레아는 그때가 그리웠다. 머리카락 사이로 불던 바람, 귀를 타고 들리던 맥박 소리, 마구 날뛰던 감정들.

아빠는 천천히 걸었다. 느릿느릿 걷는 그 걸음이 처음에는 마음에 들지 않았다. 너무 앞서가지 않는 것만이 레아가 할 수 있는 전부였다. 레아는 천천히 걸으려고 노력했다. 아빠의 짧고 고르지 못한 걸음걸이에 맞춰서. 그러다 아빠가 멈춰 서서 주변 건물과 사람을 둘러볼 때면 그녀도 따라서 멈춰 섰다.

"놀라워. 그렇지?" 아빠는 공원을 따라 길게 늘어선 건물들을 향해 손바닥을 치켜들며 말했다. 아빠는 무언가 이야기를 꺼내려고 건물들을 가리켰다.

레아가 고개를 끄덕였다. 그녀는 도시에 대해 그다지 깊이 생각해 본 적이 없었다. 하지만 아빠 말을 듣고 보니 건물들이 높긴 높았다.

"레아. 너도 저곳에서, 저렇게 높은 빌딩 숲 한가운데에서 일하고 있잖니." 아빠의 목소리에 자부심이 느껴졌다. 가슴이 뭉클했다. "세계에서 가장 발전된 금융 시스템. 신장. 심장. 폐." 그런데 아빠의 말투에 잔뜩 날이 서 있음을 알 수 있었다. 익숙한 빈정거림이 시작된 것이다.

"그렇게 싫은데 왜 다시 도시로 돌아오셨어요?" 레아가 버럭 소리쳤다. "저도 제 삶이 있어요. 저 빌딩들 사이에서 살아가는 제 삶이요. 아빠가 알지 못하는 그런 삶이요. 이렇게 싫은 곳에 있는 이유가 뭐예요? 아빠를 도무지 이해할 수 없어요."

아빠는 아무 말도 하지 않았다. 두 사람은 계속 걸었다. 차가운 날씨에도 레아의 얼굴이 화끈거렸다. 그렇게 말하지 말걸. 후회가 찾아왔다. 한참 만에 지나가는 푸들을 보고 아빠가 말했다. "정말 하얗구나." 레아도 정말 그렇다고 했다. 지나칠 정도로 과장된 대답이었다.

"개 좋아하니?" 아빠는 어정쩡하게 웃었다. 입술이 일그러졌다.

레아는 자신이 개를 좋아한다고 한 번도 생각해본 적이 없었지만 그렇다고 고개를 끄덕였다.

"우리도 옛날엔 강아지를 키웠었는데, 몰랐지? 네가 태어나기 전이니까, 세상에, 새뮤얼도 태어나기 전이었네." 아빠가 소리를 내어 껄껄 웃었다. "네 엄마랑 내가 첫 번째 집으로 이사했을 때야. 그때는 혼자 벌어도 센트럴 버러에 집을 살 수가 있었다. 강아지 이름이 피브스였어. 정말 사랑스러운 강아지였단다. 내 친구한테 아이가 하나 있었는데, 네 살인가 다섯 살쯤 되었을 거야. 그 집 가족이 토요일마다 우리 집에 들러 저녁을 먹곤 했단다. 그 아이가 피브스를 정말 좋아했어. 늘 피브스 귀를 잡아당기곤 했었지. 불쌍한 피브스! 골든 리트리버 혼종이었는데 귀가 이만큼 길어서 마구 펄럭거렸단다."

"아빠한테도 좋았겠어요, 개 말이에요." 레아가 말했다. "연구에 따르면 코르티솔 수치가 낮아진다더라고요. 특별한 종 이야기지만요. 관련 목록이 있던데."

아빠가 웃었다. "다른 종들은 뭐가 있는데? 코르티솔? 그거 높이는 종들 말이야."

"자세히는 몰라요."

"내가 네 엄마를 처음 만났을 때, 엄마는 만나는 사람이 있었다. 멋있는 나이지리아 남자였지. 부모님 친구의 아들이었다는데 기반이 탄탄한 사람이었어. 네 엄마처럼 일류대학에서 공학을 전공했고 미래가 보장된 남자였지. 둘은 아주 잘 어울리는 한 쌍이었어. 집안끼리도 서로 잘 알고. 그날 밤, 네 엄마가 그 남자와 함께 파티장으로 걸어 들어왔단다. 네 엄마는 어깨가 드러난 노란색 드레스를 입고 있었어. 기억이 생생하네. 한쪽 소매가 계속 내려가는 거야. 그럴 때마다 아무렇지도 않은 듯 아주 자연스럽게 올리더라고. 마치 옷이 원래 그런 것처럼. 정말 아름다운 여인이었지. 하지만 그게 다가 아니었어. 분위기를 주도하는 능력이라든가 타인의 이야기를 경청하는 자세, 상대방에게서 이야기를 끌어내는 방식. 그런 것들 또한 아름다운 사람이었지. 네 엄마는 다른 모든 사람들이 어울리고 싶어하는 그런 사람이었다. 내가 만나본 사람 중에 가장 눈부신 사람."

발걸음에 맞춰 이야기가 빨라졌다. 두 사람 사이에 흐르던 침묵도 그 간격이 점차 짧아졌다. 두 사람 사이에 분명한 연결고리는 없었다. 아빠가 어느 날 갑자기 레아의 시공간 속으로 뛰어 들어왔을 뿐이다. 그러고는 고리를 끊어낼 때만큼이나 빠르게 새로운 고리를 만들어갔다.

문득 이런 생각이 들었다. 아빠가 하는 이야기들은 대부분 레아가 어렸을 때 아니면 레아가 태어나기 전, 결국 아빠가 떠나기 전 이야기라고. 집을 나가고 자신에게 어떤 일들이 있었는지, 어디에서 지냈는지는 절대 말하지 않고 있다고.

갑자기 아빠가 멈춰 섰다. "어!"

"왜 그러세요?" 레아가 아빠를 돌아봤다.

아빠가 앞에 놓인 길을 내려다봤다. "없어졌네."

레아는 주변을 둘러봤다. 걸음을 멈춘 곳에 눈에 띌 만한 거라곤 없었다.

아빠가 저편의 공터를 자세히 들여다보고 있었다. 턱을 만지던 손을 천천히 내려 주머니에 찔러 넣었다. 태어나서 처음으로 아빠의 귀가 참 크다는 생각을 했다. 귓불이 목에 두른 목도리에 닿을 정도로 처져 있었다. 레아는 자신의 귀가 추위에 쪼그라든 것 같았다.

"당연한 것을." 아빠가 말했다. "나도 참 한심하지."

"뭐가 없어졌는데 그러세요?" 레아가 물었다.

"너는 기억 못할 거야. 당연히 기억 못하지, 그때 네가, 그래, 아홉 살이었을 거야. 매주 일요일 오후 네 엄마가 독서 클럽에 가고 나면 우리도 집을 나서곤 했단다. 너 하나, 나 하나, 그리고 새뮤얼 하나, 각자 아이스크림을 들고 말이야."

레아도 그때가 생각났다. 콘 옆으로 뚝뚝 흘러내리던 끈적끈적한 아이스크림. 손가락 사이로 새는 아이스크림이 바닥에 떨어질까 냉큼 핥아먹던 것. 차갑고 달콤하던 초콜릿의 맛.

오크 식탁 밑에 붙여둔 채 말라버린 껌 딱지가 손톱 밑에 박혔을 때, 그 느낌을 기억했다. 혓바닥 위에 받아보려고 했던 비누거품의 그 달콤한 맛을 기억했다. 새뮤얼에게서 풍기던 나무 냄새와 엄마에게서 나던 비 냄새를 기억했다.

마른기침이 목구멍에 걸려 나올 듯 말 듯했다. 한숨도 잠을 잘 수 없던 그 어느 날 밤의 참을 수 없던 간지러움처럼. 레아는 인도네시아 어느 해변에서 불개미에게 물렸었다. 그때는 '생명 존엄법을 지키지 않는 나라로의 여행 금지' 조항이 없었다. 손이 퉁퉁 부어올랐고 얼굴은 울긋불긋 화끈거렸다. 너무 작은 신발을 신고 달려서 시커멓게 변해버린 발톱을 잡아 뺄 때만큼 쓰리고 아팠다.

어른이 되고 나서 있었던 일들은 별로 기억나지 않는다. 나이가 들수록 시간은 더 빠르게 지나갔고 기억에 남는 일도 별로 없었다. 어른이 되어서 맞이하는 일들은 세세한 장면과 느낌보다는 전반적인 사실로 남았다. 어디에서 일했는지, 누구와 사귀었는지, 지난 70여 년 동안 무엇을 하며 살았는지 등등. 하지만 연인의 숨결에서 풍기던 냄새라든가 처음 의뢰인을 놓쳤을 때의 굴욕감 같은 것은 잘 기억나지 않았다. 때로는 너무 많이 잊고 사는 것 같아 두렵기도 했다. 그러나 그녀가 알고 지내는 대부분의 사람들 역시 많은 것을 잊고 살아가기에 당연한 일이라 생각했다.

하지만 어린 시절은 달랐다. 언제나 그 자리에, 시간의 흐름에 따라 하나도 빠짐없이, 잘 정리되어 있었다. 아주 작은 일들까지 모두 다 기억해낼 수 있었다. 더할 나위 없었던 초콜릿의 맛. 그 맛이 입 안 가득 퍼지면 나무들은 바스락거렸고 바람은 두 볼을 스쳤다. 보드랍고 바싹 마른 손이 그녀의 손을 잡고 있었다. 자신을 바라보던 오빠의 눈빛까지 기억할 수 있었다.

레아와 아빠는 공원 남쪽 끝에 다다를 때까지 자그마치 80블록을 줄곧 걸었다. 해가 저물어갔고 레아가 집에 돌아갈 시간이 되었다.

"어디 계세요?" 레아가 물었다. 많은 시간 이야기를 나누었지만 아빠는 여전히 본인 이야기를 하지 않았다.

"아직……." 아빠는 듣는 사람이 있나 살피기라도 하듯 주변을 둘러봤다. "아무에게도 말하지 않았지? 나에 대해서 말이야."

레아는 고개를 끄덕였다. 오늘 아침 토드가 어디 가냐고 물었다. 평소 같으면 일요일에 외출하는 법이 없었던 것이다. 레아는 대충 얼버무린 뒤 얼른 나와버렸다.

"신경 안 쓰실 줄 알았어요." 레아가 말했다. "클리닉에 오셨을 때도 숨기지 않았잖아요."

아빠가 싱긋 웃었다. "그때는 좀 무모하긴 했어. 어떻게든 너하고 이야기하고 싶었거든. 하지만 나를 집도 없이 떠돌아다니는 비라이퍼로 생각할 수도 있을 것 같더라. 그들이 비라이퍼를 어떻게 생각하는지 하느님은 알고 계시지."

레아는 발을 이리저리 움직였다. 왼쪽 엄지발가락 바깥쪽으로 물집이 올라오는 것 같았다. 하지만 그 쓰라림이 제법 나쁘지 않았다. 차가운 공기가 뺨을 스칠 때의 느낌 같기도 했고 등 아래쪽에 느껴지는 통증 같기도 했다. 이제 해는 뉘엿뉘엿 저물고, 허드슨 강을 따라 강렬한 오렌지빛이 빛나고 있었다.

"19구역에 집을 빌렸어." 아빠가 힘들게 말을 꺼냈다. "괜찮으면…… 한번 들를래? 다음 주쯤……."

아빠가 레아를 슬쩍 쳐다봤다. 그 얼굴에 불안한 기색이 엿보였다. 레아의 가슴 무언가가 움찔하는 것 같았다. 아빠를 처음으로 다시 봤을 때 벌어져 있던 삐죽삐죽한 틈새가, 아주 약간 더 벌어지는 것 같았다.

"그럼요. 다음 주에 갈게요."

# 11장
## 마태 수난곡

사흘째 감시요원들이 나타나지 않았다. 일시적으로 문제가 생겼을 수도 있었다. 어쩌면 최근 인구 대책 문제를 논의하기 위해 긴급하게 열린 관계기관 전체회의에 참석했을 수도 있었다. 온갖 노력에도 불구하고 레아는 수명수치가 점점 줄어들고 있다는 이야기를 들었다. 어제는 요원들이 나타나지 않아서, 간만에 고객 포트폴리오를 검토하며 차분히 일에 집중할 수 있었다. 하지만 오늘은 나타날 게 틀림없었다. 사흘이나 되었으니까.

"기분이 좋아 보이네. 머스크를 대신할 만한 새로운 고객이라도 찾은 건가?"

레아가 고개를 들었다. 지앙이 아침마다 마시는 허브티를 손에 들고 딱딱하게 서 있었다. 찻잔에서는 산성 안개가 피어오르듯 김이 모락모락 피어올랐다.

"지앙, 이번 일이……." 레아는 목소리를 낮췄다. "모두 마무리되면 제가 새로운 거래를 열 건 정도 확보할 수 있어요. 두고 보세요."

지앙은 자신이 생명에 대해 강한 열정을 보이는 모범적인 라이퍼라는 것에 대단한 자부심을 느꼈다. 그래서 미소를 띠고 가슴을 내밀었다. 건강한 마음에 건강한 신체. 지앙이 마음속으로 외치는 소리가 들리는 것 같았다.

"물론이지." 지앙이 말했다. "나는 전적으로 당신을 믿어. 그리고 티어4의 효과도 나타날 거야." 지앙이 눈을 찡끗해 보였다. 그에게 어울리지 않는 행동이었다. 젊은 친구들이 하는 걸 본 게 틀림없었다. 윙크를 하고 난 그의 얼굴은 신경성 경련이 일어난 것처럼 굳어버렸다.

평소의 레아라면 티어4라는 말만 들어도 기운이 났다. 더 넓은 아파트, 정부 보조금을 받아 이용할 수 있는 피부 및 근육 관리 서비스, 원할 때 받을 수 있는 재생치료, 카셰어링 서비스까지. 하지만 아빠를 만나고 나서 생각에 변화가 생겼다. 이 사무실과 이 자리, 지앙, 회사와의 계약. 그런 모든 것들이 현실이 아닌 것 같았다.

하지만 레아는 기계적으로 웃었다. "아 참." 레아가 물었다. "보트 구입은 잘 돼가요?"

지앙은 보트를 살 계획이었다. 아직 보트를 살 정도의 고위간부는 아니었지만 들리는 말로는 요즘 만나는 애인이 정부 고위급 공무원의 딸이라고 했다.

"그럭저럭." 그가 이마를 닦는 척했다. "보트 하나 사는 데 이것저것 처리할 일이 얼마나 많은지 상상도 못 할 거야. 보기에는 굉장히 멋있어 보이지만, 당신한테만 말하는 건데, 이게 공원 산책 나가는 것처럼 단순한 일이 아니더라고. 다들 그런 건 아니겠지만."

"아, 그렇군요. 이제 일을 해야겠어요."

컴퓨터 알람소리에 맞춰 스트레칭 하는 시간 빼고는 아침부터 꼬박 쉬지 않고 일했다. 눈을 감고 의자 뒤로 몸을 젖히면서 콧노래를 불렀다. 머리 쪽으로 피가 쏠리고 눈 뒤쪽이 묵직해지면서 웅크렸던 척추가 펴지는 느낌이 좋았다. 레아는 전통 음식들을 요리해서 토드와 근사한 저녁을 보낼 생각이었다. 가엾은 토드는 지난 몇 주간 레아 옆을 지날 때마다 살금살금 걸어 다녔다. 레아의 기분을 상하게 하지 않을까 모든 말과 행동을 조심했다. 오늘은 라따뚜이와 렌틸콩이 들어간 신선한 샐러드를 준비할 생각이었다.

마트에 들렀다. 어렸을 적 엄마가 하던 대로 자몽을 들어 빛에 비춰봤다. 그 당시는 이런저런 관련 조항들이 처음으로 생겨나던 때였다. 한쪽 눈을 가늘게 뜨고 엄마가 하던 대로 어떤 게 좋은가 살폈다. 하지만 머리 위 조명의 역광을 받은 자몽은 월식으로 빛을 잃은 시커먼 달과 다를 게 없었다.

어떤 것을 사야 할지 알 수 없었다. 특별한 날을 빼고는 먹어본 적도 없었다.

자몽을 코에 가져다 대고 냄새를 맡아봤다. 낯선 방향제 냄새가 났다. 침이 나오지도 맥박이 빨라지지도 않았다. 자몽은 아무것도 자극하지 않았다. 그 옛날 아빠와 오빠랑 공원에서 먹던 초콜릿 아이스크림이 생각났다. 하지만 자몽은 디저트가 지닌 차가움이나 달콤함 그 어떤 것도 떠오르게 하지 않았다.

레아는 자몽을 다시 진열대 위에 내려놓았다. 자몽은 가게 딱 한

가운데, 두유와 뉴트리바 사이의 선반 아래 칸에 잔뜩 쌓여 있었다. 그래서 자몽을 집으려고 몸을 숙이면 무엇을 하려는지 누구나 알 수 있었다. 지침 477B: 건강한 소비 권장.

채소 칸 조명은 다른 칸보다 더 따뜻하고 부드러웠다. 양배추와 브로콜리 같은 채소들이 한쪽 벽면에 줄지어 늘어서 있었다. 무성한 잎사귀들이 바람 잘 통하는 종이봉투 안에 가지런히 담겨 있었다. 아티초크, 치커리, 잇꽃 같은 채소들도 있었다. 마늘 같은 것은 한 개씩 사가는 사람이 없어서 묶음 포장이 되어 있었다. 천장에 달아놓은 바구니에는 호리병박들이 대롱대롱 걸려 있었는데 올록볼록 예쁜 박들이 노을빛 주황색과 잘 어울렸다.

레아는 쌓여 있는 아스파라거스를 뒤적였다. 단단한 초록색 껍질에는 비단결처럼 부드러운 털들이 송송 나 있었다. 손바닥에 오동통한 가지 하나를 올려놓고 무게를 가늠해봤다. 어린 파슬리 가지를 코에 바싹 가져다 냄새를 맡았다. 레아도 다른 사람들처럼 거의 요리를 하지 않았다. 어쩌다 뭘 만들 때면 재료를 고르며 시간을 보내는 일이 더 즐거웠다.

좌우대칭이 완벽하게 맞아떨어지는 무를 보며 감탄하던 바로 그때, 그를 봤다. 그 남자는 저편 가게 끝, 커다란 시금치 더미 옆에 서 있었다. 남자는 레아를 보지 못했다. 시금치를 고르는 것도 아니었다. 오른손에는 태블릿을 들고 있었다. 감시요원이라는 증거는 없었다. 하지만 레아의 심장이 뛰기 시작했다. 태블릿을 들고 양복을 입고 있다고 해서 다 감시요원일 리 없어, 레아는 혼자 중얼거렸다. 바보처럼 굴지 마.

짙은 갈색 양복에 통통한 허리둘레. 천장에 매달린 바구니 속 호리병박을 닮았다고 생각했다. 남자가 시금치 잎사귀를 집어 들고 커다란 손가락으로 줄기 부분을 만지작거렸다. 한참을 살펴보더니 다시 제자리에 내려놓았다. 그러고는 다른 시금치를 집어 들고 좀 전과 똑같이 줄기 부분을 만지작거렸다.

돈 많은 사업가가 전통 저녁식사 파티에 초대받았을 거야. 레아는 혼잣말을 했다. 자신의 문화적 취향으로 고객들에게 깊은 인상을 심어주려는 것일 수도 있지. 어쨌거나 정부 당국 요원이라면 저런 체질량 지수로 돌아다니지는 않았을 테니.

레아는 내려놓았던 무를 다시 집어 들었다. 무의 아삭한 부분이 양상추와 어울릴지 콜라비와 어울릴지 고민했다. 그러고는 남자가 시금치를 내려놓고 가게 밖으로 나가는 것을 곁눈질로 지켜봤다.

안도의 한숨이 나왔다. 의심이 지나쳤다. 틀림없이 그녀의 수치에 좋지 않았다. 저녁을 먹으며 토드에게 말하면 아마 레아를 놀릴 게 뻔했다.

쇼핑의 기쁨도 잠시, 레아는 필요한 것들을 담아 카운터로 갔다. 컴퓨터 화면에 구입한 물건의 총 영양가가 떴다. 설탕 한도에는 훨씬 밑돌았지만 평소 섭취량보다는 초과였다. 당근 때문이었다. 하지만 토드와 나눠 먹을 예정이니 그런대로 괜찮을 것이다. 손에 들린 자몽의 무게, 속이 꽉 찬 자몽의 향, 잠깐 동안 자몽에 대해 생각했다. 승진을 해서 티어4를 복용하게 되면 그때는 괜찮을 것이다. 그때는 자신에게 자몽을 허락해줄 생각이었다.


현관문을 열기도 전에 음악 소리가 들렸다. 토드가 또 레아의 플레이리스트를 뒤적이면서 음악을 듣고 있었다. 토드는 그게 재미있다고 생각했다. 언젠가 한번은 심각한 얼굴로 이런 충고를 했다. "심금을 울리는 아리아 같은 음악은 좋지 않아." 708A: 미술, 음악, 영화 관련 권고사항. 아리아 대신 해변이나 열대우림 음악을 추천했었다. 하지만 어떤 날은 스피커로 아리아를 크게 틀어놓고 소파에 앉아서 웃긴다고 낄낄거렸다.

"소리 좀 줄여줄래?" 레아는 인사도 하지 않고 주방으로 곧장 들어가며 소리쳤다. 아무 대답이 없었다. 〈마태 수난곡〉. 레아는 저도 모르게 그 선율을 흥얼거리기 시작했다. 생존한 몇 안 되는 거장 가운데 한 사람의 작품이었다. 물론 유럽 사람이었다. 미국 음악가들은 남아 있지 않았다.

알마. 틸다. 길고 음울한 겨울, 절인 생선, 서리가 내린 창문을 연상시키는 이름이었다. 레아는 얼마 전 뉴스 기사에서 그녀의 비극적인 이야기를 읽었다. 교체된 장기의 만료 시기와 기능개선 시술의 만료 시기가 어긋나면서 장기가 서로 맞지 않는 끔찍한 부작용이 발생했다. 음악 소리가 아파트에 점점 크게 울려 퍼졌다. 작은 떨림이 그녀의 척추를 따라 번졌다. 음악은 존재하는지도 몰랐던 영혼의 빈틈으로 스며들어 그녀의 온몸을 관통하는 것 같았다. 레아는 눈을 감았다. 눈앞에 얼굴이 떠다녔다. 다부지고 단단한 얼굴, 나무 껍데기 같은 주름, 숱이 많은 창백한 눈썹과 색깔 없는 눈동자. 이 오페라 가수에게 아무 일도 일어나지 않았더라면 레아는 그녀의 얼굴을 알지 못했을 것이다.

"레아?"

음악이 뚝 끊겼다. 소리는 물음표가 되어 허공에 매달렸다. 레아가 눈을 깜박였다. 토드의 목소리가 평소와는 달랐다. 뭔가 이상했다. 그가 뒷짐을 지고 부엌문에 기대서 있었다.

"윌마. 그래 맞아. 윌마 닐슨. 세상에, 왜 생각이 안 났지."

레아는 토드의 뺨에 살짝 입을 맞췄다. 그리고 그에게서 나는 향기를 맡았다. 살짝 달콤한 향. 연한 향수에 가려진 땀 냄새였다. 인위적인 숲의 향기 아래 사람 냄새가 났다. 토드의 이런 점이 레아는 가장 좋았다. 토드의 냄새는 레아를 편하게 해주었다. 토드의 어깨 위에 턱을 올려 기댔다.

바로 그 순간 그들이 보였다. 거실 소파에 나란히 앉아 손에 머그컵을 꼭 쥐고 있는 그들이 그제야 보였다. 머그컵에는 '미스터 바른 생활', '미시즈 올바른 생활'이라고 쓰여 있었다. 회사의 비밀 산타 이벤트 때 지앙이 선물한 컵이었다. 그들의 태블릿은 테이블 위에, 레아의 커피 테이블 위에 놓여 있었다. 광택제를 정성 들여 바른 재생 나무 테이블 위에 동그란 물 자국 두 개가 희미하게 생겼다. 그들은 신발도 벗지 않았다.

"안녕하세요." AJ가 인사를 건넸다.

GK는 고개를 끄덕여 아는 척을 하고는 차를 한 모금 마셨다.

"집에 왔더니 이분들이 문 앞에 계시더라고. 밖에 두는 건 예의가 아닌 것 같아서." 토드가 말했다.

레아는 토드를 거실로 데리고 갔다.

"무슨 짓이야?"

"나쁜 사람들 같지 않았어. 누가 들으면 저 사람들이 무슨 게슈타포라도 되는 줄 알겠네. 아지트는 당신 음악이 좋다고 하던데."

"아지트?"

"인사한 쪽 말이야. 그렉이 말하는 건 들어본 적이 없어."

레아는 찡그려진 눈두덩을 꾹꾹 눌렀다. 심장이 귀 안쪽에서 쿵쾅거렸다.

"저 사람들 여기 얼마나 있었어?" 레아가 물었다. 호흡을 가다듬고 눈앞에 닥친 문제에 집중하려고 애썼다. 설명이 필요했다. 레아가 감시대상자 명단에서 제외되어 축하하려고 온 건지, 자신들 때문에 사무실에서 벌어진 소동에 대해 개인적으로 사과하려고 온 건지, 아니면 그에 대한 보상으로 정부가 진행하는 수명유지 서비스 이용권이라도 주려는 건지 설명이 필요했다. 서비스를 받는 데 필요한 돈은 AJ, 그러니까 아지트가 개인적으로 지출하게 될 것이다. 어쩌면 AJ가 아주 나쁜 사람은 아닐 수도 있었다. 그는 음악을 좋아했다. 레아는 이마를 꾹꾹 누르던 동작을 멈췄다.

"당신이 저 사람들에게 내 음반을 보여준 거야?"

"다 보여준 건 아니고. 당신이 좋아하는 거 몇 개 보여줬더니 아지트가 엄청 관심을 보이던데. 생각보다 정부기관 사람들도 문화생활을 즐기나 봐. 놀랍지?"

레아는 고개를 돌리고 말했다. 오른손이 뻐근하니 욱신거렸다. 신중하게 고른 채소 무게에 눌려, 비닐봉투 손잡이 끈이 손가락 끝을 파고들었다. 피가 통하지 않았다.

심장은 여전히 귀 안에서 쿵쾅거렸다. 하지만 레아는 빠르고 침착하게 움직였다. 채소 잎들이 다치지 않게 봉투에서 꺼냈다. 호박도 꺼내서 카운터 위에 가지런히 놓았다. 그리고 비닐 봉투를 접었다.

"게다가……." 토드가 말했다. "저 사람들한테 친절하게 굴어서 나쁠 거 없잖아. 분별 있는 사람들 같은데."

레아는 물을 담은 그릇에 렌틸콩을 부었다. 대부분 바닥에 가라앉고 몇 개만 둥둥 떠다녔다. 작은 연꽃 잎 같았다. 손을 물에 담가 콩을 씻기 시작했다. 렌틸콩은 조약돌만큼이나 단단했다. 물은 기분 좋게 차가웠다.

레아가 말이 없자 토드는 슬며시 주방에서 나갔다.

"마음상태…… 스트레스가 많은 직업…… 코르티솔 유발." 토드는 낮은 목소리로 중얼거렸다. 음악이 멈추고, 대화의 일부가 주방으로 흘러들어왔다.

렌틸콩을 다 씻고 양파 껍질을 까기 시작했다. 드러난 양파의 속살은 긴장된 근육처럼 팽팽했다. 레아는 가운데 부분에 칼집을 넣었다. 하얀 속살이 쪼개지면서 내는 아사삭 소리가 이상하리만치 듣기 좋았다. 눈이 따가웠다. 양파를 깔 때면 으레 겪는 일이었다. 종이처럼 얇고 반투명한 양파가 하나둘씩 벗겨졌다.

양파는 참 이상한 채소였다. 반으로 자르면 채소 냄새가 아닌 동물의 땀 냄새가 났다. 달콤하면서도 코를 강하게 자극하는 그 냄새가 왠지 모르게 마음에 위안을 주었다. 첫 번째 양파를 다 자를 때쯤 되자 거실에서 들리는 토드의 낮은 목소리가 더 이상 신경 쓰이지 않았다.

갑자기 배가 고팠다. 칼질이 빨라졌다. 양파 조각이 점점 두꺼워지고 크기는 제각각이 되었다. 양파를 다 자르고 마음을 가다듬었다. 손을 씻은 다음 싱크대 옆에 놓인 뽀송뽀송한 하얀 수건에 손을 닦을 것이다. 그리고 밖으로 나가 감시요원들과 침착하게 악수를 할 것이다. 미소를 지을 것이다. 어떠한 분노도 히스테리도 담지 않고 침착하고 반갑게 미소를 지을 것이다. 그들이 자신의 거실에 있다고 짜증을 내비치지도 않을 것이다. 신발이 크림색 카펫에 틀림없이 발

자국을 남길 테지만. 아니, 그래도 참을 것이다.

심지어 〈마태 수난곡〉이 어땠냐고도 물어볼 생각이었다. 그 음악을 고른 토드도 칭찬해줄 참이다. 오늘 저녁식사의 주인은 스웨덴 콘트랄토 가수인 닐손이라고 우아하게 알려줄 생각이었다. 장기의 배열 상태가 어긋나는 부작용을 겪은 그 사람이 맞다고. 그런 이야기를 할 때는 늘 그렇듯 무언가 일을 꾸미듯 작은 소리로 속닥일 생각이었다. 그리고 이렇게 말할 것이다. 이 노래를 들으면 마음이 편안해져요. 물론 만돌린 앨범도 있고 바다 시리즈도 다 있어요. 보세요, 여기 있잖아요. 그리고 무심하게 태블릿을 꺼내 클래식 말고도 얼마나 다양한 음악을 듣는지 자신의 플레이리스트를 보여줄 생각이었다.

양파에서 나온 냄새 강하고 끈적끈적한 액체가 손가락에 묻어 반짝거렸다. 레아는 손가락을 쳐다보며 참 곱다고 생각했다. 정확한 비율의 가느다란 손가락들, 그리고 잘 다듬어진 손톱 하나하나가 완벽한 곡선을 그리고 있었다. 도마 위에 놓인 손은 생기가 도는 핑크빛이었다. 마치 작은 마디가 난 당근 같았다. 다른 손에서는 칼의 무게가 느껴졌다. 칼날이 반들반들 잘 갈린 세라믹 칼이었다. 칼질에는 논리가 있었다. 칼과 채소의 표면이 서로 맞닿게 한 후 매끈하고 날카로운 칼날을 대고 검지로 부드럽게 누르면 되는 것이다. 레아는 손톱 끝을 가지런히 모으고 날카로운 칼날을 살짝 앞쪽으로 세운 뒤 조심스레 양파를 썰었다. 새하얀 도마 위, 얇은 은색 칼날이 빨간 핏방울을 떨어뜨렸다. 그때까지도 레아는 칼이 너무 잘 들어 살점이 떨어져나간 줄을 몰랐다.

그제야 통증이 느껴졌다. 뜨겁고 이기적이고 까다로운 고통이었다. 레아는 아무것도 할 수 없었다. 모든 생각과 감정이 욱신거리는

116

손가락 끝에 한꺼번에 달려들었다. 멈춰야 했다. 거칠게 숨을 몰아쉬었다. 손이 느슨해지면서 칼이 떨어졌다.

겨우 몇 초가 지났다. 천천히 다시 제대로 숨이 쉬어졌다. 통증이 누그러들었다. 키친타월로 손가락 끝의 피를 닦아냈다. 그러다 새로 돋아난 살이 매끄럽고 보드라운 데다 주변 피부보다 색이 밝다는 사실을 알아차렸다. 새로 바른 매니큐어의 모양을 보려는 것처럼, 레아는 손을 앞으로 내밀었다. 피는 멈췄고 새살이 돋아났지만 손가락은 여전히 원래보다 약간 짧았다. 손가락 끝이 납작하게 각이 져 있었다. 아무도 눈치채지 못할 것이다. 그런 일이 일어나긴 했던가?

토드는 아직도 감시요원들과 이야기 중이었다. 감시요원들. 레아는 조급한 마음이 들었다. 재빨리 그리고 조용히 흔적을 없앴다. 칼과 도마를 헹궜다. 피 묻은 키친타월은 비닐봉투에 넣어 압축 쓰레기통에 집어넣었다. 모든 것이 처음 그대로 돌아갔다.

짤게 썬 양파가 담긴 그릇을 냉장고에 넣으려던 순간 핑크빛으로 물든 양파가 눈에 들어왔다. 사이사이 결을 타고 붉은색이 스며들어 마치 투명한 인간의 혈관 같았다.

# 12장
## 도미노 이야기

누군가 그것을 발표시간에 가지고 왔다. 그것의 코는 레아의 흰자 위보다 하얗고 구름보다 말랑말랑해 보였다. 거꾸로 뒤집어놓은 삼각형같이 생긴 핑크빛 축축한 코가 신경질적으로 벌렁거렸다. 반 친구들이 번갈아서 그것을 손에 들고 살폈다. 그것을 받아 든 친구들의 작은 손은 조심스러웠고 눈은 두려움으로 깜빡거렸다. 그것의 이름은 도미노였다.

차례가 되어 도미노를 넘겨받은 레아는 도미노를 얼굴 가까이 가져갔다. 손가락 사이로 도미노가 꿈틀거렸다. 따뜻했다. 살아 있었다. 털과 살밑으로 섬세한 갈비뼈가 느껴졌다. 가느다란 뼈들이 퍼즐 조각처럼 맞물려 그 안에 꿈틀거리는 비밀을 지키고 있었다.

레아는 한 손가락으로 도미노의 등뼈를 훑어 올라갔다. 미골, 천골, 요추, 흉곽, 경추. 레아가 조용히 읊었다. 인간의 척추에는 120개가 넘는 근육이 있다. 토끼는 몇 개나 될까?

생물학 시간에 신경, 연골, 골격에 대해 배웠지만 이것은 뭔가 달랐다. 레아는 도미노의 팽팽한 뒷다리로 내려가 뼈와 힘줄이 만나는 부분을 만져봤다. 갈비뼈에서 물렁한 복부로 이어지는 부분도 만져봤다. 나뭇잎처럼 접힌 귀를 만지작거리다 엄지와 집게손가락으로 살며시 잡아당겨봤다.

"뭐 해, 별종?" 누군가 투덜거렸다. "빨리 넘겨."

레아가 도미노를 다음 친구에게 넘겼다. 부드러운 덩어리가 손을 떠나자 상실감이 마음을 후벼팠다. 반 친구들이 도미노를 어르고 쓰다듬고 껴안는 모습을 지켜봤다. 가슴속에서 작은 불꽃이 타올랐다.

쉬는 시간, 레아는 아무도 몰래 빈 교실에 들어갔다. 여기저기 나뒹구는 가방과 아무렇게나 놓인 의자, 바닥에 흩어진 카디건과 목도리 사이로 통로를 따라 걸어갔다.

토끼장 문을 열었다. 소리가 나지 않도록 조심했다. 레아는 도미노를 한 번 더 끌어안았다. 갈비뼈가 얼마나 유연한지 다시 한 번 느꼈다. 동화 속에 등장하는 변색된 금으로 성기게 만든 새장이 눈에 보이지 않는 보물을 우아하게 휘감고 있는 듯했다.

작은 손가락에 힘이 들어갔다. 도미노를 움켜쥐었다. 처음에는 살며시, 마치 오렌지가 얼마나 단단한지 테스트하듯 쥐어봤다. 도미노가 꿈틀거렸다. 레아의 뱃속에 뜨거운 보라색 불길이 확 타올랐다. 다시 힘껏 움켜쥐었다.

딱하고 뼈가 부러졌다. 도미노가 발버둥 쳤다. 말똥말똥 빛나는 검은 두 눈이 올챙이처럼 툭 튀어나왔다. 피가 뜨겁게 솟구쳐 혈관을 타고 빠르게 흘렀다. 가슴속에서 격렬한 감정 덩어리가 부풀어

올랐다. 더욱 세게 도미노를 움켜잡았다. 모두 으스러져 박살이 날 때까지 세게. 레아의 손톱 끝이 붉게 물들었다. 도미노는 여전히 그 자리에 있었다.

열기가 가라앉고 나서야 숨소리가, 쿵쾅쿵쾅 심장박동 소리가 귀를 타고 들려왔다. 저만치 복도 아래쪽에서 친구들이 웃고 떠드는 소리가 들려왔다. 친구들은 철분이 풍부한 시금치와 달걀이 담긴 식판을 앞에 두고 식당에 앉아 있었다. 이제 곧 베티가 울음을 터트릴 것이다. 베티는 차갑고 뻣뻣해진 털 뭉치를 품에 안게 될 것이다. 나머지 아이들은 잔뜩 겁에 질린 채 그 모습을 쳐다볼 것이다. 몇몇 아이들은 따라 울기도 할 것이다.

레아는 자신이 저지른 일을 모조리 자백하는 상상을 했다. 베티의 주근깨 난 예쁜 얼굴에 붉은 갈색이 도는 자신의 손톱을 흔들어볼까. 두려움으로 휘둥그레진 도자기같이 빛나는 두 눈, 어떻게 하면 베티의 울음을 멈출 수 있을까? 이제 반 아이들은 그녀를 별종 레아라고, 별종이라고, 별종, 별종, 별종이라고 놀리지 않을 것이다. 베티의 풍성한 금발 곱슬머리와 베티가 가지고 온 털북숭이 동물들을 은근히 질투했던 반 아이들이 모두 일어나 환호성을 지르며 레아를 여왕의 자리에 앉힐지도 몰랐다.

어디선가 쿵 소리가 나고 문이 닫혔다. 묵직한 소리에 레아의 심장도 다시 곤두박질쳤다.

아무도 응원하지 않을지 몰랐다. 얼마 전 술래잡기를 하다 한 남자아이를 넘어뜨렸던 검은 눈의 데니스 장처럼, 시한폭탄이라는 꼬리표가 붙을지도 몰랐다. 바닥에 보호 패드가 깔려 있었지만 그 아이는 정강이를 긁혔고 그 부모는 소송을 걸겠다고 위협했다. 그리고 데니스 장은 사라졌다. 소문에 따르면 아우터 버러 어디쯤에 있는 비라이퍼 학교로 전학 갔다고 했다.

레아는 헝클어진 도미노의 털을 쓰다듬었다. 자신의 한 짓을 받아들이려 했다. 죽었어, 혼잣말로 중얼거렸다. 내가 그랬어. 내가 도미노를 이렇게 차갑고 끈적거리게 만들었어. 레아는 기다렸다. 하지만 아무도 오지 않았다.

천장에 달린 선풍기가 먹이를 찾는 독수리처럼 빙빙 돌았다. 레아는 토끼장 문을 닫았다. 자기 자리로 걸어가 가방을 열고 거기서 가지런히 접힌 갈색 도시락 봉투를 꺼냈다. 봉투에서 케일 칩과 뉴트리바를 꺼냈다. 그리고 빈 봉투에 도미노를 집어넣었다.

복도에는 아무도 없었다. 심장박동 소리가 텅 빈 복도를 타고 울려 퍼지는 것 같았다. 순간 선생님이나 친구들이 어딘가에서 튀어나와 손가락질을 하고 비명을 지를 것 같았다. 땀이 흥건한 손으로 종이봉투를 꽉 움켜쥐었다.

레아는 유령처럼 복도를 지나갔다. 정강이 뒤쪽으로 땀이 고였다. 가지런히 잘라 내린 앞머리가 이마에 달라붙었다. 쓰레기통은 밖으로 나가 뒤편에 있었다. 삐걱거리는 뚜껑을 들어 올리며 영화에 나오는 살인자들처럼 아무 말이라도 해야 하나 생각했다. 도미노는 착한 토끼였다. 품에 폭 안겨 있는 것을 무척 좋아했다. 하지만 콩콩거리는 입과 부드러운 털을 생각하면 좀 전과 같은 감정이 확 불타올랐다. 이상하게도 뭔가 뜨거운 덩어리가 울컥 올라와 소리를 지르고 발길질을 하게 했다. 레아는 종이봉투를 번쩍 들어 쓰레기통에 휙 던져 넣었다.

토끼장 문을 열어두었으므로, 다들 도미노가 도망쳤다고 생각했다. 오후 내내 반 친구들은 복도와 벽장을 샅샅이 뒤졌다. 마치 토끼의 대답을 기다리듯 이름을 부르고 엉금엉금 기어 다니며 책상 밑까지 살폈다.

레아도 같이 도미노를 찾아다녔다. 처음에는 불안했지만 차츰 완벽하게 속이고 있다는 확신이 들었다. 모두가 불쌍한 베티를 두고 부주의한 실수를 저질렀다고 생각했기에 레아는 더 대담하게 움직였다. 누구보다 더 크게 도미노를 외치며 교실 뒤편까지 샅샅이 뒤지고 다녀서 무릎이 시꺼멓게 먼지로 더럽혀졌다.

그날 엄마가 데리러 왔을 때 레아는 기분이 매우 좋았다. 레아는 엄마에게 도미노 이야기를 했다. 도미노가 아무도 모르게 사라졌다고, 도미노가 얼마나 털이 복슬복슬하고 온순했는지 모른다고 말했다. 차에 치인 게 아니었으면 좋겠다고, 양상추와 토마토가 가득한 멋진 정원에서 잘 살았으면 좋겠다고 말했다. 토끼도 강아지처럼 천국에 갈 수 있냐고 묻기까지 했다. 레아는 차까지 걸어가면서 쉬지 않고 말했다. 하지만 쓰레기통을 지날 때는 하던 말을 멈추었다.

# 13장
## 안야의 인생

실크 소매와 스커트 자락이 마치 물 흐르듯 안야의 손가락 사이로 흘러내렸다. 밍크 그레이. 아이스버그 핑크. 오로라 블루. 모두 색깔 이름이었다. 이 쇼핑몰에 있는 것들은 그녀가 살 수 있는 것들이 아니었다. 그 이름만 들어도 알 수 있었다.

여점원은 머리를 위로 말아 올렸다. 그녀가 안야 뒤를 졸졸 쫓아다닐 때마다 우아하게 올린 머리가 달랑거렸다. 안야의 손가락이 옷걸이에서 떨어지기 무섭게 그녀는 옷을 정리했다. 그녀는 입술을 꾹 다문 채 빠르게 움직였다. 숨소리조차 못마땅한 기색이 역력했다.

안야는 옷걸이에서 아무것도 꺼내지 않았다. 가게 안을 돌아보며 미끈하게 늘어진 실크 드레스들을 손으로 훑어보는 것에 만족했다. 마음이 편해지면서 깊은 생각에 잠겼다. 짜증이 난 점원 따위는 조금도 신경 쓰이지 않았다.

"입어보시겠어요?" 진심이라고는 느껴지지 않는 목소리였다. 그래도 점원은 최소한의 예의를 지켰다. 프로 정신이 있어서라기보다 안야의 윤기 나는 머릿결과 탄력 있는 피부 때문이었다. 머리는 자르지 않아 허리까지 닿았으며 단추 하나가 떨어져 나간 낡은 트렌치코트를 입고 있었지만 안야가 라이퍼라는 것쯤은 한눈에 알 수 있었다.

"그럼, 그럴까요?" 안야는 고개를 돌려 그녀를 쳐다봤다.

점원이 멈칫했다.

"어떤 걸로 입어보시겠어요?"

안야는 아무 드레스나 하나 꺼내 들었다. 레이스로 된 드레스 끝자락이 카펫 바닥에 끌리자 점원이 놀라 움찔했다.

"가장 인기 있는 드레스 가운데 하나예요." 그녀는 얼른 드레스를 받아 들었다. 마치 아기를 안듯 긴 치맛자락을 살포시 받쳐 안았다. "우아한 작약색이지요." 그녀가 속삭이듯 말했다.

그녀는 드레스가 구겨지지 않게 두 팔을 쭉 뻗어 탈의실로 가져갔다. 두툼한 커튼을 젖히니 거울로 된 방이 보였다. 그녀는 벽에 있는 금박 갈고리에 드레스를 걸었다. 그러고는 애완동물 다루듯 부드럽게 드레스를 쓰다듬었다.

"다른 필요한 건 없으세요?" 그녀는 커튼을 닫기 전에 안야에게 물었다.

안야는 천천히 옷을 벗었다. 하나둘 옷들이 바닥으로 떨어졌다. 안야는 매끄럽고 차가운 천을 손가락으로 만졌다. 엄마는 이 드레스를 마음에 들어하셨을 거야. 은은한 조명 아래서 드레스가 아련하게 빛났다. 안야가 입던 스타일은 아니었다.

안야는 드레스를 입었다. 손가락에 닿는 감촉이 너무 부드러워 맨살에 느껴보고 싶었다. 뽀얀 천이 마치 우유 흐르듯 그녀의 몸에서 부드럽게 물결치며 차르륵 떨어졌다. 안야는 거울을 향해 돌아섰다. 한쪽 다리를 앞으로 빼고 엄마를 흉내 내봤다. 공연 전에 드레스를 입으면 엄마는 늘 그렇게 했다.

하지만 거울에 비친 자신을 보자 속에서 뭔가 울컥 치밀어 올랐다. 안야는 차가운 손가락으로 드레스 주름을 매만지고 머리를 틀어 올렸다. 머리카락 몇 가닥이 얼굴 위로 흘러내렸다. 드레스는 은은한 무대조명을 받아 짙은 황금빛으로 빛났다.

거울 속 안야는 울고 있었다. 안야는 자신이 울고 있는지도 몰랐다. 어느새 뜨거운 눈물이 마구 쏟아져 내렸다. 바닥에 주저앉지도 소리를 내지도 않았다. 손으로 얼굴을 감싸지도 않았다. 그냥 그 자리에 서 있었다. 머리를 올린 채 소리 없이 울었다. 두 볼이 눈물에 젖어 반짝거렸다.

"괜찮으세요?" 점원 목소리가 날카로운 칼이 되어 탈의실 공기를 갈랐다.

안야는 머리를 풀었다.

"아, 네." 안야가 말했다. "드레스가 아주 예쁘네요. 다른 색도 좀 보여주시겠어요? 블루나 그레이 계통이면 좋겠어요."

"그렇게 하죠."

잠시 후 점원의 팔이 커튼 사이로 쑥 들어왔다. 손에는 옷걸이가 들려 있었다. 디자인은 비슷한데 파란빛이 도는 하늘색 드레스였다. "해질 무렵 청록색이에요." 그녀가 일러주었다.

안야는 눈물을 닦고 하늘색 드레스로 갈아입었다. 그녀에겐 첫 공개석상이 될 것이었다. 사람들도 알고 있겠지만 이번 파티는 공식적인 발표 자리가 되리라. 중요한 사람들이 참석할 것이었다. 밴드 공연이 있을 예정이었다. 그리고 안야도 공연을 할 예정이었다.

이 드레스 역시 어울리지 않았다. 하늘색이 그녀의 피부 톤을 밋밋하고 창백하게 보이게 했다. 굳이 아름다워 보일 필요는 없었다. 하지만 남 앞에 부끄럽지는 않아야 했다. 존중받을 정도는 되어야 했다. 결국 그녀는 중요한 임무에 발을 들여놓았다.

"안 어울리네요." 안야가 점원을 불렀다. "다른 걸로 몇 개 더 보여주세요."

"네." 점원이 입술을 꽉 다물었다. 그 소리가 들릴 지경이었다.

여러 벌을 입어봤지만 결국 마음 가는 것은 처음 입어본 드레스였다. 그 드레스만은 바닥에 쌓인 화려한 드레스 사이로 던져놓는 대신 벽에 걸어두었다. 느슨하게 주름이 들어간 카울 넥. 드러나는 엉덩이 라인과 허리선. 기억 속 드레스가 되살아난 것 같았다. 공연 전 엄마는 그런 드레스를 입고 조심스레 몸을 흔들었고 어린 안야는 그런 엄마를 빤히 지켜봤었다.

탈의실 밖이 소란스러웠다. 감탄하는 소리, 놀라는 소리, 낄낄거리며 웃는 소리가 들렸다. 드레스가 바삭거리는 소리도 들렸다. "시미스트 비포 던, 로즈 실버." 다양한 색깔을 열거하는 점원의 목소리도 들렸다.

안야는 옷걸이에서 황금색 드레스를 꺼내 배낭 속에 집어넣었다. 그저 부풀린 천 쪼가리인 양 둘둘 말아서 쑤셔 넣었다. 배낭을 한쪽 어깨에 걸쳤다. 나머지 드레스들은 대충 한데 모아 얼굴을 가리고 탈의실을 나왔다.

점원은 완벽한 헤어스타일에 향수 냄새를 풍기며 즐거워하는 여자들 무리에 둘러싸여 있었다. 그녀는 안야를 보자 짜증나는 참에 잘 만났다는 표정을 지으며 다가왔다.

"다 입어보셨어요? 맘에 드는 드레스는 찾으셨어요? 없어요? 어떡해요." 그녀는 카운터를 가리키며 말했다. "입어보신 옷들은 저기 그냥 두세요. 감사합니다. 또 오세요."

그러고는 환하게 웃으며 여자들 무리 쪽으로 걸어갔다. 안야에게는 보여주지 않은 웃음이었다. 그녀는 여자들을 탈의실로 안내했다.

"시 미스트 애프터 던, 요즘 신부 들러리 서시는 분들이 가장 좋아하는 색이랍니다."


안야가 일하는 식당은 활기차고 떠들썩한 곳이었다. 언제나 분주한 움직임, 고함 소리, 퀴퀴한 기름 냄새가 가득했다. 안야는 다른 직원들과 거리를 두었다. 안야는 김이 모락모락 피어오르는 접시와 스테인리스 주전자를 나르고 끈적끈적한 바닥을 걸레질하고 더러운 테이블을 닦으며 정신없이 하루를 보내는 데 만족했다. 그곳 직원들은 하나같이 안야의 침묵을 존중해주었다. 그러다 보니 자연스레 그들과 수다를 떨거나 농담을 주고받을 일이 없었다. 혹여나 안야에게 말을 걸려면 안야와 거리를 유지하는 평소의 원칙을 어겨야 했다.

하지만 브란코만은 예외였다. 브란코는 아우터 버러 출신이었다. 그의 울퉁불퉁한 팔뚝에 튀어나온 혈관은 마치 뱀이 기어가는 것 같았다. 겨울에도 러닝셔츠를 입는 그는 말이 없는 안야를 탐탁지 않아 했다. 그래서 자신에게 주어진 사명이라도 되는 양 종종 안야에게 일장연설을 늘어놓았다. 매일같이 농담을 해가며 어떤 날은 잔소리를 했고 또 어떤 날은 추파를 던졌다. 브란코는 안야를 위해 노래도 만들었다. 사흘 내내 안야의 출신 지역을 알아내려고 했다. 그녀에게 시든 꽃다발을 가져다주기도 했다.

보통 때는 그저 웃어버리거나 그러려니 했다. 하지만 그날 밤은, 그 클럽에 대해 생각하기 전날 밤은 잠이 오지 않았다. 황금빛 드레스는 현관문 앞에 걸어두었다. 지나가는 차들의 헤드라이트 불빛이 드레스를 비췄다.

그날 아침은 브란코가 안야를 '자기야'라고 부른 다섯 번째 날이었다. 브란코는 안야에게 오늘은 만사를 젖혀두고 둘만의 파티를 열자고 했다. 안야의 마음속 무언가가 한순간에 무너져 내렸다. "나도 그러고 싶어." 안야가 말했다. "하지만 엄마가 다 죽어가. 집에 가봐야 해."

"가자. 어, 자기야." 브란코가 더듬거렸다. "사는 게 다 그렇지, 안 그래?" 얼굴이 붉으락푸르락해졌다. 기가 죽은 그는 더러운 식기들을 잔뜩 쌓아 들고는 식당 반대편으로 가버렸다.

브란코는 하루 종일 안야 눈치를 봤다. 더 이상 야한 농담을 하지 않았다. 아예 농담 자체를 하지 않았다. 안야는 식당 분위기가 무거워졌음을 실감했다. 밀려드는 점심 손님들을 응대하는 다른 직원들 모두 안야와 눈을 마주치려 하지 않았다.

안야가 12살 때 아빠가 돌아가셨다. 이웃 사람들, 선생님들, 심지어 마트에서 만나는 사람들마다 질문을 해댔다. 아빠와 가장 좋았던 일은 뭐였니? 같이 여행은 좀 다녔니? 아빠는 모닝커피를 블랙으로 드셨니 아니면 라테로 드셨니? 쏟아지는 질문들 때문에 그녀는 울었다. 어찌할 바를 모르고 울다 경련을 일으켜 사람들 앞에서 쓰러졌다. 그녀는 화가 났고, 자신이 공격받았다고 생각했다. 불과 얼마

전 아빠를 잃은 12살 소녀에게 사람들은 잔인했다.

하지만 이곳, 죽음을 둘러싸고 침묵만이 감도는 이 나라에 와서야 그때 그 사람들이 왜 그렇게 질문을 해댔는지 알게 되었다. 고향으로 돌아가면 이제 사람들은 엄마에 대해 물어봐댈 것이다. 친절하지만 노골적으로. 엄마는 어디가 아프셨니? 욕창은 안 생겼니? 언니나 동생은 없었니? 좋아하는 음식은 뭐였니? 태연하게 질문을 퍼부어댈 것이다. 하지만 적어도 그들 사이에서 엄마는 존재했고 다시 사람이 될 수 있었을 것이다. 적어도 숨겨야 하거나 처리가 곤란한 몸뚱어리는 아니었을 것이다. 점점 늘어나는 암시장이 얼마나 위험한지 보여주는 통계 자료는 아니었을 것이다. 안야가 짊어져야 하는 책임감, 짐, 그리고 안야의 인생은 아니었을 것이다.

일을 마치고 나서 안야는 브란코에게 물었다. "페리 터미널까지 태워줄 수 있어?"

"물론이지." 그는 여전히 안야를 쳐다보지 못하고 웅얼거렸다.

안야는 브란코의 차에 올라탔다. 브란코가 시동을 걸고 거칠게 기어를 바꿨다.

"이런 차는 어디서 샀어?" 차 안을 둘러보며 안야가 물었다. 사람이 운전하는 차를 마지막으로 타본 게 언제였더라. 요즘은 브란코처럼 유별난 취미를 가진 사람들이나 이런 차를 몰았다. 오랜 세월 잘 지켜온 과거의 유물 같은 차.

"10대 때부터 타던 거야." 브란코가 말했다. "요새는 돈을 아무리 많이 들여도 이런 차 못 구해."

"그럼 엄청나게 가치 있는 거네?" 안야가 보기 싫게 벗겨진 시트와 여기저기 긁힌 앞 유리창을 의심스러운 듯 바라보았다.

"누가 알아, 자동차 시장에 내놓으면 팔릴지? 큰 차만 따로 팔기도 하던데. 하긴 누가 이걸 사겠어? 알앤비 음악 좋아해?" 브란코가 라디오 버튼을 눌렀다. 음악 소리가 쏟아졌다.

"아니, 별로." 안야가 대답했다.

"그럼 어떤 음악을 좋아하는데?" 브란코가 계속 채널을 돌렸다.

나오는 음악이라곤 끔찍한 만돌린과 우쿨렐레 연주 소리가 다였다. 요즘 사람들은 그런 걸 음악이라고 했다.

"우리 엄마는 인공 심장을 달고 간신히 살아 있어. 그 심장은 앞으로 50년 동안은 멈추지 않을 거야." 안야가 말했다.

채널을 이리저리 돌리던 브란코의 손가락이 멈췄다. 신나는 노래가 나왔다.

"돌아가실 것 같다고 하지 않았어?"

"그렇지, 아니, 그래야지."

브란코는 계기판 버튼을 만지작거렸다. "그럼 엄마가 돌아가신 건 아니네."

"응. 맞아." 안야의 눈이 번득였다.

"우리 형은 5년 전에 심장마비로 죽었어. 그때가 43살이었지. 나는 마지막 인사도 못 했어. 그리고 지금은 8살짜리 조카랑 살고 있어. 제 아빠랑 아주 똑 닮았지."

"그렇구나."

브란코와 다른 직원들이 이른바 비라이퍼라는 사실을 안야는 생각해본 적이 없었다. 그게 무슨 뜻인지, 무슨 뜻이어야 하는지 한 번도 생각해본 적이 없었다. 안야는 브란코에게 자신이 살던 고향 마을 이야기를 해주고 싶었다. 그곳에는 비라이퍼 같은 건 없다고 말해주고 싶었다. 하지만 어떻게 말해야 동정이나 과시처럼 들리지 않을지 알 수 없었다.

"형은 어떤 음악을 좋아했는데? 안야가 물었다.

잠시 말을 잇지 못하던 브란코가 팔을 뻗어 라디오를 껐다.

"예전 음악들. 알앤비라든가 힙합, 드럼이나 베이스 음악을 좋아했지."

안야가 그의 말을 존중한다는 듯 미소 지었다.

"내가 무슨 말을 하는지 잘 모르겠지?" 브란코가 말했다. "이봐, 밀란이 지금 여기 있었으면 한바탕 난리가 났을 거야. 아마 다섯 시간 정도는 쉴 새 없이 지껄여댔을걸. 무슨 사명이라도 되는 듯 너를 교육시키려 들었을 거야. 진짜라니까. 밀란이 여기 없어서 다행인 줄 알아."

"형 이름이야? 밀란?"

"응, 밀란."

안야는 스쳐지나가는 어두운 거리를 바라봤다. 똑같이 생긴 우뚝솟은 아파트들 사이로 군데군데 저층 주택들이 끼여 있었다. 안야가 듣기로 스태튼섬(뉴욕만 입구 서쪽에 위치한 섬-옮긴이)에는 한때 저런 집들뿐이었다고 했다. 하긴 사방이 바다로 둘러싸여 있으니 지금 상황이랑 별반 다를 게 없겠다고 생각했다.

"엄마는 어떤 분이야?"

"오페라 가수였어. 그래서 이곳에 온 거지. 카네기홀에서 공연도 했어."

브란코는 눈을 크게 떴다.

"카네기홀? 세상에, 엄청난데. 그럼 유명인이셨겠네."

"그런 셈이지."

브란코가 라디오를 다시 켰다. 그대여, 나를 떠나지 말았어야 했어요. 저음의 노랫소리가 흘러나왔다.

"유명한 오페라 가수의 딸이 뉴욕 식당에서 손님들 시중이나 드는 거야?" 브란코가 히죽거렸다.

"엄마는 더 이상 노래하지 않아."

브란코의 얼굴에서 미소가 서서히 사라졌다. "아, 그래. 미안해." 그가 웅얼거렸다. "무슨 일이 있었던 거야?"

"장기 교체 시술을 몇 번 받았어. 150살 정도 되니까 하나둘 고장이 나더라고. 하지만 너도 알다시피 이제 죽을 수가 없어."

"너 라이퍼구나." 브란코가 새삼 안야를 쳐다봤다. "나이가 어떻게 되는데?"

"이제 딱 100살이 넘었어."

"엄청나네."

"알아. 나도 그렇게 생각해."

"그런데 왜 그러는 거야? 무슨 소린가 하면, 내가 만난 라이퍼들은, 우리를 엉망진창으로 여기더라고. 다 그런 건 아니지만, 우리를 무슨 하자 있는 물건처럼 바라본단 말이야."

"내가 살던 곳에서 인간은 모두 하자 있는 물건이었어."

"그래? 거기가 어딘데?" 브란코가 물었다. 이제 그는 더없이 진지한 모습이었다.

"스웨덴." 스웨덴이라는 단어가 마치 한숨처럼 안야의 입에서 흘러나왔다.

"스웨덴, 알아. 겨울. 팬케이크. 보편적 의료서비스. 왜 거기를 떠나온 거야?"

"나도 몰라." 안야가 말했다.

그대여, 내게 돌아와요. 브란코가 차를 세웠다. "다 왔어."

터미널에 도착했다. 그들 앞으로 맨해튼과 브루클린의 불빛이 마치 산불이라도 난 듯 번쩍거렸다. 어두운 강 위로는 금빛 반점들이 너울너울 춤추었다. 저 건물 숲 어딘가에 그녀와 엄마의 방도 있으리라. 축축하고 적막한 그들의 방이. 그녀와 브란코 앞으로 선명한 밤하늘이 아름답게 펼쳐져 있었다. 아파트 벽이 사방에서 그녀를 조여오는 것 같았다.

# 14장
# 세상에 믿을 사람이 없다

아빠를 만나러 가는 데 있어 가장 큰 문제는 지하철을 타야 한다는 점이었다.

"카셰어링 서비스를 이용하면 안 된다." 헤어질 때 아빠가 한 말이었다. "미행당할 수 있거든."

"누가 저를 따라오고 싶어 할까요?" 레아가 웃어넘겼다. 그때 감시요원들이 생각났다. 레아는 아빠에게 감시요원이나 위커버리 모임 등에 관해 말한 적이 없었다. 아빠가 다시 도망칠까 봐, 다시 사라질까 봐 두려웠기 때문이다. 아빠는 정부 당국에 발각되지 않을까 걱정하는 것 같았다. 그래서 레아는 아빠 말대로 지하철을 타기로 했다.

지난 수십 년간 지하철을 타지 않았다. 남의 눈 때문이었다. 어디를 가든 비싼 카셰어링 서비스를 이용하곤 했다. 또 한편으로는 건기 운동 때문이었다. 걷는 것은 주로 앉아서 일하는 직업을 가진 사람들에 대한 권고사항이었다. 그래서 레아도 다른 라이퍼들처럼 가능한 한 걸어 다니려고 했다. 그런가 하면 자신도 모르는 사이 생활 반경이 서서히 좁아진 것 때문이기도 했다. 가는 데라곤 센트럴 버러 중심 지역이 거의 전부였고 그러다 보니 지하철을 탈 일이 별로 없었던 것이다.

지하철역으로 내려갔다. 사람들이 적지 않았다. 이 많은 사람들이 다 어디로 가는지 궁금했다. 자신의 몸통보다 큰 더플 백을 멘 남자의 깎아놓은 듯 말끔한 턱, 얇고 오돌오돌한 주름종이 같은 피부를 가진 할머니의 흐릿한 산호색 눈동자, 태블릿을 움켜쥔 회사원의 뭉툭한 손가락을 유심히 살펴봤다. 저들도 저마다 비밀이 있을지 궁금했다. 저들도 미행당하고 싶지 않은지 궁금했다.

지하철역은 형광등이 밝게 비추어 생각보다 환했다. 레아는 오래된 기계에서 표를 구입했다. 역시 현금 넣는 곳은 막혀 있었다.

갑자기 목덜미가 싸해졌다. 뒤를 돌아봤다.

"다 샀어요? 혹시 모르실까 봐 그러는데 사람들이 줄 서 있어요." 뒤에 서 있던 남자가 말했다.

남자의 말을 무시한 채 사람들을 훑어봤다. 누군가 자신을 지켜보고 있다는 확신이 들었다. 하지만 아무도 없었다. 그저 역을 들고나는 낯선 사람들뿐이었다.

"저기요." 남자가 다시 말을 걸었다. 레아가 쏘아보자 남자가 하려던 말을 멈추었다.

아무도 없었다. 그녀를 미행하는 사람은 없었다. 레아는 고개를 저었다. 손에 승차권을 쥐고 에스컬레이터를 타고 내려갔다. 지하철을 탔다. 이어폰을 꽂고는 이메일을 확인하고자 태블릿을 꺼냈다.

열차가 역사를 빠져나갔다. 새 메일이 도착했다는 알림 메시지가 뜨더니 읽지 않은 메일로 분류되어 들어갔다. 발신자를 알 수 없는 메일이었다. 혹시 아빠인가 싶어 메일을 열었다.

곧바로 영상이 재생되었다. 처음에는 광고려니 생각하고 창을 닫으려고 했다. 하지만 왠지 남자의 얼굴이 익숙했다. 레아는 태블릿을 얼굴 가까이 가져갔다.

"나는 최선을 다했어요." 영상 속 남자가 말했다. "내게는 다양하게 세분화된 인체장기 포트폴리오가 있습니다. 평생 몇 번이고 교체할 수 있을 만큼 열심히 투자했습니다. 하지만 아무리 애를 써도 무시할 수 없습니다. 이건 옳지 않은 것 같아요. 태어나자마자 숫자를 부여받다니, 알고리즘이 누구는 살고 누구는 그럴 수 없다고 결정하다니, 이것은 옳지 않습니다."

인체장기 포트폴리오

화면에 그의 얼굴이 클로즈업되었다. 머스크 사람 가운데 하나였다. 장기치료 파트너십 계약을 하려다 감시요원 때문에 레아가 놓쳤던 바로 그 고객이었다.

"우리가 말하는 비라이퍼들이 정말 비라이퍼라고 생각하십니까? 스마트블러드™ 시술을 받고 장기를 교체하고 유지관리를 받을 수 있는 사람을 도대체 누가 결정한단 말입니까?"

심장이 쿵쾅거렸다. 이 남자는 레아에게 왜 이런 영상을 보냈을까? 계약을 놓쳐서?

"우리가 제대로 된 유전자 자질을 가진 라이퍼를 찾아낸다면 인구 문제를 해결할 수 있다고 생각합니다. 영원불멸. 더 이상 출생률 걱정을 할 필요가 없겠죠. 하지만 어쩌면, 어쩌면 해결책은 이미 이곳에 있을지도 모릅니다. 바로 여기, 우리 코 밑에 말이죠."

남자가 손에 들고 있던 병을 입에 가져가더니 내용물을 한가득 들이마셨다. 레아의 심장박동이 빨라졌다. 손바닥에 축축하게 땀이 찼다. 영상에서 눈을 뗄 수 없었다. 그제야 영상이 자신에게만 온 것은 아님을 깨달았다. 카메라를 응시하는 시선, 그녀에게 고정된 시선이 왠지 그런 것 같았다. 영상 속 남자가 이미 죽었을 거라는 생각이 들었다.

"하지만 우리가 싸우지 않으면, 싸울 사람이 없습니다. 우리는, 모든 라이퍼들은, 그리고 당신은 한 배를 탔습니다."

그가 성냥에 불을 붙이고 카메라를 응시했다. 보이지 않는 수백만 명의 사람들이 숨죽이며 그 모습을 지켜봤다.

"나는 수이사이드 클럽의 회원이 아닙니다. 나는 그들의 생각에 동의하지도 않습니다. 하지만 공통된 목표 아래 우리는 하나가 되었습니다."

남자는 성냥불을 얼굴로 가져갔다.

"선택의 여지가 없습니다."


아빠는 지하철 라인 끝에 살았다. 살았다, 라는 말은 어울리지 않았다. 임시거처일 뿐 계속 이곳에서 지낸 것은 아니었다. 하지만 알 수 없는 일이었다. 어쩌면 이곳에서 계속 지냈는지도 몰랐다. 엄마가 살고 있는 센트럴 버러 3구역에서 지하철로 2시간 거리인 이곳에서. 사라진 척, 같은 수돗물을 마시고 같은 교통수단을 이용하고 같은 밤하늘을 바라보면서 이곳에 있었을지도 몰랐다. 어쩌면 88년을 바로 코 밑에서 숨어 지냈을지도 몰랐다.

레아는 가장 가까운 계단을 뛰어올라갔다. 방금 본 영상을 머릿속에서 떨쳐버리고 싶었다. 알코올을 듬뿍 머금은 혓바닥에 성냥불을 가져가던, 머스크사를 이어받을 후계자의 영상을 뇌리에서 멀리 보내버리고 싶었다.

지하철역을 나오니 하늘이 옅은 색으로 빛나고 있었다. 저 멀리 바다는 햇살을 받아 거울처럼 눈부시게 빛났다. 레아는 보도 위에 서 있었다. 바람이 레아의 뺨을 훑고 지나갔다. 저도 모르게 혀를 내밀었다. 동영상 속 장면은 더 이상 생각나지 않았다. 이곳에서 아빠를 만나기로 한 것도 잠시 잊어버렸다. 다만 공기 중에 섞인 짠맛을 느껴보고 싶었다. 하지만 짠맛은 느껴지지 않고 차가운 공기만 스쳐 갈 뿐이었다. 레아는 입을 다물었다.

"안녕?"

레아가 돌아봤다. 출구 쪽에 아빠가 서 있었다. 그가 미소를 짓자 선글라스 테 아랫부분이 뺨에 닿았다.

"아빠." 레아는 주저 없이 달려가 아빠의 허리를 잡고 가슴에 얼굴을 묻었다.

아빠에게서는 마르고 갈라진 나뭇가지 냄새가 났다. 연기와 곰팡이 냄새가 났다. 겨울 내내 옷장 속에 들어 있던 물건의 냄새가 났다. 하지만 여전히, 그렇게 오랜 시간이 지났어도, 예전의 그 아빠 냄새가 났다.

아빠가 레아의 어깨 위에 손을 올려놓았다.

"좀 걸을까?"

레아는 고개를 끄덕였다. 하지만 곧바로 고개를 저었다. "잠깐만요. 방금 이런 걸 받았어요. 이메일로 온 영상이에요. 수이사이드 클럽 사람 가운데 한 명인 것 같아요."

"그래?" 아빠가 눈썹을 치켜떴다.

"그들이 아닐 수도 있어요. 그 사람들은 스스로를 인권보호 단체라 부르지만 사실은 그저 테러리스트들일 뿐이에요. 그들이 하는 일은, 뭐, 이름 그대로죠." 레아가 몸서리쳤다. 코트를 어깨 쪽으로 바짝 잡아당겼다.

"자살." 아빠가 중얼거렸다. 그러고는 눈을 가늘게 뜨고 하늘을 바라봤다.

"이 영상에 나온 남자 말이에요. 제가 아는 사람이에요. 머스크 사람이거든요."

아빠는 여전히 먼발치만 쳐다보고 있었다. 그 이름을 모르는 기색이었다.

"아빠도 분명 기억하실 거예요. 머스크는 헬스테크 창업가문 가운데 하나예요. 우리 회사가 그를 고객으로 잡으려고 정성을 들였거든요. 한동안은 우리 회사로 넘어올 것 같았죠. 장기치료 파트너십에 있어서 어마어마한 거래가 될 수도 있었어요. 그런데 동영상을 보니, 그렇게 엄청난 일은 아니었네요."

아빠의 표정이 굳었다. 낯설게 느껴졌다.

"아빠 집으로 갈까요?" 사실 레아는 바람에 머리를 나부끼며 좀 걷고 싶었다. 하지만 아빠가 어디에 살고 있는지 확인해야 했다. 아빠를 어딘가에라도 묶어두어야 했다. 가구를, 옷장을, 세면대 위의 칫솔을 확인해야 했다. 셔츠를 어떻게 정리해두는지, 침구는 정리하는지, 냉장고는 좀 찼는지 확인해야 했다.

"좀 이따가." 아빠가 말했다. "그보다 먼저, 너에게 보여주고 싶은 게 있단다."

아빠는 길을 따라 내려갔다. 레아도 같이 걸었다.

레아가 손을 뻗어 바다를 가리켰다. "이곳도 도시에 속하는지 몰랐어요."

"아는 사람이 많지 않을걸. 이제 사람들은 여기로 오지 않아." 아빠가 말했다. "왜 그런지 모르겠어."

"아마…… 아빠가 생각하는 이유 때문은 아닐 거예요. 여기가 아우터 버러라서 그런 거라고 생각한다면요."

언제부터 이렇게 되었을까? 언제부터 레아의 삶이 사무실, 집, 센트럴 버러 1구역에서 3구역 밖을 벗어나지 못했을까? 다들 그랬다. 레아도, 지앙도, 토드도. 그래서 인구는 계속 줄어들지만 여기저기 사람들은 넘쳐나는 것 같았다. 인구가 점점 줄다 보니 서로 더 바짝 붙어살려는 것 같았다. 레아는 탁 트인 공터를, 텅 빈 거리를, 하늘 위로 푸른빛을 뿜어내는 커다랗고 둥근 지붕을 바라봤다.

"정말 휑하네요." 레아가 말했다.

아빠가 고개를 끄덕였다. "도시 외곽은 네가 상상하는 것보다 훨씬 많이 비어 있단다."

"도시 외곽이요?" 레아가 물었다.

아빠가 한참 만에 말을 꺼냈다. "도시 외곽 지역은 수십 킬로미터를 다녀도 수백 킬로미터를 다녀도 사람을 만날 수 없단다. 집들은 빈껍데기만 남았고 오래된 건물들은 허물어졌어. 그리고 저 건너에는 라이퍼들이 사는 대도시들이 있지. 보스턴, 로스앤젤레스, 시카고. 뉴욕과 다를 바 없어. 모든 병원이 있는 곳."

레아는 말없이 계속 걸었다. 지난번 아빠를 만났을 때 알게 된 것이 하나 있었다. 둘 사이에 침묵이 흘러야 아빠가 자신의 이야기를 꺼낸다는 것이었다.

"오래전 집을 나갔을 때, 처음에는 종적을 감추리라 다짐했었다. 꽤 많은 돈을 주고 위조 여권을 만들고, 머리를 자르고, 한 곳에 절대 오래 머물지 않았지. 멀리 인적 드문 쇼핑몰에 새로 생긴 작은 병원도 하나 알아두었단다. 새로 만든 여권은 문제가 없었어. 나는 더이상 가이토 기리노가 아니었지. 그래도 기본적인 수명연장 시술이나 치료는 받을 수 있었어. 기존의 생체 데이터가 새로 만든 신분과 다행히도 잘 맞아떨어졌거든.

믿을 수가 없었어. 모든 것이 필요 이상으로 연결되어 있다니. 생체 인식 스캔이 가능한 세상에서 용케 들키지 않고 살아갈 수 있다니. 믿을 수가 없었다. 내가 찾던 어느 텐더의 태블릿 화면을 우연히 보기 전까지는. 젊고 매력적인 남성이었어. 나보다 나이가 많았겠지. 무슨 말인지 알 게다. 하여튼 화면을 봤는데 온통 숫자와 흩어진 점들, 추세선과 무작위로 나열된 알파벳, 그리고 코드 투성이더구나. 너는 그게 어떤 건지 알 거다. 하여튼 그때 봤어……. 화면 맨 밑에 쓰여 있는 작은 글씨……. 가이토 기리노, 그렇게 쓰여 있더구나.

그들은 내가 누군지 알고 있었어. 그동안 내가 어디에 사는지도 알고 있었던 거지. 그동안 나는 멋지게 도망쳤다고 뿌듯해했는데, 사실은 그들이 나를 풀어준 거였어. 그때 깨달았지. 아무도 나를 신경 쓰지 않았어. 나는 도망자도 무엇도 아니었던 거야. 내가 돌아오기를 조금도 바라지 않았던 거지. 분명 내게는 체제 위반자라는 꼬리표가 붙었을 거야. 하지만 내가 그들의 도시, 그들의 삶과 장수를 지키는 거대한 요새 밖에만 있다면 아무 신경도 쓰지 않았던 거야. 문제는 해결됐어. 내가 멀리 있으면, 이곳에 없기만 한다면, 그들이 말하는 소위 체제 위반 사고방식이 정부 당국의 중요한 사업에 방해만 되지 않는다면, 아무도 신경 쓰지 않았어."

두 사람이 걸음을 멈췄다. 레아는 머릿속이 복잡했다. 이해할 수 없었다. 그렇다면 왜 돌아왔단 말인가? 돌아오면 잡힐 게 뻔했다. 수십 년 전에 저지른 범죄 때문에 재판을 받게 될 것이었다.

"저기 좀 봐." 아빠가 어딘가를 가리켰다.

레아가 눈을 깜빡거렸다. 처음에는 자신이 무엇을 보고 있는지 몰랐다. 하늘을 배경으로 시커먼 형체들이 정신없이 올라갔다 내려갔다 고리를 만들었다를 반복하고 있었다. 바닷가에 세워진 호화로운 조각품들이었다. 눈이 빛에 적응되면서 색이 바랜 대형 천막과 녹슨 롤러코스터 레일, 멈춰 선 범퍼카들이 보이기 시작했다.

"네가 어렸을 때 늘 이곳에 데려오고 싶었단다." 레아를 쳐다보며 아빠가 말했다. 선글라스를 머리 위에 올려 쓰고는 햇살에 눈을 찡그렸다. "유주, 네 엄마는 절대 허락하지 않았어. 금방이라도 무너질 것 같이 위험하다며 이런 곳은 폐쇄되어야 한다고 했지. 아니나 다를까, 2년 후에 이곳은 문을 닫았단다. 하지만 시설을 철거하거나 새로 건물을 짓지도 않았단다. 인구는 점점 줄어들고 라이퍼들은 도시 중심부로만 몰려들기 시작하니 이곳 땅값은 폭락할밖에. 그러니 사려는 사람이 아무도 없었어."

아빠가 잠시 말을 멈추었다가, 이내 낮은 목소리로 다시 중얼거렸다. "믿어지니? 이곳을 허물지 않았다는 게."

"아빠를 찾는 사람이 없다면 왜 다시 돌아온 거죠? 위험해질 게 뻔한데." 레아가 물었다. "이곳에서 뭘 하는 거죠?"

아빠는 눈앞에 버려진 놀이공원을 보며 생각에 잠겼다. 그러더니 레아를 바라봤다. 미간을 찡그렸다. 눈빛이 절박했다. "아직은 말할 수가 없구나, 레아. 아직은 안 돼. 하지만 중요한 것은 내가 여기 있다는 사실을 아무도 모른다는 거야, 너만 빼고. 아무에게도 말하지 않겠다고 약속해주겠니?"

레아는 자신의 소파에 앉아 자신의 음반들을 뒤적이고 자신의 머그컵으로 차를 마시던 감시요원들을 생각했다. 최근 오픈도어 정책을 시행한 지앙을 생각했다. 그녀 때문이라는 걸 알고 있었다. 집을 나설 때마다 이제 더 이상 어디를 가는지 묻지 않는 토드도 생각했다.

파란 하늘은 온데간데없이, 하늘은 흐리다 못해 거의 회색에 가까웠다. 오래전 아빠의 모습이 떠올랐다. 아이들을 데리고 놀이공원을 가겠다며 엄마를 설득하고 있었다.

"물론이죠." 레아가 말했다. "약속해요."


아빠가 임대한 원룸은 레아의 침실만 한 크기였다. 작았지만 거리가 내려다보이는 커다란 창문 덕에 아주 밝았다. 한쪽 벽에는 좁은 싱글 침대가 붙어 있고 창문 쪽에 놓인 책상 위에는 온갖 종이들이 쌓여 있었다. 좁은 주방에는 싱크대와 전자레인지, 카운터 밑으로는 미니 냉장고가 있었다. 유리가 깔린 커다란 식탁이 실내 공간의 대부분을 차지하고 있었다. 네 명이 앉기에 충분한 크기였다. 소파는 없었다. 벽에는 단조로운 시골 풍경을 담은 플라스틱 액자 하나뿐이었다. 병원이나 미용실에서 흔히 볼 수 있는 그림이었다.

"앉으렴." 아빠가 식탁을 가리켰다. 그리고 겸연쩍은지 깍지 낀 손을 배 위에 올리고는 싱크대 주변을 서성거렸다. "미안하구나. 크기만 크고 흉물스러운 이 식탁을 집주인이 옮기지 못하게 해서. 물이라도 좀 마실래?"

레아는 듣지도 않고 고개를 끄덕였다. 여전히 시선은 방 여기저기를 열심히 살피고 있었다. 아주 작은 것 하나 놓치고 싶지 않았다. 원룸은 깨끗했다. 기본적인 것 외에는 어떤 물건도 없었다. 옷가지도 보이지 않았고 침대 위에는 반쯤 읽다 만 책 한 권 없었다. 과자봉지도, 반쯤 피다 만 담배꽁초도 보이지 않았다. 아빠가 어떻게 살았는지 보여주는 거라곤 아예 없었다.

아빠가 컵에 수돗물을 따라 레아 앞에 내려놓았다.

"수돗물인데."

아빠는 미안한 목소리였다. 그래서 레아는 몹시 갈증 난 사람처럼 물을 들이켰다. 미안해하지 말라고 하고 싶었다. 하지만 어떻게 말해야 할지 몰랐다.

"잠깐만." 아빠가 스위치를 켜고 문을 열었다. 그곳에 문이 있는지 미처 눈치채지 못한 장소였다. 문 뒤로 작은 욕실이 있었다. 아빠가 욕실로 들어가 문을 닫았다.

레아는 다시 열심히 주변을 둘러봤다. 좀 더 자세히 살폈다. 좁고 텅 비어 있지만 전혀 특징이 없지는 않았다. 침대는 잘 정리되어 있었다. 시트 끝자락은 깔끔하게 밀어 넣어졌고 베개는 불룩하게 부풀어져 있었다. 주방 카운터 위에는 빈 맥주병이 놓였고 거기 플라스틱 해바라기 한 송이가 꽂혀 있었다. 아빠가 맥주를 마시는지 궁금했다. 레아가 기억하는 어릴 때 아빠와 다르지 않을 거라는 생각이 들었다.

레아는 일어나 책상 쪽으로 걸어갔다. 종이들은 지난 6개월간 날아온 공과금 청구서가 대부분이었다. 수신인은 그녀가 모르는 이름이었다. 집주인일 터였다. 레아는 습관처럼 청구서를 날짜순으로 정리하기 시작했다. 접힌 부분과 모서리 부분이 딱 맞게 차곡차곡 쌓아갔다. 종이 아래, 뭔가 다른 종류의 봉투 하나를 발견했다.

명함 크기의 작은 봉투였다. 손바닥에 쏙 들어갈 정도였다. 아주 연한 파란색. 도시에서라면 봄날 아침에나 볼 수 있는 산뜻하면서도 천진한 색이었다. 크기에 비해 무게가 있었다.

레아가 뒤돌아봤다. 욕실에서 여전히 물소리가 나고 있었다.

레아는 봉투를 열었다. 안에는 비슷한 크기의 카드가 들어 있었다. 청첩장에나 사용될 법한, 화려하고 빳빳한 종이로 된 카드였다. 어쩌면 청첩장일 수도 있었다. 크기가 지나치게 작긴 했지만 날짜와 시간, 주소가 인쇄되어 있었다. 날짜는 다음 주 토요일이었고 주소는 5구역, 부유층이 사는 곳이었다. 양각으로 새겨진 글자를 손톱으로 따라 그리며 거리와 건물 번지수를 외웠다. 그런 다음 카드를 봉투 안에 도로 넣고 청구서 더미 밑에 슬쩍 집어넣었다. 아빠가 욕실에서 나왔을 때, 레아는 책상 옆에 서서 창밖을 내다보고 있었다.

"전망이 좋지?" 아빠가 말했다. "진짜 운이 좋았어."

레아가 고개를 끄덕였다. "예쁘네요."

아빠의 눈이 반짝였다. "참, 너한테 줄 게 있어."

레아는 혹여 청구서 밑에 숨겨둔 카드가 아닐까 생각했다. 어쩌면 그 카드에 대해 간단하게나마 설명해주려는 것 아닐까. 하지만 아니었다. 아빠가 주방으로 걸어가 미니 냉장고를 열었다. 그 안을 뒤적이더니 무언가를 꺼냈다.

"이거." 아빠가 말했다. "찾느라 고생 좀 했다. 문을 닫지 않은 데라고는 리버사이드 파크에 있는 매점 하나뿐이었으니."

아빠는 그것을 레아의 손에 쥐여주었다. 알록달록한 싸구려 포장지에 든 아이스크림콘이었다. 축축하고 차가웠다. 미니 냉장고가 제대로 돌아가지 않는 모양이었다. 이대로 껍질을 벗기면 안에 녹아 있던 아이스크림이 옆으로 흘러내려 손이 끈적끈적해질 터였다.

"감사해요." 레아가 콘을 쳐다보며 말했다. 어디서 이걸 구했을까? 몇 년 동안 아이스크림이라고는 구경도 해본 적이 없었다.

"다음 주 토요일에 뭐 하세요?" 레아가 물었다. "같이 뭐라도 할까 싶은데. 저희 집에 오셔도 되고요."

아빠가 책상에 있던 초대장을 기억해내기를 바랐다. 표정이 밝아지며 이렇게 말해주기를 바랐다. 다음 주에 파티가 있어. 너도 같이 갔으면 좋겠구나.

하지만 대답 대신 다른 무언가가 아빠의 얼굴을 스쳐지나갔다. 아빠가 슬그머니 시선을 피했다.

"토요일은 어려워." 아빠가 대답했다. "일요일은 안 될까?"

"왜요?" 목소리를 밝게 내리려고 애쓰며 레아가 다그쳤다. "토요일에 무슨 일이라도 있어요?"

"아니, 별거 없어." 아빠가 얼버무렸다. 그러고는 레아가 다 마신 컵을 집어 들더니 주방으로 가져가 헹구기 시작했다. "볼일이 좀 있어. 일요일이 좋겠구나."

레아는 잠자코 아빠가 하는 말을 듣고 있었다.

"안 먹을래?" 아빠가 물었다.

레아는 아직도 아이스크림콘을 들고만 있었다. 손가락이 차가워져서 감각이 둔해졌다. "먹어야죠." 레아가 껍질을 벗겼다.

차갑고 달콤한 액체가 입술에 닿았다. 자신이 설탕을, 그것도 과당이 아닌 인공설탕을 먹고 있다는 사실이 사무쳤다. 유제품, 방부제, 첨가제, 식품 착색료를 먹고 있다니. 설탕이 인슐린 수치를 얼마나 급상승시킬까. 이 아이스크림을 먹으면 수명이 며칠이나 줄어들까. 그리고 이어질 설탕에 대한 갈망, 더 나아가 설탕 중독에 대해 생각했다.

하지만 너무 늦었다. 이미 절반은 한 입에 꿀꺽 삼켜버렸다. 맛있었다. 아이스크림을 쳐다봤다. 손에서 녹아내려 손가락 사이로 뚝뚝 떨어지고 있었다. 더 크게 한 입 베어 물었다. 설탕 덩어리를 삼키는 일은 마치 잊고 지내온 비밀을 문득 맞닥뜨리는 것처럼 몹시 괴로웠다.

그날 밤 레아는 일부러 늦게 귀가했다. 토드에게 뭔가 설명하고 싶지 않았기 때문이었다. 토드는 일찍 자는 편이었다. 때로는 해가 지기도 전에 잠자리에 들었다. 최적의 24시간 생활 리듬을 지키기 위해서였다. 성냥갑 같은 원룸. 간소한 생활. 아빠 생각에 푹 빠져 있느라 불 꺼진 거실 소파에 앉아 있는 토드를 보고도 이상하다는 생각이 들지 않았다.

"토드." 레아가 물었다. "안 자고 뭐 해?"

"어디 갔다 오는 거야?"

"사무실에." 별생각 없이 거짓말이 튀어나왔다. 레아는 대수롭지 않은 듯 코트를 벗었다. "피곤해. 왜 아직 안 자고?"

"사무실이라……." 토드가 말했다. "어디랑 협상 중인데? 머스크는 끝난 거 아닌가."

레아가 토드를 쳐다봤다. 발꿈치로 바닥을 툭툭 치고 무릎을 아래위로 획획 움직여댔다. 산만하고 신경질적인 동작이었다. 한 번도 보지 못한 행동이었다. 그러면서 태블릿만 들여다보고 있었다.

"뭐 해?" 레아가 물었다.

"응?" 토드가 레아를 쳐다봤다.

"탭 말이야. 뭐 보냐고?"

"아, 이거. 이메일. 너도 알잖아."

레아가 눈을 가늘게 떴다. "아니, 토드, 내가 어떻게 알아. 뭔지 말해주면 안 될까?"

"사무실에 있었다고?" 토드가 다시 물었다.

"토드. 뭘 보는 건데?"

토드에게 사실대로 말할 수도 있었다. 20년을 함께해온 파트너에게 왜 아침에 일찍 나갔는지, 왜 주말마다 장시간 외출을 하는지 말할 수도 있었다.

토드는 다시 태블릿을 들여다봤다. "아까 사무실로 전화했는데 안 받던데."

아니, 토드에게 말할 수 없었다.

"여러 번 전화했었어. 결국엔 나탈리가 받던걸."

그녀의 손이 차가워졌다.

레아는 참지 못하고 토드에게 걸어가 태블릿을 낚아챘다.

토드는 저항하지 않았다. 그저 팔짱을 끼고는 입술만 삐죽거렸다.

화면에는 처음 보는 앱이 실행 중이었다. 글꼴은 깔끔하고 세련됐지만 화면이 우중충했다. 토드는 '체크인' 상태였다. 지도 위의 작고 빨간 점들이 그들 위치를 알려주고 있었다. 상태 버튼 아래에 있는 초록색 원이 깜박거렸다. 녹음 중이었다. 화면 구석에는 요즘 유행하는 하트 모양이 떠 있었다.

"이게 뭐야?" 레아가 따져 물었다.

"나탈리와 이야기 중이었어. 우리 둘 다 네가 걱정돼서."

속이 뒤틀렸다. "그래? 나탈리가 걱정을? 그랬겠지."

토드가 인상을 찡그렸다. "세상에, 레아. 이건 너희 둘이 직장에서 서로 경쟁하는 거랑은 아무 상관없는 일이야. 너는 왜 매번 그런 식으로 생각을……."

"나는 왜 허구한 날 그런 식으로 최악의 경우만 생각하느냐고?" 레아가 태블릿을 토드 면전에 들이밀었다. "그런데 어쩌지? 이번엔 최악 근처에도 못 갔네. 그랬더라면 내 약혼자가 나를 감시대상자 명단에 영원히 못 박아두려는 걸 알고도 별로 놀라지 않았을 텐데 말이야."

"레아, 그렇게 말하지 마."

"미안하게 됐어. 분명 나만 잘못했는데 말이지."

"그래도 나탈리하고 이야기하고 났더니 생각이 정리됐어. 내가 나서야 한다는 걸 깨달았어. 내가 너를 도와줬어야 했어. 네가 사라져도, 네가 기분이 안 좋아도, 네가 평소와 다른 행동을 해도 나는 그저 침묵으로만 일관했어. 내 말은, 너를 봐봐, 밤늦게 몰래 들어오질 않나, 어디에 있었는지 거짓말하지 않나. 도대체 어딜 갔다 온 거야? 도대체 무슨 일인지 모르겠어, 레아."

"그래서? 정부 당국에 신고라도 하게? 토드, 이게 어떻게 나를 돕는다는 건지 설명 좀 해봐. 나는 도저히 모르겠으니까."

"뭘 어떻게 해야 할지 모르겠네. 나는 상황이 더 나빠지는 걸 원치 않아. 제3의 물결이 곧 닥칠 거라는 소문도 돌고. 나는 너에게 가장 좋은 것, 우리에게 가장 좋은 것을 바랄 뿐이야."

우리에게 가장 좋은 것. 뭔가 알 것 같았다.

"너는 두려운 거야." 레아가 딱 잘라 말했다. "제3의 물결이 시작되면 내가 명단에 있는 게 너에게 영향을 줄까 봐 두려운 거야. 넌 나를 걱정하는 게 아니야, 오로지 빌어먹을 너만 생각하는 거라고."

토드는 아무 말도 하지 않았다. 그 침묵이 모든 걸 말해주었다.

레아는 토드에게 일주일을 주겠다고 했다. 그 안에 집에서 나가라고 했다. 토드는 별다른 말을 하지 않았다. 천성이 그랬다. 그 일주일 내내 토드는 까치발을 들고 집 안을 돌아다녔다. 마룻바닥이 값비싼 도자기라도 되는 양 조심해서 살금살금 걸었다. 조용한 목소리로 조심스럽게 말하기 시작했다. 눈치를 보느라 미간을 계속 찌푸리고 있었다. 변기 시트를 내려놓기 시작했다.

그즈음 레아는 그것을 발견했다. 그녀에게 생긴 첫 번째 주름살. 오른쪽 눈가에 뻗어나간 선명한 주름을. 자세히 들여다보니 하나가 아니었다. 눈물구멍을 중심으로 섬세한 거미줄처럼 아주 미세한 주름살들이 사방으로 뻗어나가 있었다. 자세히 들여다봐야 겨우 보일까 말까 했지만 그래도 그곳에 분명 주름살이 있었다. 주름살을 보자 복부가 팽팽하게 조여왔다. 공을 싸고 있는 여러 개의 고무줄들이 지난번보다 더 팽팽하게 서로를 잡아당기는 것 같았다. 식탁에 포크를 놓는 방식. 욕실의 짧고 빳빳한 솔이 벌어진 아이보리색 브랜드 칫솔. 창틀에 걸어놓은 잘 다려진 셔츠. 토드가 한 모든 일들을 마음에 간직했다. 분노의 공이 천천히 부풀어 오르자 고무줄이 더

150

단단히 조여들었다.

말을 안 한 지 셋째 날, 토드가 물컵을 들고 살며시 그녀 옆을 지나갔다. 레아가 손을 뻗어 토드의 손목을 잡았다. 토드가 멈춰 섰다.

"언제까지 이럴 거야?" 레아가 물었다.

토드의 눈이 슬퍼보였다. 처음 보는 듯 낯선 눈빛이었다.

"오래 걸리지 않아." 레아가 묻기를 기다렸다는 듯 냉큼 대답했다. "그 일이 있고 나서 바로 감시요원들이 나를 찾아왔어. 네가 숨길 게 없으니 내가 도와주면 일을 빨리 처리할 수 있을 거라더군. 그러고는 네게는 말하지 않는 게 좋겠다고 했지. 네가 정상이라고 증명만 해주면 명단에서 빠질 거라고 했어."

토드의 목소리가 뭔가 달랐다. 호소하는 말투 뒤에 무언가 조심하는 게 느껴졌다. 무언가 신중한 계획이 숨어 있는 느낌이었다. 단어 하나하나를 지나칠 정도로 신중하게 고르는 것 같기도 하고.

"그래서 그들한테 뭐라고 했는데?" 레아가 차분한 목소리로 물었다.

"아무 말도 안 했어, 정말이야. 잘 모르겠어, 왜……." 그가 한 손으로 머리를 쓸어내렸다, 무죄를 호소하는 소년처럼. "사소한 것들, 가령 네가 뭘 먹는지, 욕실에서 얼마나 오래 있는지, 오늘 아침에는 목에 난 점을 몇 번이나 긁었는지, 그런 것들을 물었어. 그들이 왜 그런 걸 알고 싶어 하는지 모르겠어."

"다른 건?" 레아가 물었다. 우리 아빠 얘기도 했어? 물론 그럴 리가 없었다. 토드는 아빠에 대해 아는 게 없었으니까.

"없어." 토드가 말했다. "그게, 네가 집에 들어왔을 때. 네가 밤늦게 집에 들어왔을 때. 그때……." 토드가 말을 멈췄다.

"계속해." 레아가 딱 잘라 말했다.

토드는 시선을 떨어뜨렸다.

"계속해, 토드." 레아가 다시 말했다.

"네가 싫어할 수도 있어." 토드가 천천히 말을 이었다. "하지만 내 생각에, 어느 정도 도움을 받는 것도 나쁘지 않을 것 같았어."

그 말을 하면서 토드의 얼굴이 변했다. 침착하게 복음을 전도하는 성직자 같은 면모를 드러냈다. 턱은 올라가고 눈은 커졌으며 두 볼은 발그레해졌다. 그의 피부가 참 맑다는 생각이 그제야 들었다. 평소보다 하얘서 거의 투명에 가까웠다. 주근깨가 빛바랜 핑크색으로 빛났다.

"얼굴에 무슨 짓을 한 거야?" 레아가 물었다.

토드가 움찔 놀라더니 바닥을 흘긋 내려다봤다. 레아는 있는 힘껏 그의 손목을 감싸 쥐었다. 손을 놓자 토드의 부드러운 피부 위에 반달 모양의 손톱자국이 생겼다.

"그들은 전문가야, 너도 알잖아." 토드는 못 들은 척 계속 말했다. "내 말은, 위험에 처한다는 게 어떤 건지 알아? 지킨다는 게 어떤 건지 겪어봤어? 내 책임이라고 생각해. 우리 모두의 책임이기도 하고, 내 말은 말이지, 네가 다치면 나도 책임이 있다는 거야."

"토드, 잘 생각해봐. 이건 미친 짓이야."

토드는 멍하니 레아를 바라봤다. 그의 얼굴은 전보다 더 감정이 고조되어 있었다.

"레아, 너도 한번 해봐. 숨어서 몰래 그러지 말고 사실대로 털어놓으란 말이야. 진지하게 생각해. 이 모든 상황을 진지하게 받아들이라고."

레아의 얼굴이 화끈거렸다. 토드는 그녀에게 진지하게 받아들이라고 말했다. 그녀가 한 일이라곤 위커버리 모임에 마지못해 나간 것, 감시요원들을 참고 있는 것, 심지어 나탈리와 나탈리의 고객을 상대하는 것뿐이었다. 그런데 눈앞의 토드가, 완벽한 피부에 헬스핀 신탁 재산이 있는 데다 스파이 짓까지 서슴지 않는 토드가 그녀에게 충고하고 있었다. 진지하게 받아들이라고. 마치 그게 문제인 것처럼.

"지금 나가줘야겠어. 가방 가져와. 나머지 물건들은 택배로 보내줄게."

토드가 입을 씰룩거렸다. "난 못 나가. 가고 싶어도 갈 수 없어. 너를 혼자 둘 수는 없어. 물론 너의 안전을 위해서야."

다시 그 이상한 빛이 반짝거렸다. 토드의 오뚝한 콧날이 핑크색으로 빛났다. 두 뺨은 믿기 어려울 정도의 장밋빛이었다. 그의 피부 아래 흐르는 아주 작은 혈관들이 궁금했다. 토드를 한 대 때리면 그 혈관들이 얼마나 쉽게 터져버릴까 궁금했다. 예전에 느꼈던 감정이 속에서 또다시 윙윙거렸다.

토드가 물컵을 입에 가져가 한참을 대고 있었다. 눈은 계속 레아를 응시했다.

순간 눈앞에 무언가 반짝했다. 여러 가능성이 스쳐갔다. 레아는 손을 들어 토드의 입술에서 물컵을 낚아챘다.

물컵이 마룻바닥에 떨어져 산산조각 났다. 그 소리는 생각보다 컸다. 불시에 닥친 시끄러운 소리였다. 어릴 적 식당에서 딱 한 번 들어본 적 있는 소리였다. 그 소리는 웅성웅성 들리던 일상의 대화를 갈라놓았다. 사람들은 목을 쭉 빼고 작은 목소리로 쑥덕거렸다. 주방장은 모습을 드러내지도 않고 불쌍한 죄인을 향해 거친 말들을 쏟아냈다. 요즘에는 물건이 잘 깨지지 않는다. 모든 것들이 단단해지고 강해지고 좋아졌다. 이제 물건을 깨려면 마음을 굳게 먹어야 했다.

엎질러진 물 위에 유리 파편들이 뒤섞였다. 산산조각이 나지는 않았다. 모두 네다섯 조각 정도의 큰 조각으로 부서졌다. 깨어진 조각의 가장자리가 들쭉날쭉 반짝거렸다. 바닥에 흩어진 파편들은 마치 완성되지 않은 퍼즐 같기도 했고 설치 미술작품 같기도 했다. 레아는 무릎을 꿇고 앉아 가장 큰 유리조각을 주워 들었다. 유리컵 바닥 부분이었다. 마치 얼음처럼 빛나는 무거운 왕관 같았다. 손바닥에 올리고 방향을 바꾸자 깨끗하고 들쭉날쭉한 가장자리가 빛을 받아 반짝거렸다. 부서져버린 그녀의 얼굴, 엄마의 코, 아빠의 눈이 유령처럼 레아를 올려다보고 있었다.

레아는 벽을 향해 힘껏 손을 내리쳤다. 다시 그때 그 소리가 났다. 이번엔 놀라지 않았다. 산산이 부서지는 그 소리는 마치 살을 뚫고 들어와 얇은 보호막을 찢어놓을 것만 같았다. 피가 뺨에 튀었다. 그녀 안에서 알 수 없는 감정이 되살아나 꿈틀거리며 마구 부풀어 올랐다. 아직 물건을 깨뜨리지 않는 법을 몰랐던 어린아이 이후로 처음 느껴보는 감정이었다.

토드는 꼼짝도 하지 않았다. 컵을 들고 있던 손을 그대로 뻗은 채, 손가락은 바보처럼 허공을 감싸 쥐고 있었다. 처음에는 깜짝 놀랐지만, 그의 얼굴은 금세 평온을 되찾았다. 그는 레아가 유리조각을 던져 산산이 부수어버리는 것을 지켜봤다. 부스러기 조각을 반짝이는 에나멜 가죽구두 뒤꿈치로 짓이겨 아예 가루로 만드는 것도 지켜봤다. 손바닥에 박힌 작은 유리조각을 빼내는 것도 지켜봤다.

할 만큼 다 한 레아가 잡아먹을 듯이 토드를 노려봤다. 토드는 주머니에서 태블릿을 꺼냈다. 그는 할 일을 할 생각이었다. 레아를 도울 생각이었다. 입술을 굳게 다물고 이 모든 일들에 대해 써내려갈 준비를 마쳤다.

# 15장
## 감사의 시간

토드를 쫓아내고, 감시요원들이 아파트에 들이닥치지 않을까 생각했다. 하지만 그들은 나타나지 않았다. 레아는 일주일 내내 안절부절못하며 지냈다.

그래서 레아는 위커버리 모임에서 조지가 인사랍시고 그 두툼한 손으로 그녀의 어깨를 툭툭 쳤을 때 대놓고 짜증을 내며 몸을 움츠렸다. 조지는 손을 공중에 멈춘 채 어찌할 바를 모르며 당황했다.

"안녕하세요." 레아가 환하게 웃으며 인사를 건넸다. "안녕들 하세요." 다른 사람들에게 어색하게 손을 흔들었다. 사람들은 고개를 까딱하며 인사말을 얼버무렸다. 아무도 레아와 눈을 마주치지 않았다. 남편 그렉과 함께 온 빵처럼 둥글넓적한 얼굴의 여자만이 레아를 쳐다봤다. 수전, 그녀의 이름이었다. 새끼손가락에 감았던 붕대는 이제 풀어버린 모양이었다. 이를 다 드러내고 싱긋 웃는 걸 보니 기분이 좋은 것 같았다.

그렉이 둥근 대형의 한쪽 자리를 잡고 앉았다. 그제야 레아는 그가 앉은 의자가 뭔가 다르다는 걸 눈치챘다. 모두 접이식 흰색 의자에 앉아 있는데 그만은 소나무 목재로 만든 광택 나는 의자였다. "자." 그가 자세를 바로하더니 손뼉을 치며 말했다. "감사의 시간입니다."

침묵이 흘렀다. 수전 혼자 열심히 고개를 끄덕이고 있었다. 그녀는 마치 단어들이 혀끝에서 튀어나올 준비를 마친 듯 입술을 벌렸다.

"여러분, 반복훈련 알고 있죠?" 조지가 사람들 얼굴을 하나씩 훑었다. 레아와 눈이 마주쳤다. "걱정 말아요, 레아. 말 그대로예요. 한 주를 보내면서 감사했던 일들에 대해 이야기해보는 겁니다. 우리가 여기에 있는 이유를 다시 한 번 생각해보기 위해서죠. 진짜 간단해요. 하지만 가장 간단한 일이 가장 어려운 일이기도 하죠."

수전은 상체를 앞으로 지나치게 기울이고 앉았는데 그래서 자리에서 떨어지기 일보 직전이었다. 조지가 이름을 부르기도 전에 다급하게 이야기를 시작했다. "저는 감사할 일이 너무 많았어요, 진짜 많았어요. 하지만 가장 감사한 일을 딱 한 가지만 고르라면 그건 바로 그렉일 거예요. 물론 제가 그렉을 '한 가지'라고 말하는 건 아니에요." 그녀가 큰 소리로 낄낄거렸고 그 소리에 엠브로즈가 움찔 놀랐다.

"음…… 어, 그렉, 맞아요, 대단하죠." 레아는 그녀가 머릿속으로 상상 중인지 아니면 조지의 목소리에 조바심이라도 났는지 궁금했다. 레아는 조지를 힐끗 쳐다봤다. 하지만 그렇지 않았다. 조지는 어느 때보다 진지하고 호의적이었다.

"그렉은 정말 천사예요. 여러분 모두 기억할 거예요. 왜냐하면 저의 '끔찍한 날' 이야기를 모두 알고 계시니까요. 팔다리로 기어 다니며 그걸 다 청소하다니! 얼마나 오래 걸렸다고요. 하지만 자세한 이야기는 다시 하지 않을게요. 여러 번 말했으니까요. 그것 말고도 또 있어요. 가령 제가 잠이 들면, 그렉은 잊지 않고 태블릿을 충전해줘요. 그래야 저에게 하루 종일 달콤한 문자 메시지를 보낼 수 있거든요. 그런가 하면 도난당했을 때를 대비해 위치 추적기를 설치해주었어요. 제가 납치될 경우를 대비해서라고 농담을 하더라고요. 하하하! 누가 나처럼 늙고 덩치 큰 뚱보를 납치하겠어요? 하지만 그렉은 그런 사람이에요. 늘 그런 농담을 하고……."

수전은 숨도 거의 안 쉬어가며 5분 동안 이야기를 이어갔다. 말을 하면 할수록 얼굴에 생기가 돌았다. 몹시 흥분한 그녀의 얼굴이 벌겋게 달아오르며 일그러졌다. 레아는 서서히 혐오감이 들기 시작했다. 하지만 그녀로부터 시선을 돌릴 수 없었다. 수전의 알 수 없는 무언가를 외면할 수 없었다. 레아는 그녀와 자신과의 공통점에 대해 생각하지 않으려 애썼다.

수전이 이야기를 끝냈다. 그녀가 천천히 입을 다물었다. 그 얼굴에 알 수 없는 표정이 스쳤다. 마침내 그녀가 길게 숨을 내쉬었다. 풍선에서 바람이 빠지듯.

무거운 침묵이 흐르고 조지가 정신을 차린 듯 활기차게 말했다. "좋아요. 완벽합니다. 고마워요, 수전. 그럼 계속할까요? 오늘은 할 일이 많아요."

콧수염을 깔끔하게 기른 작고 까만 남자가 뒤를 이었다. 그 남자의 이름은 아치였다. 그는 해돋이에 감사한 마음을 느낀다고 했다. 동이 트며 피가 번지듯 햇살이 제멋대로 하늘을 물들이는 모습은 언제나 놀랍다고 했다.

"아주 좋습니다, 아치. 자연의 아름다움, 그것은 위대한 것이죠. 하지만 다음번에는 'ㅍ'으로 시작하는 단어를 조심해주세요." 조지는 아치를 향해 눈썹을 찡긋했다.

'감사'에 관한 이야기는 계속되었다. 가족은 공통된 주제였다. 요즘 같은 시대에 진정 용기를 북돋워주는 주제라며 조지가 환하게 웃었다. 아름다움, 희망이나 선택, 미래와 같은 것들도 공통 주제였다. 레아의 차례가 되었다. 그녀가 아랫입술을 깨물었다. 그리고 약혼자와의 사이에서 태어날 아이들에 대해 중얼중얼 말했다. 조지가 태블릿에 뭔가를 입력하는 중이었다. 레아는 그쪽을 쳐다보지 않으려 애썼다.

"두 사람씩 짝지어서 해볼까요?" 조지가 신이 나서 안경을 위로 올려 썼다. 왼쪽 렌즈에 두툼한 지문 자국이 남았지만 그는 모르는 것 같았다. "자, 여러분. 지금까지 여러분의 이야기를 들었습니다. 우리 모두 들었지요. 이제 서로에게 이야기해볼까요? 준비되셨죠? 시작할까요?"

레아의 양옆에 있던 앰브로즈와 늘 코맹맹이 소리를 내는 남자는 각자 반대쪽으로 고개를 돌렸다. 그녀는 깍지 낀 두 손을 무릎 위에 올려놓고 어색하게 앉았다. 조지는 수전에게 정신이 팔려 있었다. 수전은 허공에 대고 삿대질을 해가며 격렬하게 수다를 떨어댔다.

아무도 레아를 쳐다보지 않았다. 모두들 저마다의 이야기에 정신이 없는 듯했다. 그녀는 자세를 바꾸었다. 소외당하는 기분을 무시하려고 애썼다. 소외되는 게 더 좋아, 그녀는 스스로 되뇌었다. 위커버리 모임은 그녀가 죽을 만큼 그 일원이 되고 싶은, 그런 모임이 아니었다.

'ㅈ'으로 시작하는 단어. 레아는 작게 코웃음을 쳤다.

"레아, 당신이 다시 웃는 모습을 보니 좋군요. 이 모든 게 분명 감사한 마음입니다." 조지가 굵은 목소리로 말했다. 뒤에서는 수전이 아직도 뭐라고 떠들어대는 중이었다. 다른 사람들의 말소리는 안 들리는 게 분명했다. 조지가 수전으로부터 시선을 돌려 레아를 쳐다보며 만족스럽게 히죽거렸다. 안경 너머로 보이는 눈에 감정 따위는 없었다.

레아는 미소를 지은 채 고개를 돌렸다. 그녀의 시선이 겨자색 카펫으로, 고집스럽게 벽에 걸린 나무 명패로, 저만치 떨어져 있는 얼룩진 창문으로 스쳐갔다. 텅 빈 공간임에도 방이 갑자기 좁게만 느껴졌다.

"생각 중이었어요, 조지." 레아는 그에게 계산된 미소를 지어보였다. "주로 친구들, 동료들. 저는 그런 게 고마워요. 요컨대 이곳 위커버리 모임이라든가."

"물론입니다. 그리고 당신을 경계하는 친구들도 많을 겁니다, 안 그래요?"

그의 목소리에는 경고로 오해할 만한 것이 없었다. 그는 토드에 대해 알고 있을까?

갑자기 정신이 번쩍 들었다. 시야가 좁아지고 화가 치밀어 올랐다. 무릎에 놓인 주먹을 꽉 움켜쥐었다. 오래된, 그렇지만 익숙한 분노가 일었다. 레아는 순간 멈칫했다. 열까지 세면서 천천히 숨을 내쉬었다. 이 감정이야말로 조지가 할 수 있는 그 어떤 말보다 레아를 두렵게 했다. 레아는 열까지 세면서 천천히 숨을 내쉬었다.

수전은 여전히 중얼거리고 있었다. 애처로울 지경이었다. 대충 듣기로 강아지 이야기를 하는 것 같았다. 불쌍한 강아지가 아프다는 이야기. 그렉이 강아지 때문에 속상해서, 그들 모두를 위해 그녀가 그곳에 있어야 한다는 이야기. 자신이 그들을 연결하는 접착제라는 이야기.

"물론이죠." 레아가 말했다. "친구들." 그녀는 주위를 둘러봤다. 안야 역시 맞은편에 조용히 앉아 있었다. 그녀 옆에 앉은 두 사람도 안야로부터 몸을 돌리고 다른 사람과 이야기 중이었다. 그들의 구부러진 등이 대칭을 이루는 날개 같았다.

레아는 의자를 끌며 곰팡내 지독한 카펫을 지나 안야에게 다가갔다. 바닥에서 올라오는 미생물과 먼지가 폐를 막아버릴 것 같았다. 살모넬라. 캄필로박터. 리스테리아. 시겔라. 레아가 마음속으로 세균들을 열거했다.

"저어, 당신은 어떤 게 감사한가요?" 레아는 조지의 시선을 의식했다. 조지가 자신들을 지켜보고 있었다. 레아는 적당한 말을 찾으려 애썼다. 그리고 안야가 반응해주기를 바랐다. 하지만 안야는 자신에게 눈길조차 주지 않았다. 그녀는 불안정하게 숨을 쉬었다. 숨을 한 번 내쉬고는 한참을 멈추었다가, 갑자기 무언가 기억난 것처럼 천천히 들이마셨다.

"네." 안야가 말했다. "감사한 일."

"무슨 말이 하고 싶은지 알 것 같아요." 레아가 끼어들었다. "헷갈리는 거죠? 왜냐하면 감사할 일이 언제나 너무 많으니까."

안야가 미간을 찌푸렸다. 아주 미세하게 몸을 떠는 것 같았다. 그러다가 레아를 쳐다봤다. 그제야 레아를 알아본 것 같았다.

"음악 같아요." 안야가 말했다.

레아가 한 손에 턱을 괴고 고개를 끄덕였다. 안야가 무슨 말을 하는지 순간 이해할 수 없었다. 하지만 그들을 바라보는 조지의 시선은 정확하게 감지할 수 있었다. 파리한 형광등 불빛 아래 안야의 광대뼈 주변 피부가 적나라하게 드러났다.

"음악 바로 그게 내가 감사히 여기는 거예요."

"오, 어떤 악기를 연주하세요?" 레아가 물었다.

"바이올린이요." 안야는 눈부신 빛을 쳐다볼 때처럼 눈을 가늘게 뜨는 버릇이 있었다. 지금도 그녀는 레아를 그렇게 쳐다봤다.

"또요?" 레아가 물었다.

"당신도 알아요? 아니다, 모르는 게 당연하겠지." 조지가 말했다.

안야는 굳어버린 것 같았다. 그녀의 몸속 세포들이 갑자기 한꺼번에 팽창해서 사이사이 알 수 없는 빈 공간까지 가득 채워버린 것 같았다.

"우리 안야는 이곳에서 유명해요. 유명인사죠."

"그렇지 않아요." 안야가 말했다. 목소리는 침착했지만 그녀를 둘러싼 공기는 점점 무거워졌다.

"엄마는 안야보다 훨씬 유명하셨어요. 카네기 홀에서 노래를 부르기도 하셨으니까." 조지는 카네기라는 단어를 마치 불어처럼 발음했다. 특히 마지막 음절을 말할 때, 그 침 묻은 두꺼운 입술을 그로테스크하게 일그러뜨렸다. 안야는 아무 말이 없었다.

"그런 걸 왜 부끄러워하는지 모르겠어. 물론 가장 건강한 직업이라고 할 수는 없지만. 어쩌면 그래서 안야가 이곳에 있는지도 모르겠어요. 우리 모임에는 예술가 유형의 사람들이 많거든요. 예전에 화가도 한 명 있었답니다. 결국 구치소에 들어갔는데, 지금은 가망이 없어요. 정맥주사로 연명 중이거든요. 뭐, 아직 살아 있긴 해요."

조지는 생각에 잠긴 듯 손가락 끝과 끝을 지그시 맞댔다. 그때 수전이 그의 팔꿈치를 마지막으로 톡톡 두드렸고, 그러자 마지못해 그녀를 쳐다봤다.

안야는 꿈쩍도 하지 않았다. 얼떨결에 레아는 팔을 뻗어 안야의 손 위에 자신의 손을 올려놓았다. 평소 같으면 절대 낯선 사람의 몸에 손을 대지 않는 레아였다. 그러나 안야의 얼굴을 보니 왠지 모르지만 그래야 할 것 같았다. 차갑고 창백해 보이는 모습과는 달리, 안야의 손은 따뜻했다. 따뜻하다 못해 뜨거웠다. 그리고, 보이지는 않았지만, 살짝 떨고 있었다.

"엄마는 실제로 유명했어요." 너무 조용한 안야의 목소리에 레아는 자신의 귀를 의심했다.

"아직도 공연을 하세요?" 레아가 물었다. 어떤 장르의 가수였나요? 아직도 라이브 공연을 하시나요? 건강 관련 통계치를 아실 텐데 어째서 가수를 선택하셨을까요? 떠오르는 질문만 천 개였다.

"아니요. 공연은 하지 않아요."

레아는 조지를 힐끗 쳐다봤다. 수전 옆에 바짝 다가앉은 그는 이따금씩 진지하게 고개를 끄덕이는 중이었다. 튼튼한 그의 허벅지가 수전의 무릎에 닿아 있었다.

"저 사람, 왜 저래요?" 레아가 목소리를 낮춰 물었다. 무슨 의도로 그런 질문을 한 것인지 그녀 스스로도 알 수 없었다. 안야는—자신도 그렇게 생각한다는 듯—고개를 옆으로 기울이고는 어깨를 으쓱해보였다.

"어떤 사람들에게는 소명의식이라는 게 있나 봐요." 안야가 대답했다. "하지만 해를 끼치거나 할 사람은 아니에요."

레아는 다시 주변을 둘러봤다. 다들 대화에 푹 빠져 있는 모습이었다.

"더 심해졌어요. 지난번 모임 후 귀가했더니 감시요원들이 집에, 그것도 거실에 와 있지 뭐예요. 믿을 수 있어요?"

안야의 표정에는 아무 변화가 없었다. 차분한, 어딘가 공허한 구석이 있는 이목구비. 레아는 그 빈 공간을 자신이라도 채워줘야 할 것 같다는 생각이 들었다.

"게다가 내 약혼자라는 사람이 내 일거수일투족을 보고하고 있었어요. 제 생각에는 저 사람, 조지에게도 뭔가를 말한 것 같아요." 레아는 조지를 힐끗 쳐다봤다. "저 사람 말고 누구겠어요? 그리고 당신에게 말하는 것 좀 보세요. 주제넘지 않아요? 저 사람, 너무 많은 권력을 누리고 있어요."

안야가 고개를 돌려 조지를 쳐다봤다. 찬찬히 뜯어보듯 그를 살펴봤다. 조지는 진지한 얼굴로 수전에게 조언을 베풀고 있었다. 이리저리 의미 없이 해대는 손짓은, 얼핏 전구를 갈아 끼우는 동작처럼 보였다.

힘없이 무너져 내린 안경을 쓴 남자. 레아는 안야의 눈으로 그를 바라봤다. 말할 때 보니 입술에 두툼하니 살집이 있었다. 잘 다린 셔츠 옷깃에는 녹물처럼 보이는 얼룩이 있었다.

"조지도 우리랑 상황이 똑같아요. 감시요원들이 찾아오죠. 조지만이 아니에요. 모두 다 그래요."

어처구니없었다. 레아는 자신의 손이 아직도 안야의 손을 누르고 있음을 깨달았다. 투명에 가까운 창백한 안야의 손가락이 황갈색 레아의 피부와 극명한 대조를 이루었다. 레아가 손을 치웠다.

"그럼 지금 이건 무슨 의미인가요? 어째서 이렇게 모여서 이야기하고 또 이야기하는 거죠?" 레아는 손을 들어 벽에 걸린 명판을 가렸다. 황금빛으로 도금한 명판이 눈을 찌를 듯 강렬하게 빛났다.

안야는 한 번 더 어깨를 으쓱해보였다. 그녀가 걸치고 있던 회색 모직 숄이 흘러내리며 가녀린 한쪽 어깨가 드러났다. "당신은 어때요?" 안야가 물었다.

"저요?"

"당신은, 그러니까, 뭐가 감사한가요?"

"우리가 왜 그런 이야기를 해야 하죠? 이게 중요한가요?" 레아는 두 손으로 상체를 감싸며 팔짱을 끼었다. 블라우스 아래로 갈비뼈가 손가락에 느껴졌다. 마음속으로 갈비뼈를 세기 시작했다.

안야는 한숨을 길게 내쉬었다.

"나는 그림을 그려요." 레아가 낮은 목소리로 말하다가 멈췄다.

"그게 당신이 감사하게 생각하는 일인가요?" 안야가 쳐다봤다.

"아니요! 내 말은, 감시요원들이 우리 집에 왔었어요. 내가 그린 그림이 거기 있었어요. 그 사람들은 내가 수집한 음반들도 봤다고요."

안야는 아무런 반응을 보이지 않았다. 충격을 받았더라도 겉으로는 통 드러내지 않을 것 같았다. 하긴 그녀 자신도 음악가라면, 이런 일로 놀라지는 않을 거야, 레아는 생각했다.

"그들이 알게 된다면 나는 절대 명단에서 제외될 수 없을 거예요." 레아는 혼잣말처럼 중얼거렸다.

안야가 레아를 쳐다봤다. "무슨 명단이요?"

"감시자 명단?"

안야는 입술을 벌리고 마른기침을 했다. 목에 걸린 털 뭉치를 빼내려고 애쓰는 고양이 같았다. 안야의 눈가에 잔주름이 생겼다. 그제야 레아는 그녀가 웃고 있다는 사실을 깨달았다.

"음악 좋아해요?" 마침내 안야가 물었다.

"음악이요?"

"음반을 수집한다고 했잖아요."

레아가 안야의 얼굴을 자세히 살펴봤다. 하지만 웃음기는 이미 걷혀 있었다. 아까처럼 공허한 모습이었다.

"어떤 장르를 좋아해요? 팝? 락? 재즈? 펑크? 알앤비?"

"클래식이요." 레아가 작게 속삭이며 주위를 둘러봤다. 모두들 여전히 황홀한 고백에 푹 빠져 있었다. 아무도 듣지 못한 것 같았다. "바흐의 〈마태 수난곡〉, 알죠?" 레아가 웅얼거렸다.

안야가 고개를 끄덕였다. 그녀가 손가락 하나를 앞니로 가져가더니 잘근잘근 깨물었다. 뭔가 생각에 빠진 것 같았다.

"하지만 다시 감사한 일로 돌아가서……." 레아가 말했다. "회사 상사에게도 고마워요. 참 좋은 사람이에요. 절대 우리를 힘들게 하지 않죠, 심지어……."

"들으러 가도 되나요."

레아가 하던 말을 멈췄다. "네?"

"음반 말이에요. 〈마태 수난곡〉을 가지고 있다고 했죠? 들으러 가도 되냐고요."

레아가 고개를 저었다. 안야가 정신이 나간 걸까?

"부탁이에요." 안야가 말했다. "오랫동안 음악을, 제대로 된 음악을 듣지 못했어요."

다시 고개를 저으려다가 안야가 한 말이 생각났다. 조지만이 아니에요. 모두 다 그렇죠. 자신이 감시자 명단에서 이름이 빠진다는 이야기를 할 때 안야는 웃었다. 어쩌면 안야에게 뭔가를 말할 수 있을 것 같았다.

어쩌면 안야는 뭔가를 알고 있을지도 몰랐다.

# 16장
## 소중한 것들

두 사람이 거실에 어색하게 서 있었다. 도대체 자신이 무슨 짓을 한 건지, 레아는 알 수 없었다. 높은 층. 하얀 천장. 통유리 창. 길게 늘어뜨린 새하얀 리넨 커튼. 안야는 주변을 이리저리 둘러봤다.

레아는 목소리를 가다듬고 물었다. "마실 거라도 좀 줄까요?"

안야가 고개를 저었다. 그녀는 거실 한편에 놓인 책꽂이를 유심히 살펴보더니 손을 뻗었다. 새소리와 물소리가 잔잔하게 흘러나오는 광택 없는 직사각형 모양의 회색 상자를 만졌다.

"〈열대우림 메들리 235번〉이에요." 레아가 말했다. "원한다면 다른 걸로 틀어줄까요? 인공지능이에요. 최첨단 기술력이죠. 귀가할 때면 기분을 감지하고는 손실된 산소를 보충하기에 가장 적합한 곡을 골라주니까." 대체 무슨 말을 하고 있는 걸까?

안야는 창문으로 걸어갔다. 티끌 하나 없이 깨끗한 유리창에 코가 닿을 정도로 가까이 다가갔다. 평소의 레아 같으면 온통 얼룩 생각만 들었을 것이다. 손님이 가고 나면 깨끗한 천으로 창문의 얼룩을 지워야겠다는 생각에 사로잡혔을 것이다. 하지만 지금은 달랐다. 안야가 무엇을 보고 있는지 다만 그게 궁금했다.

"어디에 살아요?" 레아가 소파에 앉았다.

안야가 아래를 가리키며 말했다. "저기 어디쯤이요. 저 건물 뒤편으로 음침하고 어두운 갈색 건물에."

마지막 남은 프로젝트. 하지만 철거할 수 없는 건물들. 저곳의 수많은 세입자들은 장기교체 실험 프로그램이 성행했던 제1의 물결 사람들이었다. 그리고 그 많은 세입자들은 여러 면에서 잘못되고 말았다. 어둡고 칙칙한 벽돌과 좁은 창문, 건물들은 삭막하기만 했다.

안야는 고개를 돌려 레아를 바라봤다. 창문에 빛이 반사되어 그녀는 그림자만 보였다. 빛이 흐트러지며 그녀의 머리가 은색으로 빛났고 늘어진 머리카락은 불꽃처럼 반짝였다.

"음." 안야가 말했다. "당신은 왜 위커버리 모임에 온 거죠?" 안야가 창문 쪽으로 손을 뻗었다. 마치 레아가 잘못했다는 듯. 마치 레아가 저 아래쪽 도시에 어떠한 책임을 가지고 있다는 듯.

레아는 안야의 몸짓에 담긴 의미를 무시했다. "글쎄요." 레아가 말했다. "사고가 있었어요. 아니, 사고 비슷한 거였죠. 그러고 나서 감시요원들이 붙었어요. 그들이 사무실이며 아파트며 쫓아다녀요. 여기에 앉아 있기도 했죠." 레아는 크림색 소파를 가리켰다. 감시요원들이 집까지 쫓아온 것이 무슨 의미인지, 그때의 느낌이 어땠는지 전달하려고 애썼다. "그들은 토드와 별별 이야기를 다 나눴어요. 토드는 그 사람들에게 내 음반 수집품까지 보여줬고요."

"토드?"

"약혼자예요, 이젠 과거 일이 되었지만." 레아가 자신의 말을 바로 잡았다. "그는 이제 여기에 살지 않아요."

"그럼 혼자 지내요?" 안야가 머리를 들어 천장과 저편 방 구석구석을 훑으며 물었다.

"네. 이 집은 회사 아파트예요. 계약조건에 있었죠. 내 힘으로는 이런 집을 얻을 수 없었을 거예요. 음, 당신도 그렇지 않을까요? 어쨌든, 회사 소유예요." 어째서 안야에게 일일이 해명하고 있는 것일까? "당신은요?" 레아가 물었다.

"나는 엄마와 살아요." 안야가 대답했다.

"와, 좋겠어요."

안야는 아무 말 없이 고개만 끄덕였다. 그리고 미소 지었다. 차갑고 희미한 미소였다.

"어머니도 당신이 감시를 받고 있다는 걸 아세요?" 레아가 물었다.

"아니요." 안야가 대답했다. "엄마는 모르세요."

"당연한 질문이겠지만 어머니가 엄청 바쁘시겠어요?"

안야는 대꾸하지 않았다. 대신에 활기차게 물었다. "여기 수영장이 있나요?"

안야는 난방기 위에 널어놓은 남색 수영복을 쳐다보고 있었다.

"꼭대기 층에 있어요." 레아가 말했다. 그녀의 얼굴을 쳐다보고는 이렇게 묻지 않을 수 없었다. "수영하러 갈래요? 여분의 수영복이 있는데." 그렇게 말해놓고 곧바로 후회했다. 안야가 싫다고 할 거라는 확신이 들었다.

하지만 안야가 미소 지었다. 눈이 빛나고 어깨가 들썩였다.

"정말요? 좋아요." 갑자기 기분이 좋아졌는지 목소리 끝이 말려 올라갔다. "지금 갈래요?"

수영장은 텅 비어 있었다. 레아는 손가방을 접이식 의자에 올려놓고 안야를 쳐다봤다.

안야는 티셔츠를 벗느라 낑낑대고 있었다. 그녀의 머리가 흰 구름에 가려진 것 같았다. 드디어 옷이 벗겨졌다. 그녀는 얼굴만 내놓고 환하게 웃었다.

"와우." 그녀는 유리처럼 눈부시게 반짝거리는 파란 물을 보며 외쳤다. 그들의 머리 위로 난 거대한 채광창을 뚫고 햇살이 쏟아져 내렸다. 안야가 한쪽 발가락을 물에 담갔다. "따뜻해." 목소리는 뭔가 실망한 듯한 목소리였다.

부드러운 원을 그리며 안야가 공중으로 날아올랐다. 물도 별로 튀지 않고 물속으로 뛰어들었다. 손을 머리 위로 쭉 뻗은 그녀가 빠르게 헤엄쳐 나갔다. 레아는 왔다갔다 헤엄치는 안야의 모습을 지켜봤다. 목까지 내려오는 그녀의 밝은색 머리카락이 물에 젖어 더욱 짙은색으로 보였다. 레아의 파란 수영복을 입고 있어서 그런지 그녀는 창백한 모습의 레아 자신 같았다.

해가 뉘엿뉘엿 지고 있었다. 오렌지색 태양 광선이 바닥부터 천장까지 이어진 창으로 스며들었다. 하늘과 맞닿은 지평선 또한 온통 오렌지색으로 빛났다. 안야는 헤엄을 치고 또 쳤다. 그러다가 잠시 멈춰 섰다. 그러고는 저 멀리 도시를 내려다봤다.

"아름다워요." 그녀의 거친 숨소리가 들렸다. "도시가 이렇게 아름다울 거라고는 생각도 못 했어요."

"아름답죠. 우리 사무실에서 보면 훨씬 더 아름다워요. 사무실이 도심 지역에 있는 데다 높거든요."

사무실. 갑자기 속이 뒤틀리며 편안함이 사라졌다. GK와 AJ는 요즘도 그녀를 찾아 사무실에 나타났다. 요즘에는 지앙의 방에 가서 서로 웃고 등을 두들겨가며 한참 동안 시간을 보냈다. 그들이 나타날 때면 지앙은 레아에게 거의 말을 걸지 않았다.

"안 들어올래요?" 얼굴에 묻은 물을 훔치며 안야가 물었다.

레아는 고개를 끄덕이며 수영장으로 들어갔다. 피부에 닿는 물이 차가웠다. 물은 그녀의 무릎 아래로, 허벅지 사이로, 손톱 밑 틈사이로 스며들었다. 레아는 수면 아래로 깊이 내려갔다 솟구쳤다. 젖어버린 모자 속으로 머리카락을 집어넣었다. 온몸에 닭살이 돋았다.

"따뜻하다고요?" 레아가 숨을 헐떡거리며 안야에게 물었다. 그녀는 수영장 한쪽 편에 기대고 있었다.

안야가 한쪽 어깨를 으쓱했다. "내가 살던 곳의 물은 이것보다 훨씬 차가웠어요."

"듣기만 해도 끔찍하네요." 레아가 몸을 부르르 떨었다.

"정말이에요. 아닐 것 같죠?" 안야의 얼굴에 미소가 번졌다. "아침에 일어나자마자 수영을 하곤 했어요. 물이 너무 차가워서 다리에 감각이 없을 정도였지요. 아무 느낌도 없는데 다리는 계속 움직이고. 엄마는 수영을 사랑했어요."

사랑했어요. 과거형으로 한 그 말에 마음이 아파왔다. 지금은 곁에 없는 엄마 생각이 났다. 엄마는 수영을 좋아하지 않았다. 아빠가 떠난 이후로 엄마는 많은 것을 사랑하지 않게 된 것 같았다.

안야의 눈 밑으로 가느다란 선들이 보였다. 수영장 물 때문인지도 몰랐다. 눈가가 빨개져서 울고 있는 것처럼 보이기도 했다. 창백한 피부. 앙상하게 야윈 쇄골. 물에 젖어 이마에 달라붙은 노란 머리카락. 어딘지 모르게 무너져버릴 것만 같았다. 순간 그녀의 고통이 보였다. 어쩌면 두 사람 사이에는 레아가 생각하는 것보다 더 많은 공통점이 있을지도 몰랐다.

"나도 소중한 사람을 잃었어요." 레아는 물속으로 들어가며 후다닥 내뱉고 말았다. 수면 위로 물결이 일었다. 발은 더 이상 그녀의 발이 아닌 것 같았다.

안야가 레아를 쳐다봤다. 저녁노을에 물든 그녀의 얼굴이 오렌지색이었다. 움푹 들어간 쇄골과 매끄러운 콧등에 물방울이 맺혔다. 수영복이 너무 작아 어깨끈이 그녀의 가녀린 어깨를 파고들어갔다.

"말해줘요." 안야가 말했다.

레아가 이야기를 시작했다. 엄마 유주에 대해서. 그녀의 손이 얼마나 섬세하고 아름다웠는지. 말랐지만 얼마나 강인했는지. 인터넷으로 주문한 소파를 그 손으로 얼마나 훌륭히 조립하고 망가진 식기세척기를 얼마나 간단히 분해했는지. 어린 시절 레아가 말을 듣지 않을 때면 그 손이 얼마나 단단한 회초리로 변했는지. 아빠를 만나던 즈음, 한 사회기업에서 기계 엔지니어로 일하면서 임시 거주지에 필요한 이동 화장실 시스템을 개발한 이야기도 했다. 다들 제2의 물결이 시작되고 변한 건 아빠라고 했지만 엄마 역시 달라졌다. 엄마는 엔지니어 일을 그만두고 인력개발회사에 들어갔다. 그 회사가 인적자원을 관리해서는 아니었다. 엄마의 경험이나 관심과도 아무런 상관이 없었다. 중요한 것은 그 회사가 정부 당국과 연계된 업체라는 사실이었다.

새뮤얼의 죽음에 대해서도 이야기했다. 오빠의 죽음이 이미 금이 간 엄마와 아빠 사이에 어떻게 쐐기를 박아 넣었는지를. 오빠의 죽음이 엄마에게는 새로운 신념을 심어준 반면, 아빠에게는 아예 환멸을 못박아버렸는지를. 아빠 가이토에 대해서도 이야기했다. 점점 많이 먹기 시작했고 점점 운동이란 걸 멀리했으며 수명연장이 점점 상업적으로 변해가는 세상에 얼마나 반기를 들고 싶어 했는지를 이야기했다. 충격에 빠져 1시간 내내 새뮤얼의 방문턱에 서 있던 아빠를 자신이 어떻게 발견했는지 이야기했다.

아빠가 사라졌다는 말을 넌지시 비췄지만 왜 떠났는지 그 이유는 말하지 않았다. 아빠가 어떻게 다시 돌아왔는지, 감시요원들이 아빠를 찾아낼까 봐 얼마나 두려운지도 말하지 않았다.

안야는 별말을 하지 않았다. 그저 물속에서 머리만 까닥거리며 고개를 끄덕이거나 작게 격려의 소리를 낼 뿐이었다. 가끔씩 질문을 하기도 했지만 대부분 가만히 듣고만 있었다.

레아가 이야기를 끝내고 나니 해가 이미 저문 시간이었다. 차가운 조명 불빛이 수영장에 흘러넘쳤다. 창밖 하늘은 붉으락푸르락했다. 마지막 남은 태양빛이 길게 드리운 구름 사이로 사라져갔다.

두 사람은 수영장 모서리에 기대어 말없이 한참을 그렇게 있었다. 레아는 정적을 깨고자 억지로 이야기를 할 필요가 없었다. 이제 정적마저 편안하게 느껴졌다.

"아직 수영 안 했잖아요?" 안야가 물었다.

"네. 그러네요." 레아가 손가락 끝을 만졌다. 울퉁불퉁한 것이 마치 건포도 같았다.

안야가 물밑으로 머리를 밀어 넣었다 들어올렸다. 그러고는 환하게 웃었다.

"내기할래요?"

"네?"

"내기."

레아는 싫다고 고개를 저었다가 이내 웃음을 터트렸다.

"좋아요. 저기 끝까지?"

"저기 끝까지."

셋까지 세고 두 사람은 출발했다. 철썩철썩 물소리가 레아의 귓가에 울려퍼졌다. 레아는 평소보다 더 빠르게 더 열심히 헤엄쳤다. 안야가 어디쯤 있는지, 누가 앞서고 있는지 확인하지 않았다. 하지만 이기고 싶었다. 발차기는 깔끔한지, 팔 동작은 각도가 정확히 맞는지에 집중했다. 맞은편에 도착해 턴을 하면서 안야를 힐끔 쳐다봤다. 막상막하였다. 허벅지 뒤쪽에 힘을 실어 앞으로 몸을 쭉 밀면서 더 열심히 헤엄쳐갔다. 작게라도 상처가 난다든가 힘줄에 무리가 간다든가 하는 생각은 전혀 나지 않았다. 아무 생각도 나지 않았다. 그 짧은 순간에 종아리가 화끈거렸고 폐는 부풀어 올랐으며 가슴속 새장에 갇힌 심장이 쿵쾅거렸다.

출발 지점에 도착한 레아는 승리를 확신하며 기세등등하게 안야를 돌아봤다. 하지만 안야는 바로 옆에 있었다. 한쪽 팔을 콘크리트 바닥에 늘어뜨린 채 숨을 심하게 헐떡거렸다.

"누가 이겼어요?"

"몰라요." 안야가 가쁜 숨을 몰아쉬었다.

"그럼 내가 이긴 거네요." 종아리 근육을 주무르며 레아가 말했다.

"모르는 거죠." 안야가 큰 소리로 웃었다.

레아는 수영장을 나가고 싶지 않았다. 불과 몇 시간 만에 모든 것들이 다 괜찮아진 것 같았다. 일단 물에서 나와 몸을 말리면 상황이 다시 제자리로 돌아갈 것만 같았다. 하지만 안야는 벌써 차가운 타일 위로 올라가고 있었다. 다리를 타고 주르륵 흘러내리던 물줄기는 군데군데 난 솜털을 만나 그 속도가 느려졌다.

레아도 밖으로 나왔다. 수건으로 물기를 닦았다. 레아는 가운을 걸쳤고 안야는 티셔츠를 입었다. 안야가 오늘 밤 자고 가도 되냐고 물었다. 하지만 너무 작은 소리로 말하는 바람에 레아는 자신이 들은 소리가 그 말이 맞는지 의심했다. 안야를 쳐다봤다. 그녀는 수영복 끈만 이리저리 만지작거리며 레아의 눈을 피했다. 레아는 자신이 제대로 들었다고 생각했다.

"그래요, 그럼." 가슴속에서 처음 느껴보는 온기가 피어올랐다. "손님방을 청소해줄게요."


손님방이라고 해봤자 그녀의 작업실이었다. 어쩌지 하는 생각이 들었다. 하지만 이내 웃고 말았다. 안야는 그런 걸 신경 쓰는 타이퍼가 아니었다. 두 사람은 아래층으로 내려갔다. 레아는 그림들을 정리해서 한쪽 구석에 가지런히 쌓았다. 그러고는 수년 만에 처음으로 소파베드를 펼쳤다.

안야는 그림을 이상하게 여기는 것 같지 않았다. 그녀의 시선이 물감으로 얼룩진 거울에, 이젤을 차지한 채 줄무늬만 그려진 미완성 캔버스에 머물렀다. 그림에 대해서는 묻지 않았다. 그녀는 창문으로 걸어가서 유리창 아래의 실리콘을 손가락으로 훑었다.

"이건 어떻게 열어요?" 안야가 물었다.

레아는 안야를 뚫어지게 쳐다봤다. 진짜 몰라서 묻는 걸까? 안야의 표정에는 변화가 없었다. 레아가 조심스럽게 대답했다. "열 수 없어요. 지침 7077A예요."

"아, 아쉽네요. 여기 위쪽으로 산들바람이 솔솔 들어올 텐데." 안야는 창문에서 손가락을 뗐다.

"다 됐어요." 마지막으로 베개를 내려놓으며 레아가 말했다.

"고마워요." 안야는 큰 신세를 지게 되었다는 듯 환하게 웃었다.

레아는 잘 자라고 인사를 건네고 방을 나가 자신도 잠자리에 들어야 한다는 사실을 알고 있었다. 하지만 그렇게 하고 싶지 않았다. 그래서 말했다. "맞다. 음악! 내 음반들을 보고 싶다고 했죠? 음악 들어요. 우리가 아직까지 음악을 안 들었네."

"맞아요, 음악." 어딘지 모르게 안야가 어려 보였다. 심지어 아이 같아 보였다. 처음으로 레아는 그녀의 나이가 궁금했다. 그날 내내 자기만 이야기했다는 사실이 떠올랐다.

레아는 안야를 거실로 데려갔다. 바보 같지만 문득 안야를 기쁘게 해주고 싶다는 생각이 들었다. 그래서 가지고 있는 음반 중에서 가장 논란이 많은 것을 고르기로 했다. 장식장 문을 열었다. 칸칸마다 CD가 담긴 플라스틱 케이스들이 그 모습을 드러냈다. 지난 수년간 한 장 한 장 엄청난 돈과 노력을 들여 모은 것들이었다. 클래식 음악에 대한 경고조치가 내려지고 나서 일반 채널에서는 아예 들을 수가 없는 것들이었다. 아예 방법이 없었다. 유일한 방법이라곤 복제품을 듣는 것뿐인데 복제품은 귀한 데다 구하기가 어려웠다.

안야는 올록볼록 튀어나온 플라스틱 케이스를 손가락으로 훑었다. 그녀가 느끼는 감정이 기쁨이 됐건 흥분이 됐건 호기심이 됐건,

레아는 그녀가 환하게 웃으며 자신의 부끄럽고 비밀스런 취미를 함께 나눠주기를 바랐다. 레아는 안야를 초조하게 바라봤다.

지나치게 집중을 하는 것인지 안야의 얼굴이 찌푸려졌다. 그녀는 왼쪽에서 오른쪽으로, 첫 번째 칸에서 다음 칸으로 손을 움직여갔다. 고개를 한쪽으로 내리고 제목을 읽어갔다. 그제야 레아는 깨달았다. 그녀는 뭔가를 찾고 있었다.

마침내 안야의 손가락이 멈췄다. 그녀의 집게손가락이 어느 한 디스크 앞에서 멈춰서더니 그것을 뚫어지게 쳐다보기 시작했다. 안야가 그 디스크를 꺼내어 들어봐도 되냐고 묻기를 기다렸다. 하지만 안야는 그렇게 하지 않았다.

"그거 들어볼래요?" 결국 레아가 물었다.

그 말에 마치 마법이 풀린 듯 안야는 고개를 끄덕였다. 하지만 그녀는 디스크를 꺼내지 않았다.

레아는 허리를 굽혀 안야가 무엇을 골랐는지 확인했다. 〈마태 수난곡〉이었다. 토드가 몇 주 전에 틀었던 곡, 유명한 스웨덴 콘트랄토가 부른 바로 그 곡이었다. 순간 레아는 안야가 미국으로 건너오기 전부터 그 가수를 알고 있었던 게 아닌지 궁금했다. 레아는 살며시 안야의 손을 치웠다. 그녀의 손가락이 너무 차가워 깜짝 놀랐다. 플라스틱 케이스를 열었다. 디스크를 꺼낼 때 나는 딸깍 소리가 참 듣기 좋았다.

레아는 다른 장식장을 열었다. 그곳에 오래된 CD 플레이어가 숨겨져 있었다. 이 플레이어를 찾느라 수십 년이 걸렸다. 이걸 구하러 외곽 지역에 있는 마켓까지 갔다. 레아에게 가장 소중한 물건이었다.

레아가 재생 버튼을 눌렀다. 우울한 바이올린 소리가 스피커에서 흘러나와 방 안을 가득 채웠다. 수영을 하고 난 뒤에 밀려드는 노곤함, 숨겨온 비밀의 공유, 혈관을 타고 점점 부풀어 오르는 음악까지 레아는 그날의 따뜻한 기억으로 가슴이 벅차올랐다.

안야는 꼼짝도 하지 않은 채 소파에 앉아 있었다. 발은 바닥에 딱 붙이고 등은 곧게 폈다. 무릎을 서로 붙이고 손은 무릎 위에 두었다. 그리고 두 눈을 감았다.

레아가 소파 끝에 앉았다. 안야는 움직이지 않았다.

첫 노래가 끝났다. 안야를 봤다. 감은 두 눈에서 눈물이 뺨을 타고 천천히 흘러내렸다. 문득 충동적으로 안야에게 다가갔다. 다리가 닿을 정도로 가까이 다가가 그녀의 어깨를 살포시 안았다. 아주 미세한 한숨이 그녀의 몸을 타고 흘렀다. 아주 작은 영혼의 흔들림이었다.

두 사람은 노래 한 곡이 끝나가도록 그렇게 앉아 있었다. 다음 곡이, 그다음 곡이 끝나가도록 그렇게.

# 17장
## 잭맥 부인과 그녀의 딸

안야는 신경을 곤두세우고 카펫 위에 작은 원을 그리며 맴돌았다. 그날 아침 그녀는 그 커다란 내달이창(벽면의 일부가 외부로 돌출된 창-옮긴이)을 12번째 지나쳤다. 아래층에 막 도착한 손님들이 얼핏 보였다. 여자들은 어깨를 드러내고 머리를 높이 틀어올렸으며 남자들은 떡 벌어진 어깨에 구레나룻이 번드르르했다.

벽에 걸린 사진들은 도움이 되지 않았다. 쭉 늘어선 사진들 가운데 어느 얼굴 하나가 잘 닦인 유리 아래에서 밖을 내다보고 있었다. 금박 틀 속에 있는 그 여자를 본 적은 없지만 왠지 모르게 낯이 익었다. 곧고 오뚝한 콧날이 그녀의 얼굴을 이등분했다. 광대뼈는 참으로 희한한 모양이었다. 머리카락은 짙었고 입술은 포도주가 물든 것처럼 더욱 짙었다. 사진 속 그녀는 행복해보였다. 조심스러우면서도 순수한 미소를 짓고 있었다. 어떤 사진에서는 트로피를 들고 있었고 또 어떤 사진에서는 물고기를 치켜들고 있었다. 사진들은 모두 그녀가 소녀 때 찍은 것들이었다. 그 이후로 이사를 간 게 분명했다. 그녀의 부모님은 방을 예전 그대로 두었다. 이목구비는 더 날카로워졌는지 아니면 두루뭉술해졌는지, 헤어스타일은 어린 시절 그대로 유지하고 있을지, 안야는 그녀가 어떻게 자랐을지 궁금했다. 조만간 직접 볼 수 있을 것 같았다.

안야의 바이올린은 케이스 안에 들어 있었다. 준비를 하려면 조용한 공간이 필요하다고 말하자 그들은 그런 것쯤 이미 알고 있다는 표정이더니 이 방으로 자신을 안내했다.

하지만 준비할 건 없었다. 사흘 전 레아의 집 소파에 앉아 음악을 들으며 이미 준비를 끝냈다. 크레센도. 데크레센도. 쉼표. 늘임표. 모두 다 기억하고 있었다. 내장을, 신경을, 뼈 마디마디를 타고 흐르던 음악. 그 느낌까지 다 기억하고 있었다.

그러나 아래층에 와 있는 사람들만은 피하고 싶었다. 그녀가 도착했을 때 이미 냄새가 진동하고 있었다. 여름날 무더위 속 사람들의 몸뚱이에서 발산되는 그 냄새, 머리가 아찔해지는 그 체취를 느낄 수 있었다.

안야는 침대에 걸터앉아 케이스를 무릎에 올리고 뚜껑을 열었다. 짙은 벨벳 속에 고이 놓인 바이올린이 눈에 보이지 않은 빛을 내뿜는 것 같았다. 바이올린을 꺼내 턱에 대고 눈을 감았다. 활이 현에 닿자 긴장감이 느껴졌다. 마음속으로 음악을 느꼈다. 연주는 하지 않고 머릿속으로 악보를 훑기 시작했다.

문이 열렸을 때 안야는 그 자세로 그대로 앉아 있었다. 아무 소리도 나지 않아 문이 열린지조차 몰랐다.

"드레스가 참 예쁘네요."

안야가 눈을 떴다. 키가 크고 날씬한 사람이 문 앞에 서 있었다. 머리를 위로 올려서 그런지 키가 더 커보였다.

"잭맨 부인." 안야는 자리에서 일어나 손을 내밀었다. "이번 일은 유감입니다." 안야가 멈칫했다. 두 뺨이 불그스름하게 상기되었다. 그녀는 잃었다고 생각할까? 그녀는 그렇게 말할 수 있을까?

하지만 잭맨 부인은 당황하지 않았다. 새하얀 이를 드러내며 환하게 웃었다. 그리고 안야의 손을 잡았다. 그녀의 손은 예전 엄마의 손처럼 따뜻하고 부드러웠다.

"여기서는 그런 말 하지 말아요." 잭맨 부인이 말했다. "나는 상관없지만, 당신도 알다시피 신경 쓰는 사람들도 꽤 있어요."

그녀가 안야의 허리를 감쌌다. 얇은 드레스 천 사이로 그녀의 따뜻하고 단호한 손길이 느껴졌다.

"드레스가 정말 아름답네요. 어디서 샀어요?" 그녀가 물었다.

안야의 얼굴이 빨갛게 상기되었다. "고향에서요. 스웨덴에 있는. 오래 입었어요." 안야는 거짓말을 했다.

잭맨 부인이 고개를 끄덕였다. "괜찮다면 이따 어떤 곡을 연주할 예정인지 물어봐도 될까요?"

"바흐요. 의논했던 대로."

"그렇군요." 잭맨 부인은 무언가 더 말하고 싶어 하는 것 같았다. 그러나 그쯤에서 입을 다물었다. 그러고는 벽에 걸린 사진들을 쳐다봤다.

"영광이에요." 안야가 말했다.

"쉿. 클럽을 위해 수고가 많아요. 비디오는 정말 최고의 아이디어

였어요. 도미니크에게도 가치 있는 일이고요. 그 아이가 살아서 비디오를 봤더라면 좋았을 텐데. 아마 도미니크도 무척 감동받았을 거예요. 그 덕분에 우리의 영향력이 진짜 커졌어요. 여론도 이번에는 본격적으로 바뀌는 것 같고요. 물론 우리가 몇몇 복음주의자들을 화나게 하는 바람에, 그래서 두 갈래로 갈라지긴 했지만요. 하지만 심지어 생명을 사랑하는 사람들 사이에서도 변화가 일고 있다는 소문이 있어요. 모두 당신이 낸 아이디어 덕분이에요."

안야가 고개를 끄덕였다. 엄마라면 비디오에 대해 어떻게 생각했을지 궁금했다. 하지만 안야는 곧바로 그 생각을 떨쳐버렸다.

"그러니까, 우리로선 당신이 동의해줘서 영광이에요, 정말이에요. 도미니크의 뒤를 이을 더 나은 적임자가 없었죠." 잭맨 부인이 하던 말을 멈추고 사진 가운데 하나를 만지려고 손을 내밀었다. "도미니크도 동의할 거라고 믿어요."

사진 속 그녀가 벽에서 지켜보고 있었다. 그녀는 더 젊고 더 통통한 잭맨 부인이었다. 잭맨 부인의 얼굴 각도와 비슷하게 보이려고 그녀의 광대뼈를 살짝 바꿔서 그랬을까? 아니면 좀 더 부드럽고 둥근, 짙은 색 피부를 가진 잭맨 씨를 닮아서 그럴까? 그들은 절대 모를 거라는 생각이 들었다. 안야는 바이올린 목 부분을 잡고 잭맨 부인을 따라 방을 나섰다.

# 18장
## 가서는 안 되는 파티

파티에 가서는 안 된다는 것을 알고 있었다. 아빠가 체제 위반 행위에 연루된 것을 누가 알겠는가? 지난 몇 달간 있었던 일들을 생각하면 위커버리 모임에 참석하고, 토드에게 사과하고, 감시요원들에게 협조하면서 남의 눈에 띄지 않게 지내야 했다. 아빠가 숨기고 싶어 하는 미심쩍은 모임에 가서는 안 되었다. 그것은 무모하고 어리석은 일이었다. 라이퍼 행동에 반하는 일이었다.

정말 그렇다. 입술을 굳게 다문 채 비난 어린 시선으로 바라보는 엄마가 떠올랐다.

하지만 토요일 오후 레아는 창문과 문들이 활짝 열려 있는, 치장 벽토로 장식한 어느 우아한 저택 앞에 서 있었다. 잔디밭을 이리저리 활보하는 사람들의 의상은 참으로 멋지고 화려해서, 마치 원색의 화려한 꽃다발이 왔다 갔다 하는 것 같았다. 실크 옷자락이 바스락

거리고 장식용 리본이 바람에 펄럭거렸다. 쨍그랑, 유리잔이 경쾌한 소리를 내며 부딪혔다. 하지만 아빠의 모습은 어디에도 보이지 않았다.

이곳은 지저분한 지하 흡연 굴도 아니고 죽어라 술을 퍼마시는 허름한 술집도 아니며 기름 냄새 풍기는 낡아빠진 식당도 아니었다. 아빠가 사라지기 몇 주 전에 밤늦도록 아빠를 찾으러 다니던, 엄마가 말한 곳도 아니었다. 오히려 어린 시절 엄마가 데려가곤 했던, 정부 부처 공무원들과 상위 10퍼센트 라이퍼들이 가득했던 파티와 비슷했다.

희미하게나마 희망이 샘솟고 빛이 밝아오는 듯한 기분이 들었다. 어쩌면 아빠가 달라졌을 수도 있었다. 그렇다면 도대체 아빠는 무엇을 숨기고 있는 걸까?

레아는 잔디밭으로 걸어갔다. 바싹 마른 가을 잔디가 그녀의 구두 밑에서 바스락 소리를 냈다. 주위를 둘러봤다. 이제 막 도착하는 사람들 속에 레아도 섞여 들어갔다.

갑자기 그 냄새가 났다. 파티에 온 사람들은 땀을 적게 흘리거나 흘려도 좋은 냄새가 나는 그런 류의 사람들이었는데, 그다지 싫지 않은 땀 냄새와 꽃향기가 어우러진 가운데 그 냄새가 났다. 그것은 나무 열매가 타는 냄새였다. 그런데 이상하게도 사람의 마음을 끌었다. 마치 전생의 기억처럼 가슴 저미도록 익숙한, 그러나 기억해내기 어려운 그런 냄새였다.

턱시도를 입은 키 큰 남자가 그릴 앞에 서 있었다. 레아가 다가가자 하얗고 네모난 치아를 드러내며 환하게 웃어보였다. 그러고는 다시 뭔가 굽는 일에 열중했다.

그릴 위에 놓인 음식을 보자 신물이 올라오고 위가 뒤틀렸다. 커다란 고깃덩이에서 피가 줄줄 흘러 숯불 위로 뚝뚝 떨어졌다. 두툼하고 허연 지방이 살코기 사이사이에 그물처럼 박힌 고깃덩이였다. 돼지고기인지 소고기인지 아니면 양고기인지 아니면 완전히 다른 고기인지 알 수 없었다. 이렇게나 시뻘건 고깃덩이는 대장 손상을 경고하는 정부기관의 포스터에서나 볼 수 있었다.

"어떻게 해드릴까요? 남자가 물었다. 목 부분 단추를 잠그지 않은 남자의 셔츠에 기름이 잔뜩 튀어 있었다.

"네?" 레아가 뒷걸음질을 쳤다. 연기 때문에 코를 틀어막았다. 연기의 정체를 알고는 속이 뒤집어지는 것 같았다.

"미디엄 레어? 이런 고기는 미디엄 레어로 드시는 게 좋아요. 하지만 당신은 웰던을 더 좋아하실 것 같네요."

어깨가 넓은 데다 얼굴도 매끈한 남자에게서 조기노화의 흔적은 찾아볼 수가 없었다. 엄마가 저녁 파티에 초대하곤 했던 사람들과 비슷했다. 정부가 내세우는 훌륭한 견본품처럼 보였다. 그런데 그런 그가 여기, 이런 파티에서 금지된 육류를 굽고 있었다.

고기는 서서히 기름지고 저속한 붉은 갈색으로 변해갔다. 어느 누가 이런 핏덩이를 몸속에 집어넣겠는가? 레아는 드레스 자락을 잡아당겼다. 순간 좀 헐렁한 드레스를 입고 올걸, 하는 후회가 찾아왔다. 무릎 뒤쪽과 겨드랑이에 땀이 고였다.

남자는 여전히 레아를 쳐다보고 있었다.

"저는…… 어…… 괜찮아요, 고맙습니다."

"편하실 대로 하세요." 남자는 다시 고기를 구웠다.

남자의 하얗고 완벽한 앞니가 저 부드럽고 붉은 고깃덩이를 씹는 모습을 상상했다. 육즙이 흘러나와 그의 혓바닥을 물들이고 새까맣게 탄 동물의 냄새가 그의 콧속을 가득 메우는 모습을 상상했다. 레아의 위가 다시 요동쳤다. 하지만 이번에는 좀 다른 역겨움이었다. 분명 욕구의 일종이었다. 너무도 강렬하게 느껴져 무서울 지경이었다. 입 안에 뜨끈한 침이 가득 고였다. 턱을 앙 다물었다. 자신의 손이 고기를 씹는 남자의 가슴을 어루만지는 상상을 했다. 육즙이 남자의 목구멍을 타고 미끄러져 들어간다. 그가 기름진 손가락으로 자신의 머리카락을 쓸어내린다. 동물 냄새가 풍기는 그 더러운 손으로 자신의 목덜미를 쓰다듬는다. 레아는 그 남자의 입술 사이로 자신의 혓바닥을 밀어 넣고는 피, 소금, 구워진 고기 냄새를 맛보는 상상을 했다.

레아는 천천히 뒷걸음질을 치며 그릴을 외면했다. 가야겠어. 오는 게 아니었어.

바로 그때 음악 소리가 들려왔다. 그 소리는 환호성과 휘파람 소리에 맞춰 밖으로 흘러나왔다. 음표들이 허공을 구르고 공중제비를 넘고 뒤죽박죽 뛰어다녔다. 그러다 멈춰서 허공 위 어딘가에 매달려 있었다. 그리고 다시 춤을 추며 바닥으로 곤두박질쳤다. 한 번도 들어보지 못한 소리였다.

클래식에 조예가 깊은 레아에게 이런 음악은 처음이었다. 쿵쾅쿵쾅, 끽끽, 불규칙한 소리에 정신이 혼미해지고 찌릿찌릿 전기가 다급해진 혈관을 타고 흐르는, 그런 긴장감이 음악 속에 묻어났다. 그녀는 슬그머니 걸어 나가다가 파티장 안쪽 무대를 바라보았다. 무대 위 네 명의 남자를 봤다. 커다란 악기가 반짝거렸다. 베이스 기타의 곡선. 색소폰의 번쩍거림. 레아는 한눈에 알아봤다. 라이브 공연이었다. 이런 식의 연주는 물론 라이브 연주를 한 번도 본 적이 없었다. 레아는 그 자리에 얼어붙었다. 멜로디가 그녀를 이쪽저쪽으로 끌어당기고 혈관을 따라 쿵쾅거리며 그녀의 몸을 타고 흘렀다.

"굉장하죠, 안 그래요? 저 사람들이 그녀의 결혼식에서도 연주를 했었어요. 그녀가 워낙 좋아해서 오늘도 다시 부른 거랍니다."

레아는 깜짝 놀라 뒤돌아봤다. 고기를 굽던 남자였다. 핏물 흐르는 고깃덩이를 끼워 넣은 빵을 들고 레아 옆에 서 있었다. 한 줄기 육즙이 손을 타고 티끌 하나 없이 새하얀 소맷단 쪽으로 서서히 흘러내리고 있었다. 레아가 소맷단을 가리켰다.

"아, 감사합니다." 남자가 팔을 이리저리 돌리며 양복 소매를 걷었다. 단단한 팔뚝이 드러났다. 남자가 혓바닥을 쭉 내밀었다. 외계인 같이 생긴 핑크색 혓바닥으로 손목 아래로 뚝뚝 흐르는 동물성 기름을 핥았다. 레아는 그 모습을 지켜봤다.

레아는 코를 틀어막고 싶었다. 남자가 레아 바로 옆에 붙어 있었기에 냄새가 더욱 강하게 풍겨왔다. 하지만 아까만큼 괴롭지는 않았다. 고기 냄새에는 달콤하면서도 원시적인 무언가가 있었다. 완전히 불쾌하지만은 않았다.

"재즈 좋아하세요?" 오래된 친구처럼 남자가 물었다. 그 미소가 낯설지 않았다.

"이 음악이 당신이 말하는 그건가요?" 레아가 물었다.

"마일즈 데이비스. 들어본 적 없죠?"

"네. 하지만……."

레아가 말을 멈췄다. 클래식 음악은 이미 이도 저도 아닌 애매한 영역이 되었다. 사람 마음을 편안하게 해주는 클래식을 여전히 긍정적으로 보는 전문가들도 있었지만 재즈는 완전히 달랐다. 그런데 여기서 레아는 재즈 음악을 듣고 있었다. 그것도 음반이 아닌 라이브 연주로 말이다. 다음번 정기검진 때 발각될 게 뻔했다. 잠깐이지만 귀를 틀어막고 문 밖으로 뛰쳐나갈까 고민했다.

그녀는 그 자리에 그대로 있었다. 토드와 그런 일이 있은 후, 커다란 변화가 일어날 것 같았다. 감시대상자 명단에서 이름이 빠질 것도 같았다. 하지만 지금 중요한 건 아빠를 찾는 일이었다.

갑자기 아빠가 보고 싶었다. 여기에 있다. 이곳에 있다. 이상하게도 아빠가 가까이 있다는 느낌이 들었다. 이 사람들이 아빠와 뜻을 같이 하는 사람들일까? 이것이 엄마가 그토록 반대했던 삶일까? 그러나 그렇게 나빠 보이지는 않았다. 육류와 라이브 음악이 있다. 그리고 술도 있을 것이다. 하지만 레아는 스스로 빠져든다고 느꼈다. 이곳의 매력이 파도처럼 덮쳐 그녀를 추락시키고 있다는 생각이 들었다. 하지만 이상하지 않았다. 오히려 그 반대였다.

남자는 아직도 샌드위치를 먹고 있었다. 다른 손에 육즙이 구불구불 길을 만들며 흘러내렸다. 하지만 이번에는 아무 말도 하지 않았다. 레아는 그 길이 점점 뻗어나가는 것을 지켜봤다. 갈색 액체 방울이 남자의 손목 주변 털에 걸려 점점 커졌다. 방해물을 뚫고 아래로 흘러가기 전에 잠시 멈춰선 것 같았다.

음악은 계속 이어졌다. 변함없이 시끄럽고 활기찼다. 왁자지껄 떠드는 소리가 다시 시작되었다. 사람들은 상대를 찾아 대화를 이어나갔다. 4인조 밴드의 라이브 연주는 안중에도 없었다. 반짝이는 황금빛 액체가 담긴 잔을 부딪치며 큰 소리로 웃고 떠들어댔다. 그들의 눈이 저녁 햇살을 받아 반짝였다.

정원에 있던 사람들이 모두 파티장으로 들어갔다. 부드러운 흙 위에 어느 여자의 하이힐 자국이 움푹 패였다. 그녀가 나무로 된 테라스에 도착했을 때 파란색 하이힐은 진흙으로 얼룩져 있었다. 레아는 그 모습을 안타깝게 지켜봤다. 그녀가 잔디밭 위에 깔끔하게 남긴 힐 자국은 그녀가 걸을 때마다 얼마나 땅으로 가라앉았는지를 보여주었다.

굴복하는 자신이 느껴졌다. 고기 굽는 냄새. 매력적인 남자의 하얗게 반짝이는 치아. 맥박을 요동치게 만드는 격렬한 음악. 레아는 취해버렸다. 매력적이고 차분한 사람들, 품격 있는 분위기는 다른 라이퍼들의 파티와 다를 게 없었다. 이들의 세상은 몹시도 친숙했지만 동시에 완전히 낯설었다.

아빠는 어디에 있을까?

레아는 수다 떠는 사람들 사이를 비집고 들어갔다. 하지만 분위기에 잘 어울리는 드레스를 입은 여자들과 향후 20년 안에 심장질환을 앓을 것 같은 땅딸막하고 덩치 큰 남자 사이에 갇혀 꼼짝도 할 수 없었다. 여자들이 이따금씩 비명에 가까운 웃음소리를 가늘고 길게 쏟아냈다. 머리 위 커다란 채광창으로 햇살이 쏟아지더니 사람들의 윤기 나는 이마에 부딪혀 이리저리 흩어졌다. 숨소리와 떠드는 소리가 파티장을 가득 메웠다.

갑자기 시끄러운 소리가 잦아들더니 주변이 조용해졌다. 옆에서 시끄럽게 떠들던 여자들이 모두 같은 방향을 바라보았다. 다들 미어캣처럼 경계하는 얼굴이었다. 레아도 그곳을 쳐다봤다.

상자 하나가 보였다. 상자는 조금 전 연주자들이 섰던 바로 그 무대에 놓여 있었다. 상자의 길이는 대략 레아의 키만 했고 넓이는 커피 테이블만 했다. 전체가 유리로 만들어진 것 같았다.

"정말 아름답지 않아요?" 여자들 가운데 하나가 속삭이자 다른 사람들도 그렇다며 속닥거렸다.

그들은 상자에 누운 여자에 대해 이야기하는 중이었다. 여자는 두 팔을 배 위에 가지런히 올리고 발끝을 세우고 있었다. 아름다웠다. 작고 동그란 코. 도톰한 입술. 가을 단풍잎을 닮은 피부색. 그 모습이 레아가 서 있는 자리에서도 선명히 보였다. 눈을 뜨면 눈동자가 새까말 것이라는 생각이 들었다.

"쉽지 않다고 들었어요." 누군가가 속삭였다.

소리가 점점 작아졌지만 워낙 가까이 있다 보니 그들이 하는 말을 알아들을 수 있었다.

"듣기로는 그들 스스로 그렇게 했대요. 그녀도 그녀 스스로 그렇게 했고요." 첫 번째 여자가 소곤거렸다.

여자가 내쉰 숨소리가 지나치게 커서 레아뿐 아니라 모두가 그녀를 쳐다봤다.

여자는 한 차례 눈치를 보고는 다시 속닥거리기 시작했다. 이번에는 자기들끼리 딱 붙어 속닥거렸고 그래서 더 이상 무슨 말을 하는지 들리지 않았다.

바로 그때, 반짝거리는 스팽글이 달린 붉은색 롱드레스를 입은 여자가 무대 위로 올라왔다.

"여러분 안녕하십니까, 오늘 모임에 참석해주셔서 감사합니다."

침묵이 내려앉았다.

"익숙한 얼굴들이 많이 보이네요. 제게 소중한 얼굴도 있고요. 물론 도미니크에게도 소중하신 분들이지요." 여자는 하던 말을 멈추고 와인잔을 상자 위에 올려놓았다. 유리에서 쨍그랑, 듣기 좋은 소리가 났다. "처음 뵙는 얼굴도 있고 아직은 낯선 얼굴도 있고, 또 호기심이 가득한 얼굴도 보이네요. 저는 여러분을 잘 모르지만 여기까지 와주셔서 매우 기쁩니다. 도미니크도 기뻐할 거예요. 여러분 가운데 몇몇 분들은 도미니크가 이 모두를 혼자 힘으로 계획했다는 것을 아실 거예요. 여러분이 받으신 초대장 글씨까지 모두. 음악이며 장식, 그리고 음식까지 도미니크는 최고의 파티를 열고 싶어 했어요. 도미니크가 이 클럽에 많은 것을 쏟아 부었다는 건 다들 아실 테고."

사람들이 그녀의 말에 동의했다. 몇 명이 박수를 치기도 했지만 대부분 조용히 경청하는 분위기였다.

"도미니크는 우리 가운데에서도 가장 대표적인 라이퍼입니다. 헌신적인 수의사, 클럽의 멤버, 제 딸이기도 합니다. 아시다시피 그녀 정도의 수명이라면 새로이 실험단계에 들어간 수명연장 필수시술을 맨 처음으로 받을 수도 있었습니다. 더 오래 살고 싶어 하는 라이퍼들이 앞다투어 받으려고 하는 바로 그 시술 말이에요. 온갖 문제들이 일단 해결되기만 한다면 우리 라이퍼들은 도미니크처럼 정부의 기니피그가 되고 말 거예요. 제3의 물결, 그들이 그렇게 부르더군요. 도미니크는 바로 오늘 그 수명연장 필수시술을 받아야 했을지 모릅니다. 이 아이가 어떤 부작용을 겪게 될지 누가 알겠어요. 그나마 운이 좋으면 장기가 잘 맞지 않는 정도, 최악의 경우 장기가 손상될지도 모릅니다. 부작용이 없다고 해도 수천 년 어쩌면 더 오랜 시간을 마지못해 억지로 살아가야겠지요. 끊임없이 감시받고 관리당하면서 소위 말하는 불멸의 삶을 살아야 하겠죠."

주변 사람들이 팔짱을 끼며 고개를 절레절레 흔들었다.

갑자기 숨을 쉴 수가 없었다. 복수심으로 뜨거워진 파티장 열기가 레아를 짓눌렀다. 출구를 찾아 두리번거렸다. 그러나 파티장은 사람들로 발 디딜 틈이 없었다. 더군다나 그녀는 그들 한가운데에 있었다. 공포감이 점점 더 가까이 밀려들었다.

"도미니크가 누구예요?" 옆에 있던 여자에게 물었다.

"그걸 농담이라고 하세요?" 여자가 톡 쏘아붙였다. "아무리 파티라 해도 우리는 경의를 표하려고 여기 온 거예요." 그녀가 쌩하게 돌아섰다.

경의를 표한다. 채광창으로 태양이 쨍쨍 내려쬐고 있었지만 레아의 손은 갑자기 차가워졌다.

"도미니크의 짧은 생애는 그녀에게서 최고의 것을 빨아먹어가며 이른바 영원불멸의 삶을 사는 사람들보다 값집니다. 누군가는 죽음이야말로 삶이 제공해야 할 최고의 발명품이라고 했습니다. 여기 성가대 분들이 계신 걸로 알고 있습니다. 하지만 제가 드리는 이 말은 꼭 기억해두세요."

박수가 쏟아졌다. 상자 안에 누워 있는 도미니크는 박수를 치지 않았다. 그녀는 아무것도 하지 않았다.

저것이 죽음의 모습일까? 저렇게 평화로울까? 저렇게 살아 있는 것 같을까? 도미니크는 살아 있는지도 몰랐다. 모든 것이 지긋지긋한 농담이고 체제에 지나치게 반하는 저항일지도 몰랐다. 레아가 서 있는 곳에서 바라본 도미니크의 포동포동한 두 뺨은 촉촉이 젖어 있었다. 손가락은 옆구리 높이로 가볍게 모여 있었다.

한 남자가 무대 위로 올라왔다. 그제야 레아는 모든 것이 사실임을 깨달았다. 턱시도를 입은 남자는 더 이상 웃지 않았다.

"도미니크." 남자가 말했다. "내 사랑. 이렇게까지 하지 않기를 바랐어요."

드레스를 입은 여자가 당황한 얼굴로 남자를 쏘아봤다. 하지만 여자는 곧바로 남자의 손을 잡았다. 남자는 여자에게 기댔다.

"당신 어머니와 나는 당신을 그리워하게 될 거예요. 하지만 오늘은 당신 결정에 경의를 표해요. 당신은 자신에게 주어진 조건대로 살다가 죽어가는 모든 사람들에게 귀감이 될 거예요."

사람들 무리가 움직였다. 모두 불안해하는 것 같았다. 그들은 그런 우울한 쇼에 익숙하지 않은 것 같았다. 그들은 즐거운 파티를 기대하며 이곳에 온 것 같았다.

한참의 침묵이 흐르고 나서야 남자가 손을 뗐다. 그의 표정은 다시 밝아졌다. 눈가에 잔주름이 생기고 보조개가 들어갔다. 남자가 보일 듯 말 듯 고개를 끄덕이자 딸깍 소리가 났다. 상자에 물이 채워지기 시작했다. 도미니크가 물속에 잠겼다.

"뭐 하는 거예요? 어떻게 하려는 거죠?" 레아는 자신도 모르게 좀 전에 자신을 나무랐던 여자의 팔을 잡고 말했다. 여자가 레아를 쳐다봤다. 말투는 아까보다 부드러웠다.

"아가씨, 오늘 처음 온 거예요? 누구의 초대를 받았죠?" 그녀가 바들바들 떨리는 레아의 손을 잡아주었다. "정말 깨끗한 방법이에요. 저게 전부예요. 일종의 화학물질을 이용하거든요. 저 남자가 작동시킬 때까지 아무 일도 일어나지 않고 아무것도 볼 수 없을 거예요."

도미니크의 어머니가 다시 말했다. "클럽의 리더로서 도미니크는 아무도 할 수 없는 큰 업적을 남겼습니다. 이제 그 큰 업적을 이어받을 매우 특별하고 유능한 분을 모시게 되어 행복, 아니 영광입니다.

이미 많은 분들이 알고 계시겠지만 이분 역시 재능 있는 음악가입니다. 지금 이 자리에 모시겠습니다."

그 사람이 무대 위로 올라올 때 레아는 누군지 알아보지 못했다. 옅은 회색을 띤 하얀 얼굴. 연한 황금빛 드레스 때문에 더 하얘 보이는 안색. 그녀는 바이올린을 갓난아기라도 되는 양 꼭 안고 있었다. 그녀가 연주를 시작했다. 레아가 안야와 사흘 전에 함께 들었던 음악의 도입부였다. 그제야 레아는 그녀를 알아봤다.

도미니크의 어머니는 열린 상자 위로 와인잔을 들었다. 그녀는 딸을 내려다봤다. 그러더니 그제야 생각난 듯 다른 손을 내밀어 도미니크의 얼굴을 어루만졌다. 그 표정에 슬픔이라곤 없었다. 레아가 생각하기에 그녀는 딸을 자랑스러워하는 것 같았다. 그녀가 와인잔의 내용물을 상자 안에 쏟아 부었다. 짙은 보라색 와인 방울들이 투명한 액체 위에 아주 잠깐 떠다니다 흩어졌다. 상자 속 액체는 점점 짙어져 소녀는, 아니 소녀의 몸은 더 이상 보이지 않았다.

아무것도 볼 수 없을 거예요. 조금 전 여자의 말이 머릿속에 맴돌았다.

안야가 연주를 마치자 상자에서 안개가 피어오르기 시작했다. 붉은색 고운 구름이었다. 그 모습은 마치 비를 모으는 작은 생태계 같았다. 마지막 음이 허공에 떠돌았다. 잠시 정적이 흘렀다. 이내 우레와 같은 박수 소리가 사방에서 쏟아졌다.

# 19장
# 죽음을 선택하는 사람들

의식이 끝나자 밴드가 연주를 시작하고 사람들은 춤을 추기 시작했다. 음악은 아까처럼 전류가 흐르는 듯 찌릿찌릿했다. 하지만 이제 레아의 귀에는 잘 들어오지 않았다. 한 시간 전만 해도 등골을 오싹하게 했던 음들이 이제는 귀에 거슬릴 뿐이었다.

온몸에서 피가 빠져나가는 것 같았다. 멍청한 짓이었다. 바보같이 이곳까지 오다니. 한심하게도 눈부신 화려함에 현혹되고 말다니.

'수이사이드 클럽' 파티에 찾아온 것이다. 레아는 떼 지어 몰려다니는 사람들을 둘러봤다. 저들 가운데 이런 죽음의 방식을 설계한 사람이 있을까? 누가 그들이 죽는 장면을 찍었단 말인가? 온몸에 전율이 일었다.

하지만 레아는 자리를 뜨지 않았다.

안야가 무대에서 내려왔다. 그녀의 얼굴은 여전히 창백했지만 뭔가 달라 보였다. 왠지 자세도 당당하고 걸음걸이도 씩씩했다. 그녀는 무기라도 되는 양 바이올린의 목을 잡고 있었다. 도드라지게 튀어나온 쇄골이 눈에 띄었다. 드레스 끈이 쇄골에 걸려 가슴 부분이 떠 있었고, 그 아래로 짙은 그늘이 드리워 있었다.

사람들이 안야에게 다가와 말을 건넸다. 악수를 청하고 그녀의 어깨를 토닥이거나 그 자그마한 등에 손을 얹었다. 안야는 말이 많지 않았다. 그저 미소를 짓거나 고개를 끄덕일 뿐이었다. 그러나 그 얼굴은 자부심으로 빛이 났다.

지지자들이 하나둘 그녀 곁에서 사라졌다. 음악 소리와 화창한 날씨에 이끌려, 손에 긴 유리잔을 들고 이리저리 흩어졌다. 레아는 먼 발치에 서서 안야를 계속 지켜봤다. 혼자 있는 안야에게 누군가 다가갔다. 키가 크고 검은 머리에 맵시 있게 차려입은, 지나치게 화려해 보이는 여인이었다. 피부가 몹시 창백해서 목을 타고 흐르는 초록색 정맥이 보일 정도였다. 눈은 옅은 파란색이었고 입술은 짙은 자주색이었다. 그녀가 입을 열자 눈이 부시도록 하얗고 비정상적으로 커다란 앞니가 보였다. 마치 치아들이 경쟁하듯 필사적으로 입 밖으로 튀어나오려는 것 같았다.

여자는 안야에게 뭔가 말하기 위해 고개를 숙였다. 그녀의 입술이 쉬지 않고 빠르게 움직였다. 그 모습이 레아가 서 있는 위치에서 보일 정도였다. 무슨 말을 하는지는 들리지 않았다. 안야는 고개를 한쪽으로 기울인 채 묵묵히 듣고만 있었다. 이따금씩 고개를 끄덕이거나 간단한 질문을 하는 것 같았다. 여자의 끊임없는 수다는 끝날 줄을 몰랐다. 이제 안야가 허공에 손짓해가며 말하고 있었다. 끊임없이 움직이는 안야의 기다란 손가락에 긴장감이 느껴졌다. 마침내 여자가 조용해졌다. 안야 역시 말이 없었다. 안야는 여자의 머리 위 허공을 멍하니 바라봤다. 무언가 생각에 빠진 듯했다. 잠시 후 여자를 향해 고개를 저었다. 빠르고 단호한 거절의 표현이었다. 레아는 내심, 키 큰 여자가 다시 말을 시작할 거라 기대했다. 그러나 여자는 더 이상 아무 말도 없었다. 그 대신 귀여운 입술을 꾹 다물고는 손을 내밀어 안야와 악수를 나누었다. 그러고는 자리를 떠났다.

키 큰 여자가 가자마자 다른 사람이 다가왔다. 이번에는 남자였다. 약간 뚱뚱했고 황갈색 피부에 두피가 지나치게 반짝거려서 마치 오일을 바른 듯 보였다. 좀 전과 같은 상황이 재차 이어졌다. 남자는 말했고, 안야는 묵묵히 듣다가 종종 질문을 던졌다. 그러고는 잠시 생각에 잠겼다. 하지만 이번에는 조금 달랐다. 한참을 생각하더니 그 남자를 향해 고개를 끄덕였던 것이다. 남자 역시 천천히 반복적으로 고개를 끄덕이더니 안야의 손을 한 차례 덥석 잡고는 자리에서 물러났다. 남자는 그때까지도 고개를 끄덕거리고 있었다.

레아는 같은 장면을 여러 번 목격했다. 매번 다른 사람이 안야에게 다가왔다. 그들은 말하고 안야는 들었다. 그들은 기다렸고 안야는 고개를 끄덕이거나 저었다. 이제는 이러한 광경이 일종의 게임처럼 생각되었다. 레아는 안야에게 말을 건넨 사람이 '예스(Yes)'라는 대답을 받을까 아니면 '노(No)'라는 대답을 받을까 예측해봤다. 그러다 부탁하는 사람의 표정이나 분위기와는 아무런 상관이 없음을 이내 깨달았다. 예스와 노 사이에는 아무런 패턴이 없었다. 게임의 단서는 안야의 얼굴에 있었다. 이야기를 듣는 그녀가 입을 꾹 다물고 있거나 고개를 한쪽으로 기울이거나 허공을 한참 동안 멍하니 바라본다면, 그것은 예스를 의미했다.

넋 놓고 안야를 바라보느라, 레아는 어디서 많이 본 듯 구부정한 자세의 남자 한 명이 안야 곁으로 다가가는 것을 눈치 못 챘다. 남자가 안야에게 말을 걸었다. 그제야 레아는 그 남자를 바라봤다. 아빠였다.

아빠가 다른 사람들처럼 안야에게 뭐라고 말을 건넸다. 레아가 아빠를 지켜보았다. 아빠가 뭔가를 말할 때 손을 움직이는 모습이, 마치 보이지 않는 진흙으로 모양을 빚어내는 조각가 같다는 생각을 했다. 안야는 잠시 생각에 잠긴 기색이었다.

안야가 반응하기도 전에 레아는 이미 알 수 있었다. 긴장이 풀린 어깨. 찌푸려진 이맛살. 꼭 다문 입 모양. 아빠가 무슨 말을 하든 안야는 고개를 끄덕일 것이다. 하지만 그것을, 레아로서는 아직 받아들일 준비가 되어 있지 않았다. 마침내 안야가 고개를 끄덕였다. 갑자기 구역질이 솟구쳤다. 기생충 한 마리가 심장 깊숙이 파고들었다.

안야와 대화를 끝낸 아빠는 구석으로 가더니 혼자 서서 밴드 공연을 지켜보기 시작했다. 아무도 아빠에게 말을 걸지 않았다. 아빠 역시 누구에게도 말을 걸지 않았다.

한 해가 끝나갈 무렵이건만 이상하도록 더운 날씨였다. 파티장은 사람들로 가득했다. 사람들의 목과 눈썹이 땀으로 번들거렸다. 그럼에도 레아의 손은 얼음장처럼 차가웠다. 레아는 마치 꿈속을 걷듯 사람들 사이를 비집고 들어갔다.

아빠는 레아가 다가오는 것을 알아보지 못했다. 심지어 레아를 보고도 그러했다. 이런 곳에서 딸을 만나리라고는 상상조차 못 했을 것이다.

마침내 그녀를 발견한 아빠는 얼음장처럼 굳고 말았다.

"이거였군요. 이러려고 돌아온 거였군요."

"레아." 아빠가 눈을 깜빡였다. 슬픈 표정이었다. "네가 여길 어떻게 온 거니?"

레아가 고개를 저었다. "믿을 수가 없네요, 어떻게." 레아는 하려던 말을 삼켜버렸다. 눈 안쪽이 뻐근해지고 목구멍으로 뜨거운 것이 올라왔다.

"자살하러 온 거잖아요." 레아가 말했다. 발은 여전히 차가웠고 손은 여전히 떨렸다.

"잠깐만, 레아."

"자살하러 돌아온 거잖아요." 레아가 같은 말을 반복했다.

아빠는 아무 말도 하지 않았다. 두 사람은 사람들로 붐비는 그곳에서 서로를 마주 보며 서 있었다. 소란스럽게 요동치는 바다 한가운데 섬 두 개가 덩그러니 떠 있었다. 아빠가 입을 열었다.

"그들은 수십 년 전 내가 받을 수 있는 혜택들을 모두 막아버렸단다. 물론 그럴 수 있지. 나는 도망자인 데다 삶을 사랑하지도 않았고 우선순위도 낮았으니까. 확률이 낮았으니까. 그래서 암시장에 가서 장기를 구했단다. 허가받지 않은 것들이었지."

아빠가 손을 아랫배에 가져갔다. "처음에는 신장이었다. 문제가 없었어. 신장은 괜찮았어. 그런데 문제는 여기……." 아빠가 레아의 손목을 잡았다. 뼈만 남은 손가락이었지만 힘이 있었다. 아빠의 손이 레아의 손을 자신의 가슴으로 가져갔다. "심장이 문제였단다. 제대로 알아보지도 않고 심장을 이식했어. 150살이 넘으면 심장이식이 허가되지 않는 이유를 나중에서야 알게 됐지."

격렬하게 뛰는 아빠의 심장이 느껴졌다. 땀에 젖은 흰색 와이셔츠

사이로 가슴 털도 느껴졌다.

"맞지 않는 장기였어." 아빠가 여전히 작고 다급한 목소리로 이야기했다. "그게 무슨 뜻인지 아니?"

레아는 손을 빼냈다.

"모든 것이 사라지겠지만 내 몸뚱이는 계속 살아 있겠지. 심장은 계속 뛸 거고, 나는 살아 있겠지. 빈껍데기가 되고 말겠지. 뇌도 멈춰 버리고, 어쩌면 아닐 수도 있고. 어쩌면 평생을 몸뚱이에 갇혀 지낼지도 몰라. 아무도 모르는 일이야." 아빠는 자신의 손을 여전히 심장에 얹고 있었다. "십중팔구 농장으로 보내지겠지. 영양분은 서서히 빠져나가는데 내 몸에 새로 나온 인공장기를 다시 채워 넣을 테지. 그러면 내 정신은? 아무도 모르는 일이야. 그런 상태를 무의식이라고 하더군. 그런데 만약 그들이 틀린 거라면? 남은 100년을 듣지도 보지도 말하지도 못하고 몸뚱이에 갇혀 지내게 된다면? 그때는 어떡할 건데?"

레아는 주먹을 꽉 쥐었다. "의료기술이 하루가 다르게 발전하고 있어요. 어떤 일이 일어날지는 모르는 거잖아요?"

아빠가 눈을 깜빡거렸다. "아니, 그들은 그렇지 않을 거야."

"그럼 아빠는 자신을 구하기 위해 무엇을 하고 있는 건데요? 아빠가 가치 있는 인간이라는 걸 보여주기 위해 무엇을 하고 있냐고요. 어째서 몰래 이런 데나 돌아다니는 건가요? 왜 전부 다 망쳐놓느냐고요!" 레아는 화가 나서 소리쳤다. 사람들을 향하여, 지금은 아무도 없지만 도미니크가 누워 있던, 그리고 안야가 서 있던 무대를 향하여 마구 손짓해댔다.

"그리고 또……." 당장에라도 뭔가 부숴버릴 것 같은 감정이 치밀어 올랐다. "정말 죽고 싶다면 돌아오지 않고도 할 수 있었잖아요. 암시장에서 장기를 구할 수 있었다면 T-알약을 구할 수도 있잖아요. 왜 이렇게까지 하냐고요?"

아빠는 말이 없었다.

"아, 이제 여기 있는 이유를 알겠네요. 아빠는 관심이 받고 싶은 거예요. 자기가 중요한 존재임을 인정받고 싶은 거예요. 아빠 자신의 죽음에 대단한 무엇이라도 있다고 생각하는 건가요? 지금까지 수백, 수천, 수만 건의 죽음과는 다르다고 생각하나요? 새뮤얼의 죽음과도 다르다고?"

뜨거운 피가 혈관을 타고 빠르게 흘렀다. 레아가 숨을 거칠게 몰아쉬었다. 머리가 아팠다. 아빠가 화를 낼 거라고 생각했다. 그녀로부터 돌아서서 또다시 그녀의 인생 너머로 사라져 버릴지도 모른다고 생각했다. 어쩌면 그것이 그녀가 바라는 일인지도 몰랐다.

하지만 아빠는 슬픈 얼굴로 천천히 고개를 저을 뿐이었다.

"그래, 레아야. 어쩌면 네 말이 맞는지도 모르겠다." 아빠가 말을 이어갔다. "여기 이 클럽에 단순히 죽으러 오는 사람은 없어. 우리는 모두 우리보다 커다란 무언가를 위해 싸우는 중이라고 생각해. 그래, 네 말이 맞아. 어쩌면 우리는, 우리가 중요한 존재라고 느끼고 싶어 하는지도 몰라."

아빠가 하던 말을 멈추고 손을 가슴에서 내렸다.

"하지만 새뮤얼이 죽었을 때, 내가 집을 떠났을 때, 장담컨대 나는 노력했다. 그들이 말하는 삶을 살아가려고 최선을 다해 노력했단다. 여행도 다녔고, 사람도 만났고, 빵집이나 건설현장에서도 일했단다. 영원불멸의 삶. 그걸 믿으려고 애썼단다. 정말이다. 그래서 정부 보조금이 끊긴 후에도 장기이식을 받은 거란다. 내가 영원불멸의 삶을 믿기만 한다면, 어쩌면 너와 네 엄마에게 돌아갈 수 있을 거라 생각했단다. 그렇게만 된다면 우리가 함께 영원히 행복하게 살 수 있을 거라 믿었단다. 하지만 세월은 계속 흘렀어. 어느 날 돌아보니, 너무 늦었더구나."

가슴이 쥐어짜듯이 아파왔다. 가슴 언저리에서 딱딱한 응어리가 느껴졌다.

"너는 이해할 거야. 이해할 거라고 생각해."

레아가 고개를 저었다. "이해할 수 없어요. 나는 하나도 모르겠어요. 이런 건 정상이 아니에요. 게다가 이기적이에요. 체제 위반 행동이기도 하고요."

아빠가 슬픈 얼굴로 레아를 바라봤다. "그러면 드와이트는?" 아빠의 목소리가 너무 작아서 무슨 소리인지 잘 들리지도 않았다. "병원에서 있었던 일은?"

숨을 쉴 수가 없었다. 사람들 무리가 사방에서 그녀를 에워싸는 것 같았다. 음악 소리가 크게 울리고 있었다.

"레아, 너는 알 거야. 너는 근본적으로 나를 닮았거든."

# 20장
## 마음속의 작은 불꽃

"드와이트. 세상에 드와이트, 드와이트, 드와이트." 그의 이름을 부르는 오팔의 눈이 반짝거렸다.

자리에 앉아 있던 드와이트가 고개를 들었다. 앙상한 발목이 책상 아래에서 흔들리고 있었다. 레아는 드와이트의 눈이 파란색이 아니라 얼음같이 창백한 잿빛이라는 걸 처음으로 알았다. 너무도 희미해서 투명하게 보이는 속눈썹은 마치 눈 위에 내린 서리 같았다. 광대뼈 주변은 주근깨투성이였는데, 작고 빨간 점들이 얼핏 여드름처럼 보였다.

반 친구들은 기대에 찬 얼굴이었다. 오늘은 오팔이 무슨 일을 벌일까? 오팔의 장난은 정교하게 연마해서 사람을 죽일 수 있을 만큼 날카로운 화살 같았다. 제대로 휘두르기 전까지는 위험해 보이지 않는 하얀 종이의 가장자리 같기도 했다.

"드와이트, 너 여자 친구 있다며? 진짜야?" 오팔이 물었다.

교실 분위기가 가라앉았다. 전에도 여러 번 해서 익숙한 장난이었던 것이다.

드와이트는 그런 질문을 처음 받은 것처럼 점잖게 고개를 흔들었다. 책상 아래로 손을 내린 그는 무릎에 딱 달라붙은 카키색 바지를 손가락으로 움켜잡았다. 그 바지에 갈색 벨트를 하고 있었다. 아빠가 일하러 갈 때 하는 벨트랑 비슷하다고 레아는 생각했다. 바짓단은 접어 올려서 보풀이 난 러닝 양말이 그대로 드러나 있었다.

"여자 친구가 있었으면 좋겠지, 안 그래, 드와이트? 너도 여자 친구를 만들 수 있어. 너도 사실은 되게 로맨틱하잖아. 여자한테 잘해줄 것 같은데."

아이들이 별반 관심을 보이지 않아서인지, 착하다는 착각을 불러일으킬 만큼 예쁘고 새카만 오팔의 눈 때문인지, 아니면 아무 생각이 없어서인지, 드와이트가 나지막이 '그렇다'고 대답했다.

"당연하지." 오팔의 입가에 슬며시 미소가 번졌다. "너 그거 알아? 누가 널 좋아하는 것 같더라."

드와이트는 고개를 흔들었다. 눈에는 눈물이 그렁그렁했다. 입술이 살짝 벌어지면서 아직 교정을 하지 않아 커다랗고 뭉툭한 앞니가 드러났다.

"어떻게 모를 수가 있지? 하긴, 남자애들은 다 그 모양이더라."

오팔이 까르르 웃었다. 반 아이들이 하나둘 두 사람을 쳐다보기 시작했다.

"수업시간에 그 여자애가 너를 계속 쳐다보더라. 내가 봤어. 아주 진지하던데? 눈치 못 챘다니 안타깝네."

드와이트는 깔끔하게 정리한 숙제를 쳐다볼 수도 있었다. 양해를 구하고 선생님이 오실 때까지 화장실에 갈 수도 있었다. 그가 자리를 피할 때 자주 쓰는 방법이었다. 아니면 그냥 아무런 대꾸를 하지 않을 수도 있었다. 하지만 드와이트는 오팔의 눈에 어린 욕심을 봤을지 몰랐다. 이번에는 자신이 진짜 목표물이 아니라는 걸 눈치챘을지도 몰랐다. 어쩌면 오팔의 목소리에, 자신을 마치 친구라도 되는 양 쳐다보는 그녀의 눈빛에 교활한 꿍꿍이가 숨어 있다는 것을 눈치챘을지도 몰랐다. 드와이트는 오팔을 기쁘게 해주고 싶었을 것이다.

"누군데?" 이번에는 용감하게 물었다. "그게 누군데?"

"그애가 수줍음이 많아. 하여튼 너희는 완벽한 커플이야."

오팔은 더 이상 드와이트를 쳐다보지 않았다. 그녀의 시선은 드와이트를 지나쳐 다른 곳으로 갔다.

드와이트도, 반 친구들도 오팔을 따라 고개를 돌렸다. 그들의 시선이 일제히 향한 곳은 저편에 혼자 조용히 앉아 있는 레아였다.

레아는 마치 TV 화면을 바라보듯 가벼운 호기심으로 그들을 쳐다봤다. 어릴 때부터 레아는 주변 사물들과 사람들이 복잡한 쇼의 일부 같다는 생각을 종종 했다. 그 쇼는 레아가 알 수 없는 원칙에 따라 누군가를 위해 시작되곤 했다. 지금이 바로 그 순간이었다.

"안 그래, 레아?" 오팔의 목소리는 점점 커졌다. "오랫동안 드와이트를 좋아했잖아. 나한테 고마워할 필요 없어. 한 쌍의 앵무새가 자기들 힘으로는 아무것도 못 한다는 걸 내가 알거든."

레아는 오팔이 무슨 말을 하건 상관없었다. 하지만 드와이트는 그렇지 않은 듯 두 소녀를 번갈아가며 바쁘게 쳐다봤다.

"드와이트, 레아에게 네 마음을 보여주는 게 어때?" 오팔이 일어났다. 의자의 철제 다리가 교실 바닥에 끌려 끼익 소리를 냈다. 오팔은 친구들을 힐끗 둘러봤다. 다들 소리 죽여 키득거렸다. 누군가가 어쩔 수 없이 휘파람을 불었다. "뽀뽀해. 뺨에다 쪽."

오팔이 다가오자 드와이트는 의자에 뒤로 기댔다. 그는 용기가 없어 보였다. 가늘고 하얀 손가락이 책상 모서리를 한사코 붙잡았다. 자신의 손톱만큼이나 긴 드와이트의 손톱이 레아의 눈에 들어왔다. 긴 손톱에 때가 끼여 거의 회색에 가까웠다.

드와이트는 더 이상 오팔을 쳐다보지 않았다. 그는 레아를 응시했다. 입술은 여전히 멍청한 물고기처럼 벌어져 있었다. 얼굴은 평소보다 더 창백했다.

"난 드와이트를 좋아하지 않아." 레아가 말했다. 지극히 쌀쌀맞게. 지금 이런 상황 자체가 지극히 유치한 데다 말도 안 된다는 듯이. 레아는 종종 이런 식으로 말했다. 그래서 친구가 없는지도 몰랐다.

오팔이 휙 돌아섰다. "물론 넌 아니라고 하겠지." 그녀는 신이 나서 반 친구들에게 말했다. "네가 드와이트에게 눈웃음치는 걸 우리가 봤는데. 어머나, 지금 우리를 실망시키려고?"

오팔을 따르는 반 친구들이 고개를 끄덕거리고 자기들끼리 낄낄거렸다. 오팔은 다시 레아를 쳐다봤다. "그리고 너네 비라이퍼 오빠가 죽어서 지원받을 수 있다는 것도 알아."

드와이트는 꼼짝도 하지 않았다. 오팔이 그의 손을 잡았다. 드와이트는 고분고분 일어섰다. 그러고는 마치 농장에서 키우는 동물처럼 온순하게 레아가 앉아 있는 곳까지 끌려왔다. 반 친구들을 우우 야유를 보냈다. 환호성을 질러대며 야단법석을 떨었다. 평소에는 그렇지 않았다. 단 한 번도 드와이트에게 그런 환호성을 질러본 적이 없는 그들이었다.

두 사람이 레아 앞에 섰다. 드와이트는 숱이 많은 레아의 머리카락이 내려앉은 어깨를 응시했다. 두 사람은 서로의 냄새를 맡을 수 있을 정도로 가까이 있었다.

"거기 그냥 서 있을 거야?" 오팔이 화난 목소리로 속삭였다.

드와이트는 오팔이 하라는 대로 몸을 앞으로 숙였다. 자신의 얼굴을 레아의 매끈한 뺨에 가까이 가져갔다. 영화에서 본 것처럼 입술을 삐죽 내밀었다. 드와이트는 눈을 감았다. 어쩌면 그 입술이 뺨에 닿는 순간을 기다리고 있는지도 몰랐다. 두 사람을 둘러싸고 울려 퍼지는 엄청난 환호성을, 레아가 자신을 끌어당겨 따뜻하게 안아주기를 기대했는지도 몰랐다.

하지만 입술에 와 닿는 부드러운 감촉 대신 끔찍한 소리가 이어졌다.

그 소리에, 레아는 언젠가 본 적 있는 봄날의 강물을 떠올렸다. 꽁꽁 얼어붙은 거대한 얼음덩이들이 한꺼번에 와장창 깨지며 강 하류로 휩쓸려 내려가던 모습을. 드와이트는 뒤로 넘어졌다. 다리가 책상의 철제다리에 걸려 엉켜 있었다. 팔꿈치가 퉁하고 바닥에 떨어졌다. 축축한 뭔가가 드와이트의 얼굴 위로 내려앉았다.

레아는 바닥에 드러누운 소년을 밟고 섰다. 주먹은 여전히 꽉 움켜쥐고 있었다. 세상이 천천히 움직였다. 뭔가가 화면을 뚫고 나와 이 소설 같은 세상 안에 그녀를 밀어 넣은 것 같았다. 그녀의 얼굴 위로 풍기던 희멀건 소년의 뜨겁고 냄새나는 입김과, 반 친구들의 얄미운 야유 소리가 가득한 세상 안으로 그녀를 밀어 넣고 말았다. 레아에게는 점화용 불씨 같은 게 있었다. 그것은 언제라도 확

불타오를 만큼 위협적인 것이었다. 그 불씨가 그녀를 온통 열기로 가득 채웠다.

불현듯 그 소년을 바닥에 때려눕힌 것만으로는 분이 풀리지 않았다. 소년의 입술에 피가 흐르는 것만으로는 부족했다. 레아는 소년 위로 올라갔다. 한 손으로 그의 앙상한 어깨를 감싸 쥐고, 또 다른 손은 주먹을 꽉 쥐고 주근깨투성이인 그의 코에 가져갔다. 소년의 몸속 뼈들이 보이는 것 같았다. 복잡하게 생긴 뼈들이 너무도 완벽하게 잘 맞물려 있었다. 그게 레아를 더욱 화나게 했다. 쉴 새 없이 주먹을 휘둘렀다. 선생님들이 달려와서 레아를 떼어놓았다. 그제야 아이들의 비명소리와 울음소리가 들렸다. 그제야 손 마디마디가 피와 살점으로 미끄덩거린다는 것을 알았다.

레아가 끌려 나갈 때, 아이들은 레아를 피했다. 어떤 아이들은 울고 또 어떤 아이들은 얼굴이 새하얗게 질려 아무 말도 하지 못했다. 오팔 말고는 아무도 레아를 쳐다보지 못했다. 오팔은 다음 수업을 기다리는 아이처럼 태연하게 의자에 기대앉아 있었다. 오팔은 입꼬리를 올리며 씩 웃었다. 그리고 레아를 똑바로 쳐다봤다. 무언가 확신에 찬 것처럼. 일이 이렇게 될 줄 이미 알고 있었던 것처럼.

그 일로 엄마는 학교에 불려갔다. 겉으로 봐서는 엄마 유주가 얼마나 능력 있는 사람인지 알 수 없었다. 레아가 마른 체격에 좁은 어깨, 강아지 같은 눈망울을 지닌 건 엄마를 닮았기 때문이었다. 엄마는 늘 달걀 껍데기나 물 위를 걷는 사람처럼 조심스럽게 걸었다. 언제나 침착하고 신중하게 움직였다. 그래서 얼마간 연약한 인상을 주었다. 다부진 체격에 팔다리가 튼튼한 아빠와 있을 때는 더욱 그랬다.

하지만 그녀가 한번 입을 열면 사람들이 집중했다. 다들 자신도 모르게 거기 빠져들었다. 생각보다 깊고 느린 그녀의 목소리 때문이었다. 그녀의 목소리는 그녀의 뜻에 따라 세상을 움직이게 하는 마력이 있었다. 그녀는 음절 하나하나에 그게 무엇이 됐든 자신의 바람을 담았다. 그래서 그녀는 '사건'이라는 단어를 말할 때에도, 마지막 음절에서는 마치 장애물을 만난 것처럼 혓바닥을 굴렸다. 그렇게 마지막 음절이 슬쩍 넘어가면서 '사고'로 들리게 만들었다. 그리하여 불쌍하고 착한 레아에게 사고가 일어났던 것이다.

정부 관련 일을 하지 않게 된 엄마는 당신이 그다음으로 좋아하는 일, 다시 말해 탤런트 글로벌사의 수석 부사장으로 일했다. 다음이라는 단어도 그녀 특유 억양에 묻히면 '가장' 좋아하는 일로 들렸다. 그녀가 일하는 회사는 인력 자원을 관리하는 에이전시로 정부가 선호하는 소수의 인력 공급업체 가운데 하나였다.

불과 몇 년 뒤, 레아는 갑자기 몰려드는 손님들과 호화로운 파티가 그 일과 관련 있음을 알게 되었다. 엄마가 어떻게 했는지 정확히는 알 수 없었다. 하지만 정부 당국 사람들은 그때의 '사건'을 '사고'라는 정의한 엄마의 말에 동의했다. 그리고 그 '사고'는 레아의 영구 기록에 남지 않게 되었다.

인터뷰 때마다 레아는 정답만을 이야기했다. 그 일은 쉬웠다. 엄마가 모범답안을 작성해주었기 때문이다. 레아는 매번 다른 사무실에 가서 같은 내용을 반복해서 이야기했다. 인터뷰를 받으러 간 사무실 벽에는 정부가 발행한 똑같은 포스터들이 나란히 붙어 있었다. 책상에도 똑같은 전단지들이 쌓여 있었다. 의사들의 얼굴은 모두 걱정하고 근심하는 희미한 형체로만 남아 있었다. 레아는 집단 괴롭힘을 당했다고 말했다. 자신은 함정에 빠졌고, 무서웠으며, 위험에 처해 있었다고. 레아는 오빠의 죽음에 관해서도 말했다. 한밤중에 일어나 오빠를 소리쳐 부르다가 문득 오빠가 더 이상 곁에 없다는 사실을 알게 되었다고.

엄마가 하도 엄포를 놓은 탓에, 레아는 창문도 없는 삭막한 방에 들어가 엄격한 얼굴의 여의사를 만나고 무지막지한 취조를 받게 될 거라고 생각했었다. 하지만 정작 의사들은 수다스러운 남자들이었다. 그들은 곱슬머리에 놀랍도록 또렷한 눈을 지니고 있었다. 책장에는 화분이 가득했으며 그들은 고개를 세심하게 끄덕여가며 레아의 말에 귀를 기울였다. 이따금 특이한 사항이라 판단될 경우 구닥다리 볼펜으로 뭔가를 끼적이곤 했다. 레아가 방에 들어서면, 그들은 레아를 위해 손수 의자를 빼주었다. 그러고는 엄마와 집에서 기르는 금붕어에 대해 물어보았고 향기로운 재스민 차를 내주었다.

과도한 반응이 일으킨 하나의 에피소드. 진단을 받고 몇 달 지나서 나온 말이었다. 엄마는 박수를 치며 하늘을 올려다봤다. 믿지 않은 어떤 존재에게 감사 인사라도 드리는 것 같았다.

"C형 질병." 엄마는 별일 아니라는 듯 말했다. 모든 것이 계획대로 됐다. "만성질환이거나 더 나쁘게는 유전질환이 아니라 우발적으로 발생한 일이었단 말이야. 더 중요한 것은 치료할 수 있다는 점이지. 네 기록에 아무런 영향도 주지 않을 거야."

"그거 알아내는 데 그렇게 오래 걸렸어?" 소파에 앉아 있던 아빠가 말했다. "자기 몸에 손을 대려고 하는 애를 때려눕힌 게 뭔 대수라고. 물론 걔가 넘어지면서 바닥에 머리를 부딪힌 거야 안 된 일이지만, 나는 아직도 우리 레아가 잘 대처한 거라고 생각해."

"레아 때문에 그 아이가 병원에 있어." 엄마가 짜증을 내며 말했다. "머리를 심하게 다친 데다 골절까지 당했어. 성형 수술도 했다고. 11살 나이에 이식수술을 해야 할지도 몰라. 코마 상태인데 의사 말로는 뇌사 가능성도 있대. 레아는 훨씬 더 심각한 걸로 기소될 수도 있었어. 그리고…… 체제 위반자로 취급될 수도 있었다고. 이런 일이 당신한테는 농담거리밖에 안 돼?"

체제 위반자. 레아는 익숙하지 않은 이 말에 대해 궁리해봤다. 최근 몇 년 사이 사람들이 그 비슷한 말을 속닥거리는 걸 들었다. 엄마처럼 스커트 정장을 멋지게 차려입은 여자들이 아침 토크쇼에 나와 체제 위반 행동 증가에 대해 토론하는 것을 본 적도 있었다. 진지한 어른들의 말이었다. 레아는 그 말이 무서웠다. 체제 위반. 체제 위반. 체제 위반. 엄마의 인맥과 조언이 없었더라면 어떻게 되었을까. 과연 어떻게 되었을까. 엄마가 대놓고 설명하지는 않았지만 레아는 알 수 있었다. 상상의 끝자락에, 지금과 다른 결과가 어렴풋이 그 모습을 드러냈다.

의사들은 자신들이 내린 진단을 확인하기 위해 일 년간 레아를 추적 관찰할 것이다. 레아는 엄마의 불길한 말들을 기억 속에 묻어버렸다. 긴장감이 감도는 낙관주의 또한 무시했다. 그녀 스스로 다시 이야기를 만들어냈다. 그들이 잘못한 것이다. 그녀는 아무 잘못이 없었다. 하도 여러 번 이야기를 해서 아예 믿게 되었다. 반 아이들이 못됐던 거였다. 그 아이들이 생각이 없었던 거였다. 레아는 그저 우리에 갇힌 동물이 되어 괴롭힘을 당한 거였다. 공기보다 더 부드럽고 새하얀 털이 복슬복슬했던 토끼가 생각났다. 그녀에겐 잘못이 없었다. 그녀에게는 아무런 잘못이 없었다.

모든 일이 다 끝난 것 같았다. 엄마는 그 일을 잘 마무리했다. 그러던 어느 날 저녁, 레아는 부모님과 식탁에 앉아 뉴트리팩을 홀짝거리고 있었다. 엄마가 레아에게 한 번쯤 드와이트에게 병문안을 가야 하지 않겠냐고 말했다. 그새 여섯 달이 지났다. 드와이트는 여전히 코마 상태에 있었지만 점점 안정을 찾아가고 있었다.

레아는 하던 일을 멈췄다. 그녀의 손이 차가워졌다. 그 아이의 얼굴이, 피로 얼룩진 창백한 얼굴이, 비뚤어진 코가 스쳐지나갔다. 드와이트를 다시는 보고 싶지 않았다.

"드와이트에게 뭐라도 가져가면 좋겠구나. 과일 바구니 같은 것도 좋고. 네가 놓고 올 수 있는 그런 게 좋을 것 같은데."

"뭐야, 이 빌어먹을 샘플이 아직 남았어?" 아빠가 따지듯 물었다. 아빠는 엄마가 그릇에 부어준 뉴트리팩을 한 숟가락 떠먹었다. 그 일이 있고 나서 아빠는 엄마에게 협조하려고 애썼다. 아마도 의사들의 말 때문일 것이다. 레아가 폭발한 이유가 가정 문제 탓이라고. 하지만 아빠는 뉴트리팩을 빨아먹는 일만은 참을 수 없는 모양이었다. 아빠는 종이팩 주스를 빨아먹는 어린아이가 된 것 같다고 했다. 도구를 사용해 인간처럼 먹고 싶다고 했다.

"그게 좋을 것 같아." 엄마의 눈빛은 차가웠다. "병명은 정확한 게 아니야. 계속 지켜봐야 한다는 걸 잊지 마."

"처음부터 말도 안 되는 진단이었어. 이해가 안 돼."

"갈게요." 레아가 아빠의 말을 자르고 말했다. "가고 싶어요." 거짓말이었다. 레아가 침을 꿀꺽 삼켰다.

아빠가 레아를 쳐다봤다. "레아, 정말이니? 의사들이 하라고 해서 억지로 할 필요는 없다. 그렇게까지 할 필요는 없어."

지난 몇 달을 지내며 레아는 아빠가 틀렸다고 생각했다. 사고가 있고 나서, 레아는 자신이 정상임을 모두에게 보여줘야 했다. 앞으로도 긴 시간을 반복해서 증명해야 할지 몰랐다.

"알아요." 레아가 말했다. "하지만 가고 싶어요. 가서 그 아이를, 드와이트를 만나보고 싶어요." 그 이름을 발음하는 것만으로도 속이 불편했다.

아빠가 레아의 얼굴을 살폈다. 레아는 아빠가 자신을 꿰뚫어보고 있다고 생각했다.

"그래, 좋아." 아빠가 말했다. "나랑 같이 가자꾸나. 당장 내일 아침에 갈까?"

"그게 좋겠다." 엄마가 말했다.

과일 바구니 준비하는 걸 잊는 바람에 병원에서 커다란 백합 꽃다발을 샀다. 새하얀 꽃은 꼭 밀랍으로 만든 것 같았다. "우리가 싸우러 온 게 아니라는 의미로." 혀에 붙은 밝은 노란색 꽃가루를 뱉으며 아빠가 농담을 던졌다. 백합꽃은 아름답고 화려했지만 역겨울 정도로 진한 냄새에는 공격적인 무엇인가가 있었다. 레아는 백합꽃이 싫었다. 하지만 다 시들어가는 장미꽃 말고는 다른 선택권이 없었다.

마지막을 앞둔 새뮤얼을 보기 위해 한 번인가 병원에 와본 적이 있었다. 그래서 병원 분위기에 기죽지 않을 수 있었다. 병원은 평소에 정기점검을 받으러 다니는 곳과 다를 게 없었다. 삭막한 불빛도 화학약품 냄새도 놀랍지 않았다. 센트럴 버러에서 가장 크고 가장 유명한 병원이었다. 드와이트의 부모님이 이곳에 드와이트를 입원시킨 건 당연한 일이었다. 여러 해 전에 레아네 부모님도 새뮤얼을 이곳에 입원시켰으니까.

7년이 지났다. 하지만 레아는 구내식당이 어디에 있는지, 화장실 문이 안으로 열리지 않고 밖으로 열린다는 것까지 기억했다. 레아는 흰색 가운을 입고 복도를 황급히 뛰어가는 사람들의 얼굴을 자세히 살펴봤다. 새뮤얼을 담당했던 의사를 다시 만난다면 알아볼 수 있을지 궁금했다.

드와이트는 동굴 같은 이 병원의 다른 병동에 입원해 있었다. 사탕 색깔처럼 알록달록한 안내지도를 살피던 아빠와 레아는 오른쪽 병동으로 가기 위해 엘리베이터로 갔다.

꽃은 레아가 들고 있었다. 꽃다발이 레아의 절반 크기라서 머리 위로 톡 튀어나왔다. 복도를 지나가던 사람들이 레아를 보고는 병문안 왔냐며 상냥하게 웃었다. 레아도 고개를 끄덕이며 어색하게 웃었다. 손은 점점 차가워지고 미끈거렸다. 무거운 꽃다발 때문에 팔이 저려왔다. 그래도 레아는 계속 꽃을 들고 있었다. 아빠에게 대신 들어달라고 부탁하지 않았다. 나는 낯선 사람의 친절을 받을 자격이 없어, 레아는 홀로 생각했다. 그녀가 이곳에 왜 왔는지 사람들이 안다면, 레아가 무슨 일을 저질렀는지 안다면, 복도를 지나치는 그 누구도 레아에게 웃어주지 않을 것이다.

레아는 체제 위반자였다.

엄마는 상황을 마무리하고 의사들을 속였을지 모르지만 레아는 알고 있었다. 자신이 드와이트의 코를 부러뜨렸을 때, 그 아이를 바닥에 밀쳐 딱딱한 나무 바닥에 머리가 부딪히며 깨지는 소리가 들렸을 때, 그럼에도 불구하고 멈추지 않았던 그때, 자신이 어떤 느낌이었는지 알고 있었다. 그녀는 자신의 마음속에 매일같이 작은 불꽃이 타오르는 것을 알았다. 언제 어느 순간 확 타오를지 모르는 위협적인 불꽃. 흠집 하나 없는 주변 사람들과 사물들의 표면을 확 태워버리겠다고 위협하는 그 작은 불꽃. 자신이 드와이트를 다치게 한 후에도 그 감정이 아직 사라지지 않았다는 것을, 아니, 오히려 점점 더 커져버렸다는 것을 그녀는 알았다.

엘리베이터가 12층에 도착했다.

"다 왔다." 아빠가 신이 난 듯 말했다. 아빠는 부자연스러울 정도로 기분이 좋은 척했다. 자신을 위해 일부러 그런다는 걸 레아는 알고 있었다. 아빠는 그녀를 꿰뚫고 있었다. 그녀가 이 상황을 얼마나 부담스러워하는지를. 하지만 반대로 레아도 아빠를 꿰뚫고 있었다. 그녀의 기분을 풀어보려는 아빠의 의도가 너무도 빤했으니까.

드와이트는 1212호실에 있었다. 태블릿을 들고 있는 간호사들, 스티로폼 컵에 든 음료수를 들고 벽 쪽에 늘어선 방문객들로 북적대는 복도를 걸으며 레아는 숫자를 세었다. 아빠와 레아는 손에 꽃을 든 여느 부녀 사이와 다를 게 없었다. 가족이나 친한 친구를 방문하러 온 여느 문병객과 다를 게 없었다. 가해자로 보일 만한 무엇은 전혀 없었다. 새하얀 백합의 촉촉한 줄기 부분을 꼭 잡고 있는 저 손이 드와이트의 새하얀 얼굴을 때려눕힌 손이라는 것을 그들은 전혀 알 길이 없었다. 깨끗한 운동화를 신고 있는 저 작고 앙증맞은 소녀의 발이 마지막 순간까지 드와이트의 갈비뼈를 밟아대던 발이라는 것을 알 길이 없었다. 드와이트가 결백하다는 것을, 죄가 없다는 것을, 지나가다 봉변을 당한 불행한 아이라는 것을 말해주는 증거는 없었다.

1202호, 1204호, 1206호, 1208호, 1210호. 드디어 도착했다. 아빠와 레아는 드와이트의 병실 앞에 멈춰 섰다.

아빠가 몸을 숙여 레아와 눈높이를 맞췄다. "지금이라도 집에 돌아갈 수 있어. 꽃은 간호사에게 맡기면 돼. 마음이 내키지 않으면 들어가지 않아도 괜찮아."

아빠는 알고 있었을까? 어떤 예감이 들어서였을까? 레아의 얼굴에서 무언가를 읽어서였을까? 레아는 고개를 저었다. 하지만 자기를 믿으라고 말하지는 않았다. 아빠를 올려다봤다. 복도의 불빛에 눈이 시렸다. 아빠의 익숙한 얼굴에 걱정이 어렸다. 그 모습에 레아는 쓸쓸한 기분이 되었다. 드와이트가 불러일으킨 감정, 숨길 수 없이 끓어오르는 폭력 본능, 폭력을 휘두르고 나서 느껴지는 쾌감과 안도감, 그리고 이어지는 수치심. 이 모든 걸 어떻게 설명해야 할지 알 수 없었다. 체제 위반자.

레아는 마음을 다잡고 문을 열었다. 레아는 병실로 들어가 드와이트의 눈을 바라보며 사과를 하고 침대 옆에 꽃을 놓아둘 생각이었다.

하지만 드와이트에겐 쳐다볼 눈이 없었다. 얼굴이 온통 붕대로 감겨 있었기 때문이다. 입에는 커다란 플라스틱 관이 튀어나와 있었다. 코에도 작은 관 두 개가 연결되어 있었다. 가슴은 다 드러나 군데군데 붕대가 감겨져 있거나 여기저기 작은 전선들이 맨살에 붙어 있었다. 팔은 최악이었다. 온통 멍투성이인 데다 각각의 팔에는 무려 일곱 개의 링거 줄이 연결되어 있었다. 무색의 액체가 든 링거 봉투가 침대 주변에 주렁주렁 매달려 있었다.

"세상에." 아빠는 말을 잇지 못했다.

드와이트는 11살의 나이에 이식 수술을 받아야 했다. 의사들 말로는 드와이트가 뇌사일 수도 있다고 했다.

아빠는 눈을 질끈 감았다. 숫자라도 열까지 세는 것 같았다. 그리고 눈을 떴다. 두 눈은 메말랐지만 결의로 가득 차 있었다.

"이런다고 무슨 소용이 있겠어?" 아빠가 낮은 목소리로 말했다. "이 아이를 평생 기계에 매달아놓을 생각인가?"

아빠가 계속 혼잣말로 중얼거렸다. 레아는 침대로 다가가 드와이트 팔을 만졌다. 아이의 피부는 차갑고 축축했다. 그리고 시퍼런 멍 자국투성이였다. 멍마다 딱지가 여기저기 앉아 있었다. 레아는 아이의 팔에 연결된 각양각색의 링거를, 입으로 연결되어 아이에게 산소를 공급해주는 호흡기를 쳐다봤다.

"온몸을 다 교체해야 하는 거야? 뇌도 교체한다고?" 레아 뒤에 서 있던 아빠가 손으로 얼굴을 가리고 계속 중얼거렸다.

새뮤얼이 병원에 있을 때에도 아빠는 같은 말을 했었다. 새뮤얼은 온통 기계와 플라스틱 의자뿐인 병실을 싫어했다. 잠깐 정신이 돌아올 때면 레아에게 여기가 어디냐고 물었다. 또한 집에 가고 싶다고 했다. 그러면 아빠는 망설이다 '새뮤얼을 집으로 데려가야 한다'고 했다. 하지만 엄마는 만약의 사태를 대비해 24시간 의사들이 대기하고 있는 병원이 낫다고 고집을 부렸다. 아이가 죽어가고 있어. 이것 말고 다른 일이 일어날 수 있을까? 아빠가 물었다. 하지만 아빠가 뜻을 굽혔고 새뮤얼은 병원에 있었다. 레아는 아빠가 그때 그 일을 후회하는지 궁금했다.

그녀는 자신이 무엇을 해야 할지 확신이 들었다.

레아는 드와이트의 팔에 꽂힌 바늘을 모조리 뽑았다. 살살 아프지 않게, 하지만 단호하게. 그것을 침대 옆에 차곡차곡 올려놓고는 몸을 기울여 반대편 팔에 있는 바늘들도 다 뽑았다. 아빠는 손으로 얼굴을 가린 채 여전히 혼잣말로 중얼거리고 있었다. 그래서 레아가 무슨 짓을 하는지 알아차리지 못했다.

호흡기는 빼기가 더 어려울 것이다. 의사의 도움이 필요하다는 것을 그녀는 알았다. 새뮤얼이 코마 상태에 빠져 결국 호흡기를 제거해야 했을 때, 목구멍 깊숙이 박힌 예의 호흡기는 의사만이 제거할 수 있었다. 레아는 드와이트를 아프게 하고 싶지 않았다.

정말이었다. 레아는 지금 드와이트를 아프게 하고 싶지 않았다. 그녀 안에 타오르던 불꽃이 사그라졌다. 그녀가 두려워하던 폭력 대신 평화가 찾아왔다. 레아는 드와이트를 구하려고 했다. 이 아이를 이렇게 만들었던 장본인인 그녀 자신이 말이다. 의사, 가족, 이 세상이 모르는 게 있었다. 지금 그들은 드와이트를 더 아프게 하고 있었다. 드와이트는 더 이상 그곳에 없었다.

드와이트의 창백한 입술에 연결된 플라스틱 관이 길게 이어져 있는 기계를 레아는 바라보았다. 기계에서 벽의 전원 콘센트로 연결되는 회색 전선 또한 바라보았다. 콘센트에서 플러그를 뽑는 순간 머릿속엔 온통 새뮤얼 생각뿐이었다. 새뮤얼은 마지막 순간에도 자신의 침대에 누워보지 못했다. 자신의 방 창문으로 불어와 커튼을 흔들던 그 산들바람조차 느껴보지 못했다. 창문 아래 도로로 지나가는 차 소리와 사람들의 떠드는 소리도 듣지 못했다. 자신을 둘러싸고 있는 가족들의 얼굴조차 보지 못했다. 드와이트도 그럴 거라고 생각했다. 적어도 이 잔인한 하얀 방에서 앞으로 6개월 넘게 고통받을 이유는 없다고 생각했다.

전원 코드를 뽑았건만 기계는 멈추지 않았다. 당황스러웠다. 낮게 웅웅거리며 잔인하게도 계속 돌아갔다. 더군다나 방 어딘가에서 삐

삐거리는 경고음이 시끄럽게 울리기 시작했다. 레아는 벌떡 일어나 드와이트에게서 물러났다.

"레아, 무슨 짓을 한 거니?" 아빠가 다급하게 물었다. 아빠는 침대 쪽으로 다가갔다. 드와이트의 팔에서 제거한 피 묻은 바늘과 얼룩진 하얀 침대 시트를 쳐다봤다. "세상에. 오, 레아."

아빠가 바닥을 내려다봤다. 플러그가 뽑혀 있었다. 급하게 숨을 들이마시는 소리가 들렸다. 아빠가 몸을 숙이더니 플러그를 집어 들었다. 시간이 천천히 흐르는 것 같았다. 하지만 그것으로는 충분하지 않았다. 모든 것을 원래대로 되돌려놓기에는, 완전히 멈춰버리기에는 충분하지 않았다.

의사들이 문을 벌컥 열고 들어왔다.

# 21장
## 어떤 결정을 내리든

두 사람은 하루 일과를 끝내고 페리 터미널로 가는 브란코의 차 안에 있었다. 안야가 브란코의 손을 잡았다. 그날 밤 안야는 엄마가 있는 집으로 갈 수가 없었다. 침실 액자 속에서 자신을 내려다보던 도미니크. 유리 상자 안에 누워 있던 도미니크. 안갯속으로 사라진 도미니크. 도미니크의 얼굴이 일주일 내내 안야를 따라다니며 괴롭혔다.

안야는 그녀를 만나본 적이 없었다. 도미니크는 안야가 클럽에 처음 들어갔을 때의 지도자였다. 그때 이미 숨어 지내는 몸이었다.

그녀는 자신이 클럽 일에 관여하지 않으면 정부로부터 '제3의 물결 실험에 참여하라'는 협박을 받지 않을 거라고 생각했다. 하지만 정부 당국은 포기하지 않았다. 안야는 잭맨 부인으로부터 지시를 받았다. 170살의 잭맨 부인은 정부의 협박 따위를 두려워하지 않았다.

물론 그렇다 해도 협박을 피할 수는 없었다.

안야는 도미니크에 대해 아는 바가 별로 없었다. 전해들은 게 전부였다. 첫 번째 동영상에 대한 아이디어를 냈을 때도, 두 번째 동영상을 찍었을 때도 안야는 값비싼 아르헨티나산 와인 몇 병을 택배로 받았다. 거기에는 도미니크가 쓴 감사 편지가 들어 있었다. 글씨가 동글동글 여성스러운, 학교에서 필기체를 쓰도록 교육받던 시절에 유행하던 옛날 글씨체였다. 도미니크는 대문자 D라고 사인하고 뒤에 'XOXO'를 덧붙였다. 두 사람은 비밀 조직을 이끄는 반체제 인사들이 아니라 10대 펜팔 친구라도 된 것 같았다. 안야는 도미니크가 어떻게 생겼을지 궁금했다. 언젠가는 그녀를 만날 수 있을 거라고 생각했다. 그러나 이제는 만날 수조차 없게 되었다.

안야는 자신의 손길이 닿자 브란코의 손등 힘줄이 뻣뻣해지는 것을 느꼈다. 앞을 보고는 있었지만 자신에게 온 신경을 집중하고 있다는 것도 알고 있었다. 안야는 손가락으로 브란코의 팔뚝을 쓰다듬었다. 따뜻하고 단단했다. 자신도 모르게 마음이 편안해졌다. 나아가 팔 안쪽을 향해 브란코의 이두박근 주변으로 손을 가져갔다. 아기 피부처럼 부드럽고 매끈했다. 브란코의 팔에 아주 미세하게 힘이 들어가는 것이 느껴졌다. 브란코가 무심코 드러내는 자부심이 안야를 미소 짓게 했다.

브란코는 아무 말도 하지 않았다. 그의 숨소리가 점점 느려지고 얕아지는 중이었다. 브란코는 핸들을 옆으로 돌릴 때 말고는 거의 움직이지도 않았다. 목적지에 도착했을 때, 브란코는 손을 무릎 위에 가지런히 올리고 안야를 쳐다봤다.

안야는 브란코에게 입술을 가져갔다. 그의 입술은 거칠게 갈라져 있었다. 하지만 벌어진 입술 사이로 느껴지는 혀는 따뜻했다. 안야는 키스를 했다. 브란코는 수줍은 듯 가만히 있었다. 브란코가 비록 머리숱은 적고 피부에는 잔주름이 많았지만 자신보다 적어도 30살은 어릴 거라고 안야는 생각했다. 부드럽게 무릎을 만지는 그의 손길이나 키스를 하는 동안 혀를 함부로 쓰지 않고 머뭇거리는 그의 행동에서 왠지 모를 순결함이 느껴졌다.

안야는 오랫동안 다른 누군가의 맨살을 만져보지 못한 게 자신만이 아님을 깨달았다. 그 생각만으로도 마음이 녹아내리는 것 같았다. 시끄럽고 거친 브란코에게 자꾸만 마음이 갔다. 브란코는 저녁을 먹는 내내 듣기 싫은 목소리로 농담을 해댔다. 하지만 그는 먼저 세상을 떠난 형을 남몰래 그리워하는, 형이 남기고 간 조카를 양육하기 위해 밤낮으로 일하는 그런 사람이었다.


브란코가 사는 아파트는 안야의 아파트보다 작았지만 집 안 공기는 시원하고 산뜻했다. 낮에는 햇빛이 잘 들고 바람도 잘 통할 것 같았다. 창가에 놓인 구겨진 매트리스. 살랑살랑 맨살에 와 닿는 바람. 소리 없이 다가오는 아침을 맞아 환해지는 방. 안야는 이곳에서 아침을 맞는 상상을 했다. 그녀는 오늘 밤 이곳에서 지내리라 마음먹었다.

그런 생각을 하며 옆에 서 있는 브란코를 바라봤다. 그리고 그의 손에 들린 열쇠를 바라봤다. 그의 등 위에 손을 올리자 달그락거리는 금속성 소리가 멈췄다. 두 사람의 혀가 서로를 휘감으면서 부드럽게 미끄러질 때 안야는 문득 궁금했다. 이 남자와 도망치는 건 어떨까. 비좁고 답답한 아파트를, 식당을, 그리고 클럽을 떠나면 어떨까. 농장 한 곳을 골라 거기에 엄마를 맡기고, 거실과 침실과 그럭저럭 괜찮은 화장실과 샤워기가 있는 그런 아파트에서 아무나하고 사는 건 어떨까. 이웃에 사는 아이들에게 바이올린을 가르쳐보면 어떨까. 형편이 어려운 집 부모들 밑에서 사는 성격 제멋대로인 아이들을 가르친다면 어떨까.

브란코가 움푹 들어간 안야의 쇄골을 엄지손가락으로 쓰다듬었다.

"무슨 생각 해?" 브란코가 물었다.

너무 어두워서 브란코의 얼굴이 잘 보이지 않았다. 하지만 안야는 그의 시선을 느낄 수 있었다.

"어떻게 알아?" 안야가 말을 멈췄다.

"뭘 말이야."

"당신은 어떻게 아느냐고. 어떻게 하는 게 옳은 일인지."

브란코는 말이 없었다. 안야의 어깨에 얹어진 손이 묵직하고 따뜻했다. 탄탄한 몸, 투명한 피부, 퀴퀴한 냄새를 풍기는 입김. 브란코는 자신을 이 세상에 내려놓고 단단히 묶어버린 닻과 같다는 생각을 했다.

"아니, 아니야." 안야가 급하게 말을 이었다. "그냥 생각나는 대로 말해본 거야." 안야는 브란코를 끌어당겼다. 허벅지를 맞대고 한 발을 살며시 그의 발가락 위에 올려놓았다. 오로지 자신을 위해서 브란코를 유혹했다.

브란코는 안야를 침대로 데려갔다. 안야를 번쩍 들어 올려 침대에 쓰러뜨렸다. 어둠 속에서 그녀 위에 무릎을 꿇고 그녀의 머리를 쓰다듬고 엄지손가락으로 뺨을 어루만졌다. 안야는 브란코가 가까이

다가와 입 맞춰주기를 바랐다. 하지만 브란코는 그녀 옆에 드러누워 침대 시트를 끌어당겼다. 두 사람이 어둠 속에 나란히 누웠다. 한참을 아무 말 없이 천장만 바라봤다. 그의 숨소리가 차분하게 가라앉았다. 안야는 브란코의 숨소리가, 그 길고 건강한 숨소리가 좋았다. 한참 동안 그 숨소리를 듣고만 있었다. 그가 잠들었다고 생각했다. 하지만 브란코가 말을 꺼냈다.

"나는……." 천천히 따뜻하게 말을 이었다. "당신이 어떤 결정을 내리든, 당신 어머니가 이해해주실 거라 생각해."

그러더니 안야 쪽으로 몸을 돌려 그녀의 어깨에 살며시 입을 맞췄다.

"잘 자, 안야." 브란코가 그녀의 어깨에 대고 말했다.

"잘 자." 안야는 눈을 감았다.

# 22장
## 제3의 물결

몇 주 동안 아빠로부터 연락이 없었다. 레아 역시 연락하지 않았다. 토드가 떠나가고 레아는 하루하루 쓸쓸하게 지냈다. 파티에서 느꼈던 분노와 혼란으로, 처음 며칠간은 감정이란 감정이 몸에서 다 빠져나가버린 것 같았다. 감당하기에는 너무도 버겁고 슬픈 일이었다. 자신도 모르게, 아빠가 처음 가족 곁을 떠났을 때 했던 대로 행동했다.

마침내 그녀는 결심했다. 그 기억을 지워버리기로. 없었던 일 취급하기로. 심장에 있는 스위치를 눌러서 작동을 멈추듯. 그렇게 아빠, 파티장, 안야 등 모든 생각을 지워버렸다. 대신에 하루 종일 일에만 전념했다. 해가 뜨기 전에 출근을 해서 '맥스워크' 알람이 울리는 저녁 늦게까지 일했다.

그날도 평소보다 일찍 사무실에 나갔다. 이른 시간인지라 로비에는 아무도 없었다. 로봇 청소기만이 윙윙 소리를 내며 바닥을 빙글빙글 쓸고 다녔다. 유리벽 너머로 보이는 하늘은 아스라한 잿빛으로 물들어 있었다. 비는 내리지 않았다. 거센 바람이 창문과 벽에 부딪히며 끼익끼익 울어댔다.

사무실로 올라갔다. 보안코드를 입력하자 불이 켜졌다. 정적이 흐르는 가운데, 레아는 그 자리에 가만히 서 있었다. 지앙 밑에서 금융 분석가로 처음 일을 시작하던 시절이 생각났다. 낮이건 밤이건 쉬지 않고 일하며 보고서를 분석하고 프로그램을 만들고 제안서를 작성했다. 그때만 해도 개인 고객은커녕 개인 사무실도 없었다. 사무실 한가운데 책상 네 개를 붙여 커다란 섬을 만들고는 거기서 다른 직원들과 같이 일을 했다. 네 사람 모두 같은 시기에 채용된 동기들로, 성격이 온화한 사람들이었다. 세련된 주변 환경과 닫힌 유리문 안에서 진지한 얼굴로 일하는 사람들. 다들 발밑에 놓인 도시를 기쁘게 하고 싶어 안달이 났었다.

네 명의 분석가 가운데 레아만 남았다. 올라가거나 나가거나. 지앙이 직접 생각해낸 말이었다. 직원들은 지앙의 표현대로 올라가거나 나가거나 했다. 장기관리 파트너십 회사 내에 다른 표현 따위는 없는 것 같았다. 쉽지 않았다. 적어도 시작은 그랬다. 그때도 코르티솔 분비 수치는 여전히 의심과 경멸의 눈총을 받았다. 다크서클과 찌푸린 주름살은 비공식적인 명예 배지였으며 야망의 상징이었다. 그때만 해도 제2의 물결 이후 몇 년간 지속되었던 맥스워크 지침과 사고의 전환 정책이 실시되기 전이었다. 헬스펀은 다른 대체 금융 산업 분야가 대개 그렇듯 직원들의 열정을 연료로 하여 운영되고 있었다. 레아는 장시간 비행을 해가며 아시아를 넘나들었다. 커피와 에너지

음료를 입에 달고 밤낮없이 일했다. 의뢰인에게 발표할 자료의 로고와 채색 작업을 위해 많은 시간을 보냈다. 지금이야 엄청나게 발전했지만 원시적이고 결함투성이였던 초창기 프로그램으로 시뮬레이션을 하느라 무진장 고생했었다.

사흘 내내 새벽 4시에 집을 나서던 때가 생각났다. 머릿속은 숫자들이 한꺼번에 와글거리고 잠이 부족해 정신은 몽롱했었다. 택시가 막 아파트에 도착했을 때, 동료 가운데 한 사람에게서 걸려온 전화를 받았다. 샤워와 깨끗한 옷을 포기하고 그동안 작업한 프레젠테이션 자료를 한 아름 안아들고 곧장 공항으로 향하던 중이었다.

요새는 분석가가 보이지 않는다. 요즘 같은 시대에 직원을 그렇게 부려먹었다가는 새로운 질서, 삶을 사랑하는 긍정적인 태도와 삶을 세심하게 살피고 지키려는 문화 질서에 크게 반하는 일로 비난을 면치 못할 것이다.

상황이 훨씬 좋아진 게 분명했다.

하지만 예전이 더 좋았던 부분도 없지 않다. 대부분 집으로 돌아가서 적막하기까지 한 밤 시간, 레아를 비롯한 분석가 몇 명만 스크린에 띄운 작업 견본을 보며 느끼던 그 스릴을 아직도 기억한다. 아무 말 하지 않아도 어색하지 않았던 침묵. 빗소리만큼이나 편안하게 마음을 달래주던 키보드 소리. 하루 종일 마셔대던 커피, 뉴트리팩을 주문해 홀짝거리며 함께 나누던 뒷담화. 레아는 그때를 추억했다.

레아는 자신의 방이 아닌 다른 분석가들의 방으로 조용히 걸어갔다. 지금 회사에는 이제 박사 과정을 마치고 입사한 세 명의 분석가가 있었다. 그들은 한 사무실을 사용했다. 하지만 레아가 알기로 그들 사이에 동료애 같은 건 없었다. 다들 특이하게도 신경이 날카로왔다. 35년간의 엘리트 교육이 낳은 이들은 이상하게도 자신감과 두려움이 뒤섞인 실패작의 냄새를 물씬 풍겼다.

그들은 아직 출근하지 않았다. 레아는 검색대 가운데 한 곳에 앉아 로그인을 했다.

무엇을 찾으려는 걸까? 알 수 없었다. 왜 이곳에 있는지는 알고 있었다. 도미니크의 엄마가 파티에서 했던 말. 라이퍼들이 앞다투어 받고 싶어 한다는 그 치료, 새롭게 실험단계에 들어간 수명연장 필수치료 대상자 명단 가운데 도미니크가 첫 번째라는 그 말. 제3의 물결, 정부는 그것을 그렇게 부른다고 했다.

지난 몇 주간 레아의 마음 한편에 자꾸 의심이 들었다. 수많은 의심 저면에 깔린 하나의 의심. 레아는 그 의심에 난생처음으로 접근해보려 했다.

인터페이스는 바뀌었지만 키보드 단축키는 그대로였다. 손가락이 조금씩 예전의 기억을 찾아갔다. 지난 1년간의 방대한 데일리 마켓 데이터와 분석 자료를 훑었다. 특히 이상증상과 급등현상을 유심히 살폈다. 최면에 걸린 듯 정신없이 자료를 훑어내려갔다. 그녀는 조용히 빠르게 움직였다. 만족스러울 정도로 작업에 속도가 붙었다. 척추를 곧게 펴고 톡톡톡톡 발을 두드렸다.

한 시간이 가고 두 시간이 지났다. 레아가 벌떡 일어났다. 아무것도 없었다. 특이할 만한 것은 없었다. 제3의 물결을 암시할 만한 내용은 전혀 찾아볼 수 없었다.

레아는 창가에 서서 아롱거리는 잿빛 하늘을 내다봤다. 그때 로비에서 지앙의 목소리가 들렸다. 레아가 고개를 돌렸다. 사무실과 안내 데스크 사이에 설치한 파티션 위로 지앙의 벗어진 머리 윗부분이 보였다. 지앙이 무슨 말을 하는지는 알 수 없었다. 하지만 그의 목소리에 레아는 왠지 모를 위기감을 느꼈다. 분석가 사무실 문을 살며시 열고 들어가 서류 캐비닛 뒤로 몸을 숨겼다.

"……그런데 장담하기가 어려워. 그거야 모두 실제 데이터들이 얼마나 효율성을 예측할 수 있느냐에 달려 있지. 그런데 아직 발표된 게 없어." 지앙의 목소리가 들렸다. 통화 중일까?

"아, 네. 하지만 남편이……." 중얼거리는 다른 목소리가 들리다 말았다.

캐비닛 뒤에서 살짝 내다봤다. 지앙과 나탈리가 몸을 웅크린 채 안내 데스크 옆에 서 있었다. 나탈리가 손짓을 해가며 급박한 목소리로 뭔가 떠벌리고 있다. 무슨 말인지는 들리지 않았다. 지앙은 고개를 끄덕이며 엄지와 검지로 천천히 턱을 매만졌다. 그러더니 나탈리의 어깨에 한쪽 팔을 둘렀다.

"흥미진진한 시대가 오겠어." 지앙이 말했다. "제3의 물결이라니. 우리가 역사적 순간을 목격하게 될 줄 누가 알았겠어?" 지앙이 목소리가 울렸다.

두 사람이 지앙의 사무실로 들어가자 레아는 차가운 금속 캐비닛에 뺨을 갖다 댔다. 그제야 나탈리의 남편이 정부 고위급 정치인이라는 사실이 떠올랐다.

제3의 물결. 그것은 사실이었다.

레아는 눈을 질끈 감았다. 머릿속에서 엄마의 목소리를 쫓아내려, 정신을 차리려 애썼다. 하지만 뜻대로 되지 않을 것임을 알고 있었다. 그녀가 감시대상자 명단에 들어갔던 때를, 자신이 이유 없이 사라질 때마다 토드가 자신에 대해 보고했던 때를, 그녀가 깨어진 유리를 들고 토드를 협박했던 때를 머릿속에서 떨쳐버릴 수 없었다. 그녀가 아빠를 숨겼던 그때를 머리에서 지워버릴 수 없었다.

# 23장
## 끔찍한 날 이야기

"당신이 오다니 놀랍네요." 조지가 태블릿을 두드리며 말했다.

레아는 냉랭하게 고개를 끄덕였다. 이미 그녀는 일을 핑계 대고 위커버리 모임에 한 번 빠진 적이 있었다. 다음 날 감시요원들이 사무실에 나타나서는 하루 종일 동료들을 만나고 다니며 레아가 맥스워크 가이드라인을 위반했는지 물었다. 화가 난 지앙은 레아에게 '9시 출근 5시 퇴근'을 철저히 지키라고 지시했다.

레아는 피곤했다. 파티에 다녀온 이후로 잠을 잘 이루지 못한 데다, 지앙과 나탈리가 나누던 제3의 물결 이야기를 엿들은 다음부터는 더더욱 잠을 잘 수가 없었다.

하지만 무엇보다 안야 때문에 모임에 나가고 싶지 않았다. 레아는 그녀를 미워하고 싶었다. 그녀를 집에 들인 일, 자신의 과거에 대해 이야기한 일에 대해 화를 내고 싶었다. 안야가 음악 때문에, 아니면 지낼 곳이 없어서, 그것도 아니면 어떤 불법적인 일에 연루되었기에 자신을 이용했다고 생각하고 싶었다. 어쩌면 그녀 역시 도주 중인지도 몰랐다. 어쩌면 모든 게 거짓이었는지도 몰랐다. 갈 곳이 없어 이집 저 집 떠돌아다니며 전전긍긍하는지도 몰랐다. 레아는 아빠의 자살을 돕기로 한 안야를 미워하고 싶었다.

하지만 막상 모임에 참석한 안야를 보니, 파티 이후 줄곧 레아를 따라다닌 공허함만 느껴질 뿐이었다. 안야는 머리를 귀 뒤로 가지런히 넘기고 조지 옆에 앉아 있었다. 레아는 그녀의 얼굴을 살폈다. 눈은 여전히 공허했고 두 뺨은 혈색이 좋지 않았다. 얼굴만 봐서는 지하 인권보호 조직에 새롭게 탄생한 지도자 같지 않았다. 아빠의 죽음을 좌지우지할 수 있는 그런 여자로도 보이지 않았다.

위커버리 모임은 같은 내용을 되풀이했다. 이제야 레아는 조지의 무기고에 '활동' 무기가 얼마 없어 몇 주 단위로 같은 활동을 반복한다는 것을 알았다. 그 주에는 '감사하기' 활동을 반복하는 중이었다. 조지는 태블릿에 뭔가를 타이핑하면서 사람들이 말할 때 종종 툴툴거리며 끼어들어 잔소리를 했다. 사람들은 대부분 지난번에 했던 이야기를 재차 반복했다.

레아는 사람들의 얼굴을 살펴봤다. 조지는 자신을 보호하기 위해 더 거만하게 굴었고 수전의 수다는 점점 외설적인 패러디로 변질되었다. 레아는 이 사람들에 대한 동정심으로 마음이 욱신욱신 아파오기 시작했다. 어쩌면 저들도 안야처럼 최선을 다하고 있는지 몰랐다.

"레아, 당신은요?" 조지가 물었다. 레아의 차례였다.

모두가 레아를 쳐다봤다. 그녀 안의 무언가가 이리저리 날뛰고 뒤엉키며 요동쳤다.

233

"조지, 한 가지 물어봐도 될까요?" 그러고는 조지가 대답하기도 전에 질문을 이어갔다. "당신은 왜 이런 일을 하는 거죠? 위커버리 모임. 보고. 이런 일을 왜 하는 건가요?"

조지가 얼어붙었다. 얼굴 전체가 새파랗게 질리고 그 기운이 육중한 체구에 스며들었다.

"그들이 당신을 감시대상자 명단에서 빼줄 거라고 생각해요?" 레아가 다그쳤다. "누구라도 그 명단에 대해 아는 게 있긴 해요? 그 명단은 누가 결정하나요? 수명을 조절하는 것과 같은 알고리듬인가요?" 레아는 주위를 둘러봤다. 아무도 그녀와 눈을 마주치려 하지 않았다. 심지어 안야조차도 눈을 피했다.

"레아." 조지가 경고했다. "당신이 지금 힘들다는 거 알아요. 여기 있는 사람들도 다 마찬가지예요. 하지만 그렇게 심술부린다고 문제가 해결되진 않아요, 안 그래요?"

레아는 조지를 뚫어져라 쳐다봤다. 이번에는 축 늘어진 뺨, 번지르르한 모공, 바느질 상태가 엉망이라 벌어진 재킷 솔기 밑 둥글넓적한 어깨를 쳐다보지 않았다. 뿔테 안경 너머로 번득이는 공격적인 눈, 희미하게 떨리는 두툼한 입술, 땀으로 얼룩덜룩 구겨진 소매를 쳐다봤다. 그의 목소리에서 위협이 느껴졌다. 하지만 왜? 도대체 무엇 때문에 그녀를 위협해야 하는 걸까?

갑작스레 무모한 생각이 들었다. "당신은 어떻게 생각해요? 매주 여기서 만나 똑같은 이야기를 하고 또 하고, 이렇게 하면 우리가 달라질 수 있다고 생각해요? 우리 삶을 되돌려받을 수 있나요?"

"레아." 조지가 당황했다.

"그녀 말에 일리가 있네요." 앰브로즈가 말했다. 하도 작은 목소리라 레아는 잘못 들은 줄 알았다. 하지만 다른 사람들 역시 조지를 쳐다보고 있었다.

조지가 고개를 휙 돌려 앰브로즈를 쳐다봤다. 얼굴이 붉으락푸르락 달아올랐다.

"앰브로즈, 뭐라고요?" 그의 입술은 더 이상 떨리지 않았다. 눈빛은 차갑고 냉랭했다.

"완전히 틀린 말은 아니라고 한 것뿐이에요." 앰브로즈가 들릴락 말락 말했다. 조지는 누군가 자기편을 들어주기를 바라며 주위를 둘러봤다. 하지만 누구 하나 말을 꺼내는 사람이 없었다.

"좋아요." 조지가 자리를 옮기며 말했다. "자, 이렇게 합시다. 감사함은 잊어버리세요. 한동안 안 해본 걸 해볼까요, 어때요? 분위기 좀 바꿔볼까요?" 조지가 손가락 마디를 꺾었다.

레아는 수전이 입을 벌리고 눈을 빠르게 깜빡거리는 모습을 지켜봤다.

"끔찍한 날! 그걸 대신 하면 어때요? 끔찍한 날 얘기를 해봅시다."

조지가 사람들을 하나하나 번갈아 쳐다보더니 결국 앰브로즈에서 시선을 멈췄다.

"싫…… 싫어요. 조지. 싫어요." 그는 무릎을 가슴팍까지 끌어당기며 말했다. 번쩍번쩍 광이 나는, 어울리지 않는 정장 구두가 레아의 눈에 들어왔다.

"앰브로즈, 시작해요." 조지의 목소리는 레아가 여태 한 번도 들어본 적 없는 낯선 것이었다. "야스민에 대해 말하지 싫지 않나요? 의자 위에 서 있는 당신, 천장에는 당신이 기념일에, 정말 친절하고 다정도 하시지, 그녀에게 선물한 스카프가 동그랗게 매듭지어져 걸려 있었죠. 그 모습을 본 그녀의 얼굴에 대해 이야기하고 싶지 않아요?"

앰브로즈는 무릎 사이로 얼굴을 파묻었다. 어깨가 들썩거렸다. 그 들썩거림은 그의 마음 깊은 곳에서 시작되어 온몸으로 퍼져나가는 것 같았다. 방 안에는 침묵만이 흘렀다.

"앰브로즈." 조지가 다그쳤다. "이봐요, 앰브로즈."

"그만해요." 레아가 막아섰다. "그냥 두세요."

조지가 레아 쪽으로 고개를 돌렸다. "오호, 그럼 레아 당신이 이야기할래요?"

레아는 주먹을 동그랗게 말아쥐었다. 뜨거운 분노가 뱃속 깊은 곳에서 꿈틀거렸다. 레아가 일어났다. 세상이 자신을 떠다밀고 있었다.

"레아, 당신 얘기를 해볼까요? 당신이 경험한 끔찍한 날을 여기 모인 사람들에게 들려주세요. 어서요. 당신은 앰브로즈가 지목당하는 게 싫잖아요, 안 그래요?" 조지가 혀를 찼다. 그의 입가에 침이 고였다.

"어떤 걸 원해요, 교통사고요? 세상에나, 제가 무단횡단을 했어요. 그런 일이 일어나다니, 저는 정신적으로 너무 큰 충격을 받았어요."

"레아." 조지가 끼어들었다. "당신은 이해가 안가죠, 그렇죠? 아직도 당신이 예외라고, 이런 과정을 거쳐야 할 사람이 아니라고 생각하죠?"

"이런 과정을 거쳐야 할 사람이라고는 누가 정하나요? 당신…… 당신은 그저 한심하게 거드름이나 피울 줄 아는 애처롭고 가련한 남자일 뿐이에요." 그녀는 사람들을 둘러봤다. 가련하게 등을 구부리고 있는 앰브로즈. 삐뚤삐뚤 자른 머리가 납작하게 눌린 수전. 플라스틱 의자를 꽉 채우고도 남을 만큼 펑퍼짐한 허벅지를 가진 소피아. 갑자기 그들 모두가 미웠다.

안야. 그녀의 가녀린 손목. 바이올린. 심각한 일인 양 고개를 끄덕이는 그녀. 아빠에게 고개를 끄덕이던 그녀. 레아는 그녀도 미웠다.

"드와이트. 그게 그 아이 이름이었죠, 안 그래요?"

순간 레아는 얼어붙었다.

"맞아, 틀림없어." 조지가 차분히 말했다. 입가가 슬그머니 올라갔다.

"뭐라고요?"

"드와이트." 조지가 사무적인 어투로 다시 한 번 말했다. "당신이 기억하고 싶지 않은 끔찍한 날."

"그걸 어떻게……."

조지가 자신의 태블릿 화면을 두드리며 아래로 쭉 내렸다.

"당신 파일에 그 내용이 없으리라 생각했어요?"

"드와이트가 누구예요?" 수전이 물었다. "레아, 말해줘요. 당신의 끔찍한 날 이야기를 들려줘요."

모두가 레아를 쳐다봤다. 심장이 어찌나 쿵쿵대며 뛰는지 그 소리가 들리는 것 같았다. 심지어 안야도 레아를 쳐다보고 있었다.

레아가 일어났다.

"아직 안 끝났어요." 조지가 말했다. "어디 가는 거예요? 잠깐, 거기 서요!"

# 24장
## 왠지 그 사람들이라면

자리를 박차고 나간 레아는 계단을 한 번에 두 개씩 뛰어 내려갔다. 서두르는 와중에도 넘어지지 않기 위해 한 손으로 계단 난간을 잡았다. 계단을 다 내려오자 손바닥에 찌르는 것 같은 통증이 느껴졌다. 손을 살펴봤다. 시커먼 나무 조각이 피부에 박혀 있었다. 손바닥을 파고들어간 나무 가시는 떨어진 눈썹처럼 얌전히 자리 잡고 있었다.

"잠깐만요, 레아."

안야가 계단을 내려오고 있었다. 안야의 걱정 가득한 목소리와 얼굴을 보자 뜻밖에도 레아는 울컥했다. 잠깐이라도 그녀의 품에 안기고 싶었다. 그녀와 함께 조지의 횡포에 맞서고 싶었다. 어두웠던 어린 시절을 다 뱉어내고 싶었다. 안야는 이해해줄 거라 생각했다. 귓속에 물이 차오르고 종아리에 화끈거리는 고통이 느껴졌다.

하지만 안야가 가까이 다가오자 함께 수영했던 기억은 사라지고 말았다. 귀에 거슬리는 불길한 재즈 음악이 들려왔다. 고기 타는 냄새가 났다. 안야의 찌푸린 이맛살이 눈에 들어왔다. 안야가 아빠의 말을 듣고는 뭔가 허락하기 직전에 지어 보였던 표정이었다.

"원하는 게 뭐예요?" 레아가 물었다.

안야가 어깨를 으쓱했다. 스웨터가 너무 커서 늘어진 두 팔이 퍼덕이는 날개 같았다.

"당신이 괜찮나 싶어서요. 조지는…… 음, 그 사람도 그만의 문제가 있어요. 그러니 마음에 담아두지 말아요."

레아가 말이 없자 안야가 손을 뻗어 레아의 팔꿈치를 잡았다.

"우리에게는 모두 조지가 말하는 끔찍한 날이 있어요." 그녀의 입가에 옅은 미소가 번졌다.

안야는 모르고 있었다. 레아가 그녀와 모임에 참석하는 사람들을 좋아하지 않는다는 사실을 모르고 있었다. 지금까지 90년이 지나도록 그때 그 사고는 누구에게도 단 한 번 언급된 적이 없었다. 공식적인 기록 역시 어디에도 남아 있지 않았다.

그날 병원에서 벌어졌던 일은 아빠가 전적으로 책임졌다. 아빠는 이미 커다란 덩치에 규칙을 어기며 살아가는 비라이퍼로 소문이 난 인물이었다. 책임을 아빠 탓으로 돌리는 일은 어렵지 않았다. 아빠에게 체제 위반자라는 꼬리표를 붙이는 것은 한 걸음 더 나간 일이었지만 당연한 결과였다. 아빠는 이미 삶에 환멸을 느꼈고, 불행했으며, 나이가 들어 있었다. 아빠는 레아처럼 가치 있는 사람이 아니었다. 모두가 한 치의 의심도 없이 그 거짓말을 믿었다. 왜 아니겠는가? 아무리 폭력 전과가 있다 한들, 어찌 12살짜리 소녀가 자기 탓에 뇌를 다친 친구의 생명유지 장치를 떼어낼 수 있겠는가? 게다가 그 거짓말에는 아직 드러내지는 않았지만 체제를 뒤집으려는 체제 위반자의 특성이 고스란히 담겨 있었다. 심지어 엄마도 그 거짓말을 믿었다. 믿지 않았더라도 엄마는 절대 발설하지 않았을 것이다.

보석으로 풀려난 아빠가 사라졌을 때 그 누구도 놀라지 않았다. 오히려 일이 더 쉽게 풀렸다. 엄마는 자신의 탤런트 글로벌사 인맥을 이용해 모든 일을, 심지어 학교에서 벌어진 사건까지 아빠 탓으로 돌렸다. 엄마는 사회 부적응자이며 체제 위반인 아빠를 끔찍하게 사랑하는, 바로 그 아빠와 한 지붕 아래 살고 있는 감수성 예민한 아이가 레아라고 설명했다. 정부 당국은 엄마의 말을 받아들였고 레아의 기록에는 아무것도 남지 않았다. 그렇게 레아는 영원불멸의 삶, 제3의 물결을 맞이할 유력한 후보가 되었다.

아니, 제3의 물결을 맞이할 유력한 후보가 될 수도 있었다.

"지난주에는 모임에 안 나왔더라고요. 그날 밤 재워주고 음악도 들려줘서 고마웠어요." 안야가 말했다.

순간 레아는 안야가 파티에 참석한 자신을 보지 못했다는 사실을 깨달았다. 안야는 레아가 그녀의 정체를 알고 있다는 사실을 모르고 있었다. 낡은 재킷에 등이 굽은 남자가 레아 자신의 아빠라는 걸 모르고 있었다.

안야는 레아가 그녀와 같은 생각이 아니라는 걸 모르고 있었다. 마음속에 뭔가 스멀스멀 올라오기 시작했다.

"별말씀을요." 레아가 말을 이어갔다. "내가 왜 그랬는지 나도 잘 모르겠어요. 그들이 내게 원하는 게 뭘까요?"

안야가 고개를 끄덕였다. 그녀의 손은 여전히 레아의 팔꿈치를 잡고 있었다.

"계속 생각나는 게 있는데······." 레아가 목소리를 낮췄다. "제가 최근에 어떤 동영상을 하나 봤거든요. 체제 위반 관련 영상이었어요. 뭐라더라? 무슨 클럽이었는데?"

안야의 표정에는 아무런 변화가 없었다. 하지만 레아는 그녀의 손가락에서 긴장감을 느꼈다.

"그 사람들에게 연락해보고 싶어요." 레아의 심장이 쿵쿵거렸다.

"왜요?" 안야가 물었다. 틀림없이 호기심 어린 얼굴이었다. 그날 파티에서 그랬던 것처럼, 안야는 레아의 말에 귀를 기울이며 그녀의 얼굴을 가만히 바라봤다.

레아는 어깨를 으쓱했다. 좀 전에 안야가 했던 행동을 따라한 것이다. "잘 모르겠어요. 말이 안 되는 일이긴 하지만······." 레아가 멈칫했다. "왠지 그 사람들이라면 나를 이해해줄 것 같아요." 안야가 레아의 얼굴을 유심히 살폈다. 레아는 표정 관리를 하려고 애썼다. 손바닥에 땀이 차고 맥박이 목구멍을 타고 뛰었다.

한참 동안 뜸을 들이더니 안야가 목소리를 가다듬었다. "여기 말고······." 안야가 목소리를 낮췄다. 그녀는 어깨에 메고 있던 커다란 가방에 손을 집어넣어 뒤적거렸다. 뒤를 한번 돌아보더니 레아의 손에 무언가를 쥐어주었다. "연락해보고 싶다면 나에게 하세요. 당신에게 뭐라도 보답하고 싶어요."

위층에서 박수 소리가 나직하게 들려왔다.

"가봐야 할 것 같아요." 안야가 말했다. "당신이 이미 가버려서 못 만났다고 말할게요."

레아가 고개를 끄덕였다. 레아는 안야가 건네준 명함을 손가락으로 집어 들었다. "고마워요." 레아가 말했다.

안야가 미소를 지어보였다. 잠깐이었지만 그녀의 두 눈이 반짝거리고 뺨에 생기가 돌았다. 레아는 죄책감이 들었다.

# 25장
# 정부기관 사람들

50계단이 넘었다. 제법 높았다. 하지만 빌딩은 회색인 데다 구조가 밋밋했다. 창문은 자외선 차단을 위해 보라색으로 빛가림이 되어 있었는데 조잡했다. 한때 센트럴 버러와 아우터 버러 사이에 있던 지역을 다운타운으로 새로 개발하여 홍보했던 도시의 빌딩이었다. 이곳에서 처음 수명연장이 확산되기 시작하면서 제약회사가 한창 호황을 누렸다. 은퇴할 나이임에도 여전히 현업에 있는 사람들은 도시에 살고 싶어 했고 헬스케어 관련 회사들은 점점 늘어났다. 그 시기와 맞물려 그간의 인구배당효과(한 지역에 생산가능인구가 차지하는 비율이 높아져 경제성장이 촉진되는 효과-옮긴이)를 거둬들이려면 보다 넓은 부지가 필요했다. 정부는 건물을 짓고 또 지었고 해안가까지 점점 침범해 들어갔다. 하지만 사회기반 시설은 이를 따라잡지 못했다. 도로는 전보다 훨씬 더 많은 차들로 꽉 막혔다. 하루 종일 시속 8킬로미터로 움직였다. 걸어다니는 게 나을 정도라는 말이 나왔다. 지하철은 너무 혼잡해서 장갑 낀 푸시맨들이 열차 안에 승객들을 억지로 밀어넣어야 했다. 역사 이래 가장 위대한 도시계획에 미처 생각하지 못했던 오류가 있었던 것이다. 하지만 때는 이미 늦은 뒤였다. 도로를 확장하기 위해 마천루를 철거할 수는 없었다. 게다가 지하철을 대대적으로 정비하기 위해서는 긴 철로를 폐쇄해야 했는데, 그렇게 되면 도시 전체가 마비될 수밖에 없었다.

그러다 보니 사람들은 걸어서 출근하기를 선호했고, 센트럴 버러 지역 건물들은 갈수록 하늘 높은 줄을 모르고 치솟았다. 조롱하듯 이름 붙여진 이 뉴다운타운은 아직까지 괜찮은 편이었다. 정부가 센트럴 버러에 있는 400층 높이 고층건물들을 증축하는 속도에 제한을 두었기 때문이다. 하지만 도시설계자들의 초기 야망은 결코 만족시키지 못했다.

레아는 지금 일하는 사무실처럼 1구역이나 2구역에 위치한, 드높이 치솟아올라 세상이 훤히 내려다보이는 빌딩의 최고 정부부서에서 일하는 자신의 모습을 늘 꿈꿔왔다. 그런데 마침 이곳이 그녀가 받은 주소였다.

안내 직원은 정갈한 흑갈색 머리의 백인 여성이었다. 그녀의 칼같이 주름 잡힌 바지는 모조 대리석 바닥을 깐 로비와 어울리지 않는 듯했다. 레아가 다가가자 플라스틱 의자에 앉아 있던 그녀가 환하게 웃으며 허리를 세웠다.

"안녕하세요." 그녀가 살짝 미소 지으며 인사했다.

"안녕하세요. AJ, GK를 만나러 왔습니다. 죄송합니다만, 정확한 이름은 알지 못합니다."

"성함이 어떻게 되시죠?"

"레아 기리노입니다."

"예, 기리노 씨. 15층으로 가세요. 표지판을 따라가시면 됩니다."

말할 때조차 미소를 잃지 않는 그녀가 놀라웠다.

레아는 엘리베이터를 기다렸다. 로비는 금세 사람들로 가득 차기 시작했다. 레아는 당황한 나머지 발을 이리저리 움직였다. 아직 늦지 않았다. 여기서 그냥 가버릴 수도 있었다. 자기 사건이 어느 정도 진행 중인지 확인하러 왔다고 핑계를 댈 수도 있었다.

전화벨이 울렸다. 레아가 전화기를 꺼냈다. 번호를 보고 대번에 누군지 알았다. 아빠였다. 레아는 소리를 끄고 태블릿을 다시 가방에 집어넣었다.

드와이트의 이름을 말하며 만족스러워하던 조지의 눈빛. 두려워서 벌벌 떨던 수전의 손이 기억났다. 레아는 그들 가운데 한 사람이 되지 않을 것이다. 지금은 아니었다. 그동안 해온 것들이 있었다. 지금은 안 된다.

첫 인터뷰를 앞두고 엄마는 숱 많고 두툼한 레아의 머리를 양 갈래로 따주었다. 땋은 머리가 레아의 어깨 위로 마치 말 잘 듣는 뱀처럼 가지런히 놓였다.

"머리가 맘에 들지 않아요." 레아가 두툼한 머리끝을 잡아당겼다. "멍청해 보이잖아요. 바보 같아요."

거울 속에 비친 엄마의 얼굴을 봤다. 레아는 자신도 모르게 손을 오므려 무릎 위에 올려놓았다. 엄마의 얼굴은 고민 끝에 딱 들어맞는 단어를 찾아냈을 때 짓는 사무적이고 딱딱한 표정이었다. 그 후로 여러 해가 지난 뒤 레아는 토드에게 그 표정에 대해 말한 적이 있었다. 레아에게 유주는 엄마라기보다는 늘 직장 상사 같았다. 턱을 바짝 들이대고 눈썹을 부드럽게 치켜올리는 엄마의 표정이 두 사람 간의 관계를 대변했다. 레아는 가족이라는 회사에 고용된 직원으로서, 정기적으로 그녀의 가치가 결정될 업무평가를 받아야 했다.

"왜 그랬니?"

엄마가 물어보면 상황이 달랐다. 레아는 엄마에게 말하려고 했다. **별종이야 별종, 별종, 별종.** 도무지 이해할 수 없는 논리에 따라 움직이는 주변 사람들과 사물들. 그들과 동떨어져 있는 보이지 않은 화면 뒤로 느껴지는 감정 때문이었다. 그녀 안에서 들끓어오르던 불씨가 갑자기 활활 타오르며 그녀로 하여금 손을 뻗어 잡아채서 뭉개버리게 했다. 그 후에는 어김없이 흥분이 누그러들면서 끔찍한 감정이 밀려들었다. 수치심이라 부를 수밖에 없는, 뭔지 모를 감정이었다. 할 수 있는 거라곤 밖으로 나가는 것뿐이었다. 그렇지 않으면 무슨 짓을 할지 몰랐다.

엄마에게 말해볼까 생각했다. 하지만 완벽한 하트 모양의 엄마 얼굴과 등불에 비쳐 황금빛으로 빛나는 적갈색 머리카락을 보고 있자니 말이 목구멍에 걸려 멈추고 말았다. 어쩌다 목구멍 밖으로 나온다 해도 엄마는 이해 못하는 척할 것이다. 결국 그녀가 하던 방식으로 말했다. 어깨를 으쓱해 보이면서.

"잘 모르겠어요."

엄마의 얼굴에 만족스러운 기색이 돌았다. 어떻게 해야 할지 잘 모르겠어요.

"흠." 엄마가 신중하게 말을 꺼냈다. "걔들이 너를 괴롭힌 거야. 그

못돼먹은 여자애들이 말이야, 안 그래? 물리적 보복이 정답은 아니었지만, 그렇게 오랫동안 정신적으로 괴롭히는데 누가 참아내겠어?"

레아가 고개를 끄덕였다.

"잘 기억해둬, 레아. 하나도 빠뜨리면 안 돼. 아무것도 걱정 말고."

언제나 그랬듯 엄마의 정신력은 마치 보이지 않는 물결처럼 레아에게 밀려들어왔다 밀려나가며 조금씩 자신을 갉아먹는 것 같았다.

"작년부터였어요." 레아가 말했다. "처음에는 작은 것으로 시작했어요. 자기들끼리 속닥거리거나 웃고, 제 의자를 잡아당기기도 하고."

엄마가 고개를 끄덕였다.

"눈이랑 피부랑 어울리지 않는다, 머리에서 냄새가 난다, 걔네들 말로 '떡졌다'고 했어요, 머리는 왜 매일 떡져 있냐, 그러더니 결국엔 매일매일 괴롭히기 시작했어요."

머릿속에 드와이트를 떠올리면서 레아는 계속 말을 이어나갔다. 레아는 말하고 또 말했다. 엄마는 보기 드물게 애정 어린 손길로 레아의 머리를 쓰다듬기 시작했다. 일단 말을 꺼내고 나니 어렵지 않았다.

이야기가 그때 그 사고에 다다르자 레아는 잠시 말을 멈췄다. 드와이트의 잔뜩 찌푸린 눈썹과 완만한 광대뼈의 곡선, 옅은 핑크색 아랫입술이 불쑥 떠올랐다. 투명한 피부 아래 흐르던 옅은 자줏빛 혈관도 떠올랐다. 레아는 자신의 문제가 무엇인지 궁금했다. 처음이었다.

마침내 엘리베이터가 도착했다. 마지막 한 사람까지 모두 다 올라탔다. 엘리베이터는 철커덕 소리를 내며 문이 닫히더니 천천히 올라가며 층층마다 멈춰 섰다. 15층. 레아는 양복 입은 사람들의 어깨를 비집고 빠져나왔다.

벽에 붙은 흰색 플라스틱 표지판을 보니 이름 순서대로 사무실 번호가 붙어 있었다. AJ는 위에서 다섯 번째였고 AG와 AJB 사이에 있었다. 레아는 불이 환하게 켜진 복도를 따라 걸었다. 암갈색 가느다란 줄무늬가 있는 대리석 바닥을 걸을 때마다 또각또각 구두 소리가 났다. 똑같이 생긴 문을 지나고 또 지났다. 복도에는 아무도 없었다. 하지만 검은색 문 밑으로 전화벨 소리, 다급한 목소리, 의자를 끄는 소리, 키보드 소리 등이 부산스럽게 새어나왔다. 그 와중에, 보이지는 않지만 '트라이앵글과 파랑새 소리'가 스피커에서 흘러나왔다. AJ 사무실 앞. 레아는 멈춰 서서 귀를 기울였다. 안에서는 아무 소리도 나지 않았다. 어쩌면 AJ가 없을지도 몰랐다. 어쩌면 이대로 돌아가야 하는지도 몰랐다.

"들어오세요." 안에서 소리가 들렸다.

레아가 문을 열었다. 서로 마주 보는 두 개의 커다란 책상이 사무실 공간 대부분을 차지하고 있었다. 한쪽 책상에는 AJ가, 다른 쪽 책상에는 GK가 있었다. AJ는 살이 더 붙은 것 같았다. 단단하고 육중한 몸이 작은 의자에 꽉 찼고 재킷은 팔꿈치 부분이 꽉 끼었다. 방이 작아서 그가 더 커 보이는 걸까? 반면 등을 구부린 채 기다란 손가락으로 자판을 두드리고 있는 GK는 전보다 더 마르고 창백해보였다. 레아가 문을 열고 들어갔을 때 AJ도 GK도 고개를 들지 않았다.

레아는 기다렸다. 하지만 그 두 사람은 아무 말도 하지 않았다. 책상을 가득 채운 여러 개의 화면을 뚫어져라 쳐다보며 계속 타이핑을 하고 있었다.

레아가 마른기침을 했다. 그간 레아를 쫓아 다니느라 들인 시간과 노력을 생각한다면, 이렇게 문 앞에 그녀가 나타난 것만으로도 기뻐할지 모른다.

AJ가 고개를 들었다. "레아 기리노?" 그가 물었다. "여기까지 어떻게 온 거죠? 잠깐, 질문에 대답하기 전에, 지난주 화요일에 무슨 옷을 입고 있었죠?"

"네?" 그녀가 물었다.

"스웨터를 입었죠? 그게 오렌지색이었나요, 아니면 노란색이었나요? 크루넥을 입었다는 건 알고 있어요. 오렌지색 계열. 하지만 좀더 자세히 말해줄래요?"

"왜 그걸……."

AJ가 한숨을 쉬었다. "좋아요, 오렌지색이었네요."

그가 좀 더 세게 자판을 두드리며 타이핑을 했다. 그 바람에 화면이 조금 흔들렸다.

창문 옆에 은색 액자가 하나 걸려 있었다. 레아는 사진 속 AJ를 알아봤다. 그는 지금과 같은 검은색 양복에 학사모를 쓴 40세 남자 옆에 서 있었다.

"아들인가요?" 레아가 물었다. 그에게 가족이 있다고 생각하니 왠지 낯설게 느껴졌다.

AJ가 타이핑을 멈추고 고개를 들었다. 레아와 사진을 번갈아 쳐다보더니 천천히 자리에서 일어나 창문 쪽으로 걸어갔다. 그러더니 사진을 엎어놓았다.

"자, 레아 기리노, 여기 온 이유가 뭐죠?"

레아는 목을 가다듬었다. GK의 타이핑 소리가 달가닥달가닥 이어졌다.

"항의할 게 있어서요." 레아가 말했다.

"뭔데요?" AJ가 여전히 그녀를 바라보았다. 책상에서 고무밴드로 만든 공을 집어 들고 두 손으로 이리저리 굴리면서.

"조지 말인데요. 위커버리 모임에 그…… 리더 있잖아요."

"여기는 민원을 처리하는 곳이 아닙니다." AJ가 고무공을 책상 위에 내려놓으며 말했다.

"그 사람은 통제 불능이에요. 그는…… 우리를 감정적으로 학대하는 데다 코르티솔을 유발하고 있다고요. 절대 받아들일 수가 없어요." 레아가 목소리를 높였다.

"말했지만 여기는 민원을 처리하는 곳이 아닙니다. 치료와 재활은 다른 부서 관할입니다." AJ은 다시 화면으로 고개를 돌렸다.

"하지만 그 사람이 저를 협박했다고요. 그가 무슨 얘기를 했는지……." 레아가 멈칫했다.

AJ가 다시 고개를 들고 물었다. "드와이트 로즈?"

그들도 알고 있었다. 모두 다 알았다.

"그거 때문에 여기까지 온 거예요? 레아, 이제 돌아가세요. 곧 다시 만나게 될 거예요." AJ가 빙긋 웃으며 말했다.

"잠깐만요. 그것 말고도 다른 게 있어요. 모임에 나오는 사람 중에 안야라고, 성은 잘 모르겠고, 외국인이 있어요."

"닐손." GK가 여전히 타이핑을 치며 대답했다.

"제 생각에 그녀는 무슨 불법 조직의 일원인 것 같아요. 체제 위반자예요. 생명을 소중히 여기지 않는 게 분명해요. 그리고 살인 숭배 집단 같아요. 관련 영상을 촬영하기도 하고요."

레아가 눈을 질끈 감았다. 그러자 자신을 비난하는 듯한 안야의 얼굴이 떠올라 다시 눈을 떴다.

"수이사이드 클럽입니다." AJ가 고개도 들지 않고 말했다. 하지만 타이핑 속도가 느려졌다.

"GK." AJ가 경고의 목소리로 GK를 불렀다. "여기까지 와주셔서 감사합니다. 뭐 더 할 말이 있습니까?"

"이해가 안 되네요. 당신들이 이런 정보를 원할 거라고 생각했어요. 그 클럽에 대해 이미 알고 있다면 왜 아무런 제재도 하지 않는 거죠?" 레아가 되물었다.

AJ가 코끝을 매만졌다.

"우린 매우 바쁩니다. 더 할 말 없으면 이만 가주시겠어요?"

AJ는 책상 뒤로 물러났다. 두 사람은 레아를 무시하고 다시 타이핑을 시작했다.

레아는 재빠르게 책상 모서리를 돌아 GK 뒤쪽으로 다가갔다.

말 : 이해가 안 되네요. 당신들이 이런 정보를 원할 거라고 생각했어요. 그 클럽에 대해 이미 알고 있다면 왜 아무런 제재도 하지 않는 거죠?

관찰 내용 : 왼쪽 팔꿈치 꼬집기 7회, 습관적 제스처. 손톱에 매니큐어 칠함. 살색에 가까운 옅은 갈색. 숨기는 게 있을지도 모름. 넷째 손가락은 방금 물어뜯은 것 같음.

화면이 꺼졌다. 방에는 침묵만이 감돌았다.

"평생 감시대상자 명단에 있고 싶은가요?" AJ가 심각한 얼굴로 말했다.

레아가 따져 물었다.

"이런 건 다 어디로 보내나요. 이렇게까지 하는 이유가 뭔가요?"

"당신이 상관할 바가 아닙니다. 정부 기밀 정보입니다." AJ가 대답했다.

그의 왼쪽 뺨 아래로 동전만 한 옅은 검버섯이 눈에 띄었다.

"실제로." GK가 서류를 쌓으며 말했다. "최종적으로는 연방수사국 (FIA)으로."

"GK!" AJ가 쏘아보자 GK는 멈칫했다.

"연방수사국이요?" 레아가 물었다.

"정보 공개법 위반이군요. 당신은 청원서를 제출해야 할 겁니다." AJ가 마지못해 말했다. 그는 책상 위에 있던 공에서 고무밴드를 하나씩 빼기 시작했다. 찰싹.

"청원서를 제출하려면 어떻게 해야 하죠?"

"웹사이트에 들어가면 양식이 있습니다. 근무일 기준 20일 내에 공식 답변을 받게 될 것입니다."

"20일까지 기다릴 수 없어요." 레아가 말했다.

그들이 똑같이 멍한 표정을 지으며 말없이 그녀를 응시했다.

"수이사이드 클럽에 대해 정보를 제공하고 싶어요. 제 이야기를 듣고 생각해보세요."

두 사람은 서로를 쳐다봤다.

"신고를 하려면 공식 신고 앱을 다운받아야 합니다." AJ가 말했다. "우리에게는 구두 증언을 수용할 권한이 없어요."

"그래요? 그럼 누가 책임자죠?" 레아가 물었다. "저는 책임자에게 말하고 싶어요." 레아는 가슴을 펴고 똑바로 섰다.

두 사람이 또다시 서로를 쳐다봤다.

"확인해보죠." AJ가 대답했다. "최근 부서 이동이 많았거든요."

AJ가 책상을 사이에 두고 손짓했다. 그러고 보니 그들은 지금 레아를 내보내려 하는 중이었다.

"그들이 도미니크를 죽였어요." 레아가 불쑥 말했다. 그러고는 AJ의 평온한 얼굴을 뚫어지게 쳐다보았다. 그러나 그녀가 던진 폭로를 들은 것인지 만 것인지 표정에 아무 변화가 없었다. 그가 시계를 흘끗 쳐다봤다.

"좋습니다. 기다리시죠." 레아를 외면하며 말했다. 그는 간신히 그녀 옆을 지나 문으로 갔다.

"어디 가는 거예요?" 레아가 물었다.

"점심 먹으러 갑니다." 그가 문을 닫으며 어깨 너머로 대답했다.

GK는 화면을 켜고 또다시 미친 듯이 타이핑을 해댔다.

"이봐요." 그가 말했다. "할 일이 태산이에요. 감당 못할 정도로 많다고요. 수이사이드 클럽, 그건 아주 옛날 일이에요. 기록에 올라온 지 수십 년도 더 지났다고요. 그런 일에 신경 쏠 여력이 없어요. 게다가 우리 담당도 아니고. 누군가 그들을 감시하고 있을 겁니다."

"그들에게 재력과 권력이 상당한가 보군요." 레아가 말했다. "그래서 당신들은 시도조차 안 하는 거죠? 그들이 그렇게 해도 상관없단 얘기죠?"

GK가 어깨를 으쓱해보였다.

"그들이 여자아이를 죽였다고요. 그것도 사람들 앞에서 무슨 역겨운 의식을 치른답시고 시체까지 없애버렸어요. 그런데 당신은 지금 거기 앉아서 내가 무슨 색깔의 블라우스를 입고 있는지 그런 거나 타이핑하고 있잖아요."

GK가 손 움직임을 멈췄다. 갑자기 정신을 차린 듯 레아를 올려다봤다.

"뭐라고 했습니까?"

"말이 안 되잖아요. 이 문제를 들고 언론사를 찾아가야겠어요. 사람들도 그들이 내는 세금이 어디에 쓰이는지 알아야 하니까요."

"아니 그거 말고, 시체가 어떻게 됐다고요?"

레아가 멈칫했다. 와인에 완전히 잠기기 전에 보이던 여자의 코끝이 떠올랐다.

"그들은 그 일을 무대 위에서 실행에 옮겼어요." 레아가 목소리를 낮춰 말했다. "이만한 유리 상자에 넣고."

"시체는요?" 어느덧 GK는 들떠 있었다. "당신이 그녀의 몸, 그러니까 시체를 봤단 말인가요? 그곳에 모인 클럽 사람들과 같이? 확실해요?"

"물론이죠. 보다 자세한 얘기를 듣고 싶어요?" 레아가 눈을 가늘게 떴다.

GK는 자리에서 일어나 책상과 벽 사이의 좁은 틈새를 왔다 갔다 했다. 네 발짝만 걸으면 방 끝이라 다시 돌아서야 했다.

"AJ는 점심을 먹으러 나갔고." 그가 말했다. "진짜 시체라……. 당신이 그 자리에서 목격했다는 건데, 그게 어떻게 가능했죠?"

그가 그녀 쪽으로 몸을 돌렸다.

"거짓말을 했군요." 그가 차갑게 말했다. "그들이 그런 위험을 감수할 리 없죠. 당신이 어떻게 그곳에 있을 수 있겠어요?"

"안야. 그녀가 저를 초대했어요." 대리석 조각이 쿵하고 바닥에 떨어지듯, 아빠를 지키기 위한 거짓말이 입에서 불쑥 튀어나왔다.

클럽을 폐쇄시켜버리면 아빠의 자살을 막을 수 있을지도 모른다.

아빠는 암시장에서 T-알약을 구할 수 있었다. 하지만 클럽이 제공하는 거창한 죽음을 원했다. 이제 그녀가 막을 수 있을 것이다.

GK가 윗입술을 오므렸다. 미간에 깊은 주름이 생겼다. 그의 피부가 AJ의 피부보다 훨씬 더 칙칙하다는 것을 그때 처음으로 깨달았다.

"AJ가 말한 비용 절감이란 게 뭔가요?" 레아가 물었다.

"말도 말아요. 이곳으로 이사를 오면서, 그러니까 10년 전에 시작됐어요. 그때 난 대학원을 갓 졸업한 상태였죠. 참 행복했습니다. 아시다시피 그때만 해도 정부기관에 들어오는 일이 쉽지 않았거든요. 새 사무실이라니, 엄청나다고 생각했죠. 하지만 바로 그때 이곳으로 이사를 오더군요."

레아는 그 말에 공감하며 고개를 끄덕였다.

"식사시간 감축, 수당 축소, 추가 근무, 사무실 공간 통합……. 이런 일이 언제 끝날지 누가 알겠습니까?"

"뉴스로만 들었지 그렇게 심각한지 몰랐어요." 레아가 말했다.

"뉴스라." GK가 코를 찡그렸다. "'비대해진 정부, 늦었지만 개선 작업에 착수' 뭐 이런 내용이 헤드라인을 장식했지요. 정부는 보도에만 신경을 썼습니다, 안 그래요? 내가 과학 수사 쪽 박사 학위만 세 개예요. 그런데 지금 여기서 이러고 있습니다." 그는 책상 위 화면을 가리켰다.

"서류 작업." 레아가 말했다.

"그래요." GK는 발밑을 내려다봤다.

"그들이 나를 알아요. 클럽 사람들 말이에요. 그리고 안야, 그녀는 나를 믿고 있어요."

"무슨 말이죠?" GK의 손이 키보드 위를 맴돌았지만 타이핑을 다시 시작하지는 않았다.

"제 말은⋯⋯." 레아는 신중하게 말을 꺼냈다. "내가 당신을 도울 수 있어요. 당신들은 그 사람들에게 신경 쓸 여력이 없다고 했잖아요. 내가 클럽 모임에 참석해서 정보를 수집할 수 있어요. 당신이 필요한 것들을 알아올게요."

"그들에 대해 보고하길 원하는군요." GK가 말했다. "수이사이드 클럽에 관한 보고라."

레아는 마른침을 삼켰다.

"그게 도움이 될까요?" 레아가 물었다. "그렇게 하면 명단에서 빠질 수 있나요?"

"그 사람들이 누군지 알고 있습니까?" GK가 물었다.

레아는 눈을 깜빡였다. "물론이죠. 그곳에 있었다니까요. 그들이 하는 것을 두 눈으로 보고 그들이 하는 말을 두 귀로 직접 들었어요. 그들은 체제에 반하는 범죄자 집단이에요."

GK는 콧부리를 만지작거렸다.

"그렇게 쉬운 일이 아닙니다. 잭맨 부부는, 그들은 말이죠, 연줄이 좋아요."

"무슨 뜻이죠?"

GK가 얼굴에서 손을 치웠다. 코가 빨개지고 두 눈은 충혈되었다. 몇 주 동안 한숨도 못 잔 것 같았다.

"잭맨 부인이 누군지 몰라요?"

레아가 고개를 저었다.

"그녀는 가장 큰 규모의 헬스테크 가문 출신이에요. 가문 전반에 걸쳐 정부 요직을 차지하고 있죠. 그녀는…… 좀 다르긴 합니다. 가족 내에서 많은 문제를 일으켰죠. 그렇다고 해서 헬스테크 가가 그녀를 보호하지 않는다는 건 아니고요."

"하지만 어떻게 그게 가능한지……."

"저기, AJ가 곧 올 겁니다. 그리고 나는 타이핑해야 할 보고서가 아직 산더미입니다." 그가 탁, 하고 키보드를 치자 화면이 살아났다. "이제 가보세요. 우리는 이번 방문을 기록해서 당신 기록에 포함시킬 겁니다."

"내 질문에 대답하지 않았어요." 레아는 책상 위에 두 손을 올리고 GK 쪽으로 몸을 기울였다. 그에게서 어렴풋이 소독약 냄새가 났다. "그게 도움이 될까요?"

"그건 용납할 수 없습니다." GK가 말했다. "클럽에 대해 보고하는 일은 정부기관이 절대 허락하지 않을 겁니다. 우리도, 말하자면, 그런 거래를 하지 않습니다." 그는 출입문을 힐끗 쳐다봤다. 밖에서 전화벨 소리와 발걸음 소리가 계속 들려왔다.

"하지만 만약 당신이 관련 정보를 얻게 된다면 말이죠. 증거를 잡는다든가 녹음이라도 하게 된다면 말이에요. 안야가 실제로 예의 동영상과 연관 있다는 확실한 증거를 잡게 된다면, 잭맨 부부를 연관지을 그런 증거를 잡게 된다면 당신에게 분명 도움이 될 겁니다. 안 그래요?"

GK는 빠르게 눈을 깜빡거렸다. 동시에 그의 손가락이 키보드 위를 달리기 시작했다. 그러더니 글자가 지워진 검은색 낡은 자판을 신경질적으로 이리저리 만졌다. 그가 방 안을 둘러봤다. 그의 시선이 높이 쌓아놓은 종이 더미, 누렇게 얼룩진 벽, 그의 책상과 AJ의 책상 사이 비좁은 틈새를 쭉 훑고 지나갔다.

"만약 관련 정보를 얻게 된다면 실행에 옮길 수 있을지도 모릅니다. 당연히 녹음 기록이거나 직접 눈으로 목격한 그런 증거여야 합니다." 그가 말했다. "거의 불가능한 일이에요." 그가 서둘러 말을 덧붙였다. "그리고 다른 공개된 사건과는 연관 지을 수 없습니다. 모든 사건은 객관성을 가지고 독립적으로 다루어져야 합니다. 특별히." 그가 계속 말을 이었다. "최근 새로 전개되는 일들과는 완전히 분리돼서."

"새로 전개되는 일이라면 혹시?" 레아가 물었다. "제3의 물결을 말하는 건가요?"

그때 문이 딸깍하고 열렸다.

"말할 수 없습니다." GK가 레아의 시선을 피했다.

"아직 안 갔습니까?" AJ가 물었다. "이런 식으로 하면 당신에게 전혀 도움이 안 될 텐데요."

레아가 자세를 바로했다. "지금 가려고요." 레아는 침착하게 말하며 GK를 흘긋 쳐다봤다. 그의 목 주변이 빨갛게 달아오르는 게 보였다.

"잘됐군요. 당신도 알다시피 시간은 없고 할 일은 산더미예요. 우리가 감시하는 게 당신만은 아니랍니다." AJ가 덧붙였다.

복도에 줄지어 늘어서 있는 문들이 생각났다. 그곳에 얼마나 많은 GK와 AJ가 있을까? 그녀 같은 사람은 또 얼마나 많을까?

# 26장
## 위험한 제안

"베지버거 셋, 뉴트리셰이크 둘, 삶은 감자 넷." 셰프가 소리쳤다.

"베지버거 셋, 뉴트리셰이크 둘."

"알았어요, 알았어. 여기 있어요." 안야가 양손에 셰이크를 하나씩 들고 팔뚝으로 접시의 균형을 잡아가며 민첩하게 움직였다.

"감자는 다시 와서 가져갈게요."

"빨리빨리. 카운터에 음식 놓을 자리가 없어. 그런데 젠장, 브란코 는 어디 간 거야?"

"글쎄요." 안야가 대답했다.

"하루 종일 안 보여요." 일렬로 늘어선 양배추 패티를 능숙하게 뒤 집으며 로잘리가 투덜거렸다.

안야가 다시 서둘러 홀로 나갔다. 식당은 만원이었다. 하지만 브 란코는 어디에도 보이지 않았다. 피크타임에는 원래 시끄러운 편인

데 오늘따라 유난히 북새통이었다. 안야는 자신의 존재는 아랑곳하지 않고 서로 열심히 다퉈대는 어느 가족 앞에 버거를 내려놓았다.

안야가 막 주방으로 걸어가는데 누군가 큰 소리로 외쳤다.

"여기요! 잠깐만 와보세요."

안야는 뒤돌아봤다. 방금 버거를 내려놓은 테이블의 여자가 빵을 빼서 흔들고 있었다. 형광등 불빛 아래 그녀의 진주 귀걸이가 반짝거렸다.

"우린 무탄수화물 빵을 주문했는데, 이건 일반 글루텐프리 빵 같은데요? 거기다 지금, 적어도 40분은 기다린 것 같은데 아직까지 테이블도 안 닦아줬다고요." 그녀는 매니큐어 칠한 손가락으로 비닐 테이블보를 가리키며 인상을 썼다.

"확인해볼게요." 안야가 발길을 돌렸다.

"이거 도로 가져가야 할 거 아니에요?" 여자가 언성을 높였다.

"먼저 주문서부터 확인할게요." 안야가 딱딱한 미소를 지으며 말했다.

"확인? 뭘 확인해요? 우리가 주문한 음식만 가져오면 될걸."

"알겠습니다." 안야는 테이블 접시를 치웠다. 미소 짓는 것도 잊지 않았다.

"케일 웨이퍼(얇고 바싹하게 구운 과자-옮긴이)가 다 눅눅해져 버렸어." 안야가 주방으로 들어가자 로잘리가 떠들고 있었다. "음식을 왜 도로 가져와? 아, 진짜. 일단 주방 밖으로 나간 음식은 다시 들여오면 안 되지. 방향이 틀렸어. 다시 나가세요."

"무탄수화물 빵으로 주문했다는데요."

"무탄수화물? 우리 가게에는 무탄수화물 음식이 없어. 다음번에는 뭘 달라고 할까? 최고급 뉴트리팩? 자기야, 가서 말해. 여기는 어퍼웨스트사이드에 있는 제로 칼로리 음식 전문점이 아니라 일반 식당이라고. 무탄수화물? 내가 무탄수화물을 갖다 줘야겠네." 로잘리는 프라이팬에 콩을 확 던져 넣었다.

안야는 버거를 그대로 들고 밖으로 나갔다. 안야는 그 자리에 서서 고민했다. 이 빵이 탄수화물의 질감을 완벽하게 흉내 낸 신제품이라고 할까? 그때 딸그랑 문이 열리며 브란코가 들어왔다.

"도대체 어디 갔었어?" 브란코가 다가오자 안야가 조용히 물었다.

"약속이 있었어." 브란코가 패딩을 천천히 벗으며 말했다.

"할리마가 아파서 못 나왔어. 그래서 지금 난리도 아니야. 그런데 무슨 약속?"

"나중에 말해줄게."

그는 천천히 목도리를 벗어 문 옆 옷걸이에 조심스레 걸었다.

"서둘러, 알겠어? 로잘리가 열 받았단 말이야." 안야가 퉁명스럽게 말했다.

브란코는 말없이 고개만 끄덕이고는 주방으로 향했다.

안야는 들고 있던 버거를 다시 그 가족에게 가져갔다. 그리고 무탄수화물 공급업자가 끔찍한 사고를 당했다고 한참 설명하는데 누군가가 팔꿈치를 톡톡 두드렸다.

"할 말이 있어." 안야는 브란코의 빈손을 보자 짜증이 확 치밀었다.

"왜 서빙을 안 해?" 안야가 목소리를 낮춰 물었다.

"중요한 일이야."

"저기요?" 여자가 그들을 향해 메뉴판을 흔들었다. "메뉴에는 야생 루꼴라 새싹이라고 쓰여 있는데, 이건 일반 루꼴라처럼 보이는데요."

안야는 브란코를 돌아봤다.

"알았어." 안야가 말했다.

두 사람이 바 쪽으로 갔다. 브란코가 유리잔을 몇 개 꺼내더니 음료수를 이것저것 따르기 시작했다.

"무슨 일인데?" 그녀가 물었다. 옆에서 보니 브란코가 손을 덜덜 떨었다. 그의 얼굴에 낯선 빛이 드리워져 있었다.

"누구를 좀 만났는데……." 브란코가 말했다. "그 사람을 당신이랑 연결시켜줄 수 있을 것 같아."

사람들 떠드는 소리 등 온갖 소음 때문에 안야는 그가 하는 말을 잘 알아들을 수 없었다.

"뭐? 누구를 나랑 연결시켜준다고?" 안야가 웃음을 터뜨렸다. 물론 브란코가 그녀에게 다른 남자를 소개시켜주겠다는 건 아니리라.

그는 안야를 곁눈질로 쏘아봤다. "당신 어머니 말이야." 그가 소리를 낮춰 말했다.

"그러니까 지금 나한테 제의를……."

"내가 하겠다는 게 아니야. 방금 말했잖아, 누구를 좀 만났다고. 돈이 필요할 거야. 하지만 당신에게 약을 구해다줄 수 있어. T-알약이랑 다른 약들 말이야."

안야는 참지 못하고 웃기 시작했다.

T-알약. 그게 그렇게 쉬운 일이었다면, 단지 그게 문제였다면, 그게 그렇게 간단히 해결될 일이었다면, 암시장에 가서 약을 구하면 될 일이었다. 약을 으깬 뒤 물에 섞어 호스가 끼워진 엄마의 목구멍에 살살 부어주면 될 일이었다.

하지만 그게 문제가 아니었다. 문제는 바로 그녀에게 있었다.

"왜 그래?" 브란코의 얼굴이 굳었다. "나는 그냥 도와주려고."

무안한 모양이었다. 하지만 안야는 웃음이 멈추지 않았다. 비꼬는, 조롱하는 듯한 이 웃음소리가 그녀 자신도 혐오스러웠다. 불현듯 자신의 모습에서 누군가가 보였다. 자신이 계속 이렇게 변해간다면 어떤 사람이 될지 눈에 선했다.

# 27장
## 정직 통지를 받다

파티 이후 아빠는 레아에게 매일 전화를 걸었다. 매일 아침 레아가 출근하기 전에 한 번, 퇴근했다 싶은 저녁에 또 한 번. 전화벨이 울리면 레아는 하던 일을 멈추고 화면만 뚫어져라 바라봤다. 아빠의 이름이 규칙적으로 깜빡였다. 레아는 아빠 번호를 가이토 기리노라고 저장했다. '아빠'라는 말은 왠지 너무 가깝게 느껴졌다. 전화기를 들고 싶었다. 아빠의 목소리를 듣고 싶었다. 그런 파티에는 간 적도 없고 아빠가 어떤 계획을 세웠는지도 모르는 척하고 싶었다. 하지만 매번 전화벨이 끊길 때까지 그냥 듣고만 있었다.

지앙이 레아에게 정직을 통보하던 날, 그는 단단히 마음먹은 듯 씩씩하게 사무실로 들어왔다. 낯선 모습이었다. 핑크색 셔츠와 잘 다린 파란색 재킷, 반짝반짝 광을 낸 가죽 구두. 평소보다 화려한 복장이었다. 숱이 없는 머리는 곱게 빗어 요즘 유행하는 스타일로 부풀려 올렸다. 옆머리는 기름을 발라 매끈하게 세워 올렸는데 벌써부터 내려앉고 있었다.

지앙은 레아가 한 번도 들어본 적 없는 거만한 말투로 메시지를 전달했다. 레아는 흔들리지 않는 그의 손을 바라보면서 정직 통지를 담담히 받아들였다. 그녀의 '사건'을 (지앙은 그렇게 불렀다) 처리하는 대가로 수명연장 계약을 한 게 분명했다. 지앙은 '불행한', '일시적인', '관찰하는' 등등의 단어를 사용했다. 그러고는 레아에게 공문을 건넸다. 매번 레아에게 '그 신발 어디서 사셨느냐'고 묻는 비서 주리가 타이핑한 문서였다. 레아는 지앙이 지켜보는 가운데 빠르게 문서를 읽어내려갔다. 지앙이 이미 말한 것 외에는 특별한 내용이 없었다. 레아가 고개를 들었다. 문밖에 나탈리가 서 있었다.

"당신이 담당하던 고객들을 나탈리가 인계받을 거야." 지앙이 눈을 깜빡거렸다. 그제야 조금 미안해하는 기색이 보였다.

레아가 고개를 끄덕였다. 싸워봤자 아무 소용 없었다. 지금의 지앙을 보면 알 수 있었다. 그들, 지앙과 다른 동료 직원들은 '레아를 골칫거리'라고 결론 내린 것이다. 물론 그렇게 말하지는 않았다. 회사의 명성보다는 그녀를 위해서라고 포장했다. 그러나 레아는 잘 알고 있었다.

그녀는 언제 복직할 수 있냐고 묻지 않았다. 지앙이 대답하지 않으리라는 것을, 그는 단지 전달하는 입장이란 것을 잘 알고 있었기 때문이다. 하지만 지앙이 '그녀에게 시간을 주자'며 문을 닫고 나간 뒤, 펜을 챙기고 컴퓨터 전원을 끄다가 손가락 끝이 날카롭고 차가운 책상 유리 모서리에 긁히자 가슴속 딱딱한 응어리가 점점 커졌다.

그녀는 사무실 한편에 두었던 작은 상자에 물건들을 담았다. 방 안을 한 번 더 둘러봤다. 바닥에서 천장으로 연결되는 창문들, 채광 창, 벽을 따라 늘어놓은 화분들이 눈에 들어왔다. 분노도, 상실감의 고통도 전혀 느껴지지 않았다. 마음속에 계획이 있기 때문이었다. 안 개를 뚫고 사람 형체가 점점 다가오듯, 윤곽이 선명해지기 시작했다.

정직당한 다음 날 아침, 레아는 목욕을 했다. 소이 캔들을 켜놓고 거품을 풀어 아주 기분 좋게 다리를 문지르며 여유를 누리려 애썼 다. 그러고 나서는 케일과 해바라기 씨를 넣어 그녀가 예전에 제일 좋아하던 샐러드를 만들었다. 하나씩 하나씩 손으로 집어먹으며 허 공을 바라봤다. 식사를 마치고는 그릇을 씻어 물기를 제거하고 싱크 대를 닦고 수건에 손을 닦았다. 집이 너무 조용해서 참을 수 없었다. 유리 천장 위로 걸어다니는 가벼운 발걸음 소리가, 전화벨 소리가, 재잘재잘 수다 떠는 소리가 그리웠다.

거실로 나갔다. 역시 조용했다. 커다란 창문 양쪽으로 리넨 커튼 이 바깥세상을 감시하는 차갑고 하얀 기둥처럼 빳빳하게 내려져 있 었다. 열린 창문으로 들어오는 산들바람에 커튼이 펄럭거리는 곳에 사는 기분은 어떨까, 궁금했다.

커튼은 움직이지 않았다. 거실 한편에 놓인 화분도, 회색 쿠션이 놓인 소파도 전혀 움직이지 않았다. 거실을 둘러봤다. 가구 배치를 바꿔야겠다고 생각했다. 이렇게 재미없고 적막한 것은 어쩌면 가구 배치 때문일지도 몰랐다. 곧바로 작업에 들어갔다. 소파를 한쪽으 로 밀고 사이드테이블을 다른 쪽으로 가져갔다. 거실 한쪽 벽에 놓 인 책장에서 항구와 도시 사진이 들어 있는 유리 액자를 조심스럽게 꺼내고 천천히 책장을 밀어 방 맞은편으로 옮겼다. 바닥에 깔아놓은 크림색 깔개의 방향도 바꿨다. 대각선으로 놓으니 훨씬 더 보기 좋았다. 마지막으로 화분을 들고 마땅한 자리를 찾았다. 소파 옆, 원래 사이드테이블이 있던 자리가 좋을 것 같았다. 그쪽으로 화분을 옮겼다.

등을 펴고 다시 한 번 거실을 둘러봤다. 훨씬 나아졌다. 훨씬 더 드라마틱하고 정돈된 기분이 들었다. 바꾸기 전까지는 모든 것들이 일렬로 늘어서거나 직각을 이루었었다. 벽에 일제히 붙여져 있거나 서로 줄이 맞춰져 있었다. 이제 소파의 양쪽 끝이 벽 두 면에 걸쳐 있어서 뒤쪽으로 삼각형 모양의 공간이 생겼다. 책장도 독립적인 공간에 위치했다. 커피 테이블도 옆으로 옮겼다.

하지만 거실에 서 있으니, 가구를 움직이느라 힘을 빼고 나니, 귓속에 뜨겁게 흐르던 피가 차갑게 식어버리고 나니, 다시 적막이 내려앉았다. 문득 심장 뛰는 소리가 들려왔다.

제3의 물결. 제3의 물결이 오면 어떻게 될까. 선택받은 사람들 가운데 한 명이 된다는 것, 그 성공이 주는 행복감을 떠올렸다. 그녀는 바로 시술을 받으러 갈 것이다. 물론 적절한 시술 시기에 맞춰서 방문할 것이다. 그녀 차례가 될 때쯤이면 모든 부작용 문제들이 대부분 해결되었으리라. 매주 더 건강해지고 더 윤기가 흐르는 천하무적이 되어 진료실을 나오게 되리라. 혈관을 타고 흐르는 피는 생명력이요, 신이 주신 선물일 것이다. 피부는 촉촉하고 놀라울 정도로 유연하지만 손상되지 않을 것이며 외부의 충격이 뚫고 들어갈 수 없을 것이다.

그녀는 여신 같은 존재가 될 것이다. 그 어떤 것도 다시는 그녀를 해칠 수 없을 것이다.

전화벨이 울렸다. 아빠였다. 레아는 3주 만에 처음으로 전화를 받았다.

"레아니?"

"안녕하세요."

"일하느라 바빴니? 여러 번 연락했단다." 아빠의 목소리는 변함이 없었다. 비난을 하거나 흥분하여 질문을 퍼붓지 않았다. 마치 아무 일도 없었던 것 같았다.

레아는 고개를 끄덕였다. 하지만 곧 아빠가 자신을 볼 수 없다는 사실을 깨달았다. "새로운 고객들을 상대하느라 정신없이 바빴어요." 그녀는 거짓말을 했다.

"그랬구나. 일은 잘 돼가고?"

"네." 그녀가 대답했다. "힘들지만 견딜 만해요."

"너무 무리하지는 마라." 잠깐이지만 아빠는 토드처럼 말했다. 토드처럼 건강한 정신에 건강한 몸이라고 말할 것 같았다. 하지만 그렇지 않았다.

"그럴게요. 이만 끊어야 해요. 바쁘거든요."

"그래, 알았다." 아빠가 멈칫했다. "레아야, 또 통화하자꾸나. 언제든 네가 시간 날 때 말이다."

전화를 끊었다.

언제든 네가 시간 날 때. 레아는 텅 빈 거실을 둘러봤다. 작은 소리를 내며 집 안으로 신선한 공기를 들이는 환풍기 말고는 아무 소리도 나지 않았다. 레아가 가만히 있었다면, 팔을 옆으로 내리고 얼굴을 움직이지 않고 소파에 앉아 있었다면, 그녀도 시간도 멈춰버린 것 같았을 것이다. 살면서 이렇게 많은 시간이 생길 거라고는 한 번도 생각해본 적이 없었다. 하지만 갑자기 할 일이 없어지니 그동안 살아온 날들이 그녀 앞에 펼쳐졌다. 아빠도 이런 기분이었을까?

이럴 때가 아니다. 레아는 소파에서 벌떡 일어났다. 제3의 물결이 다가오고 있었다. 그녀는 지앙, 토드 그리고 감시요원들이 원하든 말든 제3의 물결의 일원이 되리라. 하루하루 그녀의 수치가 줄어들고 있었다. 더 늦기 전에 감시대상자 명단에서 이름을 없애고 말리라. 그들이 무시할 수 없는 그런 존재가 될 것이다.

# 28장
# 권리를 위해 싸우는 사람들

"모임은 대개 사람들 집에서 열려요." 안야가 주변을 살피며 말했다. 레아도 그 사실을 알았지만 모르는 척 고개를 끄덕였다.

안야는 이번 모임이 특별히 식당에서 열릴 거라고 했다.

모임이 있을 식당은 2구역에 있었다. 오래된 개신교 교회 건물이 있는, 바람 잘 통하는 아치형 통로에 위치한 제법 괜찮은 곳이었다. 센트럴 버러에 남아 있는 몇 안 되는 저층 건물 가운데 하나였다. 심지어 건물 아래로 지하 10층 정도의 공간이 마련돼 있었다. 정부 기관에 연줄이 있는 재력가가 뒤를 봐주고 있는 게 분명했다. 모임이 그런 곳에서 열린다니 놀랍다는 생각이 들었다. 그때 그 파티, 주택가에 있던 쾌적한 집, 실크와 모피를 입은 사람들이 생각났다. GK가 말한 게 바로 이런 거였나? 잭맨 가문. 그들이 끈끈하게 연결되어 있다면?

레아는 식당 안으로 들어갔다. 문득 GK가 떠올랐다. 자외선에 민감한 창백한 피부, 촉촉한 푸른색 눈동자, 곧 멸종될 열성 유전자. 그 좋은 학벌을 가지고 있음에도 무지막지하게 큰 책상이 놓인 작은 사무실에 처박혀 사람들의 별것 없는 세세한 일상을 옮겨 적고 있다니. 갑자기 그에게 연민이 들었다. 하지만 지금은 말하자면 같이 일을 하는 셈이 되었다. 레아는 더 이상 그가 밉지 않았다. 그렇다, 레아는 이것이 GK의 잘못이 아니라는 걸, 그 사람 역시 좋아서 하는 일이 아니라는 걸 알고 있었다. 하지만 AJ는 달랐다. 생각만 해도 여전히 화가 치밀어 올랐다. 좋지 않은 감정이 그녀의 혈관을 타고 흘렀다. 그런 사람과 같이 일을 해야 한다니 GK가 불쌍했다.

신경 쓰지 마. 레아는 시폰 블라우스의 자개 단추를 매만져 각도를 조절했다. 요즘에는 네 개짜리 단춧구멍 가운데 하나에 들어갈 정도로 작은 카메라가 나온다. 놀라운 일이었다. 사방 230도를 촬영할 수 있는 어안렌즈라서 어디를 향하고 있어야 할지 걱정할 필요도 없었다. 마이크 역시 아주 작은 소리까지 잡아낼 수 있을 거라고 인터넷 판매자가 장담했다. 심지어 마이크는 카메라보다 더 작았다. 끝이 시침핀 머리 크기만 한 동그란 전선을 소매단 안쪽으로 끼워 넣으면 끝이었다.

"손님, 무엇을 도와드릴까요?" 흠잡을 데 없이 잘 다린 양복을 입은 지배인이 물었다. 두 손을 마치 오페라 가수처럼 배 쪽에 가지런히 모으고 있었다.

"안야 닐손 이름으로 예약했습니다." 레아가 미소를 지으며 말했다. 얇은 시폰 블라우스 아래로 심장이 어찌나 쿵쾅거리는지 그 소리가 들릴 것 같았다. 체제 위반, 머릿속에서 그 단어가 메아리쳤다,

271

체제 위반, 체제 위반, 체제 위반.

지배인이 정중하게 목례를 하고 그녀를 안내했다. 알람 소리도, 눈빛 교환도, 전화벨 소리도 없었다.

안으로 들어가자 둥그런 공간이 펼쳐졌다. 사방이 석조로 된 벽에 형형색색의 유리들. 1층이어서 그런지 천장이 높았다. 그녀가 지금껏 봐온 그 어느 천장보다도 높았다. 촛대가 놓인 테이블과 잘 차려입은 손님들이 공간에 비해 조그맣게 느껴졌다. 완벽한 헤어스타일에 피부는 윤기가 흐르는, 풍미를 첨가한 뉴트리팩을 홀짝거리는 라이퍼들이 보였다. 이런 식당에서 흔히 볼 수 있는 사람들이었다. 이 정도면 그녀가 담당하던 고객들이 식사를 할 만한 곳이라고 생각했다. 혹시라도 아는 사람이 있나 싶어 주위를 둘러봤다. 하지만 아무도 없었다.

그 누구도 식당으로 걸어오는 그녀를 쳐다보지 않았고 그래야 할 이유도 없었다. 그녀는 다른 사람들과 다를 바가 없었다. 저들과 다를 게 없어. 그녀는 스스로 되새기며 블라우스 단추를 다시 한 번 매만졌다.

지배인이 그녀를 뒤쪽으로 안내했다. 미닫이문 앞에 도착하자 공손하게 두 번 노크를 했다.

"들어오세요." 안에서 목소리가 들렸다. 레아는 누군지 알아내려고 귀를 기울였다. 안야의 목소리는 아니었다.

지배인이 문을 열었다. 레아에게 가볍게 고개를 숙이며 들어가라고 팔을 펼쳤다. 레아가 방으로 들어갔다. 그리고 문이 닫혔다.

중앙 홀보다 불빛이 낮았다. 어스름한 불빛에 눈이 적응되자 떡하니 가운데 놓인 기다란 테이블과 양옆에 앉아 있는 사람들이 보였다. 의자가 마치 예전 교회의 신도석처럼 생긴 나무벤치였다.

"레아, 왔군요." 방 한쪽 끝에서 누군가가 손을 흔들었다. 안야였다. "내가 일어나야 하는데 의자가 이래서……." 그녀가 앉으라고 손짓했다. "나가기가 힘들어요. 아무튼 여러분, 이쪽은 레아예요. 레아, 인사해요."

인사 소리가 일제히 방 안을 가득 채웠다. 소리가 울리는 좁은 공간이라 웅웅거리는 인사 소리가 그녀의 머릿속에서 퍼져나가는 것 같았다. 레아가 한 손을 들어 인사했다. "안녕하세요, 여러분." 이 '여러분'의 정체는 무엇일까? 이들은 아빠를 알고 있을까?

아빠도 여기 있으면 어떡하지? 갑자기 레아는 몸이 얼어붙는 것 같았다. 아빠도 오늘 밤 초대를 받았으면 어떡하지. 거기까지는 생각을 못 했다. 레아는 희미한 불빛 아래 보이는 얼굴들은 훑었다. 아빠는 보이지 않았다. 아빠가 있었다면 금방 알아챘을 것이다. 그때 횡단보도에서 그랬던 것처럼. 그게 언제였더라? 두 달 전쯤이었다. 사실 두 달이라는 시간은 그녀가 살아온 100년에 비하면 한낱 순간에 불과한데, 그게 꽤 긴 세월처럼 느껴졌다. 그즈음 그녀의 삶은 지금과 달랐었다. 토드, 지앙, 라이퍼로서의 확고한 지위. 그야말로 탄탄대로였다.

다들 레아를 쳐다봤다. 레아는 정신을 차리고 억지로 환한 미소를 지었다.

"어디에 앉으면 좋을까요?" 내심 안야가 옆으로 불러주길 바라며 물었다. 하지만 안야는 꼼짝도 하지 않았다. 옆으로 움직여 레아를 위해 자리를 마련해주지 않았다.

"여기 앉으세요." 누군가가 말했다.

자리에 앉고 생각해보니 어디서 들어본 것 같은 목소리였다. 레아가 실내에 들어설 때, 그녀는 등지고 앉은 위치라 얼굴이 보이지 않았다. 하지만 옆에 앉아보니 각이 진 광대뼈에 검고 맑은 눈하며 누군지 단박에 알아볼 수 있었다.

"이름이 뭐예요?" 그녀가 물었다.

"레아예요." 그녀가 대답했다. 진짜 이름을 말해야 하나 잠시 망설였다. 하지만 이미 늦었다. 안야가 레아를 알고 있었다. "레아 기리노라고 합니다."

소매 단에 있는 초소형 마이크가 생각났다. 그래서 두 손을 빳빳하게 다린 하얀 테이블보 위에 살며시 올려놓았다. "이름이 어떻게 되세요?" 레아는 그녀가 누구인지 정말 모르는 양 대담하게 물었다. "카산드라 잭맨이라고 해요." 그녀가 대답했다. "다들 잭맨 부인이라고 부르죠." 그녀가 웃어보였다. 새하얀 치아는 끝이 고르지 못했다. 이를 갈면서 자는 것일까. 정말 그럴지도 모르고, 아니면 그녀가 죽인 사람들을 생각하면서 이를 갈았는지도 모르겠다. 그것도 아니면 딸 도미니크를 생각하면서 그랬을 수도 있었다.

"처음 오신 거죠. 맞죠?" 잭맨 부인이 물었다. "안야가 당신 얘기를 모두 해줬어요. 위커버리. 그 지루한 '치료'를 받으셔야 한다니 참 안타깝네요." 말도 안 되는 소리였다.

그녀는 기다란 손톱으로 와인잔 밑부분을 톡톡 두드렸다. 소리가 높고 날카로웠다. 그 소리가 척추로 느껴지는 것 같았다. 입 냄새에 밴 퀴퀴한 연기 냄새, 섬세하고 얇은 크레이프 질감의 목, 엄마 유주의 손을 연상시키는 튼튼한 손, 잭맨 부인의 모든 것이 거슬렸다. 노쇠했지만 위험했으며 세심하게 관리했지만 미처 꼼꼼하게 챙기지 못한 면도 있었다.

"젠장, 그 쓸데없는 짓을 나도 했다니까요." 레아와 잭맨 부인 맞은편에 앉은 남자가 말했다. 남자는 다민족 혈통의 다른 라이퍼들처럼 부드럽고 인상적인 이목구비를 지니고 있었다. 곱슬곱슬한 검은 머리는 빳빳한 흰색 셔츠 깃까지 내려왔다. 그는 험담을 늘어놓는 10대 아이처럼 팔꿈치를 테이블에 올리고 손바닥으로 턱을 괴었다. "조지는 요새도 그렇게 땀을 흘려요?"

"당신도 위커버리 모임에 다녔어요?" 레아가 물었다. "그러면 당신도 감시대상자 명단에 있었나요?"

"왜 아니겠어요? 우리 아니면 누구 덕분에 정부가 그렇게 바빴겠어요?" 남자가 웃자 주변에 있던 사람들도 같이 웃었다.

"이해가 안 돼요." 레아가 말했다.

남자가 미처 대답하기도 전에 웨이터들이 하나둘 들어왔다. 그들은 각각 사람들 뒤에 자리를 잡고 섰다. 직각을 이룬 팔 위에는 접시들이 반듯이 놓여 있었다. 그들이 보이지 않는 신호에 맞춰 사람들 앞에 접시를 내려놓았다.

"와우, 기가 막힌데." 맞은편 남자가 나이프를 들었다.

전통식일 거라 생각했다. 예상대로였다. 테이블에는 각각 다른 크기의 포크와 나이프가 놓여 있었다. 뉴트리팩이 나올 거라면 수저 하나면 충분했다. 레아는 전통식 요리에 어느 정도 관심이 있었지만 앞에 놓인 채소가 무엇인지는 알지 못했다. 그것은 직사각형 모양으로 가장자리가 잘 다듬어져 있었다. 색은 해 질 녘 노을색이라고 해야 하나, 핑크와 노랑의 중간색이었다. 주변에 앉은 사람들이 앞에 놓인 두꺼운 덩어리를 자르기 시작할 때 레아는 그 페이스트(생선,

토마토 등을 갈아서 만든 음식-옮긴이)를 관찰했다. 젤리 같으면서 작은 거품이 있는 것이 고급 전통식에서 흔히 볼 수 있는 음식이었다. 색을 보니 콜리플라워나 무에 토마토를 넣은 것 같았다. "본 아페티(맛있게 드세요)." 잭맨 부인이 무릎에 냅킨을 펼치며 말했다. 그녀는 그 직사각형 모양을 정확히 사각형으로 잘라 입 안에 집어넣었다.

레아도 포크와 나이프를 들고 똑같이 따라했다. 음식이 혀에 닿자마자 무언가 잘못되었다는 생각이 들었다. 페이스트가 진한 데다 끈적거리고 기름졌다. 무슨 냄새인지는 알 수 없지만 참을 수 없었다. 땀 냄새도 나고 풀 냄새도 났다. 육류 냄새도 났다.

뱉어버리고 싶었지만 이미 입 안에서 흩어져 치아 사이에, 혀 밑에, 목구멍에 여기저기 붙어 있었다. 그날 파티에서 맡았던 고기 냄새가 떠올랐다. 그 냄새와는 전혀 달랐다. 입 안에 느껴지는 맛은 지나치게 기름지고 달짝지근해서 끔찍했다. 입 안을 씻어내고자 잔을 들고 물을 벌컥벌컥 들이마셨다.

하지만 잔에 든 것은 물이 아니었다. 목구멍이 타들어갔다. 기침이 나기 시작했다. 눈물이 고였다.

"천천히 드세요. 이제 겨우 첫 번째 요리인걸요." 남자가 말했다.

"괜찮아요?" 잭맨 부인이 물었다.

기침이 가라앉았다. "이게, 이게 뭔가요?" 레아가 잔을 들며 물었다. "그리고 이건요?" 레아가 접시를 가리켰다.

"최고급 푸아그라예요." 남자가 'ㄹ' 발음을 굴리며 말했다. "그리고 음료수는 우리의 새로운 리더를 축하하기 위한 거예요. 아쿠아비트라고 스웨덴 전통 술이죠."

"마누엘." 잭맨 부인이 그를 쏘아봤다.

"이건…… 이건 동물성 고기네요." 레아가 말했다. 이제 목이 타는 듯한 느낌은 사라지고 그 기름진 맛이 다시 느껴졌다. 혐오스러워. 레아가 생각했다.

"아가씨, 그냥 동물성 고기가 아니에요." 마누엘이 덧붙였다. "동물성 지방이지. 그것도 자유롭게 놓아기른 거위 간에서 얻은 무첨가 순수지방이라고요. 유럽 지역에 마지막 남아 있는 문명화된 지역에서 아주 비싼 가격에 수입했어요."

"혹시 육류를 먹어본 적이 없어요?" 잭맨 부인이 물었다. 그녀의 목소리는 차분했고 질문에는 악의가 없었다. 하지만 레아는 그녀의 목소리에 담긴 떨림이 느껴졌다. 자신을 테스트하고 있다는 생각이 들었다.

"당연히 먹어봤죠." 레아는 입속에 든 내용물을 꿀꺽 삼켰다. "하지만 닭고기와 생선만 먹어봤어요. 아, 돼지고기도 한번 먹어봤어요. 이런 음식은, 아시다시피 구하기도 너무 어렵잖아요. 이런 건 한 번도 먹어본 적이 없어요."

잭맨 부인은 포크와 나이프를 손에 쥔 채 레아의 말을 곰곰이 생각했다. 그녀의 짙은 눈동자는 노란색으로 얼룩져 있었다. 마치 고양이 눈 같았다.

"먹다 보면 좋아지는 맛이에요." 그녀가 천천히 말했다. "괜찮으면 한번 더 먹어봐요."

레아는 블라우스 단추가 생각났다. 아빠도 생각났다. 나이프와 포크를 다시 들었다. 이번에는 조금 더 크게, 우표만 한 크기로 잘랐다. 주저할 새도 없이 입 속에 집어넣고 마구 씹었다.

"음." 눈을 감고 크게 숨을 몰아쉬었다. 중성지방, 나쁜 콜레스테롤, 발암물질, 텔로미어의 길이를 단축시키는 방부제 생각은 하지 않으려 애썼다. 길게 내다봐, 스스로 되뇌었다. 클럽을 소탕할 수 있다면, 아빠를 구할 수만 있다면, 몇 년쯤 수명이 줄어드는 게 무슨 대수겠어. 불멸의 존재가 되리라.

"잘 먹네요!" 마누엘이 마구 떠들어댔다.

눈 한 번 깜박이지 않고 한참을 가만히 있던 잭맨 부인이 웃으며 말했다. "잘 먹어서 다행이네요." 그러고는 다시 식사를 시작했다.

레아는 시험에 통과했다. 숨을 꾹 참고 입 안 가득한 그 음식 냄새를 이겨내는 과정이 남긴 했지만.

"조지를 안다고 했죠?" 레아가 마누엘을 보며 물었다.

"아, 조지. 불행하게도 그를 알지요, 알고말고요. 몇 년 전에 내가 처음으로, 그 뭐라더라?, 꼬리표가 달렸을 때……." 그가 목소리를 낮춰 속삭였다. "체제 위반자." 그는 분한지 이를 악물었다. 그러고는 푸아그라를 한 조각 잘라 입에 넣고 천천히 씹었다.

마누엘 옆자리에 앉은 사람들이 여유롭게 웃으며 앞에 놓인 술을 조금씩 홀짝거렸다. "그만하지, 마누엘. 못됐어. 새로 오신 분을 놀려먹으면 안 돼."

"그런데 어떻게 된 건가요?" 레아는 성격 좋은 사람처럼 따라 웃었다. "어떻게 그 명단에서 빠졌죠?"

"명단에서 삭제하라! 명단에서 삭제하라!" 마누엘이 악을 쓰며 소리쳤다. "참 재미있는 분이시군요. 아주 나를 잡네, 잡아."

마누엘이 한바탕 웃었다. 하지만 레아는 여전히 대답을 기다리며 그를 쳐다보고 있었다. 마누엘은 미소를 거두고 눈살을 찌푸렸다.

"그걸 왜 묻는 거죠?" 그가 물었다. "당신도 명단에서 이름을 없애고 싶어요?"

"아니요." 레아가 고개를 저으며 대답했다. "상관없어요. 하지만 위커버리 모임에 더는 나가고 싶지 않아요."

"생각해봐요." 마누엘이 다시 미소를 지었다. "당신이 모임에 나가지 않으면 그들이 어떻게 할까요? 수명연장 치료를 중단할까요? 당신의 수명을 줄일까요? 아니면 당신을 죽게 내버려둘까요?"

모두가 숨을 죽였다. 그들은 마누엘을, 그리고 레아를 지켜봤다.

"그게 우리 모두가 바라는 거 아닌가요? 그게 당신이 바라는 거 아니에요?"

레아는 대답을 피하려고 푸아그라를 입 안 가득 집어넣었다. 그 맛이 조금 덜 역겹게 느껴졌다. 맛을 이미 알고 있기 때문일 거야, 필사적으로 구역질을 참아냈기 때문일 거야, 레아는 생각했다. 이제 이 가공육을 네모나게 자르고 또 자를 때마다 입 속에 침이 가득 고였다. 레아는 기대하고, 원하고 있었다.

레아는 몇 번 더 모임에 참석했다. 그리고 사람들과, 특히 마누엘과 친해졌다. 그의 말에 사람들이 귀 기울이는 것을 보면 그가 꽤 중요한 사람이라는 확신이 들었다. 레아는 그날 밤 만찬에 참석했던 사람들이 모임의 핵심 멤버이며 신임을 받는 회원들이라는 걸 알게 되었다.

안야가 왜 자신을 그곳에 초대했는지 레아는 알 길이 없었다. 클럽 모임에서나 위커버리 모임에서 레아는 여전히 안야에게 말을 걸었다. 클럽에 대해 알기 전과 다를 바 없이 그녀를 대하려고 노력했다. 하지만 그들 사이에 감도는 냉랭한 기운을 어쩔 수 없었다.

마침내 그들은 레아에게 일을 맡기기 시작했다. 그녀에게 대규모로 확산된 조직의 물류업무를 부탁했다. 업무는 단순한 데다 너무 재미가 없어서 머리가 지끈거릴 지경이었다. 하지만 정직 상태다 보니 하루가 길고 할 일이 없었다. 그래서 모임이 있기 전, 기꺼이 의자를 나르고 전단지를 복사하고 케이터링 서비스를 준비했다. 그럴 때마다 이리저리 이동되는 가구며 사람들 사이에 오가는 작은 대화며 송장까지 부지런히 카메라에 담았다. 하지만 GK에게 가져갈 만한 정보는 별로 없었다. 그때 파티에서 본 것과는 전혀 달랐다. 점점 지루해지고 시들해졌다. 한편으로는 다행이다 싶었다.

클럽의 여러 사람들을 만나고 이런저런 얘기를 나누며, 레아는 그들이 클럽에 들어온 이유를 알아갔다. 어떤 사람은 불멸이라는 덫에 걸릴 가능성조차 피하고 싶어 했다. 어떤 사람은 단순히, 자신은 살 만큼 살았기에 마지막을 스스로 선택하고 싶어서라고 했다. 하지만 자신의 생각을 강력하게 주장하고 싶어 하는 사람들도 있었다. 그들은 근본적인 권리를 위해 싸운다고 생각했다. 그들은 순교자, 이상주의자, 원칙주의자였다.

하지만 레아는 그들을 자기중심적이라고 생각했다. 아빠처럼.


꿈을 꾸듯 낯선 시간이 지나갔다.

정기검진을 받으러 갔다. 제시는 감시에 대해서라든가 그날 레아를 찾으러 병원에 다녀간 남자에 대해서라든가 레아의 사생활에 대해 전혀 묻지 않았다. 그저 레아의 몸 상태를 점검하는 데만 신경을 썼다. 레아는 제3의 물결에 대해 제시에게 물어볼까 고민했다. 그러나 일에만 집중하려는 그녀의 눈빛과 빠르고 신속하고 사무적인 행동을 보고는 포기했다.

클럽과 위커버리 모임을 반복하면서 레아의 생활에 리듬이 생기고 균형이 잡혔다. 레아는 두 모임이 동전의 양면 같다고 느꼈다. 레아는 앞으로 어떻게 해야 할지 결정 내렸다. 이제 행동에 옮기는 일에만 집중하면서 자신이 계획한 대로 따라갔다. 이상하리만치 마음이 평온했다. 그녀를 압박하는 지앙도, 그녀의 고객을 훔쳐 승진에 이용하려는 나탈리도 없었다. 모든 것이 잘될 거라는 낙관적인 눈빛으로 생각 없이 그녀를 감시하는 토드도 없었다. 레아는 토드의 그런 행동을 이해할 수 없었다. 그가 떠나고 나서야 그동안 자신을 얼마나 피곤하게 했는지 깨달을 수 있었다.

마누엘에게서 전화가 왔다. 계획상 그동안 내내 기다려온 전화였다. 레아는 갑작스레 찌릿한 통증을 느꼈다. 이 감정이 후회는 아닐 거라고 스스로를 단호하게 채찍질했다. 그것은 일종의 압박이었다. 마침내 때가 된 것이다. 이제 그녀의 삶을 제자리에 돌려놓는 데 필요한 증거를 잡을 수 있을 것이다. 레아는 감정을 짓뭉개고 의지라는 하이힐로 짓밟아 박살냈다. 그리고 되새겼다. 자신은 마땅히 그곳에 있을 거라고.

# 29장
## "정말 이 일을 하고 싶나요?"

클럽에서 레아에게 준 카메라는 생각보다 무거웠다. 두 손을 다 써야만 촬영할 수 있을 정도였다. 많이 무거우니 레아더러 어깨에 세우고 찍으라는 충고까지 했다. 보기에는 위협적이지만 사용하기는 쉬울 거라고 했다. 여차하면 투입되던 카메라맨 요나스도 처음에는 불편해했지만 이제는 잘 다룬다고 했다. 그래서 전임자의 임기가 끝났을 때 전속 카메라맨이 되었다고도 했다. 레아는 요나스에게 무슨 일이 있었는지 묻지 않았다. 그저 무슨 일을 해야 하는지, 언제 카메라를 켜고 어디에 초점을 맞추며 방송을 내보내려면 어떤 버튼을 눌러야 하는지에 대해 전달받았다.

그녀에게 카메라 사용법을 알려준 사람은 치과 의사나 신경외과 의사처럼 손이 우아했으며 목소리가 조용조용했다. 그는 버젓한 직업이 있는 사람처럼 보였다. 심지어 텐더일 수도 있겠다고 생각했다. 지난 몇 달을 지내보니 그녀를 포함해서 여기 있는 사람들은 모두 괜찮은 직업이 있는 사람처럼 보인다는 것을 알게 되었다. 그 남자는 천천히 설명했다. 어린아이를 상대하듯, 어떤 버튼을 눌러야 녹음이 되는지 일시정지 버튼과 멈춤 버튼은 어떻게 다른지 설명했다. 그녀의 짙은 실크 블라우스 안에 카메라가 숨겨져 있다는 사실을, 위에서 두 번째 단추 밑에 놓인 렌즈가 그의 일거수일투족을 촬영하고 녹음하고 있다는 사실을 그 남자는 알 길이 없었다.

"일이 끝나면 카메라를 방에 가져다 두고 나올 때 문을 잠그세요. 청소하는 분이 나머지는 알아서 할 거예요." 남자가 말했다.

"청소하는 분이요? 세팅 담당하는 사람들 말이에요?"

레아가 대답하기 곤란한 개인적인 질문이라도 한 것처럼 남자는 인상을 찌푸렸다. 그러고는 대답했다. "아니요. 다른 사람들입니다."

레아가 고개를 끄덕였다. 지난 몇 주 동안 보고 들은 게 있어서 레아도 일이 어떻게 돌아가는지는 알고 있었다. 일을 진행하는 데 있어 단계마다 담당하는 사람들이 달랐다. 그 누구도 클럽에 불리한 증언이 될 만한 충분한 증거를 잡지 못하게 하려는 조치였다. 물론 그래서 증거를 잡지 못하는 것은 아니었다. 레아가 아는 한 그곳에 있는 사람들은 모두 진심으로 그곳에 있고 싶어 하는 것처럼 보였다.

그날이 왔다. 레아는 약속 장소에 한 시간 일찍 도착했다. 세팅하는 사람들을 만나 이런저런 이야기도 나누고 그들을 카메라에 담고 싶었다. 그러면 꼬박 하루를, 처음부터 끝까지 모든 과정을 카메라에 담을 수 있었다. 하지만 센트럴 버러 변두리에 있는 눈에 띄지 않는 사무실 건물에 도착하고서야, 그들이 몇 층 어디에 있는지에 대해 들은 바가 없다는 걸 깨달았다. 누군가 그녀를 아래층에서 만나기로 되어 있었다.

그들은 아직 위층으로 올라가지 않았을 것이다. 눈에 안 띄는 곳에 앉아 있으면 그들이 건물로 들어가는 모습을 카메라에 담을 수 있었다.

거리는 직장인들로 가득했다. 레아는 길 건너 조그마한 광장에서 적당한 벤치를 발견했다. 로비가 바로 보이는 곳이었다. 주변 건물의 창문에는 테이프가 붙여져 있고 유리문은 폐쇄 표지판으로 막혀 있는, 한적하고 조용한 곳이었다. 따분한 표정의 보안요원 한 명이 문 앞 부스에 앉아 있었다.

레아는 벤치에 앉아 어깨에 멘 카메라 가방을 내려놓았다. 등을 문질렀다. 손가락으로 근육이 뭉친 부위를 꾹꾹 눌렀더니 아팠던 부위가 시원했다. 문득 스윔라테스(Swimlates, 수영과 필라테스를 하는 체육관 이름―옮긴이)에 마지막으로 다녀온 지 몇 주나 지났다는 걸 깨달았다. 조만간 가야 했다. 안 그러면 유지관리에 따른 수명이 달라지기 시작할 터였다. 왜 안 갔냐고 제시가 물어봐서가 아니었다.

눈부시게 화창한 날이었다. 레아 말고도 지나가다 광장에 들러 어슬렁거리는 사람이 있었다. 빨간색 셔츠에 빨간색 반바지를 입고 새하얀 양말을 단단히 올려 신은 둥글둥글한 남자였다. 그가 커다란 허스키 두 마리를 데리고 산책을 했다. 개들은 차가운 가을 공기에도 혀를 내밀고 남자가 잡은 목줄에 끌려 낑낑대며 따라갔다. 느릿느릿 움직였지만 자세는 곧고 위풍당당했다. 까만 눈이 참으로 근사했다. 여름이면 저 개들은 얼마나 더울까. 불현듯 저 둥글둥글한 주인을 때려눕히고 목줄을 풀어주고 싶은 충동이 일었다.

레아가 고개를 들었다. 그곳에 그들이 있었다. 바람에 부풀어 오른 헐렁한 실크 원피스를 입은, 자세가 꼿꼿하고 단정한 여자. 까만 피부를 드러낸 짙은 적갈색 셔츠의 마른 남자. 남자는 왠지 모르게 익숙했다. 엉덩이에서 팔꿈치로, 그리고 얼굴로 향하는 그의 손짓이 낯설지 않았다.

보안요원과 잠시 이야기를 나눈 남자와 여자가 서리 낀 유리문을 열고 빌딩 안으로 들어갔다. 레아는 잠시 기다렸다가 길을 건넜다.

"안녕하세요." 레아가 보안요원에게 인사를 건넸다. 자신의 목소리가 너무도 자연스러워서 그녀 스스로도 놀라웠다.

태블릿을 들여다보던 보안요원이 고개를 들었다. 얼굴에 따분함이 가득했다. "무슨 일이시죠?" 그가 물었다.

"일행이에요." 레아는 빌딩을 향해 고개를 까닥였다. "방금 전에 들어간 커플과 함께."

"아." 그가 인상을 썼다. "누가 올 거라는 소리는 그분들에게 들었어요. 하지만 나중이라고 했는데, 너무 빨리 온 거 아니에요?"

"이런. 매번 이런 식이라니까! 한 번도 안 빼고. 그거 기억하는 게 얼마나 어렵다고……."

보안요원이 움찔했다. "그냥 올라가세요. 괜찮으니까."

"감사합니다." 레아는 그에게 미소를 지어보였다.

"별말씀을." 그는 다시 태블릿을 쳐다봤다. "아 참." 그가 고개를 들지 않고 말했다. "엘리베이터 고장이에요. 그래도 3층은 걸어갈 만하잖아요."

로비는 시원하다 못해 추웠다. 빛이라고는 더러운 창문으로 스며드는 게 다였다. 넓고 휑한 공간 한가운데 안내 데스크가 있고 더 멀리 한쪽에 엘리베이터가 쭉 늘어서 있었다. 롱텀캐피탈사가 있는 유리와 철근으로 이루어진 건물도 언젠가는 텅 빌 거라고 생각하니 낯설게만 느껴졌다.

3층. 계단에서 퀴퀴한 곰팡내가 났다. 레아는 목을 쭉 빼고 위를 올려다봤다. 그들이 저기 어딘가에 있었다. 어쩌면 이미 방에 들어가 있을지도 몰랐다. 계단의 모자이크 무늬 때문에 눈앞이 흐릿했다.

넘어질 것 같아 차가운 계단 난간을 잡았다. 계단을 오르기 시작했다. 3층에 도착했다. 숨이 가쁘고 심장이 격하게 뛰었다. 레아는 복도를 따라 걸어갔다. 복도는 온통 캄캄했다. 딱 한 곳만 빼고. 그곳에 그들이 있음이 분명했다.

문을 열었다. 레아는 남자의 표정을 절대 잊을 수 없었다. 그의 눈동자는 얼굴에 비친 짙은 별 같았다. 두툼한 입술이 놀란 나머지 동그래졌다. 오늘도 여전히 동그랗게 모아 쥔 그의 손은 마치 날개를 퍼덕이며 도망치려는 새처럼 무릎 위에 놓여 있었다. 그는 검은색 망사 등받이와 은색으로 반짝이는 다리에 바퀴가 달린 의자에 앉아 있었다. 그녀의 사무실에나 어울릴 법한 의자였다. 이곳에서 일하던 사람들이 이사를 나가면서 두고 간 게 분명했다. 남자의 적갈색 셔츠는 그가 건물 밖에 서 있을 때 이미 봤었다. 이번에는 잘 다린 회색 바지와 너무 반짝거려 플라스틱이 아닐까 싶은 검은색 정장 구두가 눈에 들어왔다.

"앰브로즈." 레아가 말했다.


지난주 위커버리 모임에 갔을 때 앰브로즈는 수전과 파트너가 되어 레아 맞은편에 앉아 있었다. 레아는 앰브로즈가 훨씬 좋아진 것 같다고 느꼈다. 자세도 눈에 띄게 좋아졌고 발바닥도 바닥에 붙이고 있었다. 무릎을 가슴까지 끌어 올리거나 다리를 꼬아 의자에 올리지도 않았다.

앰브로즈는 지금도 그렇게 앉아 있었다. 움직이지 않고 가만히 있는 그의 손이 눈에 띄었다.

"레아." 그가 멈칫하며 말했다. "몰랐어요……." 놀란 기색이 역력했다. 하지만 안 그런 척하는 것 같았다. "뭐, 상관없어요. 안 그래요? 당신이 지금 여기에 있다고 문제 될 거 있나요? 카메라는 가지고 왔죠?" 그가 레아의 어깨에 걸린 커다란 가방을 가리켰다.

"내가, 그럼요, 가지고 왔어요." 레아는 더듬더듬 가방을 바닥에 내려놓았다. 머릿속이 복잡했다. 앰브로즈라니. 레아는 오늘을 위해 마음을 단단히 먹었다. 구역질이 가라앉을 때까지, 위에 아무것도 남지 않아 감각이 사라질 때까지 이전에 찍었던 동영상들을 보고 또 봤다. 준비가 되었다고, 지켜볼 준비도 촬영할 준비도 되었다고 스스로에게 그리고 마누엘에게 장담했다. 그보다 지난 몇 주간 촬영한 다른 클럽의 행사와 모임 영상이 더 쓸모 있었다. GK 말에 따르면 그 클럽이 불법을 저질렀고 전화를 걸었으며 약과 카메라, 영상 배포를 계획해왔다고 했다. 그리고 잭맨 부인이 클럽의 책임자들과 개인적으로 밀접한 관계를 맺고 있다는 명백한 증거를 입수했다고 했다. 마누엘이 레아에게 전화를 걸어 앰브로즈의 자살 장소와 시간을 알려주었듯, 클럽 책임자들은 부지런히 영상을 촬영하여 배포해왔던 것이다. 이제 그들이 필요한 건 마지막 한 조각이었다. 체제 위반 행위가 일어나고 있다는 결정적 증거.

가방의 지퍼를 열고 카메라를 꺼내는 레아의 손이 차가웠다.

"세상에." 앰브로즈가 말했다. "카메라가 엄청 크네요. 삼각대는 여기 있어요."

그는 1미터쯤 앞에 서 있는 검은색 다리 세 개를 가리켰다. 마치 자선파티라도 준비하는 양 사무적인 태도였다.

레아는 은색 받침대 위에 카메라를 고정시켰다. 나사가 뻑뻑해서 몇 번을 다시 돌리고 돌렸다. 손이 떨려서 그런 게 아니라고 혼잣말을 했다. 마침내 카메라를 제대로 설치했다. 걸쇠를 천천히 조이고 카메라를 돌려 앰브로즈가 정면으로 보이게 했다. 앰브로즈의 모습이 사각프레임 안에 제대로 들어오도록 세심한 주의를 기울였다. 그의 얼굴을 인식한 카메라 렌즈가 자동으로 초점을 맞췄다. 그의 날카로운 이목구비가 화면 안에 들어왔다.

앰브로즈는 사진이 잘 받았다. 아주 잘 받았다. 문득 그가 정말 잘생겼다는 생각이 들었다. 오늘의 촬영을 위해서 머리도 자르고 셔츠와 바지, 그리고 신발까지 준비한 게 분명했다. 검은 곱슬머리가 얼굴을 가리지 않으니 반짝반짝 총명한 두 눈과 아기같이 말랑말랑하고 동그란 볼이 눈에 들어왔다. 도톰하고 짙은 핑크색 입술과 단단한 목, 마르고 곧게 뻗은 어깨도 눈에 들어왔다. 무릎 위에 얌전히 놓인 두 손은 가늘고 길어 마치 피아니스트의 그것 같았다. 혹시라도 그가 진짜 악기를 연주한 적이 있을까 궁금했다. 음악을 좋아하는지, 밤에는 어떤 꿈을 꾸는지, 사랑에 빠져본 적은 있는지 궁금했다.

그의 손에 병이 하나 들려 있었다. 그는 그 병을 들고 입으로 가져가 한 모금 들이마셨다. 그러고는 살짝 움찔하며 놀랐다.

"그게 뭐예요? 뭘 마신 거예요?" 레아가 참지 못하고 물었다. 질책 같은 질문이 입에서 튀어나왔다.

앰브로즈가 얼굴을 찡그렸다. "알잖아요."

"알죠." 레아가 재빨리 대답했다. "당연히 알죠."

앰브로즈는 병을 바닥에 내려놓고 일어섰다. 그러고는 카메라 프레임에서 벗어나 레아 쪽으로 걸어왔다.

"정말 이 일을 하고 싶나요?" 그가 나지막이 물었다.

정말 이 일을 하고 싶나요? 가슴속에서 극심한 공포가 피어올랐다.

"언제든지 다른 사람을 구할 수 있어요." 앰브로즈가 말했다. "미뤄요, 다른 날로. 그렇게 해요. 다른 날에 찍어요."

그의 목소리에 실망한 기색이 역력했다. 아빠와 아빠의 고통이 생각났다. 아니다. 그녀가 구해야 할 사람은 앰브로즈가 아니었다.

레아가 녹화 버튼을 눌렀다. "하고 싶어요." 그녀가 말했다. "이제 시작할까요?"

그는 레아를 한참 동안 쳐다봤다. 마침내 고개를 끄덕이더니 원래 자리로 돌아갔다.

앰브로즈는 전 영상에서 본 것과 비슷하게 짧은 연설을 했다. 그들은 모두 똑같은 말을 했다. 레아는 어디까지가 원고이고 그렇게 말하라고 한 사람은 누구인지 궁금했다. 이 마지막 멜로 연기를 하도록 강요받지는 않았는지 궁금했다. 레아는 앰브로즈가 쉽게 영향을 받을 나이라는 걸 알고 있었다. 그는 지금 더 침착해보이고 더 행복해보였다. 하지만 정말 누가 알겠는가? 잭맨 부인과 마누엘이 그에게 무슨 말을 했는지 누가 알겠는가? 만약 그들이 엠브로즈에게 아무 선택권이 없도록 느끼게 만들었다면? 잘못된 방식으로 그가 하는 일이 숭고하다고 느끼게 만들었다면?

앰브로즈가 성냥에 불을 붙였다. 레아는 애당초 이곳에 온 이유였던 아빠가 생각나지 않았다. 자신도 모르게 엄마를 생각하고 있었다. 삶을 사랑하고 순종적이었으며 절대 불평 따위는 하지 않던 엄마의 삶의 방식을 떠올렸다. 한 번 도망쳤던 아빠, 또다시 도망치려는 아빠와 달리, 엄마는 늘 강인했고 늘 노력하고 또 노력했었다.

엄마가 어떻게 죽었는지 떠올렸다. 엄마는 정해진 수명을 다 채우고 집에서 평화롭게 마지막 순간을 맞이했다. 엄마 몸속에 있던 기계들은 24시간마다 하나씩 전원이 꺼졌다. 정확하게 맞아떨어졌다. 마지막 순간에 엄마가 레아의 손을 잡았다. 엄마는 눈도 한 번 안 깜박거리고 한참 동안 레아를 바라봤다. 눈을 감기 전 마지막 순간, 레아의 얼굴을 넋 놓아 쳐다봤다. 죽기 전 마지막으로 본 것이 레아임을 확인하고 싶은 것 같았다.

분명 모욕적인 일이었다. 앰브로즈는 무엇을 하고 있단 말인가? 클럽, 안야, 잭맨 부인, 마누엘, 이들은 모두 무슨 짓을 하고 있단 말인가? 레아는 앰브로즈가 번들거리는 혓바닥에 성냥불을 가져가는 모습을 지켜봤다. 하지만 아무런 공포도, 혐오도, 두려움도 느껴지지 않았다. 불길이 타올랐다. 앰브로즈는 카메라를 응시했다. 그리고 레아에게서 눈을 떼지 않았다.

레아는 창문이 열려 있다는 걸 깨달았다. 더 정확히 말해, 건물이 철거될 예정이라 유리 자체가 없었다. 창문으로 바깥세상의 소리가 들렸다. 문득 그 소리가 참을 수 없이 시끄럽게 느껴졌다. 시끄럽게 지나가는 자동차 소리 하나하나가 그녀의 뼛속까지 스며들었다. 빽빽거리며 울어대는 아기의 울음소리는 신경을 뚫어버릴 것 같았다. 어딘가에서 개가 짖어댔다. 배가 고픈지 낮게 으르렁대는 그 소리가 끔찍했다.

뭔가에 홀린 듯 불길이 앰브로즈를 집어삼키는 모습을 지켜봤다.

어찌나 카메라를 꽉 움켜쥐었던지 손가락 마디마디가 하얗게 변했다. 누군가 불에 타죽는 모습을 지켜보다니 정말 소름 끼치도록 끔찍한 일이었다. 하지만 한편으로는 그녀 안에 내재되어 있던 알 수 없는 원초적인 무언가가 그녀로 하여금 눈앞의 광경을 두 눈 똑바로 뜨고 응시하게 했다.

드와이트가 떠올랐다.

그때 그 감정이 그녀의 손으로 다시 밀려들었다. 레아는 카메라 옆을 지나가 앰브로즈에게 돌진했다. 그러고는 맨손으로 불길을 잡으려 바동거렸다. 뜨거운 불길도, 아무런 고통도 느껴지지 않았다. 난데없는 냄새가 확 풍겼다. 지독하게 매캐하고 아린 냄새였다. 그녀는 숨을 참으려 안간힘을 썼다.

하지만 아무런 소용이 없었다. 불길은 여전히 활활 타올랐다. 앰브로즈는 정신을 잃었다. 그의 두 눈이 뒤집혀 올라갔다. 레아는 그가 들이마신 병을 들고 복도로 뛰쳐나가 화장실로 향했다. 병 주둥이를 수도꼭지에 대고 물이 나오기를 바라며 손잡이를 돌렸다. 물이 나오기는 했지만 똑똑 흐를 뿐이었다. 손이 떨렸고 병 주둥이는 좁았다. 겨우 반을 채우는 데 한나절이 걸릴 것 같았다.

겨우 물을 채워 방으로 달려갔다. 물이 그녀의 다리와 발에 쏟아졌다. 방에 도착해보니 불길은 이미 꺼지고 없었다. 다이아몬드스킨™, 다행이었다. 다이아몬드스킨™은 타지 않을 것이다. 하지만 그렇지 않았다.

앰브로즈가 옆으로 몸을 웅크리고 쓰러져 있었다. 바지 아래 부분은 다 타버려 재가 되었다. 레아는 앰브로즈 위로 몸을 숙여 그의 어깨를 흔들었다.

"앰브로즈." 레아가 조그맣게 그의 이름을 불렀다. 그는 움직이지 않았다. 그의 어깨를 잡아당겨 얼굴이 위로 가게 했다.

앰브로즈의 얼굴을 보자 손 떨림이 멈췄다. 절대 쏟아지면 안 되는 중요한 것이라도 되는 양, 레아는 물이 담긴 병을 조심스레 바닥에 내려놓았다.

# 30장
## 스테튼 섬을 떠나며

경찰들이 들이닥쳤을 때 안야는 주방에 있었다. 식기세척기가 또 고장 나 설거지를 하는 중이었다. 기름 묻은 접시를 닦는데 땀이 이마를 따라 눈으로 흘러내렸다. 손가락이 비눗물에 불어 쪼글쪼글했다. 아무리 서둘러도 더러운 접시는 산더미처럼 쌓여갔다. 열심히 접시를 닦느라 로잘리가 낮은 목소리로 그녀를 불러낼 때까지는 소란이 일어난 것도 몰랐다.

안야는 뭔가 잘못되었음을 직감했다. 점심시간이면 로잘리는 프라이팬을 손에서 놓는 법이 없었다. 화장실도 가지 않았다. 더 불길한 것은, 이제야 눈치챘지만, 바깥이 조용하다는 것이었다. 평소 같으면 엄청나게 정신없는 시간일 텐데 그렇지가 않았다.

수돗물을 잠그고 청바지에 손을 닦았다. 바깥에서 누군가의 목소리가 들렸다. 뭐라고 하는지는 들리지 않았다. 로잘리가 엿보는 데까지 간 안야는 입구 쪽으로 머리를 내밀었다.

남자 두 명 여자 한 명, 세 사람이 있었다. 모두 반짝거리는 버클이 여기저기 달린 감청색 옷차림이었다. 모자와 소매에 경찰 배지가 선명하게 새겨져 있었다.

세 사람이 식당 사장의 딸인 할리마를 둘러싸고 섰다. 할리마는 집게손가락으로 뽀글뽀글 검은 파마머리를 배배 돌리며 그들의 질문에 대답했다.

"아니요. 전혀 그렇지 않아요." 그녀가 말했다. "그 사람은 당신들이 말한 것처럼 행동한 적이 없어요."

"그의 주변 사람들은 어때요?" 남자 경찰관 중 한 명이 물었다. 야비하고 네모난 얼굴에 눈은 작고 찢어진 것이 꼭 귀상어의 그것 같았다. 경찰관 중 아무도 태블릿을 들고 있지 않았다. 그들은 마치 커피를 마시며 수다를 떨 듯 손을 주머니에 넣거나 허리춤에 얹고 있었다. 식당 안은 조용했다. 다른 이들의 시선이 모두 그들에게 쏠렸다.

할리마가 고개를 갸웃거렸다. "잘 모르겠어요. 여기 상황 좀 보세요. 정신없이 바빠서 내가 누구랑 알고 지내는지도 모를 지경이에요. 그런데 직원들 사정까지 어떻게 알겠어요?"

"혹시 수상한 사람이 찾아온 적은 없어요?" 귀상어를 닮은 경찰관이 물었다.

"수상한 사람이라고요? 어느 수상한 사람을 말하는지 모르겠네요, 경찰관 아저씨. 여기는 아우터 버러예요. 2구역에 있는 고급 베지 바가 아니란 말이에요." 할리마의 목소리가 조금씩 커졌다. 왼발 발가락을 치켜들고 뒤꿈치로 균형을 잡고 있었다. 그녀가 짜증 날 때 하는 행동이었다.

경찰관이 눈을 깜빡였다. "이번 일이 얼마나 심각한지 모르는 모양이지요? 그렇게 나온다면 당신 입을 닫아버릴 수도 있……." 그는 손가락 관절을 소리 나게 꺾었다. "협조하는 게 좋을 거예요. 그런 사람이랑 연관만 있어도 집어넣을 수 있어요."

할리마가 찔끔하는 기색이었다.

"협조하는 중이에요. 당연히 그래야죠." 그녀의 목소리가 조금 작아졌다. "저기 그런데, 아시다시피 여기서 이러시면 영업에 방해가 되거든요." 그녀는 반쯤 텅 빈 홀을 가리켰다. 그나마 있던 손님들도 음식은 손대지 않고 놀란 눈으로 이편을 지켜보는 중이었다.

"알고 있어요." 경찰관은 전혀 알고 있지 않은 것 같은 말투로 대답했다. 그러고는 엽서같이 생긴 걸 꺼냈다. "이 사람 본 적 있어요?"

할리마가 눈살을 찌푸리고 입술을 깨물며 사진을 자세히 들여다봤다. 그러더니 고개를 저었다.

"처음 봐요. 이 사람이 누구죠?"

경찰관들이 서로를 쳐다봤다. 눈빛으로 뭔가를 주고받는 눈치였다. 다른 남자 경찰관이 아주 친절한 얼굴과 친절한 목소리로 말했다. "마약 거래상이에요. 아주 악질이지."

"그래요?" 그제야 할리마는 관심을 보이는 것 같았다. 다시 한 번 사진을 뚫어져라 쳐다봤다. "브란코가 이 사람이랑 엮였단 말이죠?"

얀야의 심장이 멈췄다. 사람을 한 명 알아. 브란코가 그런 말을 했었다.

또다시 경찰관들은 서로를 쳐다봤다. "브란코가 이 남자와 거래를 하다가 붙잡혔어요." 사진을 들고 있던 경찰관이 말했다. "브란코를 잡아서 집어넣었어요. 자기가 먹으려고 약을 샀다는데…… 앞뒤가 안 맞는단 말이지. 브란코가 아는 사람 중에 그런 약이 필요한 사람이 있을까요? 반사회적 행동이라든가, 정신적으로 불안하다든가, 아니면 어디가 아픈 것 같다든가."

할리마가 고개를 저었다. "모르겠어요. 죄송합니다. 브란코에 대해서는 아는 게 별로 없어서. 아니면 다른 직원한테 물어보시는 게……." 그녀는 바 뒤편에서 컵을 쌓고 있는 라즈를 가리켰다. "두 사람이 친해요. 라즈가 뭔가를 말해줄 수 있을지도 몰라요."

경찰관이 고개를 끄덕였다. "시간 내줘서 고마워요. 괜찮다면 조금 더 있다 갈게요."

할리마는 팔짱을 낀 채 고개를 끄덕였다. "뒤편에 직원들이 더 있어요." 그녀가 엄지를 들어 주방을 가리켰다.

안야가 출입문에서 한 발짝 물러섰다. 심장이 쿵쾅거리고 손에 땀이 찼다. 기름이 튀어 끈적거리는 벽에 머리를 기대고 뭔가를 생각해내려 애썼다.

"저 사람 귀엽지, 안 그래?" 로잘리가 계속해서 밖을 기웃거리며 속삭였다. "저 사람이 나를 쳐다보는 것 같아."

로잘리는 안야를 돌아봤다. "저 사람 보여? 키 큰 사람 말이야, 눈이 반짝거리는. 안야, 괜찮아?"

머리가 빙빙 돌았다. 주방의 뜨거운 열기가 점점 달아올라 그녀를 짓누르는 것 같았다.

로잘리가 안야에게 다가왔다. "안야?" 그녀는 손을 내밀어 안야의 팔뚝을 잡았다.

로잘리의 차가운 손가락 감촉에 안야가 화들짝 정신을 차렸다.

"괜찮아." 안야가 말했다. "너무 더워서 그래." 셔츠 깃을 잡아당기는 시늉을 해보였다.

"내가 매일매일 어떤지 알겠지? 매일 열 시간씩 불 앞에 서서 기름 냄새를 맡아가며 돼지처럼 땀을 뻘뻘 흘려댄다고. 고마워하는 사람도 없는데 말이지." 로잘리가 투덜거렸다. 하지만 그녀의 눈빛은 한결 부드러워졌다. "이런 데 익숙하지 않아서 그래. 짠해라. 나가서 바람 좀 쏘여."

안야가 고개를 끄덕이며 앞치마를 풀었다. 그러고는 문 쪽을 흘끗 쳐다봤다. 심장이 아직도 두근거렸다.

"저 사람들은 걱정 마. 너한테도 똑같은걸 물어볼걸. 그나저나 이런 상황 진짜 속상해. 너도 브란코가 그런 사람인지 전혀 몰랐지?"

안야는 아니라고 말하고 싶었다. 하지만 입술을 꾹 깨문 채 천천히 고개를 끄덕였다. "잠깐 나갔다 올게."

안야는 앞치마를 벗어 바닥에 던져놓았다. 그러고는 뒷문으로 나가 아무도 없는 좁은 통로를 걸었다. 쉬는 시간에 할리마의 눈을 피해 종종 서성대는 곳이었다.

브란코가 잡히다니, 그게 무슨 뜻일까? 유치장에 갇힌 걸까? 심문을 받고 있을까? 아니면 수감된 걸까?

안야는 좁은 통로에 서서 브란코만 생각했다. 바보, 바보, 바보, 바보. 왜 그런 짓을 했을까? 브란코가 그 남자에 대해 말하던 날, 그 표정이 떠올랐다. 그녀가 거절하자 실망감 가득하던 그의 눈빛이 떠올랐다. 바보같이 착한 그리고 용감한 브란코. 브란코는 안야에 대해 말하지 않았을 것이다. 그랬더라면 경찰들이 벌써 그녀를 찾아왔을 것이다. T-알약을 소지하는 것은 심각한 국가법 위반 범죄일 터였다. 별안간 온몸의 뼈가 너무도 무겁게 느껴졌다. 그녀는 한결같은 브란코를 위해 아무것도 해준 게 없었다. 가슴이 울컥했다. 눈물이 왈칵 쏟아졌다.

하지만 안야는 곧바로 눈물을 닦았다. 울어봤자 소용없었다. 그녀가 브란코를 위해 할 수 있는 건 없었다. 브란코가 실토하지 않는다 해도 그들은 금세 알아낼 것이다. 비라이퍼가 T-알약을 산다는 건 말이 되지 않았다. 그들은 기록을 확인할 테고 그러면 브란코가 알고 있는 유일한 라이퍼가 안야임을 알게 될 것이다. 결국은 안야의 엄마와 위커버리 모임, 수이사이드 클럽, 그 외의 모든 것을 다 알게 될 것이다. 결국 그녀는 형무소에 갇힐 것이고 그녀의 엄마는 농장으로 보내져 다른 수천 구의 비라이퍼 시신들과 함께 부패될 터였다.

안야는 항구를 향해 걷기 시작했다. 뜨거운 기운이 귓속에서 넘쳐 흘러 혈관을 타고 흐르는 기분이었다. 안야는 뛰기 시작했다. 구름 한 점 없는 파란 하늘에 빌딩 꼭대기들이 들쭉날쭉 이어져 있었다. 뼈대만 남은 저층 주택에 어느 여자가 빨래를 한 보따리 안고는 창밖으로 몸을 내밀었다. 커다란 울음소리가 났다. 빨래 보따리가 꿈틀거렸다. 그제야 안야는 빨래 보따리가 아니라 아기라는 걸 깨달았다. 안야가 달려가는 모습을 여자가 지켜보는 것 같았다.

항구에 도착했을 때 페리는 막 출발을 앞둔 참이었다. 마지막 승객들이 통로를 빠져나가고 있었다. 안야는 천천히 걸어 페리에 올랐다. 남보랏빛 피부에 화려한 자홍색 모자를 쓴 아가씨가 고개를 돌려 안야를 쳐다봤다.

"늦으셨네요." 그녀는 뾰족한 앞니를 드러내며 미소 지었다.

안야도 미소를 지어보였지만 대답은 하지 않았다. 경찰들이 나중에라도 안야의 뒤를 쫓다가 2시 30분발 페리에 탄 다른 승객들뿐 아니라 이 아가씨에게 물어볼 수도 있었다. 안야가 무슨 말을 했는지, 미심쩍은 것은 없었는지, 위험한 정신질환 증세를 보이진 않았는지.

갑판으로 갔다. 날씨가 몹시 추운 데다 바람이 강해 갑판에는 사람이 거의 없었다. 몇몇 관광객들만이 셀카봉을 이용해 '셀카'를 찍거나 칙칙한 잿빛의 강철 같은 강물을 배경으로 기념사진을 찍었다.

페리가 움직이기 시작했다. 바람이 그녀의 두 뺨을 때렸다. 바람이 거셌다. 얼굴에서 피부 껍질이 떨어져 나가며 부드러운 속살이 드러날 것만 같았다. 안야는 해안가에서 멀어질수록 점점 작아지는 항구에서 눈을 떼지 않았다. 배가 딜컹거리며 그 진동이 그녀의 무릎과 엉덩이로 전해졌다. 웅웅거리는 엔진 소리에 마음이 놓였다.

이렇게 스테튼 섬을 마지막으로 보게 되는 건 아닐까 하는 생각이 들었다. 낡은 페리는 삐걱삐걱 딜컹거리며 어슴푸레 빛나는 다른 해안선을 향해 나아갔다. 물 위에 떠 있자니 이제 그녀의 계획은 가능성이 없어보였다.

이 상황에서 어떻게든 엄마를 운반한다 치더라도, 과연 어디로 갈 수 있을까? 엄마를 옮길 생각을 하니 갑자기 오싹했다.

최근 몇 달간 안야는 엄마 몸에 손을 대지 않았다. 마지막으로 엄마를 만진 건 엄마가 말을 멈춘 뒤, 몇 주 동안 엄마를 씻기지 않았다는 걸 처음 깨달았을 때였다. 플라스틱 대야를 들고 공동욕실로 간 안야는 5분을 기다려 뜨거운 물을 받은 다음 방으로 가져왔다. 대야를 침대 머리맡 탁자에 내려놓고 이불을 걷어 올렸다. 엄마의 피부가 변하기 직전이었다. 두 볼이 움푹 패기 시작했지만 아직은 엄마의 모습을 잃지 않은 상태였다.

엄마의 팔을 잡았다. 손가락이 쑥하고 살을 파고들 것만 같았다.

안야는 잠시 멈췄다가 뼈만 앙상하게 남은 팔을 다시 잡았다. 이번에는 쭈글쭈글해진 피부를 손가락으로 가볍게 쓸었다. 아니나 다를까 그녀가 상상도 못 했던 일이 일어났다. 엄마의 피부는 오래되어 녹기 시작한 고무 밴드처럼 살짝 끈적거렸다. 불에 닿기라도 한 듯 안야는 얼른 손을 뗐다. 자신의 손가락 끝을 살폈다. 손은 깨끗해 보였다. 방금 만졌던 엄마의 팔뚝을 살폈다. 주변 피부와 별반 다를 게 없었다.

안야는 얇은 벽을 타고 희미하게 들려오는 도시의 소음을 들으며 꼼짝없이 앉아 있었다. 한참 만에 일어나 대야를 들고 싱크대로 가져가 물을 버렸다. 이후로 다시는 엄마를 만지지 않았다.

그게 열 달 전이었다. 지금도 손가락이 엄마의 살 속으로 쑥 들어가는, 손가락뼈들이 그 무게에 눌려 우두둑 부러지는 상상 속 장면을 떠올리곤 했다. 엄마를 똑바로 앉히자 그 얼굴이 흘러내리는 장면과 함께.

"예쁘죠, 안 그래요?"

안야가 벌떡 일어났다. 너무 놀라 뇌가 두개골 밖으로 튀어나오는 것 같았다.

"아, 죄송해요, 놀라게 하려던 건 아니었어요." 좀 전에 본, 송곳니에 쭈글쭈글한 얼굴을 한 아가씨였다. 그녀는 빛바랜 파란색 스카프를 머리에 두르고 있었다.

"괜찮아요." 안야는 그렇게 강물 쪽으로 고개를 돌렸다.

"그렇게 입고 춥지 않아요?" 그녀가 안야의 맨팔을 가리켰다.

"아니요, 괜찮아요." 안야가 대답했다. 그리고 덧붙여 말했다. "고마워요."

"외국인이세요? 그렇게 보이는데." 그녀가 포기하지 않고 재차 말을 걸었다.

안야는 그녀 쪽으로 고개를 돌렸다. 그녀의 눈은 생기가 넘쳤다. 말을 하면서도 주변을 두리번거리느라 정신이 없어 보였다. 두 손은 제멋대로 살아 움직이는 듯, 보이지 않는 피아노를 연주하듯 마구 움직여댔다.

"아니요." 이번에는 상냥하게 대답했다. "여기 오래 살았는걸요."

"그렇군요. 여기에 가족도 사세요?" 그녀가 빠르게 눈을 깜박거렸다. 속눈썹은 길었지만 무척 흐릿했다.

안야는 잿빛 강물을 다시 내려다봤다. 플라스틱 병 하나가 가벼운 거품이 이는 파도 위를 둥실둥실 떠내려갔다.

"네." 안야가 대답했다. "가족이 다 여기 있어요." 그녀는 차가운 난간을 잡고 있었다. 추위에 닭살이 돋아 손가락 마디마디가 하얗게 질려 있었다.

"어머. 저희 가족도 예전에 여기 살았었어요. 지금은 아니지만요. 지금은 저만 여기 살아요." 그녀는 말이 많았다. "아이는 있어요? 아들이에요? 딸이에요?"

"없어요." 안야가 대답했다. "하지만 아이를 가지려고 남편과 노력 중이에요. 부모님 때문에 바쁘거든요. 그분들은 도시에 살고 계세요. 가끔씩 채소를 맛있게 구워 부모님을 초대하기도 해요. 남편도 좋아하고요. 시동생도 어린 조카들을 데리고 온답니다."

"와! 정말 멋져요." 여자가 눈을 동그랗게 뜨고 꿈꾸듯 말했다. "그런 멋진 식사에 술도 한 잔 곁들이나요? 레드와인? 아니면 화이트와인? 화이트와인을 더 좋아하실 것 같은데."

"맞아요." 안야가 대답했다. 일단 시작했으니 최선을 다해야 할밖에. "약간의 레드와인을 곁들여요. 물론 월 권장량 이상은 아니고요. 그래도 그때 아니면 언제 마실 수 있겠어요. 그래서 한 잔 가득 들이켠답니다. 시아버지가 유럽에 아는 사람이 있으셔서 이탈리아에서 보내온 술을 접할 수 있거든요."

"이탈리아라니." 그녀가 말했다. "멋진 곳이죠. 따뜻하고. 한 번쯤 가보고 싶은 곳이에요."

안야가 더 이상 대답이 없자 그녀 역시 고개를 돌려 강물을 쳐다봤다. 한동안 너울거리는 파도를 지켜보더니 그녀가 다시 물었다. "남편 이름이 어떻게 돼요?"

"브란코예요." 안야가 대답했다.

바람에 머리카락이 얼굴 여기저기 흩날리며 뺨을 간질였다. 안야는 스테튼 섬을 돌아봤다. 이제 섬은 안개에 묻혀 희미한 그림자로만 남아 있었다.

페리가 항구에 도착했다. 안야는 여자에게 인사를 건넸다.

"안녕히 가세요."

그녀도 송곳니를 드러내며 인사했다.

"브란코에게 안부 전해줘요."

안야는 고개를 끄덕이며 돌아섰다. 그리고 하선하는 사람들 무리에 섞여 들어갔다.

맨해튼의 소음이 그녀를 내리쳤다. 벽돌로 된 담벼락에 얼굴을 세게 부딪힌 것 같았다. 왁자지껄한 대화 소리, 쿵쿵거리는 발소리, 공사장에서 뭔가 둔탁하게 삐걱거리거나 쿵하고 떨어지는 소리, 사이렌 소리, 헬리콥터 소리, 음악 소리, 허드슨 강이 잔잔하게 흘러가는 소리. 마치 엄청나게 두꺼운 소리 구름 같았다.

안야는 길을 따라 움직이는 사람들 무리 속으로 뛰어들었다. 순간 얼굴을 한 대 얻어맞아도 괜찮을 거라는 생각이 들었다. 한 대 거세게 얻어맞아 귀가 먹먹하고 코피가 터지고 근육이 욱신거려도 괜찮을 것 같았다. 그건 살아 있다는 증거니까. 매끈한 피부에 긴 팔다리를 지닌 사람들의 섬. 사람들 모두 껍데기를 챙기는 일에만 정신이 팔린 이런 도시에서 처음 라이퍼를 만들어냈다니 참으로 이상했다. 이런 곳에서 어떻게 그게 가능했는지 의문이었다.

스웨덴으로 돌아간다면 어떻게 될까. 그곳이라면 엄마의 고통을 끝내줄, 제대로 된 장례식을 치르도록 기꺼이 도와줄 의사를 찾을 수 있을지도 모른다. 언젠가 엄마에게 물어본 적이 있다. 죽거든 어디에 뿌려지고 싶냐고. 고향집 바로 옆의 발트해에 뿌리면 좋지 않겠느냐고. 엄마는 아무래도 상관없다고 말했다. 엄마는 상징성이나 의식 또는 사후세계를 믿지 않았다. 이미 죽고 난 뒤에야 아무려면 어떠냐고 했다. 엄마는 엄마 때문에 그런 질문을 하는 게 아니라는 것을 눈치 못 채고 있었다.

안야는 엄마의 재를 바다에 뿌릴 생각이었다. 붐비는 오후의 거리를 걸으며, 유골 항아리를 들고 바다로 걸어가는 상상을 했다. 아침에 해가 뜨면 바로 바다로 갈 생각이었다. 파도치는 해안가에 서 있으면 잔잔한 파도가 발을 어루만지고 발뒤꿈치로 모래가 빠져나갈 것이다. 차가운 바다에는 투명한 빛을 뿜는 해파리들이 넘쳐날 것이다. 몇몇 해파리들은 썰물이 빠져나간 모래밭에서 오도 가도 못하고 죽어갈 것이다. 물이 꽉 들어찬 반달 모양의 해파리들이 해안가에 널브러져, 마치 통통한 아침이슬 방울들이 총총 박혀 있는 모습 같을 것이다.

유골단지를 열어 모래보다는 먼지에 가까운 유분을 손가락으로 한 줌 쥐어보고는 그 가벼움에 경탄할 것이다. 그리고 떠오르는 태양과 깨어 있는 바다를 향해 휘이휘이 손을 흔들 것이다. 엄마는 바람에 날아가게 될 것이다.

# 31장
## 그럴 수만 있다면

　문을 열자 냄새가 확 풍겼다. 매번 냄새 때문에 코와 머리가 아득해지고 공포심에 옴짝달싹할 수 없었다. 엄마는 그녀가 눕혀놓은 자세 그대로 누워 있었다. 방에 있는 모든 것이 나갈 때 그대로였다.

　얀야는 방 한구석으로 걸어가 무릎을 꿇고 앉았다. 마룻장 하나를 뜯어내고 그 안에 들어 있는 현금 뭉치를 꺼내서 세기 시작했다. 모두 얼마인지는 이미 알고 있었다. 충분치 않은 액수라는 것도 알고 있었다. 차량 한 대 정도는 간신히 구할 수 있을 것 같았다. 하지만 그런 다음에는? 연료비와 통행료는? 식비는?

　마룻장에 무릎을 꿇고 가만히 앉아 있었다. 그때 복도를 따라 발소리가 들려왔다. 이웃집 사람들 소리 같지는 않았다. 요란스럽고 당당한 데다 왠지 사무적이었다. 세상 속 자신의 위치를, 복도를 걸어갈 자격이 있음을 확신하는 걸음걸이였다.

안야는 그 자리에 얼어붙었다. 이렇게 빨리 그녀를 찾아내다니. 그녀가 식당을 나선 게 불과 몇 시간 전이었다. 식당에 있는 사람들을 다 심문하지도 못했을 시간이었다. 어쩌면 안야가 없어졌다고 로잘리가 슬쩍 말을 흘렸을지도 몰랐다. 어쩌면 그녀가 사라지는 바람에 의심을 샀을지도 몰랐다.

발소리가 점점 더 가까워졌다. 마침내 그녀의 집 문 앞에서 소리가 멈췄다. 잠시 아무 소리도 들리지 않았다. 그리고 쾅, 쾅, 쾅. 날카로운 노크 소리가 세 번 들렸다.

안야는 벌떡 일어났다. 여전히 손에는 현금 뭉치가 들려 있었다. 그것을 바지 허리춤에 재빨리 끼워 넣었다. 그러고는 불룩해진 부분을 가리기 위해 그 위까지 셔츠를 잡아 내렸다. 그리고 마룻장을 발로 밀어 넣었다.

또다시 노크 소리가 들렸다. 어서 빨리 응답하라는 듯 점점 빠르게, 끈질기게.

엄마를 쳐다봤다. 안야가 집을 정리하는 동안 엄마는 저만치 떨어져 낮잠을 자는 거라고 착각할 만한 모습이었다. 가까운 거리가 아니었으므로 속이 훤히 들여다보이는 피부나 멀건 눈썹은 잘 보이지 않았다. 하지만 솟구치는 심장 소리는 여전했다.

그녀는 정확한 이유도 모른 채 마음을 다잡았다. 어쩌면 저들이 문을 부수고 들어와 수갑을 채워 끌고 갈지도 몰랐다. 어쩌면 지금 이 엄마를 보는 마지막이 될지도 몰랐다. 그녀는 주소를 받게 될 것이다. 여러 달이 지나고, 구치소에서 엄마의 시신이 보내진 농장의 정확한 구역번호를 받게 될 것이다. 일반인들은 농장에 들어갈 수 없었다. 그래서 그곳에서 무슨 일들이 일어나는지 알 수 없었다.

안야는 저들 손에 순순히 잡힐 생각이었다. 더 이상 할 수 있는 선택도, 그래야 할 이유도 없었다. 그녀는 최선을 다했다. 엄마는 분명 이해해줄 것이다. 마지막으로 엄마의 얼굴을 한번 쳐다봤다. 그리고 문으로 걸어갔다. 저들은 문을 부수지 않아도 될 것이다. 소란을 피울 일도, 폭력을 행사할 일도, 그리고 싸울 일도 없었다.

안야는 문을 열었다. 상어를 닮은 경찰관과 그 일행이 문 앞을 막고 있을 줄 알았다. 그러나 그들이 아니었다.

"잘 있었어요, 안야?"

그녀 앞에 서 있는 작고 여윈 검은 형체를 알아보기까지 시간이 약간 걸렸다.

"레아?" 안야가 말했다. "무슨 일이에요?"

쫓아오는 사람이라도 있는지 레아는 복도 쪽을 쳐다봤다. 그러면서 머리칼을 귀 뒤로 넘겼다. 씻지 못했는지 머리카락이 약간 기름져보였다.

"혹시 들어가도 될까요?" 레아가 물었다. "방해가 안 된다면."

타이밍이 좋지 않았다. 하지만 레아의 목소리에 담긴 알 수 없는 무언가 때문에 안야는 잠시 자신의 처지를 잊었다.

"그럼요, 들어오세요."

레아가 현관에 발을 들여놓고 문을 닫았다. 손을 옆구리에 붙인 그녀는 발이 땅에 달라붙은 듯 꼼짝도 하지 않았다. 대신에 습기 찬 벽과 먼지 낀 창문, 삐걱 소리가 나는 기울어진 마룻바닥까지 방 안 여기저기를 살폈다. 마지막으로 그녀의 시선이 침대에 머물렀다.

"엄마예요." 말을 한 안야가 멈칫했다. 어떻게 설명해야 할까?

레아는 천천히 고개를 끄덕이다 멈추었고, 다시 끄덕였다. 시선은 여전히 침대를 향하고 있었다.

레아가 이곳에 찾아오다니 이상한 일이었다. 그녀의 부드러운 크림색 실크 블라우스, 날씬하게 딱 맞는 스커트, 비스듬히 기울어진 턱, 그 모든 것들이 형편없는 방을 더 형편없게 만드는 것 같았다. 천장은 더 낮아 보이고 벽은 더 더러워 보였다.

"무슨 할 말이라도 있나요?"

"어머니는……." 레아가 말끝을 흐렸다.

"살아 있냐고요? 괜찮아요, 그냥 말해도 상관없어요. 당신이 하는 말을 듣지 못해요."

"어머니 걱정을 하는 게 아니에요." 레아가 안야의 눈을 바라봤다. 그녀의 두 눈에 눈물이 가득 고여 있었다.

무언가 안야의 마음에 걸렸다. 이건 미처 생각 못했던 일이었다. 안야는 엄마를 버린 뒤 자수할 생각이었다. 괴물이라고, 범죄자라고 불릴 각오가 되어 있었다. 모든 걸 내려놓을 준비가 되어 있었다. 하지만 이렇게는 아니었다.

안야는 입술을 깨물었다. "내가 사는 곳은 어떻게 알았어요?"

"조지에게 전화를 걸었어요." 레아가 말했다. "내가 수전인 줄 알았대요." 입가에 미소가 스쳤다.

안야의 마음속에도 웃음이 번졌다. 지금 상황과는 상관없이, 레아와 이렇게 서서 함께 웃을 수 있는 게 좋았다.

"조지라면 그러고도 남아요." 안야는 멈칫하더니 주변을 둘러봤다. "뭐 대접할 게……." 안야는 싱크대로 걸어가 서랍에서 작은 통 하나를 꺼냈다. 티백 두 개가 남아 있었다. "차 괜찮아요? 그런데 물을 끓일 수가 없어서 뜨거운 수돗물로 마셔야 해요. 주전자가 없거든요."

"좋아요." 레아가 낮은 목소리로 말했다.

안야가 등을 돌렸다. 레아는 더 이상 그녀의 엄마를 쳐다보지 않았다. 시선은 바닥을 응시했다. 팔짱을 단단히 낀 채 손가락으로 반대편 팔꿈치의 늘어진 피부를 만지작거렸다. 얼굴은 잔뜩 찌푸리고 있었다. 안야로서는 한 번도 본 적 없는 레아의 모습이었다.

"괜찮아요?" 안야가 물었다.

레아가 고개를 들었다. "앰브로즈." 대뜸 안야가 물었다. "알고 있었어요?"

싱크대를 쳐다보던 안야도 고개를 들었다. 그제야 오늘이 무슨 날인지 깨달았다. 앰브로즈. 그런데 레아가 어떻게 알고 있을까?

"카메라맨이 그만 둬서 마누엘이 내게 부탁했어요." 안야의 생각을 읽었다는 듯 레아가 말했다. "그래서…… 그래서 내가 찍었어요."

머그잔에 수돗물이 넘쳐흘렀다. 안야가 수도꼭지를 잠갔다.

빌어먹을 마누엘. 안야는 이 일을 잭맨 부인과 이야기해봐야겠다고 생각했다. 마누엘은 늘 신중하지 못했다. 그렇다고 해도 이번 일은 완전히 다른 문제였다.

"레아, 미안해요." 안야가 말했다. "그런 일은 절대로 일어나지 말았어야 했어요. 내 말은, 당신은 클럽에 온 지 얼마 안 됐잖아요. 그런 일은 아무런 훈련이나 준비 없이 해서는 안 돼요. 괜찮아요?"

엄마의 심장 소리만이 둘 사이에 흐르는 정적을 메웠다. 레아의 귀에도 그 소리가 들리는지 안야는 궁금했다.

"어떻게 이럴 수 있죠?" 레아의 입술이 일그러졌다.

"무슨 뜻이죠?"

"이렇게. 클럽. 앰브로즈. 당신의……." 말이 목구멍에 걸려 나오지 않았다. 레아는 안야의 엄마를 가리켰다.

안야는 비난 가득한 레아의 눈빛을 외면했다. 그저 티백을 머그잔에 담그고 적갈색으로 우러나는 모습을 지켜봤다. 잔을 들고 레아가 서 있는 곳으로 가져가 내밀었다. 레아는 뭔지 모르겠다는 듯 잔을 내려다봤다. 안야는 침대 머리맡 탁자에 머그잔을 얌전히 내려놓았다.

"내가 이런 게 아니에요." 안야는 엄마를 쳐다봤다. "엄마 스스로 이렇게 한 거죠. 부작용이 발생했어요. 당신은 아마 이런 일을 본 적도 없겠죠."

"그래서…… 뭐가 어떻게 되는 건가요." 레아가 물었다. "그래서 클럽을 계속 운영하는 거예요? 그래서 약한 사람들이, 앰브로즈 같은 사람들이 자살하도록 내버려두는 건가요?"

안야의 눈이 번뜩였다. "그들은 약하지 않아요. 그들 스스로 내린 선택이에요. 잘 알고 내린 결정이란 말입니다."

"앰브로즈를 봤잖아요. 위커버리 모임에서 그가 하는 말을 들었잖아요. 그런데도 잘 알고 내린 결정이라는 말을 하는 거예요?"

안야가 차를 한 모금 마셨다. 미지근한 액체가 목구멍을 타고 흘러내려갔다. 탐탁지 않았다. 심장이 쿵쾅거렸다. 레아가 이 소리를 들을 필요는 없었다. 누구보다 레아에게는 들리지 않았으면 했다. 레아는 어디까지 알고 있을까? 사는 데 별 불편함 없이 자기만족에 빠져 사는, 아무 의심 없이 자신의 독단적 견해를 여러 사람에게 강요하는 수많은 라이퍼들. 레아도 그들과 다를 게 없었다. 레아는 안야의 엄마가 그랬듯 자신의 생각을 강요하고 있었다.

"이봐요." 레아가 조용히 말했다. 안야의 엄마를 흘끗 바라보면서.

"이제 알겠어요. 생각났어요. 당신이 어디에서 왔는지. 어머니를 이런 식으로 두는 게 쉬운 일은 아니겠지만 그렇다고 당신이 생각하는 방법이 옳다고 할 수는 없어요."

안야가 한숨을 쉬었다. 그녀 역시 많이 생각했던 부분이었다. 거의 매일 밤 머릿속에서 매섭게 휘몰아치던 생각이었다. 그러나 다른 사람과 이에 대해 이야기를 나눈 건 처음이었다.

"당신은 이해할 수 없어요." 안야가 말했다. "앰브로즈의 죽음을 목격한 것은 유감이에요. 그런 일은 일어나지 말았어야 했어요. 하지만 당신도 이 일에 관여하기를 원했잖아요. 클럽에 들어가게 해달라고 내게 부탁한 건 당신이잖아요. 당신 발로 걸어서 이 모임에 왔어요. 그리고 마누엘이 전화를 걸었을 때, 당신이 하겠다고 선택한 거잖아요."

레아는 안야의 말에 대해서는 별다른 대꾸를 하지 않았다.

"저어, 가서 봐도 될까요?" 안야의 엄마가 누운 침대 쪽으로 한 발짝 다가서며 그녀가 말했다. 안야가 고개를 끄덕였다. 레아는 침대 쪽으로 걸어가 안야가 늘 앉던 의자에 앉았다.

레아는 얼룩진 피부, 움푹 들어간 가슴, 희뿌연 눈, 퍼덕거리는 심장을 바라봤다. 익숙지 않은 냄새 때문에 정신을 차릴 수 없었다. 하지만 불쾌한 감정을 드러내지는 않았다.

레아가 그녀의 얼굴에 손을 뻗었다. 안야는 말리려고 하다 이내 멈췄다. 레아는 한때 머리카락이 있었던 엄마의 두개골에 손을 얹었다. 레아는 손을 치우지 않았다. 그녀는 무서워하지도 소리를 지르지도 않았다. 그저 소리만 듣고 있는 것 같았다.

"당신 말이 맞아요." 레아가 말했다. "내 말은, 당신이 옳아요. 어머니는 아직 살아 계세요. 느낄 수 있어요."

레아가 그녀로부터 거둬들인 손을 자신의 무릎 위에 올려놓았다.

"미안해요." 레아가 말했다.

"괜찮아요." 안야는 피곤했다. 레아가 그만 가주었으면 싶었다.

"내가 이해 못할 거라고 했죠? 그렇지 않아요. 나도 그곳에, 파티 장에 있었어요. 도미니크가 있었던 그곳, 그 파티장에 있었어요." 레아가 말을 멈췄다.

레아가 어떻게 그 자리에? 안야가 미간을 찌푸렸다. 머릿속에 여러 장면들이 차례로 스쳐갔다. 아니다. 분명 그녀 자신은 레아를 초대한 적이 없었다. 레아를 클럽에 초대한 건 나중 일이었다.

"누군가를 쫓아 그곳에 갔었어요, 당신이 그를 만나더군요. 그와 이야기를 나누는 당신을 봤어요." 레아는 계속 말을 이어갔다. 차분한 목소리였다. 비난 섞인 말투는 아니었다. "나이 많은 순수혈통 아시아인이에요. 이름은 가이토."

가이토. 그랬다. 안야는 그 사람을 기억했다. 방랑자. 가정생활에 만족하며 살았을 것 같은 조용하고 차분한 남자. 하지만 그 남자는 세상 밖으로 뛰쳐나와 아주 많은 것들을 봤다. 그러고는 '이제 그만 하면 됐다'는 결정을 내렸다. 그에게는 많은 아픔이 있었다. 안야가 기억하기로는 아들을 먼저 보냈다고 했다. 비라이퍼였던 아들을.

"가이토 기리노." 레아가 안야를 똑바로 쳐다보며 말했다.

"기리노 씨란 말이죠……."

레아가 고개를 끄덕였다.

"아! 레아." 그제야 모든 게 이해되었다.

손을 주머니에 넣은 레아가 손톱과 보풀 같은 것을 잡아뜯었다.

그리고 앞니로 입술을 잘근잘근 씹었다. "이런 경우 특별 허가 같은 건 없나요?" 레아는 안야의 엄마를 다시 한 번 쳐다봤다. "이런 경우가 얼마나 있을까요?"

안야는 어깨를 으쓱였다. "글쎄요."

"그럼 당신은 그저 기다릴 수밖에 없는 건가요? 어머니, 아니 어머니 몸이 멈출 때까지?" 레아는 눈살을 찌푸렸다. "그저 이렇게?"

"아니요. 호스피스, 정부에서 그렇게 불러요, 호스피스라는 곳이 있지만 사실 그곳은 창고나 다름없어요. 비싼 데다 암시장에서 구매한 장기를 이식한 경우라면 보조금조차 지원해주지 않아요. 그렇게 일반 사람들 대다수가 그 비용을 감당할 수가 없으면 농장으로 가게 되죠. 농장으로 보내진 썩어가는 몸뚱이들은 새로운 영양분으로 쓰이지요."

그런 말을 하면서도 안야는 고통 속에 얼굴을 찡그리거나 울지 않았다. 레아가 곁에 있어서 그런지 기분이 나아졌고 오히려 담대해졌다. 레아가 떠나면 차를 한 대 구해야겠다고 생각했다. 공장 지대에 가봐야겠다고 생각했다.

레아는 고개를 저었다. "이건 아닌 것 같아요. 나라도 당신을 돕고 싶어요."

안야가 고개를 끄덕였다. 울컥하는 마음에 목이 메었다.

"이 같은 상황에서 생명 존중법은 의미가 없어요." 레아가 말을 이었다. "아니면 클럽에서 도와줄 수 있을 거예요! 그들이 어떻게 할 수 있지 않을까요?"

안야가 침을 꿀꺽 삼켰다. 레아의 아빠 생각이 났다. "그게 문제가 아니에요."

"참기 힘들 거예요." 레아는 서서히 현실을 깨달았다. "할 수 있겠죠. 물론 구할 수 있겠죠. T-알약. 하지만 당신은 원하지 않잖아요."

안야가 눈을 깜박였다.

"그렇다면 당신은 확신이 있어요?" 레아의 목소리가 높아졌다. "당신이라면 내 상황이 어떠할지 알잖아요. 나는 아빠를 이렇게 놔둘 수 없어요. 도와줘요. 아빠를 말려줘요."

안야는 눈 안쪽에 뜨거운 뭔가가 묵직하게 눌리는 느낌이었다. 그게 무엇인지 알지 못했다. 그녀는 엄마를 잃었다. 하지만 그건 다른 종류의 상실감이었다. 왜냐하면 엄마는 아직 이곳에, 이론상으로는 아직 이곳에 있기 때문이었다. 엄마의 경우는 천천히 차츰차츰 진행되었다. 문틈으로 유독가스가 스며들어 서서히 방 안을 가득 채우고, 식물을 죽이고, 미처 눈치채기도 전에 서서히 감각을 빼앗아가는, 그런 상실감이었다.

하지만 이런 감정을 레아에게 어떻게 설명해야 할지 몰랐다. 엄마가 앓아누운 다음부터 앰브로즈 같은 사람들을 돕는 일에 보람을 느끼게 되었다는 것. 아직 자신이 쓸모 있다고, 그렇게 무력하지는 않다고, 그렇게 느끼게 해준다는 것. 엄마가 죽도록 도울 수는 없을지라도 다른 사람들은 도울 수 있으리라는 것. 이를 레아에게 어떻게 설명해야 할지 몰랐다.

"당신 아버지가 원치 않는 것을 하게 할 수는 없어요." 안야가 말했다. "당신도 알겠지만 당신 아버지는 죽음을 실행에 옮기는 데 우리를 필요로 하지 않아요. 왜냐하면 그에게는 믿음이 있거든요. 내가 안 된다고 해도, 내가 허락하지 않아도, 내가…… 그렇다고 해도 당신 아버지는 다른 방법을 찾을 거예요."

레아는 아무 반응도 없었다. 현실을 직시하는 모습 같았다. 그녀가 미처 그 생각을 못 했다는 것을, 안야는 이해할 수 있었다. 터널성 시야. 이런 상황에서는 앞이 잘 보이지 않는 법이다.

T-알약을 손에 넣을 수만 있다면. 병원의 도움을 받을 수만 있다면. 클럽에서 도와줄 수 있다면. 그럴 수만 있다면. 그럴 수만 있다면. 그럴 수만 있다면.

문제는 절대 밖에 있지 않다는 사실을 안야가 깨닫는 데까지는 오랜 시간이 걸렸다.

"좋아요." 레아가 말했다. "그렇다면 다른 방법이 없을까요?"

안야는 레아에게 미안한 마음이 들었다. 하지만 그녀가 해줄 수 있는 것은 없었다. 그녀에게도 해결해야 할 커다란 문제가 있었다. 시간이 점점 흘러가고 있었다.

"미안해요, 레아." 안야가 단호하게 말했다. "이제 그만 가주세요."

레아가 이해할 수 없다는 듯 안야를 응시했다. 하지만 무언가 달라진 공기를 느꼈다. 레아는 고개를 끄덕이고는 출입문 쪽으로 몸을 돌렸다.

문 앞에 서서 안야의 엄마를 마지막으로 한 번 더 쳐다봤다.

"잘 되기를." 레아의 두 뺨이 발그스름하게 상기되었고 두 눈이 반짝거렸다. 그녀는 무슨 생각을 하고 있는 걸까? "우리 둘 다 잘 되기를."

안야가 미처 대답하기도 전에 레아는 문 밖으로 나섰다. 딸깍 문이 닫혔다.

이제 다시 그녀만 남았다. 아니, 그녀와 그녀의 엄마만.

# 32장
## 무엇을 원했던 걸까?

거리로 나온 레아는 이제 막 내려앉기 시작한 차가운 저녁 공기
에 몸을 으스스 떨었다. 오렌지색 햇빛이 건물과 건물 틈을 가르며
거리에 긴 그림자를 드리웠다. 퇴근시간이 지난 직후라 그런지 거리
는 한산했다. 사람들이 귀가해 일일 영양 권장량을 쭉 들이켜거나
헬스장에서 땀을 흘리고 있을 시간이었다. 레아는 비어 있을 자신
의 사무실을 상상했다. 퇴근 후에는 층마다 부드러운 조명이 희미하
게 켜져 있을 것이다. 아내와 함께 집에 있을 지앙을 떠올렸다. 아마
탁자 위에 발을 올리고 앉아 태블릿으로 이메일을 읽고 있을 것이다.
자신의 아파트와 크게 다르지 않은 곳에 있을 나탈리도 떠올렸다.

앰브로즈를 생각했다. 안야의 엄마도, 안야도 생각했다. 그리고
아빠도 생각했다. 등 아랫부분이 뻐근했다. 고민과 괴로움이 척추
맨 아랫부분을 감싼 채 그곳에 눌러앉아버리는 것 같았다. 석회화된

고민과 괴로움이 그쯤에 닻을 내린 듯 움직이지 않았다.

레아는 집을 향해 걸어갔다. 안야의 엄마를 떠올렸다. 이상하게도 아무런 거부감이 들지 않았다. 오히려 작은 방과 더러운 창문, 거미줄 쳐진 천장과 구석구석 시꺼먼 얼룩이 더 충격적이었다. 비밀스레 열리는 클럽 만찬이나 화려한 파티와는 대조적이었다.

오히려 레아는 안야의 엄마에게 호기심을 느꼈다. 몸속 기계들이 어떻게 돌아가고 있는지 자세히 들여다보고 싶었다. 윙윙거리는 소리는 어디서 나는지, 피부조직은 실리콘으로 어떻게 붙어 있는지, 혈관을 타고 흐르는 짙은 스마트블러드™는 얼마나 끈적거리는지 느껴보고 싶었다. 똑같은 액체가 자신의 몸속에도 흐르고 있다고 생각하니 심장이 덜컥 내려앉았다. 레아는 손을 목으로 가져가 턱 아래 움푹 들어간 부분을 만져봤다. 피가 밀려올라오는 게 느껴졌다. 그 색깔을 상상해봤다. 아까 안야의 엄마에게서 본 것과 똑같은 짙은 갈색이리라.

거기 누워 있는 사람이 아빠였다면 자신은 어떻게 했을까? 머릿속에서 그 생각을 얼른 떨쳐버렸다. 말도 안 되는 일이었다. 그런 일은 결코 일어날 리가 없었다. 옆에 그녀가 있는데, 그녀가 계획하고 있는 게 있는데, 그리고 이제 그녀 옆에 GK가 있는데 그런 일이 일어날 리 없었다. 그녀는 제3의 물결에 합류할 것이고 아빠도 그렇게 되리라.

레아가 그렇게 만들 것이었다.

집에 돌아와 옷을 입은 채로 침대에 쓰러졌다. 피로가 그녀를 짓눌렀다. 그 어느 때보다 몸이 무겁고 힘들었다. 피로가 이불 아래 다리를 타고 내려앉았다. 불을 켜둔 채 눈을 감았다. 곧바로 깊고 편안한 잠에 빠져들었다.

다음 날 아침, 천천히 잠에서 깨었다. 어제 입었던 옷을 그대로 입고 잔 데다 지난밤 양치도 하지 않았지만 놀라울 정도로 개운했다. 자신을 짓누르던 막중한 무게감이 사라진 것 같았다. 하지만 바로 그때, 조금의 깜박임도 흔들림도 없이 밤하늘처럼 까만 앰브로즈의 두 눈이 떠올랐다. 그리고 모든 게 다 기억났다.

레아는 일어나 침대 모서리에 걸터앉았다. 척추 맨 아래에 느껴졌던 무게가 복부 쪽으로 번졌다. 그리고 점점 더 넓게 번져나가는 게 느껴졌다.

욕실에 가서 천천히 옷을 벗었다. 옷가지가 하나하나 차가운 대리석 바닥에 떨어졌다. 나중에 치워야겠다고 생각했다. 아침을 먹고 나서 해야 할 일 하나를 그렇게 추가했다.

샤워를 하다가 무언가에 이끌려 거울을 들여다봤다. 등을 똑바로 하고 어깨를 폈다. 배와 엉덩이 부분에 단단히 힘을 주었다. 엉덩이를 뒤로 젖히고 목을 길게 뺐다. 아직까지는 괜찮았다. 하지만 배와 가슴이 늘어지는 게 보였다. 목 아래에 주름이 잡혔고 왼쪽 이두박근 쪽에 희미한 기미가 생겼다. 왼쪽 정강이를 가로질러 피부 아래로 정맥이 꾸물거리는 벌레처럼 불룩 튀어나왔다.

짙은 초록색 혈관을 손가락으로 따라 그렸다. 무릎에 이르러 혈관을 좀 더 세게 눌러가며 따라 그렸다. 손톱으로 꾹꾹 눌러가며 그렸다. 피는 나지 않았지만 얼얼한 느낌에 기분이 좋아졌다.

욕조 안으로 들어갔다. 물이 너무 뜨거워 피부 껍질이 벗겨지는 것 같았다. 손가락으로 코를 잡고 천천히 머리를 담갔다. 뜨거운 기운이 귓속으로 퍼져 머리가 지끈거렸다.

잘 사용하지 않던 목욕수건으로 몸 구석구석을 밀었다. 피부가 빨개질 때까지 문질러댔다. 정강이에 튀어나온 혈관도 불룩한 배도 문질러 없애는 상상을 했다. 목욕을 끝내고 배수구 마개를 열었다. 꾸르륵꾸르륵 시끄러운 소리가 났다. 물에 빠져 숨이 넘어갈 때 나는 소리였다. 차가운 물로 몸을 헹궜다. 온몸의 모공들이 수축하는 게 느껴졌다. 얼얼하다 못해 몸에 감각이 없어지는 것 같았다. 기분이 좋았다.

수건으로 물기를 닦으며 다시 거울을 들여다봤다. 혈관은 여전히 불룩 튀어나와 있고 물컹한 배도, 기미 자국도 그대로 있었다. 속이 훤히 들여다보이는 몸뚱이. 불현듯 안야의 엄마가 뇌리를 스쳐 지나갔다.

가구를 원래 있던 자리로 다시 옮겨야겠다고 생각했다. 소파 다리가 윤이 나는 마룻바닥을 긁으며 끼익 소리를 냈다. 나무 바닥을 따라 흰 스크래치가 길게 나 있었다. 레아가 발끝으로 소파 다리를 걷어찼다. 아프지 않았다.

"레아?" 다급한 목소리. 이어서 현관문 두드리는 소리가 났다.

레아는 문 쪽을 노려봤다. 절뚝거리며 현관으로 걸어가 현관 구멍으로 밖을 내다봤다.

흰색 꽃들과 작약, 장미가 섞인 커다란 꽃다발에 가려 누군지 얼굴이 보이지 않았다. 그가 얼굴을 내밀었다. 토드였다. 깔끔한 파란색 셔츠에 얼마 전 레아의 생일 파티에 선보였던 적갈색 나비넥타이를 매고 있었다.

레아는 현관 구멍의 덮개를 닫았다.

"무슨 일이야?" 레아가 문 너머로 물었다.

"그냥 얘기 좀 할까 하고." 토드가 말했다. "들어가도 될까?"

함정이 아닐까 생각했다. 흰색 코트를 입은 정부 당국 직원이 옆에 숨어 있다가 그녀가 나가자마자 구속하지는 않을까 상상했다. 레아와 헤어지던 날에 대해 토드가 그들에게 얼마나 떠벌려댔을지 궁금했다. 토드는 겁쟁이였다. 그 일이 있고 나서 이렇게 혼자 왔을 리가 없었다.

"할 얘기가 없을 것 같은데." 그렇게 말한 레아는 비스듬히 놓인 소파 쪽으로 걸어갔다. 그리고 소파 한쪽을 들었다. 하지만 손에서 소파가 미끄러졌다. 아까보다 더 무거워진 것 같았다.

"레아, 제발." 토드가 말했다. "사과하고 싶어."

레아의 입술이 올라가며 윗니가 드러났다. 소파를 내려놓았다. 무슨 말을 할지 들어봐야 했다.

레아는 다시 문으로 갔다. 빗장을 걸어둔 채 문을 열었다.

"혼자야?" 레아가 문틈으로 물었다.

토드가 꽃을 내렸다. 그의 얼굴은 편안해보였다. 햇볕에 그을려 있었다. 깎아놓은 듯 각진 턱은 예전 그대로였다. 아니, 더 좋아보였다. 레아는 복부가 조여드는 느낌이었다.

"당연하지, 혼자 왔어." 토드가 인상을 살짝 찡그렸다. "내가 누구랑 같이 오겠어?"

잠시 동안 레아는 토드의 얼굴을 유심히 살폈다. 어린아이 같은 표정에 눈은 깜박이지 않았으며, 침이 묻어 반들거리는 입술은 약간 삐져나와 있었다.

레아는 다시 문을 닫은 뒤 빗장을 풀고 문을 열었다. 그리고 복도로 반걸음 정도 나가 좌우를 살폈다. 아무도 없었다. 그제야 레아는 토드를 쳐다봤다.

전보다 어깨는 넓어지고 삼각근은 단단해졌으며 엉덩이 주변은 더 가벼워보였다. 짜증이 났다. 얼굴에는 수염이 아주 살짝 자라나 턱 주변이 금빛 솜털로 덮여 있었다. 호화저택 정원의 잘 정돈된 잔디 같았다. 명치끝이 쪼여와 팔짱을 꼈다.

지금 이 자리에서, 바로 이 복도에서 토드와 섹스를 할 수도 있겠다는 생각이 들었다. 레아는 토드 쪽으로 반걸음 다가갔다. 그에게서 소년 같은 비누 냄새가 났다. 토드를 바닥으로 밀치고 그 얼굴 위에 올라가 앉을 수도 있을 것 같았다. 토드가 뒤로 한 발짝 물러나며 꽃다발을 내밀었다. 레아는 한숨을 쉬었다. 꽃다발을 받아 뒤쪽 바닥에 내려놓았다.

"말해봐, 나한테⋯⋯." 레아가 말했다. "미안하다고 말이야."

레아는 토드의 단단한 가슴에 손끝을 올려놓았다.

"레아. 너를 보니까 좋다. 너는⋯⋯."

토드가 멈칫했다. 그리고 레아의 지친 피부와 젖은 채 축 늘어진 머리카락을 가만히 바라보았다. 그런 레아의 모습에 연민을 느꼈는지 토드의 표정이 한결 부드러워졌다.

레아는 한 손으로 그의 왼쪽 젖꼭지를, 다른 한 손으로 그의 성기를 더듬었다. 성기가 이내 단단해졌다. 온몸을 타고 흐르는 떨림이 느껴졌다.

"계속해." 레아가 말했다. "뭐가 미안한지 말해봐." 그를 괴롭히고 싶은 충동이 일었다. 지난 몇 주간 느꼈던 좌절감이 갈리고 갈려 끝이 뾰족해졌다. 레아는 그를 더 꽉 움켜쥐고 미소 지었다. 토드가 움

찔 놀랐다. 불편한 기색이 역력했지만 성기는 여전히 단단했다. 적
갈색 나비넥타이의 작은 핑크색 물방울무늬가 눈에 띄었다.

"너에 대해 보고한 건 미안해." 토드가 말했다. 목소리가 떨리고
말의 속도가 부자연스럽게 빨라졌다. "나는, 나는 너를 돕고 있다고
생각했어."

"그랬겠지." 레아가 그의 벨트를 풀며 말했다. 토드가 그녀를 제지
하려고 했지만 그녀는 멈추지 않았다.

"레아." 그가 속삭이듯 말했다. "왜 그러는 거야? 나는 너와 얘기를
하러 온 거야."

"그래, 얘기해." 레아가 그의 성기를 바지 밖으로 꺼냈다. 그것은
보이지 않는 끈에 매달린 듯 이러지도 저러지도 못 하고 갈팡질팡하
는 상태였다.

"레아." 토드의 뺨이 빨개졌다. 눈은 빠르게 깜빡였다. 눈썹이 저렇
게 예뻤나 하는 생각이 들었다. 토드가 숨을 가쁘게 몰아쉬었다. 얼
굴은 더 빨개졌다. 토드가 울까?

토드는 더 이상 레아를 제지하려 들지 않았다. 레아는 그를 집 안
으로 끌고 들어가 문을 닫았다.

그들은 마룻바닥에서 섹스를 했다. 레아가 토드 위로 올라갔다.
토드는 레아가 하는 대로 두었다. 안야도, 안야의 엄마도, 클럽도, 레
아는 모두 잊어버렸다. 양 허벅지로 토드의 거친 뺨을 짓누르고 그
의 부드러운 입술을 향해 돌진했다. 그렇게 앉아, 토드의 목을 부러
뜨릴 수도 있겠다는 생각이 무심코 들었다. 그녀의 다리 아래에서
날뛰는, 단단하고 말 잘 듣는 그의 물건을 바라봤다. 어쨌거나 그가
잘생긴 남자라는 건 부인할 수 없었다.

322

정사를 끝내고 레아는 토드의 배 위에 다리를 벌리고 앉았다.

"용서해주는 거야?" 토드의 기어들어가는 목소리에, 레아는 미안함을 느낄 지경이었다. 하지만 토드의 얼굴을 보는 순간, 예전 자신을 밀고하고 있었다는 걸 깨달았던 때에 보았던 그 표정이 떠올랐다. 레아는 아무 말도 하지 않았다.

"내 말은……." 토드가 말했다. "너 때문에 그만 둘 수가 없었어. 너를 돕는 거라고 생각했어. 어제가 돼서야 그들이 말해줘서, 그래서 내가 무슨 짓을 했는지 알았어."

레아의 몸이 뻣뻣하게 굳었다. "어제? 네게 무슨 말을 했는데? 누가?" 레아가 물었다.

토드는 고개를 옆으로 돌리고 숨죽여 말했다. 오른쪽 눈 위로 곱슬곱슬한 금발 머리카락이 흘러내렸다. "아무에게도 말하면 안 돼. 모든 게 공식적으로 발표될 때까지는 말이야. 하기야 이미 많은 사람들에게 알려지기 시작했더라고."

레아의 손이 차가워졌다.

"레아, 제3의 물결이 다가오고 있어. 이렇게 빨리 시작될지 누가 알았겠어? 그들 말로는 진짜래. 그리고 우리는 제일 처음이 될 거야." 레아는 토드의 목소리에 깜짝 놀랐다. 그런 진지한 목소리는 여태 한 번도 들어본 적이 없었다. 갑자기 토드가 훨씬 더 나이 들어 보이고 훨씬 더 지쳐 보였다.

레아는 한 손으로 그의 가슴팍을 눌렀다.

"무슨 말이야?" 레아가 물었다. "우리가 처음이 될 거라니, 그게 무슨 뜻이야?"

토드는 얼굴을 돌려 레아를 바라봤다.

"미안해, 내 말은 우리가 같이, 미안해." 토드가 얼버무렸다. "너도 알겠지만 나는 통지를 받았어." 토드가 다시 말을 꺼냈다. "그러니까 나는, 저기, 어쩌면 너도 연락을 받았겠다고 생각했어. 레아, 너도 받았지?" 토드는 레아의 얼굴을 살폈다. 하지만 동정 어린 그의 눈빛은 그가 이미 알고 있다는 걸 말해주었다. 짐작했을 수도, 아니면 물어봤을 수도 있었다. 어쨌든 토드는 알아냈을 것이다.

레아는 코가 거의 닿을 때까지 그의 얼굴에 가까이 다가갔다. 그러고는 두 손으로 토드의 목을 감싸고 얼마나 두꺼운지 얼마나 단단한지 그러나 얼마나 따뜻한지 느꼈다. 이 몸속에는 어떤 색 스마트블러드™가 흐를지 상상했다.

레아가 그의 목을 살짝 눌렀다. 그녀 밑에서 그가 당황하기 시작하는 게 느껴졌다.

"레아." 눈이 휘둥그레져서 레아를 불렀다. 부드럽게 마치 장난치듯이 레아는 계속해서 토드의 목을 눌렀다.

"레아!" 토드가 엉덩이를 잡아 빼고 레아를 옆으로 내던지며 소리쳤다.

레아는 차가운 바닥으로 굴러떨어졌다. 팔꿈치가 미칠 듯이 아팠다.

이제는 토드가 레아 위에 있었다.

"세상에, 레아. 너 왜 그래?" 토드는 목 뒤를 문지르며 팔을 뻗었다. "미안해." 레아가 천연덕스럽게 말했다. "아팠지? 미안해."

레아는 팔꿈치를 움켜잡고 팔을 펴보려 했지만 움직이지 않았다.

"레아, 제발." 토드가 말했다. "같이 이 상황을 헤쳐나가자고 말하러 왔어. 나만 통지를 받았지만 너를 위해 내가 말을 잘해줄 수 있을 거야."

어쩌면 그들은 함께 이 상황을 해결해나갈 수 있을 것이다. 그럴 수 있을지도 모른다. 단춧구멍만 한 카메라의 작은 메모리카드에 담겨 있는 앰브로즈의 자살 장면, 안야와 나누었던 대화가 생각났다. 그것을 아직 GK에게 보내지 않았다. 레아는 무엇을 기다리고 있단 말인가? 메모리카드가 모든 혐의를 벗겨주고 그녀를 제자리로 돌려놓을 텐데 왜 여태 망설이고 있단 말인가? 토드가 다시 집으로 들어올 수도 있을 텐데. 그녀가 다시 사무실에 나갈 수도 있을 텐데.

황금빛으로 빛나는 토드의 완벽한 눈을 바라보던 레아는, 무엇보다 자신이 원하지 않는다는 사실을 깨달았다. 그게 이유였다. 지나온 삶이 아득하게 그리고 공허하게 느껴졌다. 어처구니없지만 그랬다. 사무실로 돌아가 돈 많은 고객들에게 영원불멸의 삶을 살려면 얼마나 있어야 하는지 이야기하는 자신의 모습이 그려지지 않았다. 토드와 관계를 지속하고 비타민 스프리츠가 가득한 파티를 다니며 누구네 트레이너가 어떤 고객이랑 잤네 마네 험담을 하고 쉬쉬해가며 서로의 전화번호를 속삭이는 모습이 상상되지 않았다.

그렇다면 그녀는 무엇을 원했던 걸까?

대답은 금방 나왔다.

"가봐야겠어." 토드에게 말했다.

"어딜?" 토드가 의심스럽게 쳐다봤지만 레아는 이제 개의치 않았다. 토드가 무슨 생각을 하든 상관없었다. 그들이 무슨 생각을 하든 그것도 상관없었다.

레아는 일어나서 옷을 입었다. 그러고는 지갑을 집어 들며 집 안을 둘러봤다. 다시는 이 풍경을 못 볼 것 같다는 상실감이 묘했다. 동시에 배가 뻣뻣해지고 목구멍이 간질간질해지며 이상하리만치 무모한 자유가 느껴졌다.

"레아, 어디 가는데?" 여전히 바닥에 누운 채 토드가 다시 물었다.

"안녕, 토드." 레아는 대답을 기다리지 않고 문 밖으로 나섰다.

# 33장
## 아빠를 기다리던 날

꽃이 시들기 시작했다. 화려한 산호색 작약과 흰색 장미의 잎이 크리스털 꽃병 위로 꼬꾸라지자 벌거벗은 줄기는 그 무게를 지탱하지 못했다. 풍선도 바람이 빠졌다. 헬륨가스가 새어나와 사람들이 내뿜는 이산화탄소 속에 섞여들어갔다. 하지만 아직도 남은 것이 많아서, 어떤 것은 천장에 붙어 있었고 어떤 것은 반쯤 높이에 떠다녔으며 끈이 달린 것들은 바닥에서 뒹굴었다.

아이들은 가만히 있지 못하고 조바심을 내며 케이크 쪽으로 시선을 돌렸다. 부모들은 부드러운 머리칼을 쓰다듬으며 그 작은 귀에 달콤하게 속삭였다. 조금만 더 기다리자며 아이들을 달랬다. 얌전히 있어야지. 레아는 자신을 슬쩍슬쩍 훔쳐보는 그들의 시선을 느꼈다. 처음에는 레아를, 그리고는 엄마를 쳐다봤다. 엄마는 분위기를 띄우려고 처방에 따라 조제된 채소 음료를 나눠주었다.

엄마는 그녀 뒤에 있었다. 청량한 여름을 닮은 향수 냄새와 달콤 짭조름한 엄마 냄새. 그 냄새만으로도 엄마를 알 수 있었다. 레아 자신에게서 나는 냄새와 똑같은 그 냄새가 좋은지 나쁜지는 알 수가 없었다.

"레아." 그녀 옆에 무릎을 꿇고 앉으며 엄마가 말했다.

엄마의 얼굴을 들여다봤다. 짙은 눈동자와 호두 빛깔의 도톰한 입술, 그 황금빛 따뜻함 속에서 위로를 찾으려 애썼다. 하지만 그것으로는 충분치 않았다. 절대적으로 부족했다. 엄마에게 안길 수도 어깨에 얼굴을 묻을 수도 없었다. 엄마는 너무도 강했고 견고했으며 굳게 닫혀 있었다. 그래서 레아가 비집고 들어갈 틈이 없었다. 레아는 시선을 떨어뜨렸다. 그런 그녀에게 엄마가 무슨 말을 할지 알고 있었다.

"레아, 아빠는 못 오실 것 같구나. 비행기가 지연됐나 봐." 엄마는 옆에 서 있는 새뮤얼을 쳐다봤다. "새뮤얼, 네가 말하렴."

새뮤얼은 엄마가 한 말을 똑같이 반복했다. "레아, 아빠는 못 오실 것 같아."

아빠는 못 오실 것 같아. 익숙한 그 말에 레아는 뭔가가 가슴을 쥐어짜는 것 같았다. 눈 안쪽이 화끈거렸다. 레아는 거실에 감도는 어색한 기운을 느꼈다. 아이들은 게임도 다 끝나고 채소 음료도 다 떨어졌음에도 아직 거실 여기저기에 앉아 속닥거리는 중이었다. 어느덧 태양은 뉘엿뉘엿 기울어 블라인드 틈새로 오렌지빛을 드리우며 사라졌다.

다리가 뻐근했지만 레아는 몸을 일으켜 세웠다. 바스락 소리가 지루한 거실에 울려퍼지자 손님들이 초롱초롱한 눈을 쳐들었다.

"케이크 자를 시간이다!" 엄마는 손님들이 아닌 레아를 향해 단호하게 말했다.

손님들이 기대감으로 술렁거렸다. 아이들은 장식용 색테이프와 장난감을 버리고 일어났다. 엄마들은 머리를 빗어올렸고 아빠들은 목청을 가다듬었다. 모두가 거실 한가운데 놓인 케이크 주변으로 몰려들었다.

레아는 케이크 앞으로 걸어갔다. 핑크색 플라스틱 나이프가 두 손에 쥐여졌다. 레아는 현관문에서 눈을 떼지 않았다.

이번에는 오겠다고 했다. 아빠가 그렇게 약속했다.

하지만 일곱 색깔 풍선으로 둥글게 장식한 문은 열리지 않았다. 아빠는 못 오실 것 같아.

"케이크 자를 시간이다!" 엄마가 다시 한 번 외쳤다. 밝게 이야기했지만 레아는 그 안에 담긴 경고의 의미를 알았다. 날이 선 엄마의 목소리를 외면할 수 없었다. 엄마는 레아를 들어올려 케이크 앞에 놓인 높은 의자에 앉혔다.

레아는 끈적끈적한 플라스틱 나이프를 두 손으로 잡았다. 그러고는 그녀 앞에 있는 사람들의 얼굴을 훑어봤다. 어쩌면 아빠는 사람들 틈에 숨어 있다가 레아를 깜짝 놀라게 해주려는지도 몰랐다. 사랑하는 우리 딸 생일을 얼마나 기다렸다고. 하지만 아빠는 나타나지 않았다. 레아는 기다렸다. 다들 기다리게 만들었다. 이제 풍선은 가라앉았고 얼음은 녹았다. 이제 아빠 없이 케이크를 자를 것이다.

"생일 축하합니다." 엄마가 여전히 크고 밝은 목소리로 노래를 시작했다. 새뮤얼도 같이 불렀다. 나머지 손님들도 따라 불렀다. 노래가 제각각이었다. "생일 축하합니다. 사랑하는 레에에아…… 생일 축하합니다."

높은 의자에 앉았음에도 테이블은 가슴 위쪽에 있었다. 그녀 머리 위, 어릿광대의 새빨간 입술처럼 요란스러운 꽃 장식의 커다랗고 하얀 케이크가 어렴풋이 보였다.

"생일 축하해."

엄마가 뒤쪽에서 튼튼한 두 팔로 레아의 어깨를 안았다. 하지만 그건 포옹이 아니었다. 엄마는 레아의 두 손을 잡고 나이프를 케이크 쪽으로 가져갔다.

아직은 안 된다. 레아는 겁에 질린 얼굴로 현관문 쪽을 쳐다봤다. 아빠가 아직 오지 않았다. 아빠 없이 케이크를 자를 수는 없었다.

하지만 땀이 고인 엄마의 두 손이 작고 귀여운 레아의 손을 감싸고 있었다. 핑크색 플라스틱 나이프는 이미 버터크림으로 매끈하게 둘러싸인 케이크의 귀퉁이를 자르고 있었다. 사람들이 박수를 쳤다. 마치 폭죽이 터지는 것 같았다. 그 소리에 레아는 귀가 아팠다.

레아가 나이프를 뒤로 빼보려 했지만 너무 늦었다. 이미 아이보리색 층이 잘려나가고 그 속의 짙은 색 초콜릿 빵 부분이 보였다. 아빠가 아직 오지 않았다. 하지만 이제 너무 늦어버렸다.

그녀 안에서 뭔가 울컥 치밀어올랐다. 레아는 나이프를 꽉 움켜쥐고 이리저리 휘둘렀다. 나이프가 두꺼운 빵 층을 이리저리 뚫고 지나가며 케이크를 엉망진창으로 만들었다. 잘려나간 부분에서 빵 부스러기가 떨어졌다. 마침내 나이프가 딱딱한 받침대에 부딪혔다.

박수 소리는 점점 커졌다. 엄마는 손을 치우고 똑바로 섰다. "여러분, 감사해요." 엄마는 만족스러운 듯 인사했다. 어쨌든 파티는 성공적이었다.

하지만 손님들은 엄마를 쳐다보지 않았다. 그들은 높은 의자에 앉아 있는 레아를 바라봤다. 그녀는 아직도 플라스틱 나이프의 손잡이 부분을 양손에 꽉 움켜쥐고 있었다. 레아는 첫 번째 단에 칼을 집어넣어 아까처럼 다시 케이크를 난도질했다. 이어서 아직 뭉개지지 않은 두 번째 단을 공격했다. 플라스틱 칼을 케이크 한가운데에 찔러 넣었다. 손가락은 미끄러운 버터크림으로 뒤범벅되었다.

박수 소리가 잦아들었다. 레아는 얼어붙었다. 고개를 들어 엄마의 눈을 바라봤다.

순간 알쏭달쏭 희미한 표정이 엄마의 얼굴을 스치고 지나갔다.

"세상에, 레아, 바보같이 이게 뭐니!" 엄마는 별일 아니라는 듯 환하게 웃었다. 엄마는 끈적끈적한 레아의 손에서 칼을 빼앗아 검지와 엄지로 들고 손님들에게 흔들어댔다. "우리 레아가 이래요." 엄마가 말을 이었다. "늘 지나치게 열정적이라니깐요."

사람들이 웃었다. 녹음된 기계음처럼 어색하고 억지스런 웃음소리가 서서히 자연스럽게 변해갔다.

레아는 아이보리색 케이크 표면에 생긴 음울한 상처를 바라봤다. 그 상처에 손을 집어넣어 마구 헤집어놓고 싶었다. 몸에 해로운 크림과 버터로 범벅이 된 빵을 한 움큼 집어 입 안에 쑤셔 넣고 싶었다. 어떤 맛이 날까 궁금했다.

레아는 주변을 둘러봤다. 아무도 쳐다보는 사람이 없었다. 오히려 시선을 피하려는 분위기였다. 모자와 코트를 건네받고 작별 키스를 나누는 사람들.

레아는 오른손을 들어올렸다. 손가락 사이사이에 번들번들 기름진 버터크림이 잔뜩 끼여 있었다. 레아는 손바닥에 붙은 부스러기를 발견했다.

엄마는 답례 선물을 나눠주며 손님들에게 작별 인사를 했다. 레아는 쳐다보지 않았다. 새뮤얼은 정신없이 바닥에 떨어진 리본과 종잇조각을 정리하고 있었다. 그리고 아빠는, 아빠는 심지어 이곳에 없었다.

레아는 손을 입으로 가져갔다. 혓바닥으로 손가락을 핥았다. 쓸 거라 생각했다. 화끈거렸던 아빠의 검은 구두약. 눅눅한 귀지. 쓴맛이 나는 것들에는 독이 들어 있었다. 쓴맛은 뭔가 잘못된 것이었다. 그리고 지금, 집에 있겠다고 한 아빠는 오지 않았다. 레아는 쓴맛을 느끼고 싶었다.

입 안이 얼얼한 이 맛은 그녀가 지금껏 맛본 것과는 달랐다. 엄마가 이따금 입에 넣어주던 채소 퓌레 맛도 났다. 전에 미처 알지 못했지만 멋지게 부풀려지고 확대된 맛이었다. 그녀는 혓바닥으로 입천장을 쓸었다. 착각이 아니었다. 전혀 독이 든 맛이 나지 않았다.

레아는 다시 혓바닥을 내밀어 다른 한 손을 입으로 가져가려 했다. 그녀는 고개를 들었다. 엄마는 아직도 손님들을 배웅하고 있었다. 손님들은 선물 가방을 챙기느라 왔다 갔다 하거나 신발 끈을 묶고 있었다. 정신없는 가운데 아빠가 용케 나타났다. 사람들 눈에 띄지 않고.

아빠는 현관문 옆에 서 있었다. 땀에 젖은 셔츠는 배가 불룩해서 터지기 직전이었다. 한 손에는 코트를 쥐고 있었다. 코는 평소보다 더 번들거렸고 관자놀이는 땀이 맺혀 반짝였다.

한편으로는 아빠에게 달려가 두 팔에 안기고 넓은 가슴에 얼굴을 묻고 싶었다. 하지만 다른 한편으로는 슬그머니 자리를 빠져나가 의자 밑으로 기어들어가 숨고 싶었다.

아빠의 얼굴을 보자 레아는 의자에서 꼼짝도 할 수 없었다. 아빠는 마치 레아를 처음 보는 것처럼 바라봤다. 이마를 찌푸리고 고개를 갸우뚱 기울였다. 아빠는 레아를 살피고 있었다.

레아는 자신이 입을 헤 벌리고 버터크림이 잔뜩 묻은 다른 손을 핥으려 혀를 내밀고 있음을 깨달았다. 몸에 치명적인 케이크를 먹는 걸 아빠가 봤으니 난리가 날 터였다. 하지만 이상하게도 아빠는 레아를 말리려 하지도, 소리를 지르며 달려오지도 않았다. 아빠의 그런 태도를 보니 케이크가 몸에 해롭지 않은 게 분명했다.

하지만 뭔가 잘못을 저지르다 들켰다는 부끄러움으로 목 주위가 따끔거렸다. 레아는 입을 다물고 손을 내리려고 했다. 하지만 그 순간 자신을 쳐다보는 아빠의 눈빛에 멈칫했다. 다시 혓바닥을 내밀고 손가락을 입으로 가져갔다. 레아는 천천히 움직였다. 그래야 아빠가 자신을 말릴 수 있을 거라 생각했다.

하지만 아빠는 쳐다보기만 할 뿐 그녀를 말리지 않았다. 무언가가 뱃속에서 꿈틀거리더니 틈이 벌어졌다. 레아는 더 이상 설탕 덩어리를 원하지 않았다. 갑자기 구역질이 올라왔다. 뱉고 싶었다. 손을 씻고 싶었다. 레아는 울음을 터뜨렸다.

엄마가 미처 반응하기 전에 아빠가 번개처럼 레아에게 달려왔다.

왜 울어? 오늘은 네 생일이란다. 우리 아가. 이제 그만 뚝!

두 팔이 레아를 감쌌다. 햇볕에 그을린 아빠의 팔은 나무처럼 단단했다. 레아는 아빠의 팔뚝에 촘촘히 난 작고 검은 털들을 바라봤다. 늘 그렇듯 털은 손목쯤에서 멈췄다. 모공 하나 없이 매끈한 엄마의 피부와는 달리 얼룩덜룩 작은 반점들과 팔꿈치 밑으로 접히는 살은 그녀에게 위안이 되었다.

쉿. 이제 그만.

레아는 아빠의 냄새를 들이마셨다. 짭짜름한 냄새. 가끔 엄마가 전통음식을 요리할 때 나던 양파 냄새 같았다. 끈적끈적한 손으로 아빠의 목을 잡고 품속에 파고들었다. 버터크림 냄새가 셔츠에 밴 땀 냄새와 뒤섞였다.

축축한 아빠의 셔츠에서 얼굴을 떼고 눈을 깜빡였다. 손님들은 대부분 돌아가고 없었다. 와줘서 고마워요, 즐거웠어요, 레아가 피곤한가 봐요, 어떤지 알잖아요. 그들은 조용히 엄마의 배웅을 받았다. 엄마는 말없이 바닥에 떨어진 색 테이프를 줍고 있었다. 하지만 레아는 엄마가 화났다는 걸 알았다. 또 일을 저질렀다. 심장이 쿵 내려앉는 기분이었다. 이 기분이 무엇인지 정확히 알 수는 없었다. 그러나 엄마의 입 모양이 굳어 있다는 것은, 엄마의 쇄골이 팽팽하게 긴장되어 있다는 것은 알 수 있었다.

"안녕?"

레아는 아빠의 얼굴을 빤히 들여다봤다. 화가 난 엄마는 금세 잊어버렸다. 아빠가 눈앞에 있었다. 낯익은 이중 턱, 넓고 납작한 코, 예리한 눈빛이 있었다. 그녀가 너무도 좋아하는 왼쪽 뺨의 얽힌 자국도 있었다. 아빠 뺨에 그런 구멍이 있다는 것은 그녀만 아는 사실이었다. 아빠 말로는 여드름 때문에 생긴 거라고 했다. 젊었을 때 아빠는 피부가 좋지 않아서 모공에 염증이 생기고 빨갛게 곪기 일쑤였는데 그게 터지면서 패인 자국이라고 했다.

아빠 손에서 바스락 소리가 났다. 레아가 내려다봤다.

여기저기 접히고 구겨진 금색 종이. 서툴게 묶인 리본. 급하게 포장했는지 엉망이었다. 하지만 레아는 그 선물을 들고 활짝 웃었다.

"선물 하나도 못 받은 줄 알겠네." 엄마의 목소리에 날이 서 있었다.

하지만 아무 소리도 들리지 않았다. 레아가 서둘러 종이를 뜯어내자 황금빛 종이들이 반짝거렸다. 지느러미 모양의 겨자색 꼬리가 먼저 나오고 다리, 몸통, 그리고 작고 뾰족한 머리가 나왔다. 여느 장난감들처럼 합성고무로 만들어졌다. 꼬리 맨 아래부터 시작해 등줄기를 따라 머리가 시작되는 부분까지 이어진 골판이 눈에 들어왔다.

꼬리를 잡고 들어 그 얼굴을 가만히 들여다봤다. 사람처럼 생겼다고 생각했다. 그림책에서 본 적이 있었다. 집중해서 생각해내느라 이마에 주름이 생겼다.

"스테고……."

"스테고사우르스. 맞았어."

"스테고사우르스." 레아가 활짝 웃었다. "엄마, 이것 좀 봐!" 레아가 공룡 꼬리를 잡고 엄마를 향해 흔들어 보였다. 엄마는 자신도 모르게 미소를 지었다.

"어디 보자, 우리 딸." 엄마가 말했다. "2층으로 가져가서 같이 목욕을 하면 어떨까?"

레아는 고개를 끄덕이며 의자에서 내려왔다.

레아는 머뭇머뭇 고개를 들어 아빠를 쳐다봤다. "아빠는?"

늘 그랬다. 대부분 엄마가 목욕을 시켜주었지만 새 공룡을 받을 때면 아빠도 목욕을 시켜주곤 했다. 아빠와 목욕할 때마다 늘 불러주던 노래가 있었다. 머리를 감겨줄 때면 하얀 욕실 타일 위에 장난감 공룡들을 줄 세워놓고 재미난 이야기를 들려주곤 했다.

손뼉을 치고 싶었던 티라노사우루스 렉스 이야기, 물 위를 날아다닐 때 돛 대신 날개를 이용했던 익룡 이야기. 스테고사우르스에 대해서는 어떤 이야기를 들려줄지 궁금했다.

아빠가 엄마를 쳐다봤다. 레아는 알 수 없는 뭔가가 그들 사이를 오갔다. 짧은 순간이었지만 엄마가 망설이는 게 느껴졌다. 아빠가 싫다고 하면 모든 것이 와르르 무너져 내릴 터였다. 레아가 한 번 더 조르면 엄마는 또다시 화를 낼 테고 두 사람은 싸울 게 뻔했다. 그러면 모든 잘못이 레아에게로 돌아올 것이다.

하지만 아빠는 잇몸을 드러내 보이며 눈이 안 보일 정도로 환하게 웃었다. "당연하지. 먼저 올라가 있을래? 아빠가 금방 갈게."

갑자기 행복이 밀려왔다. 레아는 아빠를 향해 활짝 웃어보이고는 손에 공룡을 들고 계단을 깡충깡충 뛰어 올라갔다.

# 34장
## 자동차 중고 매장

안야는 단 한 번도 잠을 푹 자본 적이 없었다. 그날은 유독 힘들었다. 살점을 간절히 원하는 기계들, 똬리를 튼 전선, 아파트 마룻바닥 밑에 깔린 철근과 판자 꿈을 꾸었다. 전선이 천장을 뚫고 나와 엄마를 휘감았다. 하지만 엄마를 으스러뜨려 죽음으로 몰아가진 못했다. 다행이었다. 그 대신 전선이 엄마의 혈관에 꽂혔다. 꿈속에서 그녀는 이 상황이 그녀에게 영생을 가져다줄 거라는 끔찍한 진실과 맞닥뜨렸다. 전선이 폭우처럼 마구 쏟아져 내렸다. 후드득후드득 전선 빗줄기가 점점 굵어졌다. 더 이상 문이 보이지 않았다. 그녀는 영원히 그곳에 갇혀버렸다.

아침이 되었다. 잠에서 깨어나 보니 온몸에 땀이 송골송골 맺혀 있었다. 안야는 잠시 누워 천장의 커다란 갈색 얼룩을 가만히 들여다봤다. 얇은 매트리스 밑으로 딱딱한 마룻바닥이 느껴졌다. 등뼈가 굵어지고 틀어진 것 같았다. 몸을 쭉 펴니 목에서 으드득 소리가 났다. 정적을 가르며 엄마의 혈관 소리와 심장 소리가 들려왔다. 그 소리에 이번만은 마음이 놓였다.

안야는 일어나 앉았다. 더 이상 기다릴 수 없었다. 다행히 아직까지는 브란코에 대해 물어보러 오는 사람이 없었다. 하지만 계속 운이 좋기만을 바랄 수는 없었다.

수건과 작은 목욕 바구니를 들고 공동 목욕탕으로 향했다. 안으로 들어가자 바퀴벌레 한 마리가 누런 세면대 위로 황급히 도망쳤다. 샤워하기에 그리 나쁜 시간은 아니었다. 배수구에 더러운 거품이 끼고 타일 바닥에 머리카락이 널린 저녁 시간보다는 훨씬 나았다.

뜨거운 물을 틀었다. 물이 찔끔찔끔 나와 겨우 머리를 적실 정도였다. 그나마 물이 뜨거워 참을 만했다. 목욕탕 물은 얼음장처럼 차갑거나 데일 정도로 뜨거웠다. 안야는 차라리 아주 뜨거운 게 좋았다. 그리고 감사하게도 오늘은 물이 뜨거웠다. 피부가 군데군데 벌겋게 달아올랐다. 머리를 왼쪽 오른쪽으로 움직여 물이 어깨와 엉덩이를 적시도록 했다.

이곳에서는 깨끗하게 씻은 적이 한 번도 없었던 것 같다. 이렇게 물이 찔끔찔끔 나와서야 몸의 반쪽밖에 못 적시니 그게 가능하겠는가? 레아의 아파트에 있던 수영장이 생각났다. 온통 물로 가득했던 그 공간. 사람 하나 없는 도시가 내려다보이던 그곳. 엉덩이로 시원하게 쏟아지던 물줄기, 벽마다 설치된 노즐, 접시만큼이나 커다란 샤워 헤드, 그녀는 그곳에서 샤워하는 상상을 했다.

삐뚤삐뚤한 손톱으로 박박 긁어가며 힘껏 머리를 감았다. 캐나다의 어느 호수가 문득 생각났다. 다큐멘터리 프로그램에서 회색 곰을 본 적이 있는데 캐나다였던 것으로 기억한다. 튼튼한 주둥이에 팔딱거리는 물고기를 물고 새하얀 얼음판 위에 웅크리고 앉아 있던 시커먼 형체, 회색 곰의 이미지가 떠올랐다. 보석처럼 반짝거리는 그 호수에 뛰어드는 상상을 했다. 너무 차가워 숨조차 쉬기 어려웠다. 더 세게 머리를 문질러댔다. 비누거품이 눈에 들어가며 눈물이 났다.

아우터 버러에 도착한 안야는 카셰어링 서비스의 마지막 손님이 되었다. 카셰어링을 이용하는 사람들은 대체로 이곳까지 오지 않았다. 그녀에게는 다행이었다. 남 험담하며 이상한 눈으로 쳐다보는 사람들이 없었으니 말이다. 30분 동안 혼자 조용히 타고 올 수 있었다. 꼬박 하루 치 월급이 다 들어가기 했지만 달리 방법이 없었다. 만약 여기서 다시 돌아간다면 이틀 치 월급이 깨질 판이었다.

공장 지대 냄새가 났다. 구운 옥수수, 고여 있는 물, 산업화 초기의 느낌. 가까이 다가갈수록 틀림없는 인간의 땀 냄새가 훅 풍겼다. 변두리 공장 지대에 들어섰다. 사람들이 길가 갓돌에 앉아 까맣게 탄 채소 꼬치를 먹고 있었다. 딱 달라붙는 니트 스커트에 찢어진 가죽 재킷을 입은 여자가 가로등에 기대서 있었다. 자기 딴에는 도발적인 자세로 머리카락 끝을 잡아당기는 중이었다. 그럼에도 지나가는 남자를 소리쳐 부를 때는 무척이나 긴장한 표정이었다. 도로 건너편에는 지팡이에 몸을 의지한 남자가 안야를 향해 종이컵을 흔들었다. 발밑에 놓인 종이에는 '배가 고파요. 가족도 없어요. 신장 팝니다. 제발 도와주세요'라고 쓰여 있었다.

안야는 발걸음을 재촉했다. 이제 거의 다 왔다. 고함 소리와 무언가 부딪히는 요란한 소리가 들렸다. 연기와 먼지 냄새도 났다. 모퉁이를 돌았다. 드디어 도착했다.

공장 지대는 언제나 볼 만한 구경거리였다. 넓게 자리 잡은 저층 건물들은 한때 틀림없이 산업용 토지였을 것이다. 아우터 버러 지역에 오랫동안 방치된 많은 건물들 가운데 한 곳이었을 것이다. 저층 건물들은 비행기 격납고만 한 크기였다. 건물 벽은 녹슨 골함석이나 부서지기 쉬운 얇은 벽돌로 되어 있었다. 아직 쓰러지지 않고 서 있는 것만으로도 놀라웠다.

단지 전체가 얼마나 클지 가늠이 되지 않았다. 안야는 한 번도 이곳을 온전히 걸어본 적이 없었다. 얼마나 멀리까지 뻗어 있는지, 건물은 몇 개나 있는지, 텅 빈 주차장은 얼마나 되는지 상상조차 할 수 없었다.

시끄러운 소리가 사방에서 들려왔다. 아이들과 행상인들이 소리를 지르고 자갈 깔린 지저분한 도로를 차량들이 달려가고 기계들은 날카로운 쇳소리를 냈다. 아우터 버러의 5구역만 해도 수천, 수만, 수백만 명의 사람들이, 지금껏 안야가 본 것보다 훨씬 더 많은 사람들이 있는 것 같았다.

안야는 가장 크고 오래된 건물들이 들어선 동쪽으로 걸어갔다. 창고 건물에는 아직도 몇 개 안 되는 기업들이 이따금씩 돌리는 낡은 컨베이어 벨트와 복잡하고 거대한 기계들이 있을 터였다. 필요한 것을 찾으려면 이것이 최선의 방법일 것이다.

사람들을 헤치며 가다 보니 속도가 느렸다. 현금 뭉치가 살에 쓸려 한 손을 허리춤에 올렸다. 레아 같은 부류와 달리 안야는 눈에 확 띄지는 않았지만 그래도 매끈한 피부와 깨끗한 옷은 사람들 시선을 끌 수밖에 없었다. 어쩌면 오히려 잘된 일일 터였다. 공장 지대에서도 라이퍼에게는 손가락 하나 까딱하지 않을 테니까.

드디어 공장 건물에 도착했다. 거의 남자들만 있었다. 다들 더러운 러닝셔츠 차림에 얼굴에는 시꺼먼 기름 얼룩이 묻어 있었다. 그들의 시선이 안야에게 쏠렸다. 이따금 휘파람 소리도 들렸다. 하지만 이상하게도 공장 지대의 그 어느 곳보다 이곳이 더 안전하게 느껴졌다. 한눈에 봐도 그녀는 너무 약해보였으며, 누구라도 이상한 짓을 할 경우 소리쳐 도움을 요청하면 될 것 같았다.

잠시 브란코를 떠올렸다. 지금 어디쯤 있을지 궁금했다. 혹시 브란코도 그녀에게 줄 약을 구하러 이 근방에 와 있는 건 아닐까?

"아가씨, 왜 그렇게 얼굴을 찡그리고 있어요?" 머리는 기름져 들러붙고 손톱에는 시커먼 때가 잔뜩 긴 남자가 소리쳤다. 그는 좌판에 기대어 있었다. 좌판 위에는 나사와 볼트가 담긴 그물자루들이 잔뜩 쌓여 있었다. 선반에 놓인 기어들이 햇빛을 받아 희미하게 빛났다. 쌀쌀한 가을 날씨에도 남자의 드러난 가슴은 땀으로 번들거렸다.

"안녕하세요. 차를 구하려면 어디로 가야 할까요?" 안야는 남자의 음흉한 시선을 무시하려 애썼다.

"차를 찾다니! 와우! 당신 같은 젊은 여자가 왜 차를 찾아요?" 남자는 주변 장사치들을 쳐다보며 작당이라도 한 듯 눈썹을 치켜 올렸다.

안야는 입술을 꽉 다물었다. "차가 필요해요."

남자는 눈썹을 더 치켜 올렸다. 하지만 아무 말도 하지 않았다. "차를 주면 나한테는 뭘 줄 거요?" 동료 가운데 한 명이 낄낄거렸다.

안야는 낄낄대는 그 남자에게로 걸어갔다. 친구들이 소리를 치며 환호성을 지르고, 남자는 입술꼬리를 올리며 안야를 뚫어져라 쳐다봤다. 하지만 안야는 눈 한 번 깜박하지 않고 가까이 다가갔다. 남자는 턱을 치켜들었고 눈에선 웃음기가 사라졌다. 결국 남자는 시선을 떨어뜨리며 팔짱을 꼈다.

"뭘 원하는데?" 안야가 물었다. 얼굴이 화끈거렸다. 새로운 힘이 혈관을 타고 흐르는 느낌이었다. 몇 년 만에 처음이었다.

다른 장사치들의 안색이 바뀌었다. 동료의 당황한 기색을 보고는 슬금슬금 자리를 뜨더니 자기들끼리 속닥거렸다.

"웃자고 한 얘기요." 남자가 웅얼거렸다. "당연하지, 그냥 농담이오." 언짢은 얼굴이었다. "우리야 당신 같은 사람을 볼 일이 없잖소, 그래서 그런 거요."

가까이에서 보니 남자는 나이도 그렇고 생긴 것도 그렇고 브란코와 비슷해 보였다. 이걸로 됐다. 안야는 금방이라도 무너져 내릴 것 같은 좌판대와 금속부품 자루들, 그리고 작업대에 못으로 박아놓은 작은 현금 상자를 쳐다봤다. 이 남자에게도 형제가 있을까. 여동생이 있을까.

"저쪽에 핑크색 건물 보이죠?" 남자가 말했다.

안야는 눈을 가늘게 뜨고 그가 가리키는 방향을 쳐다봤다. 건물 외벽이 벗겨진, 하나같이 지저분한 잿빛 건물들. 그 사이에 연한 핑크색 페인트가 칠해진 건물이 눈에 띄었다. 안야가 고개를 끄덕였다.

남자가 작업복 바지에 손을 쓱쓱 문지르더니 내밀었다. 순간 안야는 그게 무슨 의미인지 몰라 망설였다. 안야도 손을 내밀어 조심스레 그의 손을 잡았다. 차갑고 굳은살이 박여서 가죽 장갑을 만지는 것 같았다.

"아벨이요."

"로리라고 해요." 안야는 거짓말했다.

"로리. 예쁜 이름이네요." 그가 안야에게 손바닥을 들어 보였다. "무례하게 굴려는 게 아니라, 내 말은, 저기, 내가 데려다줄게요. 그 럼 좀 더 싸게 구할 수 있을 거요."

안야는 괜찮다고 했지만 아벨은 이미 옆 가게 사람에게 가서 가 게를 봐달라고 부탁하는 중이었다.

"갑시다." 아벨이 말했다.

아벨은 마구잡이로 놓인 좌판 사이를 헤집고 걸었다. 안야가 그 뒤를 쫓아갔다. 덩치는 크지만 걸음걸이는 날렵해서 사람들 사이로 휙휙 멀어지는 아벨을 그만 놓칠 뻔했다. 안야는 서너 걸음 뒤에서 바짝 붙어 걸었다. 아벨과 같이 있으니 아무도 안야를 괴롭히지 않았다.

핑크색 건물 안은 어두웠다. 출입문과 녹슨 지붕에 난 구멍으로 스며드는 빛이 전부였다. 실내 공기는 후덥지근하고 갑갑했지만 오 가는 사람이 적어 그나마 다행이었다. 하지만 밖에서 들어오는 햇빛 이 눈부셔서 순간적으로 앞이 보이지 않았다. 세상이 온통 잿빛으로 반짝거려서 어디가 어디인지 구분되지 않았다. 안야는 눈을 깜빡였 다. 차츰 어둠에 익숙해지면서 건물을 가득 채운 차들이 보였다.

센트럴 버러 거리에서 봤던, 각기 다른 회사 로고가 찍힌 하나같 이 성능 좋고 날렵한 노란색 차들이 아니었다.

울퉁불퉁 네모지고 모양도 크기도 제각각인 중고 차량들. 현기증 이 일었다. 어린 시절 집에 있던 자동차가 생각났다. 안야가 스웨덴 을 떠나올 즈음에는 카셰어링 회사들이 스웨덴 전역을 점령해버린 후였다. 그래서 온통 노란색과 회색 자동차 무리들이 거리를 활보 중이었다.

자동차들이 마치 농장의 잠자는 동물들처럼 줄지어 늘어서 있었다. 시커먼 형체가 여기저기 돌아다니며 시동을 걸거나 사이드미러를 닦을 때마다 차량은 삐걱거리고 끙끙거리는 소리를 냈다. 안야는 주위를 둘러봤다. 그제야 아벨을 놓쳤다는 걸 알았다. 하지만 구경할 수 있는 차가 이렇게 많으니 그다지 문제 되지 않았다. 차를 고르는 일이 더 어려울지 몰랐다.

안야는 후드가 열려 있는 둥근 헤드라이트의 파란색 작은 차에 기대선 작업복 차림의 남자에게 다가갔다.

"차를 보고 있는데요."

남자가 미심쩍은 눈초리로 쳐다봤다. "그래요?"

남자의 시큰둥한 대답이 안야를 자극했다.

"이거 얼마예요?" 그가 기대어 있던 파란색 작은 차를 가리켰다.

남자는 멍하니 안야를 바라봤다.

"만."

"장난해요?" 안야가 생각했던 것보다 두 배나 비쌌다.

남자가 의심스러운 눈초리로 쳐다봤다. "아가씨가 차를 어디다 쓰게요? 남자친구한테 선물이라도 하게?"

"그것까지 알 건 없고요." 안야가 쏘아붙였다. "4천 어때요?"

남자는 윗입술을 실룩이며 으르렁댔다.

"딴 데 가서 알아보쇼."

"이 차가 안 되면……." 안야가 다시 흥정을 시도했다. "4천짜리는 어떤 게 있어요?"

남자가 한바탕 웃음을 터트렸다. 그러고는 경계하는 눈초리로 안야 등 뒤와 주변을 훑었다. 그러나 보이는 거라곤 출입문뿐이었다.

"딴 데 가서 알아보시라니까." 남자는 모자를 눌러쓰며 팔짱을 꼈다. 서서 잠이라도 청하려는 모양이었다.

안야는 발걸음을 옮겼다. 다른 데로 가보면 더 나을 것이라고 생각했다. 차도 많고 장사꾼들도 많으니 분명 살 만한 게 있을 것이다.

그렇게 30분 동안 장사꾼들을 상대하며 돌아다녔다. 소득은 없었다. 안야는 포기하고 싶은 심정이었다. 알고 보니 첫 번째 남자가 제시한 게 가장 싼 가격이었다. 아무도 만천 밑으로 부르는 사람이 없었다. 어떤 이는 2만을 요구했다. 심지어 어떤 이는 흥정조차 하고 싶지 않은지 그녀가 다가가자 구석으로 사라졌다.

안야는 주먹을 불끈 쥐고 입술을 깨물었다. 좌절감이 밀려왔다. 차 없이는 이곳을 떠날 수 없었다. 내일이라도 당장 경찰관들이 들이닥치면 어쩐단 말인가? 아파트로 돌아가 불안에 떨며 잠들 것을 생각하니 다시 한 번 오기가 생겼다.

"로리! 이봐요, 로리!"

몇 초 만에 안야가 반응했다. 건물 저쪽에서 손을 흔드는 사람이 있었다. 아벨이었다. 안야는 여기저기 널린 자동차 부품과 잡동사니들을 피해 조심조심 그가 있는 데까지 갔다.

"로리, 이쪽은 내 친구 제롬이오." 아벨이 자랑스럽게 팔을 휘두르며 말했다.

아벨 옆에 서 있는 남자는 작고 왜소했다. 목까지 단추를 채운 깔끔한 파란색 체크무늬 셔츠를 입고 있었다. 그의 눈이 어둑어둑한 창고 안에서 희미하게 반짝였다. 광대뼈를 따라 약간의 주근깨가 눈에 들어왔다.

"안녕하쇼." 제롬이 고개를 끄덕였지만 손을 내밀지는 않았다. 그는 아벨을 쳐다보더니 퉁명스럽게 물었다. "그건 그렇고 어떤 차가 필요하쇼?"

"상관없어요. 그냥 움직이기만 하면 돼요. 장거리 여행을 떠날 거라서요."

"알았소. 그렇다고 너무 고물은 싫을 테고. 크기는 어느 정도가 좋겠소? 장거리 여행에 같이 가는 사람은 있고?"

안야가 멈칫했다. 엄마를 어떻게 차에 태울지 미처 생각 못했다. 차를 집까지 어떻게 가져갈지도 막막했다. 이런 차를 맨해튼으로 몰고 갈 수는 없었다.

"네." 안야가 말했다. "한 명 더 탈 거예요. 그런데 그녀는…… 뒷자리에 앉아야 해요."

"아, 멀미 때문에?" 그가 다 알고 있다는 듯 물었다. "얼마 정도 생각하고 있어요?"

안야의 심장이 내려앉았다. 하지만 이겨내야 했다.

"6천이요."

제롬은 웃지 않았다. 비난조로 휘파람을 불며 가버리지도 않았다. 대신 고개를 끄덕이며 말했다.

"6천이라. 좋소. 찾아봅시다."

"정말요? 아무도 나한테 차를 팔지 않을 줄 알았어요!" 자신도 모르게 불쑥 내뱉었다. 그리고 이런 식의 발언은 최고의 협상 전략이 아니라는 생각이 들었다.

"어이, 아가씨." 제롬이 불렀다. 안야는 움찔 놀랐지만 모른 척하려 했다. "로리가 당신 이름 맞아요? 이런 데 그냥 들어와서 제대로 가격을 쳐주길 바라면 안 돼요. 딱 봐도 정부기관에서 나온 듯한 당신 같은 사람이라면 더더욱."

"그런데……." 안야가 말을 멈췄다.

제롬이 눈썹을 찌푸렸다. "그런데 왜 도와주느냐고?" 그는 아벨을 쳐다봤다. "저기 저 친구한테 물어보쇼."

아벨은 바닥에 떨어진 헐거워진 볼트를 살피고 있었다. "그건 그렇고." 제롬이 물었다. "현금으로 줄 거요?" 안야가 고개를 끄덕였다.

제롬이 손을 내밀었다. 안야는 미심쩍은 눈으로 그를 쳐다봤다. "차부터 보여주세요." 그녀가 말했다.

제롬은 한숨을 길게 내쉬며 다시 아벨을 쳐다봤다. "좋소." 그가 말했다.

제롬은 그들을 복도 맨 뒤편으로 데려갔다. 벽돌 사이사이 틈이 벌어져 그 사이로 햇살이 비쳤다. 안야는 이리저리 살펴봤다. 양철 지붕을 올려다봤다. 자동차와 온갖 물건들을 쌓아놓아 금방이라도 부서질 것 같은 기둥. 몽땅 무너져 내리지 않는 게 신기했다.

"저쪽이 제일 좋은 곳이요." 제롬이 가리켰다. "채광창이 있거든."

자가용보다 승합차가 더 많았다. 네 개의 커다란 바퀴가 안야의 허리 높이까지 오는 차는 네모난 모양에 번쩍거렸고 더군다나 빨간색이었다.

"저건……." 안야가 말을 꺼냈다. 두 남자가 엄지손가락을 허리춤에 걸고 서 있었다. 아무렇지 않은 척했지만 눈이 커다래지고 기대에 차 있었다. "딱 좋네요." 안야가 딱 잘라 말했다.

안야는 앞주머니에서 현금을 꺼냈다. 그녀가 손에 든 두툼한 현금 뭉치를 보고도 그들은 놀라지 않았다. 공장 지대 거래상들이야말로 도시를 통틀어 가장 돈이 많은 이들이라는 소문이 떠올랐다. 돈 많은 그들은 이용 시간에 따라 진료비를 산정하는 개인 병원을 몰래 다니며 어마어마한 비용을 들여가며 수명을 늘인다고 했다. 정부가 허가한 나이보다 더 길게. 하지만 안야가 현금 뭉치를 건네자 제롬은 백만장자가 아니라는 걸 증명하듯 돈을 낚아챘다. 그러고는 앞니 사이로 혓바닥을 삐죽 내밀고 아주 작은 소리로 천천히 현금을 셌다.

돈을 다 세고 나자 제롬이 씩 웃었다. 처음으로 그가 웃는 모습을 봤다. 갑자기 20년은 더 젊어 보였다. 제롬은 뒷주머니에서 안야의 머리 크기만 한 열쇠고리를 꺼냈다. 하나같이 똑같이 생긴 열쇠들을 이것저것 살펴보더니 느슨해진 고리를 풀고 열쇠 하나를 잡아 뺐다. 그러고는 그것을 안야에게 건넸다.

"여기요." 안야가 열쇠를 받아 들자 문득 생각났는지 이렇게 물었다. "그나저나 운전은 할 줄 알아요?"

안야는 매섭게 그를 노려봤다.

"알았어요, 알았어." 그가 말했다.

"어쨌든 고마워요." 안야가 진심으로 말했다. "에이, 별말씀을, 로리." 제롬이 아벨의 옆구리를 팔꿈치로 툭 치며 말했다.

"저기요." 안야가 말했다. "사실 제 이름은 로리가 아니에요. 안야, 안야 닐손이라고 해요."

아벨이 손을 내밀었다. "닐손. 오페라 가수랑 이름이 같네요?"

"맞아요." 안야의 뱃속이 뒤틀렸다. "혹시 그 가수의 노래를 들어 본 적 있어요?"

"장난해요? 내가 그 가수를 얼마나 좋아하는데." 아벨이 대답했다. 제롬은 격하게 고개를 끄덕이며 태블릿을 꺼내 화면을 톡톡 두드렸다.

아리아가 흘러나오다가, 치직치직 긁히는 소리가 나더니 마구 빨라졌다. 제롬이 태블릿을 흔들었다.

"미안해요, 여기는 신호가 잘 안 잡혀서." 그가 말했다.

소리가 빨라지고 웅웅거렸지만 분명 엄마의 목소리였다. 모두 아무 말도 하지 않았다. 다만 제롬만이 흥얼거리며 아리아를 따라 불렀다. 사람들로 북적대는 공장 지대. 제롬의 낡은 태블릿. 순간 안야는 자신이 무엇을 해야 할지 분명해졌다.

엄마라면 캐나다 어딘가에 있을 의사는 원하지 않을 것이다.

# 35장
## 그녀는 줄곧 옳았다

엘리베이터가 올라갔다. 레아는 시계를 확인했다. 지금쯤이면 지앙이 집에 도착했을 것이다. 그의 아내는 뉴트리팩을 데우고 있을 테고 지앙은 신발을 벗고 재킷을 옷걸이에 걸면서 지루했던 하루 일과를 들려주고 있을 것이다.

지앙은 당연하게도 펜트하우스에서 살았다. 레아는 짙은 색 대리석 벽과 발밑의 고급 카펫을 눈여겨봤다. 현관 앞에는 건강한 식물들을 심어놓은 아주 깨끗한 도자기 화분들이 놓여 있었다. 초인종을 눌렀다. 작동이 되지 않는 것 같아 버튼 위에 손가락을 한참 동안 대고 있었다.

딸깍 문이 열렸다.

"누구시죠?" 지앙의 아내는 레아가 상상했던 것보다 체격이 더 컸다. 그리고 보니 레아는 그녀를 만나본 적이 없었다. 그녀의 입은 왠지 근엄해보였다. 턱은 가운데가 살며시 들어간 형태였다. 말할 때는 눈 주변으로 미세한 주름이 생기다 사라졌다. 하지만 목은 길고 잡티 하나 없이 매끈했다.

"지앙 씨 집에 있나요?"

그의 아내가 인상을 찌푸렸다. "누구시죠?"

"같이 일하는 사람이에요. 집에 있나요?"

레아를 미심쩍게 쳐다보던 그녀가 고개를 집 안쪽으로 휙 돌렸다. "지앙!" 그녀가 소리쳤다. "누가 왔어요. 회사라는데요."

익숙한 발소리가 들리고, 짜증 섞인 목소리가 뒤따라 들렸다. 뭐, 회사? 그 사람들이 여길 왜 오겠어, 연락도 없이. 하지만 레아를 보자 목소리가 달라졌다.

"레아." 지앙이 말했다. "여긴 어쩐 일이야?" 지앙은 따라온 사람이 없는지 확인하려는 듯 복도를 살폈다.

"보트 좀 빌려주세요." 레아가 말했다.

"뭐? 왜? 아니, 내 말은." 지앙이 말을 더듬었다. "무슨 보트?"

지앙이 문을 닫고 복도로 나왔다.

"하루면 돼요." 레아가 말했다. "내일 하루 보트가 꼭 필요해요."

지앙은 레아가 무슨 말을 하는지 모르겠다고, 무슨 보트를 말하는 거냐고, 자신에게 무슨 보트가 있겠느냐며 계속 시치미를 뗐다. "지앙." 레아가 그를 뚫어지게 쳐다봤다. "그런 식으로 나온다면 지금 당장 집 안으로 들어가 당신의 보트에 대해 당신 아내에게 말하겠어요."

지앙은 기침을 했다. 이마가 다시 반짝거렸다. 그제야 레아는 지앙이 큼직하고 보송보송한 목욕가운과 침실 슬리퍼 차림임을 깨달았다.

"레아, 도대체 여기까지 와서 뭐 하는 거야? 이런다고 당신, 당신 사건에 도움이 될 것 같아?"

"빌려줄 거예요, 말 거예요?"

지앙이 레아를 쏘아봤다. "알겠어. 기다려."

지앙이 집 안으로 사라졌다. 여보, 누구예요? 이 시간에? 레아는 지앙이 뭐라 투덜거리는 말을 들을 수 없었다. 잠시 후 문이 다시 열렸다.

"내일 딱 하루만이야." 지앙이 열쇠를 건네주며 말했다. "오래된 부두에 가면 아래쪽에 있어. 317호. 하긴 벌써 다 알고 있겠지만."

레아가 열쇠를 움켜잡았다. "고마워요." 그러고는 몸을 돌려 걸어갔다.

"레아, 당신이 무슨 짓을 하려는지 모르겠군." 지앙이 뒤에서 소리쳤다. "지금은 어리석은 짓을 할 때가 아니야. 상황이 변하고 있어. 새롭게 발전하고 있다고. 조심하는 게 좋을 거야."

지앙의 집에서 나와 아빠 집으로 가는 길은 가히 충격적이었다. 지난번에 아빠를 방문했을 때는 날씨가 화창했다. 햇살과 파란 하늘 덕분에 아빠의 아파트가 있는 동네가 덜 황량하게 보였다. 레아는 깨진 병 조각과 비닐봉지가 여기저기 널브러진 길을 따라 걸었다. 엘리베이터는 고장 났다. 4층까지 걸어 올라가다가 문득 '아빠가 더 이상 이곳에 머물지 않으면 어떡하나' 싶었다. 지난 몇 주간 아빠의 전화를 한 통도 받지 않았다. 이사를 했으면 어쩌지? 도시를 떠났으면 어쩌지? 혹시라도 최악의 사태가 벌어졌으면?

레아는 화끈거리는 허벅지에 신경을 집중하면서 머릿속에서 다른 생각을 떨쳐냈다. 마침내 아빠가 있는 곳 현관에 다다랐다. 똑똑. 문을 두드렸다.

문이 너무 얇아 아빠가 일어나는 소리가 다 들렸다. 레아는 마지막으로 봤던 좁은 집 안의 모습을 마음속에 그렸다. 침대, 작은 부엌, 커다란 식탁을 하나씩 떠올렸다. 창문 쪽으로 바싹 붙여놓은 책상. 그 위에 쌓여 있던 편지들. 클럽 초대장. 뱃속이 뒤틀렸다. 하지만 이제 괜찮았다. 모든 게 다 괜찮았다. 아빠가 문 쪽으로 걸어오는 소리가 들렸다. 아직 아빠는 이곳에 있었고 그녀는 제때 이곳에 도착했다. 이제 레아는 아빠에게 제안하고 자신의 계획을 설명한 뒤 아빠의 마음을 바꿀 것이다.

문이 열리더니 아빠가 나왔다. 낡은 티셔츠에 뼈만 남은 앙상한 발목을 다 드러낸 파자마 바지 차림으로 그녀 앞에 서 있었다. 나무 뿌리처럼 얼룩덜룩 주름지고 울퉁불퉁한 아빠의 발을 보니 마음 깊은 곳에서 왠지 모를 슬픔이 일었다. 세심하게 주의를 기울여 묶은 구두끈. 반짝반짝 윤이 나는 가죽구두. 그 안에 들어 있을 앰브로즈의 발이 생각났다.

"레아." 자다 일어났는지 아빠의 목소리는 힘이 없었다. "여긴 어쩐 일이야? 지금이 몇 신데?"

그녀는 시계를 내려다봤다. 10시가 넘어 있었다. 여기까지 오는 데 이렇게 시간이 오래 걸릴 줄이야.

"아빠를 만나러 왔어요." 그녀가 말했다. "이야기를…… 하고 싶어서요."

아빠가 눈을 비볐다. "잘왔다. 여기까지 와주다니 정말 기쁘구나."

레아가 집 안으로 들어갔다. 그제야 아빠를 마지막으로 본 게 파티장이었음을 기억해냈다. 그때 무슨 말을 했는지, 그때 어떻게 헤어졌는지 생각났다. 부끄러움에 얼굴이 발갛게 달아올랐다.

신경 쓰지 마. 그때 그녀는 지금 여기에 없어. 그때 그녀는 두 사람의 문제에 대해 계획도 생각도 해결책도 없었잖아.

"네가 오다니, 여기까지 와주다니 정말 기쁘구나." 아빠가 같은 말을 반복했다. 아빠는 문 안쪽 고리에 걸려 있던 플란넬 가운을 꺼내 걸쳤다. 초록색 가운 여기저기 핑크색 작은 꽃무늬가 있었다. 안야의 엄마가 누워 있던 침대의 이불이 생각났다.

참을 새도 없이 얼굴이 일그러졌다. 흐느껴 울기 시작했다. 마치 우는 방법을 모르는 것처럼 숨이 턱 막히고 부자연스럽고 어색했다.

아빠는 울지 말라고 하지 않았다. 아무 말도 하지 않았다. 다만 레아가 서 있는 곳으로 다가와 그녀 등 위에 한 손을 올려놓았다. 그러고는 가만히 그녀의 얼굴을 들여다봤다. 아빠가 무슨 생각을 하는지 궁금했다. 만약 그녀가 약해졌다고 생각한다면 그건 난감한 일이었다. 그런 생각에 잠겨 있을 때 아빠가 그녀를 꼭 안아주었다. 그러자 숨통이 트이고 흐느낌이 가라앉았다.

아무 말도 하지 않았지만 아빠의 목소리가 들렸다. 아주 오래전 아빠가 해준 말들, 한 번도 잊어본 적 없는 그 말들이.

왜 울고 있니, 우리 아가? 이제 그만 울어. 그녀를 안은 두 팔은 햇볕에 그을려 갈색이었고 나무토막처럼 단단했다. 팔뚝을 따라 촘촘히 난 작고 검은 털을 바라봤다. 털들은 늘 그랬듯이 손목 훨씬 전에서 끝났다. 레아에게 위안을 주던 얼룩덜룩 다양한 작은 반점들을 바라봤다. 엄마의 매끈한 피부에서는 볼 수 없는 것이었다. 팔꿈치 안쪽으로 접힌 살도 봤다.

쉿! 이제 그만.

레아는 아빠 냄새를 들이마셨다. 짭조름하니 사람 냄새가 났다.

여러 해가 지난 지금은 조금 달라졌지만 그래도 아직 예전 냄새가 남아 있었다. 어디를 가든 레아는 아빠 냄새를 알아차릴 수 있었다.

그녀가 숨을 고르게 쉬자 아빠가 그녀를 놓아주었다. 식탁 의자를 꺼내 레아에게 앉으라고 했다. 그러고는 레아를 마주 보고 침대 모서리에 앉았다.

갑자기 피곤이 몰려왔다. 이 모든 걸 설명해야 한다고 생각하니 너무 버거워서 참을 수 없었다. 그래서 아무 말 없이 지앙이 준 열쇠를 내밀었다.

"직장 상사가 하루 동안 보트를 빌려줬어요. 저기, 그러니까, 아직 보트 모는 법을 기억하고 계시죠?" 레아가 수줍게 말을 건넸다.

아빠의 얼굴이 밝아졌다. "그럼." 아빠가 말을 이었다. "몇 년간 못 해봤어. 맞다, 그러니까 서쪽 지역에 살 때가 마지막이었을 거야. 그때는 내게도 보트가 있었지, 중고라 낡긴 했어도 얼마나 멋졌다고."

아빠가 열정을 보이자 레아나 엄마와 상관없이 아빠 자신의 삶에 대해 언급했음에도 레아는 난생처음 흐뭇함을 느꼈다. 레아는 자신도 그곳에 데려가 달라고 부탁할 생각이었다. 아빠가 살았던 모든 곳을 볼 수 있게, 아빠가 알고 지낸 모든 사람들을 만날 수 있게, 아빠가 했던 모든 일들을 할 수 있게 해달라고 부탁할 생각이었다. 그녀는 아빠에게 살아야 할 이유를 안겨줄 것이다.

"게다가 날을 아주 잘 골랐구나. 이보다 더 좋을 순 없지. 기온도 21도 정도에 구름 한 점 없는 완벽한 날씨일 게다. 그리고 기억할지 모르겠지만, 에, 내일은 내 생일이기도 하거든."

10월 30일. 그랬다. 수십 년간 생각해본 적은 없었지만 날짜는 쉽게 돌아왔다. 레아는 자신의 이름만큼이나 그날을 잘 알았다.

"완벽한데요. 그럼 생일선물이에요."

내일 모든 걸 아빠에게 말해야겠다고 결심했다. 오늘은 시간도 너무 늦은 데다가 두 사람 모두 매우 피곤했다. 내일은 날씨도 완벽한데다, 어쨌든 아빠 생일이기도 했다. 이보다 더 좋은 기회는 없을 것이다.


다음 날 레아는 해가 뜨기도 전에 잠에서 깨어났다. 갑자기 덜컥 잠에서 깬 것도 아니고 한밤중에 낯설기만 한 작은 침대에 누워 있는 자신을 발견하고 깜짝 놀라 두려움에 떤 것도 아니었다. 반쯤 의식이 있는 상태로 잠들었기에 지금 자신이 어디에 누구와 함께 있는지 명료하게 의식할 수 있었다.

아빠의 숨소리는 잔잔하고 규칙적이었다. 코가 막혀 작게 쌕쌕거리긴 했지만 그마저도 어린아이처럼 순진하고 건강하게 들렸다. 아빠는 한사코 그녀를 침대에서 자게 하고 자신은 침대 옆 바닥에 얇은 접이식 매트리스를 깔고 잤다. 레아는 아빠가 이불을 덮는다는 조건으로 제안을 받아들였고 아빠는 마지못해 동의했다. 레아는 시트를 덮고 잠을 잤다. 피부에 닿는 시트의 감촉이 부드럽고 매끄러웠는데 그건 수없이 세탁을 했다는 흔적이었다. 아빠가 이리저리 거처를 옮겨 다닐 때마다 시트를 가지고 다닌 건 아닌지, 그때마다 이 납작해진 베개와 너덜너덜한 베개 커버도 있었을지 궁금했다.

레아는 돌아누워 아빠를 쳐다봤다. 아빠는 입을 벌린 채 두 손을 얼굴 가까이 대고 옆으로 웅크린 채 잠들어 있었다. 어떤 점에서건 레아가 생각했던 그림은 아니었다. 아빠라면 늘 바닥에 등을 대고 누워 두 팔을 쭉 뻗은 채 잠을 잘 거라고 생각했었다.

레아는 다시 제자리로 돌아누워 눈을 감았다. 아빠의 숨소리가 그녀의 몸을 타고 움직였다. 한결같이 편안한 그 소리에 안심이 되어 그녀는 다시 잠들 수 있었다. 갑자기 마음이 가벼워진 기분, 집에 돌아온 기분이 들었다.

아빠가 말한 대로 화창한 날씨였다. 아파트를 나올 때만 해도 날이 추워서 손가락 사이사이, 관절 마디마디 그리고 옷 아래 틈새로 한기가 스며들어오는 기분이었다. 하지만 눈부시게 화창한 날씨에 하늘은 이글거리는 청록색으로 환하게 빛났다. 바다 역시 쉬지 않고 반짝거리는 거울 같았다. 반짝거리는 시커먼 파도는 햇빛에 반사되어, 비늘로 뒤덮인 전설 속 둥그런 생명체의 거대한 등처럼 보였다.

두 사람은 부두로 걸어갔다. 문득 한 가지 문제가 떠올랐다.

"바람이 없군." 아빠가 레아의 마음을 읽기라도 한 듯 말했다. "이러면 노를 저어야 할 수도 있겠는걸."

레아가 웃었다. "헤엄쳐서 밀어야 할지도 모르죠."

물론 보트에는 엔진이 있었다. 돛은 그저 장식용이었다. 지앙은 사실 배를 몰 줄 몰랐다. 그의 애인이라고 배를 몰 수 있을 것 같지는 않았다.

아빠는 몹시 들떠 있었다. 창피할 정도로 챙이 큰 모자를 가져와서는 항구까지 걸어갈 때 쓰겠다고 한사코 고집을 부렸다. 자외선! 살인마 자외선! 그는 겁에 질린 척 속삭이며 모자로 레아를 가려주는 시늉까지 했다. 레아는 웃으며 그를 밀어냈다. 아직 코트를 입어야 할 정도로 추웠지만 손과 목에 느껴지는 따뜻한 햇살이 기분 좋았다.

그가 해변을 가리켰다. 현수막 하나가 모래 속에 묻혀 있었다.

"해마다 겨울이 되면 백여 명의 사람들이 여기, 이곳 해변에 모여 든단다. 그 사람들은 스스로를 북극곰 클럽이라 부르곤 하지." 눈가에 잔주름을 지으며 말했다. "왜 그런지 아니?"

"아니요. 몰라요."

"물 온도가 10도 남짓이거든. 그러고 보니 오늘도 비슷하겠구나."

레아가 몸을 부르르 떨었다. "왜 그런 짓을 하는 거죠?"

아빠가 어깨를 으쓱했다.

부두로 가는 길은 산책로를 따라 한 시간 정도 쭉 내려가면 되었다. 하지만 반쯤 갔을 때 아빠가 방향을 획 틀었다.

"어디 가세요? 그 길이 아니에요." 레아가 아빠를 불렀다.

아빠는 씩 웃더니 레아에게 따라오라고 손짓했다. "잠깐 저쪽에 들렀다 가자꾸나. 이리 와, 너도 같이 가자."

산책로를 벗어난 레아는 아빠를 따라 사람이 다니지 않는 길로 들어섰다. 그러자 벽면이 허옇게 칠해진 땅딸막한 목조 건물이 나왔다. 창문은 더럽고 정원에는 제멋대로 자란 털북숭이 풀들이 무성했다. 어디로 가는 걸까? 두 사람은 첫 번째 길을 지나 샛길로 빠졌다.

어느새 두 사람은 가게들 사이로 사람들이 붐비는 작은 골목에 들어섰다. 임시로 만들어진 시장이었다. 장사꾼들은 커다란 흰색 장판 위에 물건들을 늘어놓았다. 아빠 말로는 경찰들이 들이닥칠 경우 한 번에 획 싸서 도망치기 쉬워서라고 했다. 그들이 지나가는 사람들을 향해 소리를 질렀다. 낡은 가전제품들, 카메라 부품들, 카누의 노처럼 보이는 것까지 온갖 잡동사니를 팔고 있었다. 적어도 레아의 눈에는 그렇게 보였다. 바로 그때 레아의 시선이 CD들을 가지런히 쌓아놓은 어느 장판 위에 머물렀다. 겉면에는 먼지가 잔뜩 묻어 있었지만 햇볕을 받아 반짝거렸다. 그제야 레아는 이곳이 어떤 시장인지 알 수 있었다. 레아는 CD들을 이것저것 뒤져보고 싶었다. 어떤 종류가 있는지 자신의 수집품 목록에 추가할 음반은 없는지 보고 싶었다. 하지만 아빠는 이미 저만치 앞서가고 있었다. 그녀도 서둘러 따라갔다.

"꽤 혼잡하네. 너는 여기서 기다릴래?" 아빠가 벽 옆쪽에 있는 빈 공간을 가리키며 말했다. 레아는 고개를 끄덕였다.

아빠는 구경꾼들 사이를 비집고 들어가더니 자동차, 작은 비행기, 커다랗고 파란 눈에 작고 빨간 입술을 가진 인형 등 플라스틱 장난감들이 쌓인 어느 가판대 앞에 멈춰 섰다. 아빠는 덩치가 크고 다부진 장사꾼에게 말을 건넸다. 그 사람은 아빠의 펄럭거리는 챙 모자를 뚫어져라 쳐다봤다. 장사꾼은 고개를 끄덕이더니 쭈그리고 앉았다. 더 이상 그가 보이지 않았다. 다시 일어선 그가 아빠에게 뭔가를 건네주었다. 아빠는 남자가 건네준 물건을 이리저리 살펴보더니 흐뭇한 미소를 지었다. 그 남자에게 돈을 지불한 아빠가 다시 사람들을 사이를 뚫고 레아에게 돌아왔다.

"이제 가자."

"뭘 사셨어요?" 레아가 아빠의 손을 내려다보며 물었다. 그 물건은 갈색 종이에 싸여 있었다.

"지금 말고 나중에 보트에서."

레아가 고개를 끄덕였다. 두 사람은 붐비는 거리를 벗어나 다시 산책로로 돌아왔다. 비좁고 복잡한 골목에서 벗어나 한적한 곳으로 나오니 마음이 한결 편안해졌다.

"사람들은 왜 이쪽으로 오지 않을까요? 너무 아름답고 조용한데."

아빠가 어깨를 으쓱했다. "전에 이쪽에 와본 적이 있니?"

레아는 아빠가 말하는 전이 언제인지 알고 있었다. 그가 그녀를 이곳에 데려오기 전, 그리고 다른 모든 일이 일어나기 전을 의미했다. 클럽에 가기 전, 안야를 만나기 전, 앰브로즈를 만나기 전을 의미했다. 아빠를 만나기 전을 의미했다.

"아니요. 와본 적 없어요."

레아는 일단 보트를 타고 나서 아빠에게 말하리라 생각했다. 지금은 때가 아니었다. 바다로 나갈 생각에 들떠서 나란히 걷고 있는 지금은 아니었다. 적합한 때를 찾을 생각이었다. 그랬다. 보트에서가 더 나을 것이다. 일단 배가 움직이면 두 사람은 광활하게 펼쳐진 잿빛 바다로 나갈 것이다. 그리고 오로지 아빠와 레아 단둘만 남게 될 것이다.

보트는 생각보다 작았다. 지앙이 하도 자랑하기에 레아는 선실에 갑판도 있고 냉장고도 딸린 호화 요트를 상상했었다. 하지만 선실이라고 해봤자 한 사람이 겨우 들어갈 만큼 허름한 범선이었다. 사방이 툭 트인 데다 옆쪽이 낮아서 정말로 물 위에 떠 있는 느낌이 들 것 같았다.

"열쇠는?" 아빠는 이미 보트 위에 서 있었다. 레아는 아무 말 없이 열쇠를 건넸다. 그리고 아빠의 내민 손을 잡고 흔들리는 선체 안으로 발을 들여놓았다.

아빠가 시동을 거는 동안 레아는 보트 뒤편에 있는 작은 벤치에 앉았다. 보트는 요란한 굉음을 내며 꿈틀거렸다.

이렇게 화창한 날에 아빠가 곁에 있었다. 레아는 편안하면서도 왠지 모르게 불안했다. 그녀의 결심이 워낙 엄청나다 보니 충분히 그럴 수도 있었다. 그런데 능수능란하게 운전대를 돌리며 항구 정박지를 벗어나 보트를 몰고 나가는 아빠를 보고 있자니 뜻밖에도 어린 시절이 떠올랐다. 마음이 아팠다. 하지만 그것 때문만은 아니었다. 다른 사람이 이 일을 결정한다는 기분 때문이었다. 자신도 모르게 지휘권을 포기하고 다른 사람을 믿어야 한다는 기분 때문이었다. 레아는 그런 일에 익숙하지 않았다.

일단 항구를 벗어나자 아빠가 장난삼아 속도를 높였다.

"그럼 달려볼까?" 레아를 바라보며 소리쳤다.

아빠가 코트를 벗었다. 안에는 플란넬 셔츠와 청바지를 입고 있었다. 셔츠 소매를 걷어 올리고 자르지 않은 긴 머리카락이 바람에 마구 휘날리니 마치 청년처럼 보였다. 등을 꼿꼿이 세우고 턱은 치켜들고 양손을 운전대 위에 편안하게 올려놓은 아빠가 보트 가장자리에 서 있었다. 뒤에서 보면 목과 얼굴에 접힌 살들이 보이지 않았다. 레아는 자신이 10살이라고 상상했다. 잠깐이지만 새뮤얼도 레아 옆에 앉아 있는 것 같았다. 하지만 그는 곧 시야 밖으로 사라졌다.

그녀가 돌아보았을 땐 그저 물뿐이었다. 시커먼 파도가 천천히 오르락내리락했다. 파도가 부딪치는 해변에서 이제 제법 멀어졌다. 잠잠한 파도가 끊임없이 이어졌다.

"뭘 보고 있니?" 아빠가 시동을 끄고 보트 뒤편으로 갔다.

사방이 조용해졌다. 드넓은 바다와 보트 위로 흐르는 정적이 레아의 마음을 가득 채웠다. "생각 좀 하느라고요." 레아는 말을 이었다.

"우리가 함께 떠날 수 있을까 생각해봤어요. 어디든 여기서 멀리. 그 오랜 시간 아빠가 다녔던 곳도 좋고요. 그곳에 다 가보고 싶어요."

아빠가 그녀를 빤히 쳐다봤다. 그가 이해하지 못했다는 걸 알 수 있었다.

"아시아도 좋고 유럽도 좋아요. 어디든 가요. 멀리, 멀리."

"불가능하다는 걸 알잖니." 아빠가 말했다. "국경 재제에 걸릴 게야. 그럼 다시는 돌아올 수 없단다. 적어도 지금의 삶으로는 말이다."

그녀는 말이 없었다. 그것이 그녀가 원하는 것인가? 보이지 않는 달의 중력에 의해 두 사람 주변 세상이 앞뒤로 이리저리 흔들렸다.

"내가 떠났을 때도, 이곳을 떠났을 때도 나는 국경을 넘어간 적이 없다. 전국 각지를 돌아다니긴 했어도 늘 이 나라 안에 있었어. 병원에서 멀리 떨어진 곳은 간 적이 없단다."

"아빠는 나라 밖이 어떤지 보고 싶지 않아요? 이곳을 벗어나는 거예요, 어때요?"

아빠는 고개를 저었다. "네가 뭘 알고 하는 말 같지가 않구나, 레아. 너는 모든 걸 포기해야 할 거야. 비라이퍼들과 살아야 하겠지. 물론 다른 나라들도 그들 나름대로 수명 연장 프로그램을 시작했다만 너는 그걸 받을 자격이 없어. 게다가 그 나라들은 기술이 뒤처져 있어서 네게 필요한 연장 시술을 제공할 수가 없단다. 너는 10년, 적어도 20년만 있으면 최고가 될 텐데."

"아빠가 그랬던 것처럼." 레아가 아빠의 눈을 들여다보며 말했다. "우리가 그 10년, 20년을 함께 지낼 수도 있잖아요."

아빠는 레아를 빤히 쳐다봤다. 그 시선을 받으며, 레아는 자신의 결심이 단단해지는 걸 느꼈다. 그녀는 정말 떠나고 싶었다. 어느 정도 달콤쌉쌀한 자기희생을 피할 순 없었다. 그녀 안에서 울고 있는 낮은 목소리가 들렸다. 알아요? 당신 때문에 내가 뭘 했는지?

어쩌면 이것 때문에 그들이, 세상의 많은 앰브로즈들이 그렇게 했는지도 몰랐다. 세상에 대한 반항으로 턱을 치켜들었던 것이다. 작고 사소한 것에서 시작된 숭고한 몸짓이었다.

아니요. 하지만 그것은 공평하지 않았어요. 레아는 앰브로즈를 기억했다. 그의 눈 속에서 타오르던 열정, 더 이상 더듬거리지 않고 확신에 차 있던 그의 목소리를 기억했다.

"제가 원해요." 레아가 부드러운 어조로 말했다. "그때 이후로, 아빠가 돌아온 이후로 상황이 달라졌어요. 감시대상자 목록에 올라가고 위커버리 모임에 클럽, 토드, 그리고 드와이트까지."

레아는 적당한 말을 찾으려고 애썼다. "제 생각에 저는, 저는 더 이상 못 믿겠어요. 가능한지도 모르겠어요."

아빠는 아직 이해하지 못한 것 같았다. 레아가 말을 이었다.

"아무리 애를 써도 내가 드와이트 로즈의 얼굴을 부숴버리고, 슬개골을 박살내고, 그리고……." 그녀는 말을 멈추고 깊은 한숨을 내쉬었다. "생명유지 장치를 떼어버린 아이라는 건 변하지 않을 거예요. 나는 늘 뭔가를 부숴버리고 싶었어요."

마침내 아빠가 눈길을 떨어뜨렸다. 손가락을 깍지 끼고 자신의 손톱 반달을 들여다봤다.

"이곳에는 내가 있을 자리가 없어요. 있었던 적도 없었고요."

아빠가 고개를 들어 레아를 쳐다봤다. '너 스스로도 네가 무슨 말을 하는지 모르는 것 같으니 다시 한 번 신중하게 생각해보는 게 어떠니?'라고 하는 것 같았다. 말도 안 된다고, 그녀의 계획을 용납할 수 없다고 말하는 것 같았다.

"레아, 네가 그런 말을 하다니 내 마음이 무너지는구나. 내가 알았더라면, 내가 알았었더라면, 내가, 잘 모르겠지만, 뭐라도 했을 텐데.
어떻게 해야 할지. 내가 너를 데려갔어야 했는데, 다른 곳으로 갔어
야 했는데. 하지만 네 엄마가 너무 단호해서. 그게 옳다고, 맞게 사는
거라고. 어쩌면 그랬을지도 몰라. 우리가 함께 떠났더라면 더 나빠
졌을지도 몰라, 그거야 알 수 없는 일이지. 그렇게 떠들어댔지만, 그
렇게 나름의 원칙을 세웠지만, 결국 떠나지 못했단다. 나도 나를 모
르겠어. 얼마 남지 않은 시간에 매달려서 개처럼 숨어다니며 이 나
라 안에 붙어 있었단다."

"늦지 않았어요. 지금이라도 떠날 수 있어요. 여기서 멀리 떨어진
곳에서 같이 시작해요. 새롭게." 레아가 말했다.

"그래." 아빠가 낯선 목소리로 말했다. "늦지 않았…… 우린 할 수
있어."

"얼마나 남았죠?" 레아가 눈을 반짝이며 물었다.

아빠가 멈칫했다. "일 년쯤. 어쩌면 일 년이 좀 안 될지도."

심장이 쥐어짜듯 아팠다. 두 사람을 둘러싼 저 바다의 고요하고
투명한 아름다움이 갑자기 참을 수 없도록 잔인하게 느껴졌다. 갈매
기들이 휙 달려들었다가 휙 날아올랐다. 끼익 날카로운 비명 소리가
마치 파도에 일렁이는 작은 보트 소리를 흉내 내는 것 같았다. 그리
고 그 보트에 그녀가 사랑하는, 세상에 유일하게 남은 아빠와 마주
앉아 있었다. 일 년, 어쩌면 그보다 더 짧은 시간. 이제 그녀는 아빠
없이 살아가야 할 수십 년, 춥고 공허한 미래로 이어지는 끝없는 내
일을 생각했다. 두 사람이 헛되이 보냈던 88년이란 세월이 문득 생
각났다.

레아는 최대한 침착하게 말했다. "일 년이면 여러 곳을 다니기에

충분해요. 상하이, 멜버른, 파리, 어쩌면 스웨덴까지. 안야에게 많이 들었어요, 멋질 것 같아요."

"그렇지." 아빠가 생각에 잠겨 말했다. "스웨덴의 아름다운 시골 풍경에 대해 들어본 적이 있다. 하이킹을 갈 수도 있겠구나. 왕의 길, 길 이름이 그렇다지? 해가 지는 여름날이면 하루에 딱 한 시간, 그 길에 빛이 끝없이 쏟아진다더구나."

"맞아요." 레아는 희망에 찬 목소리로 말했다. 마음속에서는 일 년, 어쩌면 그보다 더 짧은 시간이라는 말이 메아리쳤다. "하이킹. 저는 하이킹을 한 번도 해본 적이 없어요. 인대에 안 좋기도 하고 하지 말라고 하니까. 이제는 누가 뭐라건 상관없을 것 같지만요." 그녀가 어색하게 웃었다.

"상하이도." 아빠의 얼굴이 환하게 빛났다. "늘 한 번쯤은 가보고 싶었단다."

"가는 길에 도쿄는 어때요?" 그녀가 말했다. "아빠의 할아버지 할머니가 태어난 곳이잖아요, 맞죠? 제겐 증조부모님인가요?"

"그렇지. 네가 그분들 이야기를 들었다면 절대 잊지 못했을 거다. 두 분은 늘 뉴욕 생활을 탐탁지 않아 하셨어. 공기가 너무 건조하다느니, 음식의 양이 너무 많다느니, 사람들이 너무 시끄럽고 무례하다느니 하면서 말이지. 도쿄, 지금의 도쿄는 달라졌어. 빛의 도시. 문명의 횃불이 되었지." 아빠가 씁쓸하게 말했다.

"그렇다면 한번 가봐야죠!" 레아가 의기양양하게 미소 지었다.

"그래." 아빠가 말했다. "그러자."

둘 사이에 침묵이 흘렀다. 보트가 살랑살랑 흔들렸고 머리 위로 갈매기들이 모여들었다.

"줄 게 있다." 아빠가 자리에서 일어나 보트 앞으로 가더니 무언가를 가져왔다. 아까 시장에서 사들고 온 선물 꾸러미였다.

"아! 감사해요. 그런데 오늘은 제 생일이 아니라 아빠 생일이잖아요." 레아는 선물 꾸러미를 받아 들었다. 만져봤다. 작고 복잡한 모양이었다. 꼬리, 다리, 기다란 목인 것 같았다. "세상에, 이게 뭐예요!" 그녀는 포장을 뜯었다.

"그동안 챙겨주지 못했던 너의 모든 생일들을 축하한다." 아빠가 레아를 보며 미소 지었다.

바다 공룡, 플레시오사우르스였다. 중생대에 바다를 어슬렁거리다가 운석 때문인지 빙하기 때문인지 하여간에 멸종되었다. 7.6미터 길이에 자동차 두 대 크기만 한, 작은 고래처럼 생긴 바다 거인. 하지만 고래처럼 온화한 이 동물은 해초와 작은 물고기만 먹었던 것으로 추정되고 있다.

레아는 공룡을 무릎 위에 올려놓았다. 눈시울이 뜨거워졌다. 눈물을 참으려고 입술을 깨물었다.

"고마워요."

"아니다." 갑자기 아빠 목소리에 힘이 빠졌다. 일 년, 어쩌면 그보다 더 짧은 시간.

차갑고 축축한 방에 누워 있던 안야의 엄마가 생각났다. 영혼은 사라진 지 오래였고 몸에서는 딸깍 윙윙 기계 돌아가는 소리가 났다.

문득, 아빠가 정말로 죽으려 한다는 사실이 떠올랐다. 도시로 돌아와서 클럽에 들어갈 때만 해도 아빠는 죽을 생각이 아니었다. 어쨌거나 아빠는 죽으려 하고 있었다. 이제야 아빠가 진정 무엇을 찾고 있는지 알았다.

두 사람은 오후 내내 보트에 머물렀다. 하늘이 보랏빛으로 변하기 시작할 즈음 아빠는 이제 슬슬 돌아가야 하지 않겠냐고 물었다. 레아는 마지못해 천천히 고개를 끄덕였다.

아빠가 보트 방향을 돌렸다. 두 사람은 아무 말도 하지 않았다. 레아는 자신이 아직도 공룡을 쥐고 있다는 사실을 깨달았다. 너무 꽉 쥐었던 나머지, 손바닥에 공룡의 비늘 무늬가 새겨졌다. 공룡을 그녀 옆에 있는 의자 위에 살며시 세워놓았다. 내게 힘을 줘, 그녀는 마음속으로 생각했다.

무엇을 위한 힘을 달란 말인가? 레아의 얼굴을 바람이 쓰다듬었다. 마지막 날 새뮤얼의 손을 잡고 있던 아빠의 모습을 떠올렸다. 영원히 눈을 감기 전 마지막 순간, 자신의 얼굴을 멍하니 바라보던 엄마의 모습도 떠올렸다.

지평선 위로 낮게 내려앉은 오렌지색 공 같은 태양이 해안가의 조약돌들을 붉게 물들였다. 두 사람은 해안가로 점점 가까이 다가갔다. 저 멀리 보이는 반짝이는 도시의 스카이라인도 불타오르고 있었다. 빛의 도시.

아빠가 보트를 정박시켰다. 그러고는 먼저 내려 레아가 배 옆쪽으로 내릴 수 있게 도와주었다. 레아는 파도가 흔들리는 줄 몰랐다. 하지만 단단한 육지에 발을 디디니 세상이 흔들리기 시작했다.

아빠가 레아에게 열쇠를 건넸다.

"고맙다." 아빠는 보트의 하얀 선체를 쓰다듬었다. 그러고는 레아 쪽으로 몸을 돌렸다. "너에게도 고맙구나. 멋진 하루였다. 아주 완벽했어."

"우린 도쿄에 갈 수 없겠죠?" 레아가 작은 목소리로 물었다. "그렇겠죠?"

아빠가 레아를 바라봤다. 할 말을 찾으려 애쓰는 아빠의 모습이 보였다.

"괜찮아요." 레아는 오른손으로 공룡의 꼬리를 잡고 있었다. "알고 있었어야 했는데."

"너를 또다시 실망시키고 싶지는 않았단다."

레아는 마른침을 꿀꺽 삼켰다. 그러고는 발을 내려다봤다.

"약은 있어요?" 레아가 물었다.

레아는 아빠에게 약이 있다는 것을 알고 있었다. 일주일 전, 마누엘이 최근 들여온 물건들을 모두 나눠주었다고 했다. 원하는 사람은 모두 하나씩 받았다고 했다.

아빠는 고개를 끄덕였다. 그러고는 바지 뒷주머니에서 지갑을 꺼냈다. 가죽이 닳아 흐물흐물해져 있었다. 닳지 않았다면 편편했을 검은색 네모난 지갑에 불쑥 튀어나온 작은 물건의 희미한 형체가 보였다.

아빠는 T-알약을 꺼내 손바닥에 올려놓았다. 타원형에 크림색이었고 갈색의 작은 점들이 찍혀 있었다. 굳은살이 잔뜩 박인 아빠 손 위에 얌전히 놓인 그것은, 마치 작은 새가 버리고 간 알 같았다.

아빠가 자신의 손바닥 위에 놓인 물건을 가만히 내려다봤다. "한참을 기다렸단다. 계속 기다렸지."

"무엇 때문에요?" 레아가 물었다.

자신도 모르게 물었다. 아랫입술이 떨리기 시작했다. 마음을 진정시키려고 안야의 엄마를, 앰브로즈를, 새뮤얼을 생각했다. 플라스틱 공룡을 꽉 움켜쥐었다.

대답 대신 아빠는 레아를 쳐다봤다. 그녀는 아빠 얼굴에 드리운 주름살을 유심히 살펴봤다. 웃고, 인상 쓰고, 한숨짓는 아빠의 모든 표정이 주름살에 드러났다. 그 자리를 서로 차지하려고 어떻게 다퉜는지, 그들의 존재를 피부에 어떻게 새겨 넣었는지, 남는 공간이 없을 때까지 표시하고 새기고 잡아당기고 뒤틀면서 어떻게 한가득 그 자리를 채워나갔는지 보였다. 주름살에 아빠가 만나온 세상이 보였다. 아빠가 얼마나 지치고 피곤한지를 주름살이 알려주었다. 결국 그 모든 것들은 그녀와 상관이 없었다. 그녀와 아무런 상관이 없었다. 아빠는 아빠의 선택을 했고 그녀는 그녀의 선택을 할 것이다.

해변에 부서지는 잔잔한 파도 소리가 둘 사이의 침묵을 메웠다. "저를 기다리셨군요." 확신에 찬 레아의 목소리는 매우 따뜻했다.

두 사람은 산책로를 따라 천천히 되돌아갔다. 부두에 서서 아빠가 삼킨 알약에 대해 두 사람 모두 아무 말도 하지 않았다. 그들 주변으로 보트들이 천천히 일렁거렸다. 아빠는 어린 시절 이야기를 들려주었다. 아빠의 할머니 집에 있었던 삐걱거리던 나무 계단, 이 세상에 오직 아빠의 할머니만 만들 줄 아셨던 생선살이 들어간 주먹밥, 거짓말을 하다 들통나자 할아버지가 아빠를 현관문 밖에 세우고 젓가락 위에 무릎 꿇게 했던 일들을 이야기했다.

아빠는 늘 탈출구를 찾아 헤맸던 어린 시절에 대해서 이야기했다. 야망이 넘치고 씩씩하고 강한, 자신과는 정반대인 엄마 유주를 만나 그 출구를 찾았다고 했다. 처음에는, 그전까지는 천국이었다고 했다. 아빠는 '그전'에 대해 언급하지 않았지만 레아는 그게 새뮤얼이 태어나기 전, 레아가 태어나기 전이라는 사실을, 전통음식이냐 뉴트리팩이냐 재즈냐 획일적인 녹음 음악이냐 수명연장이냐 체제 위반이 나처럼 세상이 편 가르기를 강요하기 전이라는 사실을 알고 있었다. 자신의 삶이 어떻게 천천히 무너져 내렸는지, 어떻게 삶의 조각들이 하나씩 빠져나갔는지 아빠는 이야기했다.

아빠는 가족을 떠났던 일에 대해서 이야기했다. 그날 병원에서 비상벨을 울리게 만든 장본인이 레아라는 사실을 아무에게도, 심지어 유주에게조차도 말하지 않았다고 했다. 그 일은 아빠가 오랜 시간 찾고 있던 핑곗거리가 되었다고 했다. 몇 년 동안 도망칠 궁리를 하던 아빠는 그 일을 핑계로 더 이상 참지 못하고 결국 떠나버렸다고 했다. 떨어져서 살아보니 결국은 똑같은 삶으로 채워질 뿐 실망스럽기 짝이 없었다고 했다. 어느 날 다른 사람과 함께 있는 엄마의 사진을 보고서야 우리가 이사한 사실을 알았다고 했다. 아빠가 느꼈던 외로움과 절망에 대해서 이야기했다. 하지만 있는 그대로 순수하게 기뻤던 순간들도 있었다고 했다. 가령 날씨 좋은 어느 날 산책을 나갔다가 팔다리가 멀쩡하다는 단순한 사실에도 감사한 마음이 들었다고 했다. 오늘이 그런 날과 다르지 않다고 했다.

아빠는 다시 돌아온 일에 대해서 이야기했다. 처음에는 자신이 진정 무엇을 찾고 있는지 몰랐다고 했다. 하지만 이제 끝날 때가 되었다고 생각하니 한 가지 분명히 해두고 싶은 것이 있다고 했다. 이 세상에 태어나 살아온 짧은 생애를 무언가로 마무리 짓고 싶었다고 했다. 지금 이것이 무언가를 위해 할 수 있는 전부라는 사실을 스스로에게라도 증명하고 싶다고 했다.

아빠는 오늘 하루에 대해서 이야기했다. 마치 그녀가 그곳에 없었던 것처럼 태양과 바다에 대해 설명했다. 시장 상인이 육지공룡만 있지 바다공룡은 없다고 말했다고 했다. 아빠는 한 번 더 확인해줄 것을 부탁했다고 했다. 두 사람이 타고 나갔던 보트에 대해서도 이야기했다. 운전은 정말 쉬웠다고 했다. 보트가 너무 작고 가벼워서 파도를 스치듯 지나갈 때는 마치 날아갈 것 같았다고 했다.

아빠는 딸에 대해서 이야기했다. 얼마나 똑똑했는지, 얼마나 강했는지, 그리고 얼마나 남달랐는지 이야기했다. 그녀는 뒤죽박죽 제멋대로 뻗어나간 신체기관과 피부 밑 살점, 그리고 파손된 것들에 열광하는 자신에게 문제가 있다고 생각했다고 했다. 내면 깊숙이 그녀는 영원히 살고자 하는 것이 얼마나 폭력적인지 느꼈다고 했다. 그녀는 틀리지 않았다, 아니, 그녀가 옳았다고 했다. 그녀는 줄곧 옳았었다.


현수막이 버려져 있던 해변 모래사장에 다다르자 두 사람은 걸음을 멈췄다. 아빠는 셔츠와 속옷만 남기고 순식간에 옷을 벗었다.

아빠는 레아에게 자신의 아파트 열쇠를 건네며 마음대로 하라고 했다. 그러고는 손가락으로 그녀의 뺨을 어루만졌다.

"고맙구나, 레아."

아빠가 뒤돌아 바다로 걸어 들어갔다.

# 36장
## 마지막 퍼즐 조각

그 후로 몇 주 동안 레아는 최선을 다했다. 매일 아침 침대에서 일어나 마치 출근이라도 하듯 옷을 차려입었다. 어떤 날은 아파트를 나서서 출근길 인파 속으로 들어가기도 했고, 그러다 가끔은 더 이상 그녀를 반기지 않는 회사를 찾기도 했다. 어떤 날은 유리로 둘러싸인 로비 밖에 서서 반짝이는 구두와 뱀가죽 서류가방에 맞춤 재킷을 입고 출근하는 사람들을 지켜보기도 했다. 또 다른 날엔 집에 머물며 아빠가 자신의 삶 속으로 들어오기 훨씬 전에 산 소파에 앉아 있었다. 하루 종일 앉아 있다가 밤이 되면 일어나 잠옷으로 갈아입고 잠자리에 들었다.

레아는 위커버리 모임에 가지 않았고 클럽에서 오는 전화도 받지 않았다. 마누엘과 잭맨 부인에게서는 전화가 왔지만 안야에게서는 아무 연락이 없었다. 레아는 안야가 연락해주기를 바랐다.

어쩌면 좀 더 오랫동안 이런 식으로 지냈을 것이다. 하지만 위커버리 모임에 한 달을 빠지자 조지가 감시요원들에게 연락을 한 모양이었다.

그녀의 아파트에 모습을 나타낸 건 GK였다. 잠깐이지만 레아는 GK를 보고 기뻐할 뻔했다. 감시요원들이 문제 삼던 아빠는 더 이상 문제 될 게 없다는 사실을 이내 깨달았다. 더 이상 숨길 게 없었다. 그래서 말했다. GK가 먼저 말하기 전에 레아는 모든 사실을 털어놓았다. 처음 길 건너편에 있던 아빠를 우연히 본 그날부터 아빠가 수이사이드 클럽과 무슨 일을 꾸미는지 알아냈던 것과 그들을 소탕하려는 정부를 돕기로 결정한 사연까지 모두 이야기했다. 하지만 앰브로즈 이야기에 이르자 레아는 말을 멈췄다.

GK는 말이 없었다. 이상하게도 그의 눈이 반짝거렸다. 금방이라도 울 것 같은 GK의 모습에 레아는 몹시 당황했다. 괜히 말했다는 생각이 들었다. 말을 할 때는 좋았다. 하지만 옆에 앉아 있는 이 낯선 사람과 거리감이 느껴져 마음이 편치 않았다. 레아는 몹시 피곤했다. 혼자 있고 싶었다.

레아는 자리에서 일어나 침실로 갔다. 그리고 앰브로즈가 죽는 장면이 녹화된 메모리카드를 가져왔다. 마지막 퍼즐 조각, 수이사이드 클럽을 상대로 정부가 원하는 바로 그것이었다.

GK는 메모리카드를 받아 얼른 주머니에 넣었다. 그에게 빠른 승진을 보장해줄 물건이었다. 어쩌면 3단계 승진 혜택을 받게 될지도 몰랐다. GK는 감사인사를 건넸지만 자신에 대해서는 그 어떤 말도 하지 않았다. 대신 때가 되었다고 했다. 그는 레아를 감시자 명단에서 제외되도록 해줄 것이다. 더 이상 감시 조치는 일어나지 않을 테고 위커버리 모임에 나가지 않아도 될 것이다. 회사도 공지를 받을 테고 담당 병원도 새로운 수명연장 치료 보류 조치를 해제하라는 지시를 받을 것이다.

그녀가 가지고 태어난 숫자를 감안하면, 게다가 클럽을 소탕하는 데 있어 정부에 일조했기에 분명 그녀는 제3의 물결에 합류하게 될 거라고 GK가 몹시 흥분해서 말했다.

그녀는 영원불멸의 삶을 살게 될 것이다.

GK가 자리에서 일어났다. 그는 당장에라도 일을 시작하고 싶어 했다. 사무실에 돌아가자마자 레아가 한 일을 보고할 터였다. 그러면 내일쯤 정부기관에서 연락이 올 것이다. 그는 두 손으로 그녀의 손을 꼭 잡고 힘차게 흔들었다. 고맙다고 그리고 축하한다고 했다.

현관을 나서던 GK는 그제야 레아가 이야기를 끝까지 하지 않았다는 사실을 깨달았다. 그는 이제 아빠가 살 수 있으니 기쁘겠다고 했다. 어쩌면 애초에 범법행위를 저지르고 도망친 데다 도망치는 동안 치료를 받으려고 신분을 위조했기에 장기간 수감될 수도 있다고 했다. 어쩌면 그저 수명연장 제한에 그칠 수도 있다고 했다. 하지만 무엇보다 중요한 건 그가 살 수 있다는 것이었다. 생을 마감하지 않아도 된다는 것이었다. 분명 그것은 축하할 만한 일이었다.

그 순간 레아는 그 어느 때보다 혼자 있고 싶었다. 그래서 한 손으로 차가운 현관문 끝을 잡고 GK를 향해 웃어 보였다. 그것이 축하할 만한 일인 건 분명했다.

GK가 가고 레아는 문손잡이를 잡은 채 한참을 그대로 얼어붙어 있었다. 아파트는 조용했지만 그녀의 머릿속은 부서지는 파도 소리와 머리 위로 우르르 몰려들어 울어대는 갈매기 소리로 아득했다.

바람이 두 뺨을 스치는 것 같았다. 코끝을 아리는 소금 냄새가 났다. 저 멀리 어렴풋이 빛나는 지평선도 보였다.

# 37장
## 서리같이 번뜩이는 칼날

안야는 머그잔 바닥에 칼을 몇 번이고 다시 갖다 댔다. 얇고 동그란 머그컵 바닥의, 유약을 칠하지 않은 거친 부분을 찾아서. 쓱 끌리는 소리가 들리고 칼날이 어느 한 지점에 닿으며 제대로 찾았다는 느낌이 들었다. 소리만 들어도 칼날이 얼마나 날카로워질지 알 수 있었다. 칼날을 이루는 원소들이 각자 자기 자리를 찾아 일렬로 늘어서는 상상을 했다.

몇 번이나 가까이 다가가봤다. 하지만 할 수가 없었다. 손이 너무 떨리고 눈물이 앞을 가려서 보이지 않았다. 아니, 그냥 할 수가 없었다. 어느새 그녀는 뒤로 한 발짝 물러서서 머그컵이 놓인 싱크대를 쳐다보고 있었다.

노크 소리가 났다. 드디어 그들이 왔다고 생각했다. 공장 지대 사람일 수도, 경찰관일 수도, 아니면 조지나 다른 사람일 수도 있었다.

하지만 문 앞에 서 있는 사람은 레아였다. 크나큰 안도감이 밀려왔다. 무엇을 물어볼지 생각도 나지 않았다.

"안녕하세요." 레아가 시선을 떨구었다.

"레아, 들어와요."

레아는 집 안으로 들어갔다. 이번에는 안야의 엄마를 보지 못한 것 같았다. 레아는 방 끝으로 걸어가 먼지가 잔뜩 낀 창문으로 밖을 내다봤다.

"잘 지냈어요?" 안야가 물었다.

레아가 고개를 돌려 안야를 올려다봤다. 뭔가 달라졌다. 안야가 눈을 가늘게 뜨고 그 위에 손가락을 올려놓으려고 애썼다. 안야가 목을 잡는다거나 눈의 초점을 맞추려고 하는 모습이 왠지 모르게 고통스러워 보였다.

"네." 레아가 말했다. 안야의 입이 일그러지고 입가에 잔뜩 주름이 잡혔다. "왜 그래요?" 레아가 물었다.

"아." 안야가 머그잔을 들어서 뒤집더니 밑바닥을 보여주었다. "여기 이 거친 부분 좀 보세요. 숫돌로 쓰기 좋아요. 아주 쓸 만해요. 숫돌을 사려면 특별 허가를 받아야 하잖아요."

레아가 고개를 끄덕였다. 그녀 말이 충분히 일리 있는 것 같았다. 왜 칼을 갈아야 하는지는 묻지 않았다.

칼 손잡이를 힘껏 움켜잡은 안야가 레아를 쳐다봤다. 레아가 용기를 줄 거라고, 적어도 지켜봐줄 거라고 생각했다.

하지만 레아는 안야를 쳐다보지 않았다. 그녀는 방을 가로질러 창문을 밀어 올렸다. 낡은 창틀 사이로 먼지와 나무 부스러기들이 폭포수처럼 쏟아져 내렸다. 도시의 소음과 차가운 공기가 방 안으로 스며들어 두 사람 주변으로 휘몰아쳤다. 살아 있는 겨울의 소리와 생각이 귓가를 가득 채웠다. 레아는 창문을 더 밀어 올렸다. 안야가 올렸을 만큼 높이 밀어 올렸다. 레아는 창틀의 윗부분을 깨트렸다. 오래된 나무 창틀이었지만 그래도 멀쩡했었다. 안야가 레아의 손을 바라봤다. 손아귀 힘이 얼마나 센지 궁금했다.

레아가 창틀에 걸터앉았다. 아무것도 잡고 있지 않은 것 같았다. 그녀는 한쪽 다리를 차가운 공기 밖으로 휙 넘겼다. 그제야 안야는 뭔가 이상한 낌새를 느꼈다.

"뭐 하는 거예요?" 순간 여러 생각이 스쳤다. 그녀에게 달려가야 할까? 팔이라도 잡아야 할까?

레아가 안야 쪽으로 고개를 돌렸다. 얼굴에는 아무런 감정이 실려 있지 않았다. 하지만 보이지 않는 눈물이 흐르듯 두 눈가에 잔뜩 주름이 생겼다.

"당신이 우리 집에 왔던 날, 생각나요? 당신은 창문을 열려고 했어요." 그녀가 말했다. "내가 창문은 열리지 않을 거라고 말했죠. 조항 7077A이니까."

안야가 고개를 끄덕였다.

"당신은 그때 참 안됐다고 했었죠. 여기 위쪽으로 바람이 엄청 많이 부네요." 레아는 몸을 돌려 다시 도시 쪽을 바라봤다. 길 건너편으로 환하게 불이 켜진 사무실 빌딩이 보였다. 어슴푸레한 유리창 뒤로 사람들이 왔다 갔다 했다. 레아는 눈을 감고 얼굴을 들어 바람을 맞았다. "당신 말이 맞았어요." 그녀가 말했다.

안야는 창문 쪽으로 한 발짝 움직였다. 레아의 몸이 뻣뻣하게 굳었다. 난간을 움켜쥔 레아의 손가락 마디마디가 하얗게 변했다. 안야는 레아의 손을 뚫어져라 쳐다봤다. 도드라진 정맥과 울퉁불퉁한 손가락 마디. 여자의 것치고는 유난히 큰 손이었다. 레아의 손과 손가락 마디와 손목을 응시하던 안야가 시선을 돌려 레아가 들어 올린 창문을 쳐다봤다.

안야는 칼을 들어 빛에 천천히 비춰봤다. 칼날은 서리같이 번뜩이며 날카롭고 예리했다. 이제 목적을 달성하기에 완벽한 상태를 갖추었다. 안야는 레아가 서 있는 곳에서도 자신이 들고 있는 칼이 보일지 궁금했다.

"엄마는 내가 직접 해주기를 바랄 거라 생각했어요." 안야의 손이 떨렸다. "클럽도, 약도, 농장도 안 돼요. 그래서 내가…… 내가 하려고요. 그런데 몇 번을 시도했지만, 차마 못 하겠어요."

레아는 가만히 안야를 지켜봤다. 스커트 자락이 바람에 펄럭거려 자그마한 낙하산 같았다. 순간 안야는 레아가 난간 밖으로 날아가는 건 아닐까 걱정했다.

안야는 쥐고 있던 칼을 손잡이가 밖으로 향하도록 돌려 레아에게 내밀었다.

"날카로워요. 정말 많이 날카로워요. 하지만 인조피부라 엉망이 되겠죠. 찌르고 베고 비틀려면 힘을 써야 할 거예요. 정맥을 세로 방향으로 길게 자를 수도 있어요. 내가 할 수 있을 거라 생각했는데 이렇게…… 이렇게 힘이 부족해요."

레아의 까만 눈동자가 안야를 응시했다. 안야는 레아가 무슨 생각을 하는지, 아니, 생각이란 걸 하기는 하는지 알 수가 없었다. 레아가 뒤로 몸을 기대는 바람에 안야는 심장이 멎을 뻔했다. 레아는 창문 난간 너머에 있던 한쪽 다리를 방 안쪽으로 빼며 자리에서 일어났다.

이제 레아는 칼 손잡이를 잡을 수 있을 정도로 아주 가까이 있었다. 그녀의 눈에 어린 감정을 읽을 수 있었다. 레아는 잠시 칼을 노려보더니 검지를 칼날 끝에 갖다 댔다. 손가락을 떼자 작은 핏방울이 맺혔다.

"힘이 문제가 아니에요." 순간 그녀의 목소리가 또렷하고 깊게 울렸다. "피를 빼내면 간단해요. 하지만 빨리 해야 해요. 그러려면 피부가 다시 닫히지 않도록 완전히 확 열어야 해요. 칼날을 아주 잘 갈았군요."

레아는 안야의 엄마가 누워 있는 곳으로 하나, 둘, 셋, 무거운 발걸음을 내디뎠다. 안야의 엄마 옆에 선 레아는 손을 뻗어 그녀의 목 밑부분을 만졌다.

"여기예요." 레아가 말했다. "하지만 숨통을 강력한 것으로 교체했기 때문에 약간의 힘이 필요할 거예요."

그녀의 목소리에서 냉기와 온기가 동시에 느껴졌다. 레아는 무심해 보였지만 안야는 그 겉모습 뒤에 당장에라도 폭발할 것 같은 그녀의 오래된 욕망을 느낄 수 있었다.

갑자기 레아의 손에서 칼을 빼앗고 싶었다. 하지만 몸이 말을 듣지 않았다. 팔은 무거웠고 두 다리는 땅바닥에 딱 달라붙은 것 같았다. 레아가 엄마의 목을 이리저리 살펴보는 모습을 그저 지켜볼 뿐이었다. 안야가 건넨 칼이 레아의 손에서 반짝거렸다.

안 돼, 안야는 소리치고 싶었다. 안 돼. 이건 아니야. 하지만 입을 열 수 없었다.

레아가 안야를 향해 몸을 돌렸다. 그녀의 눈은 칠흑같이 어두웠다. 방에 들어설 때의 체념 어린 표정은 온데간데없었다. 그녀 안에서 무언가가 활활 불타오르는 것 같았다. 바로 그때 레아가 손을 내밀어 안야의 손을 잡았다. 레아의 손가락이 자신의 손을 감싸 쥐는 순간, 딸깍 스위치가 꺼지며 정신을 잃어버릴 것 같았다. 레아의 피부 아래로 단단한 근육이 느껴졌다. 100년 동안 충분한 운동과 좋은 영양상태를 유지하며 정기적으로 점검을 받은 데다 기술 발전의 덕을 보았을 것이다. 레아를 제지하기엔 자신이 너무 부족하다고 느꼈다. 익숙한 좌절감과 무력감이 그녀를 덮쳤다.

레아는 안야가 잡고 있는 자신의 팔을 내려다보았다. 다시 고개를 들어 안야의 눈을 쳐다봤다. 레아의 두 눈은 안야가 이해할 수 없는 폭력성으로 이글거렸다. 차갑고 허기진 눈빛이었다. 하지만 어느새 그 눈빛은 사라지고 환하게 빛났다. 어쩌면 레아의 팔뚝을 움켜잡은 안야의 손가락이 파르르 떨렸기 때문인지도 몰랐다. 어쩌면 안야의 눈에 눈물이 맺히기 시작해서인지도 몰랐다. 어느 쪽이든 레아는 안야의 마음을 이해한 것 같았다.

"여기." 이제 레아의 목소리가 누그러들었다. 그녀는 더 이상 안야나 안야의 엄마를 생각하고 있지 않았다. 안야는 알 수 있었다. 레아가 칼을 도로 건네주었다. 칼 손잡이는 레아의 온기가 남아서 아직 따뜻했다. 이제 안야가 칼을 잡았다. 상황이 달라졌다.

안야는 레아 옆을 지나 의자에 앉았다. 수많은 시간을 속수무책으로 앉아 지켜보고 기다렸던 의자였다. 하지만 이번에는 엄마의 목에 칼을 들이댔다. 어떠한 떨림도 머뭇거림도 없었다. 차가운 금속이 엄마의 끈적거리는 피부에 닿았지만 별 느낌이 없었다. 이건 엄마의 피부가 아니야, 안야는 다시 한 번 되뇌었다. 그녀의 엄마는 그곳에 없었다. 더 이상은 없었다.

안야는 레아가 가리켰던 그곳을 찔렀다. 다른 한 손을 빠르게 가져가 벌어진 피부를 잡아 뜯었다. 미끄럽고 축축했다. 금세 피부가 다시 붙는 것 같았다. 양손을 가져가 목 깊숙이 집어넣었다. 까맣고 걸쭉한 피 아래로 숨통이 보였다. 보라색으로 빛나는 생경한 물건이 엄마의 숨소리에 맞춰 팔딱거리는 게 보였다.

순식간에 처리해야 해요, 레아가 말했다. 뒤에 서서 지켜보는 레아가 느껴졌다.

시꺼먼 피가 엄마의 목을 타고 흘러내렸다. 용암이 분화구에서 흘러나오듯 천천히 흘러내렸다. 피가 빳빳한 흰 시트에 닿았다. 피는 바로 스며들지 않았다. 대신 시트 표면에 걸쭉한 젤리처럼 잠시 머물렀다. 피는 계속 흘러내리다 순식간에 뿜어져 나왔다. 시트는 짙은 보라색으로 물들었다.

엄마의 얼굴은 언제나 그랬듯 평온했고 미동조차 없었다. 하지만 피 웅덩이 아래 있는 숨통은 여전히 팔딱거렸고 심장도 여전히 쿵쿵 뛰었다.

"이렇게까지 했는데 아직 살아 있으면 어떡해요?" 절망 속에서 안야가 물었다. "심장이 이렇게 계속 뛰면 어쩌라는 거냐고요?"

"그렇지 않을 거예요." 레아가 말했다.

안야는 엄마를 빤히 쳐다봤다. 숨통. 심장. 피. 전혀 엄마가 아니었다. 갑자기 그것들이 낯설고 잔인하게 느껴졌다. 그것들은 엄마를 죽이려는 안야를 막지 못했다. 안야는 칼을 떨어뜨렸다.

안야는 두 손을 뻗었다. 피 웅덩이 속으로 손가락을 집어넣어 뜨끈하고 딱딱한 숨통을 움켜잡았다. 피는 더 끈적거렸다. 벌써 엉겨 붙는 것 같았다. 그대로 둔다면 몇 분 안에 상처가 아물지 몰랐다.

그렇게 둘 수는 없었다. 안야는 바이올린을 연주할 때처럼 손가락에 힘을 주었다. 두 손으로 쥐고 있는 숨통은 마치 바이올린의 목 같았다. 차가운 금속성 돌기는 손가락에 걸리는 현 같았다. 그녀는 더 세게 움켜쥐고 반대 방향으로 돌리기 시작했다.

숨통은 튼튼했고 강화 철사는 단단했다. 하지만 그녀의 손힘을 이기지 못하고 서서히 휘어지기 시작했다. 엄마의 몸속에 있었을 원래 숨통을 생각했다. 폐와 심장 깊숙한 곳에서 아름다운 소리를 만들어 세상 밖으로 내보내던 부드럽고 자연스러운 숨통을. 하지만 이 숨통은 그렇지 않았다. 쌕쌕거리고 치직거릴 뿐, 아무런 소리도 만들어 내지 못했다.

그녀는 더 세게 비틀었다. 손가락에 힘이 빠지기 시작했다. 하지만 바로 그때, 나지막이 뭔가 터지는 소리가 나면서 쉭 하고 바람이 빠져나갔다. 벌어진 관으로 피가 들어가면서 콸콸거리는 끔찍한 소리가 났다. 쉭 소리가 서서히 멈췄다. 엄마는 더 이상 숨을 쉬지 않았다.

안야가 손을 내려뜨렸다. 끈적끈적한 피가 손가락 사이사이에서 엉겨 붙기 시작했다.

심장은 여전히 뛰었고 판막은 윙윙거리고 딸깍거렸다. 엄마의 목구멍에서 피가 솟구쳤다.

두려움이 서서히 엄습해왔다. 절대 끝나지 않을 것이다. 아무리 애를 써도 절대 끝나지 않을 것이다. 그것들은 절대 엄마를 죽게 두지 않을 것이다.

안야가 눈을 깜빡거리기도 전, 꽃무늬 이불이 걷히더니 칼이 엄마의 가슴팍에 꽂혔다. 레아는 안야가 상상도 할 수 없을 만큼 정확하게 그리고 힘껏 칼을 휘둘렀다. 갈비뼈와 갈비뼈 사이에 정확히 칼을 찔러 넣었다. 칼끝이 그녀만 볼 수 있는 어떤 지점에 정확히 닿을 때까지 능숙하게 찔러 넣었다.

레아가 안야를 쳐다봤다. 안야가 고개를 끄덕였다.

레아는 오른쪽 손바닥으로 칼 손잡이를 감싸 쥐었다. 그리고 그 위에 왼쪽 손바닥을 가져가 있는 힘껏 칼을 내려쳤다. 순식간에 칼이 깊숙이 박혔다.

심장이 약하게 한 번, 두 번, 그리고 세 번 뛰었다. 그리고 멈췄다. 이제 아무 소리도 나지 않았다.

# 38장
## 이 세상 끝까지

이곳의 하늘은 그 어느 때의 도시 하늘보다 더 어둡고 더 밝았다. 밤마다 휘몰아치는 색채의 소용돌이는 아침이 되면 평온하고 단조로운 옅은 색으로 변했다.

하늘만이 아니었다. 숲과 절벽 사이를 구불구불 오르내리다 언뜻언뜻 드러나는 바다는 드넓게 살아 움직여 무섭기까지 했다. 두 사람은 이끼 낀 절벽 사이로 수백 킬로미터를 뻗어 있는 해안도로를 위태롭게 달리고 있었다. 초록이 사라지고 빙하로 뒤덮인 곳까지 길이 이어질 거라고 생각했다. 언젠가는 그곳에 도착할지도 모른다고 생각했다.

때로는 레아가, 또 때로는 안야가 운전을 했다. 자동차는 제법 괜찮았다. 가끔 엔진에서 부웅부웅 소리가 날 때면 살살 달래가며 몰아야 했지만 대체로 잘 굴러갔다. 덮개가 부서져 닫을 수는 없지만 작고 네모난 플라스틱 선루프도 있었다. 날이 갈수록 그리고 점점 더 북쪽에 가까워질수록 햇빛은 뒷자리에서 앞자리로 이동했다. 아빠가 레아에게 주었던 플레시오사우르스는 계기판 위에 앉아 바다를 내다보고 있었다.

안야가 운전할 때면 레아는 조수석을 뒤로 완전히 젖히곤 했다. 그러면 두 다리를 쭉 뻗고 하늘을 올려다볼 수 있었다. 다이내믹하고 드라마틱한 순간들도 있었다. 대개 태양이 세상을 깨우는 아침과 다시 잠들게 하는 밤이 그랬다. 운전하는 낮 시간에는 열려 있는 선루프가 작고 파란 하늘을 담아냈다. 마치 예전 사무실에 있던 채광창 같았다. 그때처럼 레아는 청명한 하늘에 떠다니는 흰 구름을 바라봤다.

그러던 어느 날 갑자기, 이상하게도 가슴이 부풀어 올랐다. 레아는 의자에 누워 빠르게 지나가는 하늘을 바라보고 있었다. 일어나 앉을 때까지 자신이 어디에 있는지 잊고 있었다. 주변은 온통 완만하게 경사를 이룬 산과 파도가 부서지는 바다 그리고 눈부신 하늘뿐이었다.

시시각각 변하는 아름다운 풍경을 바라보다, 이 장면을 아빠가 좋아할 거라고 생각했다. 그녀는 계기판 위에 놓인 장난감 공룡을 쳐다봤다. 아빠가 곁에 있는 것 같았다.

레아는 창문을 내렸다. 바람이 불어와 차 안의 정적을 집어삼켰다. 머리카락이 얼굴 위로 흩날렸다. 안야가 웃기 시작했다. 레아도 따라 웃었다.

〈끝〉

# 감사의 말

'호더 앤 스토턴' 출판사의 멜리사 코크스와 '헨리 홀트' 출판사의 리비 버튼, 《수이사이드 클럽》을 세상에 나오게 해줘서 감사합니다. 두 분의 편집 덕분에 최고의 책이 만들어졌습니다. 두 분의 넓은 아량과 열정 그리고 배려 덕분에 출간을 준비하는 내내 진심으로 즐거웠습니다.

줄리엣 뮤센즈, 탁월한 에이전트이자 인간 회오리바람, 냉철한 수완꾼이며 통찰력 넘치는 편집장, 변함없는 지지자, 그리고 자상한 친구, 내 꿈을 이뤄줘서 고마워요. 당신은 매일매일 내게 영감을 줬어요. 사샤 러스킨, 훌륭한 점심을 하며 당신과 함께 나눴던 대화에 대해, 미국 내 출판을 가능하게 해준 것에 대해 감사합니다.

파버 아카데미에 계신 모든 분들 감사합니다. 특히 이 책의 처음 10,000자를 읽고 포기하지 말라고 말해준 조안나 브리스코께 감사합니다. 격려와 조언을 아끼지 않은 니치 클라크도 고맙습니다. 파버 동기들, 특히 작품을 먼저 읽고 피드백과 응원을 아끼지 않았던 멜라니 가렛과 캐럴 바네스, 고마워요.

나의 친구들, 나를 웃게 해주고 나의 뇌에 영양분을 공급해주고 출판 과정 내내 정신 줄을 붙들 수 있게 해줘서 고마워. 너희는 이 세상이 모험과 가능성으로 가득한 곳이라는 믿음을 줬어. 샘과 크리스틴, 15년간 같이 낮잠도 자고 우리들끼리 아는 농담도 주고받고 함께 소리 지르는 한편 장거리 사랑을 나눠주어서 고마워. 바딤, 케냐에서 보낸 추수감사절과 우리가 함께했던 모든 일들을 고맙게 생각합니다.

나의 엄마, 저를 사랑으로 키워주셔서 감사합니다. 어린 시절부터 책을 읽어주고 도서관에 데리고 다니며 온갖 도서관 카드를 사용할 수 있게 해주셨지요. 제게 수없이 많은 선물을 주셨지만 책을 사랑하는 마음이야말로 제 삶을 이루고 지금의 저를 만들어준 선물입니다. 내 동생 케빈, 1993년부터 쭉 나의 광팬이 되어줘서 고마워. 내가 부탁할 수 있는 가장 현명하고 가장 친절한 내 동생, 고마워. 두 사람 모두 사랑해요.

나의 소울메이트, 최고의 친구인 남편 칼레, 첫 단편소설을 쓰기 5년 전인 2009년, 눈 내리는 뉴욕에서 당신은 내게 말해주었지. 작가가 되어야 한다고. 고마워. 어느 누구도 할 수 없을 만큼 나를 이해해줘서. 나조차 알지 못했던 내 마음을 읽어주고 내 영혼에 거름이 되어줘서. 내게 최고의 치어리더이자 가장 현명한 멘토가 되어줘서. 때로는 신랄한 비평가가 되어줘서. 당신이 없었다면 나는 말 그대로 작가가 될 수 없었을 거야. 매일 웃게 해주고 마음과 정신을 단

련시켜주고 자유를 누리게 해줘서 고마워. 당신을 만나기 전에는 이런 평화를 느껴본 적이 없었어. 당신은 내 생애 최고의 사람이에요. 사랑합니다.

# 수이사이드 클럽

**초판 1쇄 인쇄** 2020년 5월 20일
**초판 1쇄 발행** 2020년 5월 27일

**지은이** 레이철 헹
**옮긴이** 김은영
**펴낸이** 신경렬

**편집장** 김지연
**마케팅** 장현기 · 정우연 · 정혜민
**디자인** 이승욱
**경영기획** 김정숙 · 김태희 · 조수진
**제작** 유수경
**교정교열** 한차현

**펴낸곳** ㈜더난콘텐츠그룹
**출판등록** 2011년 6월 2일 제2011-000158호
**주소** 04043 서울시 마포구 양화로 12길 16, 7층(서교동, 더난빌딩)
**전화** (02)325-2525 | **팩스** (02)325-9007
**이메일** book@ibookroad.com | **홈페이지** www.thenanbiz.com

**ISBN** 979-11-5879-135-3 03840